国家舞台艺术精品工程剧作集⑦

话剧儿童剧木偶剧卷一

中华人民共和国文化部艺术司 编

文化艺术出版社
Culture and Art Publishing House

《国家舞台艺术精品工程剧作集》
编辑委员会

主　　编：于　平
副 主 编：蔺永钧　刘中军
编 委 会：程桂荣　余建军　尹晓东　安远远
　　　　　邓　林　张凯华　周汉萍　吕育忠
　　　　　陈　樱　唐　凌　杨　雄
资料整理：陈立群　万　素　孙富娟

目录

话剧

精品剧目

3	话剧《商鞅》
53	话剧《父亲》
99	话剧《虎踞钟山》
161	话剧《万家灯火》
257	话剧《黄土谣》
301	话剧《凌河影人》
349	话剧《生死场》
409	话剧《立秋》
455	话剧《我在天堂等你》
511	话剧《郭双印连他乡党》
571	话剧《天籁》

精品提名剧目

| 629 | 话剧《爱尔纳·突击》 |
| 681 | 话剧《叫我一声哥》 |

733	话剧	《为你喝彩》
787	话剧	《又一个黎明》
831	话剧	《平头百姓》
893	话剧	《秋天的二人转》
957	话剧	《望天吼》
1011	话剧	《沧海争流》
1061	话剧	《"厄尔尼诺"报告》
1113	话剧	《十三行商人》
1167	话剧	《移民金大花》
1231	话剧	《南越王》

儿童剧

精品剧目

1283	儿童剧	《一二三，起步走》
1341	儿童剧	《红领巾》
1381	儿童剧	《宝贝儿》
1423	儿童剧	《柠檬黄的味道》

精品提名剧目

1477	儿童剧	《春雨沙沙》

1517　　　儿童剧《二小放牛郎》

1561　　　儿童剧《月光摇篮曲》

1601　　　儿童剧《青春跑道》

木偶剧

精品提名剧目

1645　　　人偶戏《鹿回头》

1699　　　木偶戏《钦差大臣》

话 剧

精品剧目·话剧

商 鞅

编剧 姚 远

时间

战国中期。

人物

商　　鞅　卫公子之庶子。乳名"玄儿"，又名"卫鞅"。封君后号商君。

祝　　欢　原为巫，秦太祝官。

姬　　娘　商鞅之母。

少年商鞅

景　　监　秦侍人。

公叔痤　魏将军，后为相国。

韩　女（韩夫人）　公叔痤之家妾，后为秦孝公庶夫人。

魏惠王　魏国君。

公子昂　魏惠王之子。

甘　　龙　秦老臣，五大夫。

公孙贾　秦太师。

赵　　良　秦博士。

公子虔　秦太傅。

秦孝公　秦国君。

尸　　佼　商鞅舍人，后为秦执法官。

孟兰皋　赵良弟子，后为商鞅弟子。

太子驷（惠文君）　秦太子。

大臣、士卒等

序幕　商鞅之魂

〔幕启。
〔天幕上，高悬着一秦俑的面具，硕大而残破。
〔面具的下面，是列成方阵的秦兵马俑。
〔钟鼎之声回荡。
〔身着囚袍的商鞅仿佛穿越时空向观众走来。
〔祝欢魂上。

祝欢魂　商鞅，乃辛卯年五月七日亥时生人。五月之子，精炽热烈。父母不堪，将受其患。命当族灭满门，五马分尸……

商　鞅　这又如何？

祝欢魂　……绝后代，断宗嗣，乃天下第一孤寡之人！

商　鞅　这又如何？

祝欢魂　怎么？难道你还不服天命？

商　鞅　魂魄既已甩脱了躯壳，天命更是无稽之谈！你可知商鞅虽死，商鞅之法千年不败；你可知商鞅虽死，然一百一十七年之后，秦王朝一统天下！

祝欢魂　你听见了吗？民心难违啊！

商　鞅　成大功者，不谋于众！！

祝欢魂　既便如此，你也难以逃脱这驾驭你生命的马鞅。

商　鞅　可我违拗了天意，活过来了，活了整整五十二年！

〔灯暗。商鞅隐去。祝欢魂隐去。

第一幕　商鞅出生——青少年时期
第一场　魏　西河岸边

〔灯亮。

〔灯光下的一个婴儿在啼哭着。

〔男人暴怒的声音："勒死他，勒死他！用这马鞍勒死他！"

〔狂风怒号，河水咆哮。

〔另演区光起。

〔姬娘与少年商鞅双双跪坐着。

少年商鞅　为什么？为什么我的亲生父亲要勒死我？

姬　娘　因为巫说你是五月之子，冲克父母。

少年商鞅　巫？为什么巫让我死，我就必须死？

姬　娘　天要你死，可我要你活！

少年商鞅　那我母亲呢？

姬　娘　她走了。她抛下了亲生的儿子自顾自走了。

少年商鞅　（悲切地）姬娘，为什么你偏把这些告诉我？为什么？

姬　娘　因为我是奴隶，一个脸上刻了字的罪奴。我不甘心你一辈子被人视作奴隶！我要你长大后，不要像姬娘一样为牛为马！哪怕占山为寇，入海为盗……也要去做一个自由之人。

少年商鞅　你要我去做强盗？我不！

姬　娘　你说什么？你说什么？难道你还想成为人上之人？难道你能翻天覆地，倒转乾坤吗？

少年商鞅　为什么不？为什么不！

〔灯灭。

〔另演区灯亮。

〔河水滔滔。

〔景监、公叔痤暗上。

———话剧《商鞅》 〉〉〉〉〉

〔少年商鞅立于河畔面对马俑若有所思。突然他奔向马首,举鞭抽打。

少年商鞅　畜牲!你是畜牲!你也是畜牲!祖祖辈辈,你们就甘愿当畜牲!你们只会哀号,不会反抗。如今,这浑噩的苍天还要我活得跟你们一样,这是为什么!为什么!为什么!

景　　监　牧童,你在同谁说话?

少年商鞅　我在问天。

景　　监　问它什么?

少年商鞅　我要问它为什么有些人天定为人上之人,为什么有些人活着却像个畜牲?

景　　监　(惊奇地)你叫什么名字?

少年商鞅　卫鞅。

景　　监　卫鞅?

少年商鞅　马鞅的鞅。

景　　监　马鞅的鞅?这个名字是你父亲给起的?

少年商鞅　不,我的父亲是卫国的公子。是那个可恨的巫师说我是五月之子,冲克父母,父亲便要用这马鞅将我置于死地,是姬娘将我从冰天雪地中救回,用她的乳汁把我哺育成人,这世上方才留得一个卫鞅。

景　　监　哦?我倒想见一见这位胆识过人又有悯恻之心的姬娘。

公叔痤　景大人,你这是……?

景　　监　将军,这次奉秦国君之命出使魏国,是为收复秦国故土——西河之地。没想到魏国君拒不相见且寸土不让,景某只能空手而归。假如将军大人能将此少年赠予在下,也算我不虚此行。

公叔痤　你们秦国在穆公之时,便有相马的伯乐。难道你以为我们魏国这区区的一小奴也算得千里马吗?

景　　监　在下素来以为人有无作为,不在其身而在其志。这孩子生性刚烈,天赋过人,少年奇志,难得难得。我虽为秦宫的侍人,却是国君之左右。假如我能把他带回宫中，陪公子一起读诗书、习兵法，他必定比公子更具奋进之心。十年之后，此人与彼人安可同日而语焉？

〔姬娘上。

姬　娘　大人！

公叔痤　大胆！

姬　娘　罪奴无意冲撞二位大人，该当万死！

公叔痤　抬起头来。

姬　娘　罪奴不敢。

公叔痤　恕你无罪！

〔姬娘抬头。

公叔痤　（见到姬娘面颊上所黥之字）逃奴？

少年商鞅　（捍卫地）她是我母亲！

景　监　不要害怕。我赐你们羊皮一张，就让这个孩子随我去秦国吧！

公叔痤　慢！我赐她羊皮五张！

景　监　噢，惭愧，惭愧……大人知道景某膝下荒凉，假如能将他赠予在下，我愿收他为义子。

公叔痤　（咄咄逼人）我也正有此意！既然他是魏国人，那还是由我魏公叔收养才是。

景　监　这，……既然将军如此器重，我景监只能割爱了。

姬　娘　（喜出望外）亥儿，还不赶快拜谢将军大人！

少年商鞅　不！姬娘！

姬　娘　亥儿！你要是跟着我，终身为牛马；你要是跟着将军大人，从此就是你想做的人上之人。快去！……将军大人，你就收下这孩子吧，姬娘虽死也心甘情愿。

公叔痤　好，（抽剑）那就赐你速死。（扔剑）

姬　娘　……不！……我不能死！

公叔痤　（怒）小小罪奴，竟敢不死！

少年商鞅　姬娘若死，世上便无卫鞅！

公叔痤　那又如何？

少年商鞅　请问大人，为什么你让她死，她就必须死？

景　监　将军大人，在下素闻将军仁爱贤达，我愿请免这罪奴一死。

公叔痤　不斩断情累，怎能使他心归于我？

姬　娘　大人，求大人留罪奴一条活命，罪奴立誓今生再不与卫鞅相见。

公叔痤　再不与卫鞅相见？我怎能信你？

姬　娘　苍天在上，姬娘愿剜去双目。

〔姬娘猛然用指尖剜去双目，满面鲜血淋漓。

少年商鞅　（惊呼）姬娘！

〔公叔痤强行拖走少年商鞅。

少年商鞅　姬娘，等着我，等着亥儿报答你的那一天——！（扔马鞭）

〔灯暗。

第二场　魏　相国府

〔公叔痤府第。

〔商鞅与韩女在火堆边谈话。

韩　女　那后来呢？从此，你就再也没有见过姬娘的面？

商　鞅　没有。十五年了，我只是一名家臣。（深深地叹了一口气）

韩　女　中庶子，你心里很苦啊。

商　鞅　不，不苦。有韩女就不苦了。

韩　女　韩女知道。每当我给相国大人熬药，看着这沸滚的药汤，闻着这辛酸苦涩的药味，我就想中庶子的心也如同这药汤一般整日经受着煎熬。中庶子，人生五味你独缺甘甜啊！

商　鞅　韩女，我就要割舍下你了！

韩　女　割舍？

商　鞅　日前，秦国君在国内颁下诏令，号召天下贤士有能出奇计强秦

|||者，愿为之尊官封。
韩　女　你要去找景监大人？
商　鞅　韩女！
韩　女　韩女知道，你要翻天覆地，倒转乾坤！
商　鞅　为什么不！为什么不！
韩　女　那我呢？
商　鞅　你？……
韩　女　我若苦桃。
商　鞅　俱入苦汤。
韩　女　共受苦熬。
商　鞅　苦哉韩女也！

〔车轮、马蹄声。
〔幕内声："魏大王到！"
〔韩女急下。
〔魏惠王幕内声："魏公叔在哪里？魏公叔在哪里？"
〔魏惠王、公子昂上。
〔商鞅跪迎。

商　鞅　公叔大人卧病在床，未能亲迎，请恕罪。
魏惠王　魏公叔，魏公叔！

〔魏惠王急下。

公子昂　卫鞅？
商　鞅　昂公子？
公子昂　卫鞅！
商　鞅　昂公子！
公子昂　刚才有快马来报，说太子申已经让秦国咔嚓一刀给宰了！
商　鞅　那你高兴什么？
公子昂　咦！太子一死，那就得重立太子啊！我公子昂要是成了太子，等那老王一死，我就是大王，你就是我的相国！哈哈……

商　鞅　昂公子，难道你和太子就没有一点手足之情吗？

公子昂　（哂笑）啐！手足之情？不过是父王先日了他的娘，后日了我的娘。如此而已！

商　鞅　（怔住）……如此而已？

公子昂　然也。天下万事，都是一个争字！国与国争强，家与家争势，人与人争利，万变不离其宗也。当然唯你我除外。哈哈哈哈……

〔韩女上。

韩　女　中庶子。

公子昂　哎哟，好一个绝色女子！

韩　女　韩女叩见昂公子。

公子昂　韩女叩见昂公子？哈哈……哪年来的？

韩　女　前年。

公子昂　这么一个艳丽的女子，理应进宫，怎么到了相国家中？

韩　女　巫公占卜，说我是红颜薄命之人。

公子昂　哦？因而就把你赏给了相国？不，我要将你收回宫中。哈哈……

（欲下）

商　鞅　站住！

公子昂　是你让我站住？

商　鞅　正是。

公子昂　你居然叫我站住？

商　鞅　我为什么就不能叫你站住？

公子昂　你……站住就站住。

商　鞅　你刚才说什么？

公子昂　说什么？

商　鞅　国与国争强，家与家争势，人与人争利，而唯你我除外？

公子昂　正是本公子所言。

商　鞅　那么我告诉你，你不准把韩女带进宫去！

公子昂　什么？难道说，你与她已经有了苟且之事？

商　鞅　你……

公子昂　是红颜知己，红颜知己。好好，那我就把她让给你了。哈哈！
　　　　（下）

韩　女　中庶子，……你不用走了。你不用去秦国了。

商　鞅　我不用去秦国了？为什么？

韩　女　刚才我听见相国大人在向大王举荐你。他说你是不可多得之才，还说你有相国之能。

商　鞅　那大王怎么说？

韩　女　大王？我没听见……我再去听，我再去听。
　　　　〔韩女下，马上又退回来。

韩　女　（哭着说）中庶子，韩女不留你了。你赶紧收拾行装逃命去吧。

商　鞅　为什么？

韩　女　刚才相国大人见大王没有用你之意，就让大王把你杀了。

商　鞅　杀了我？他是怕我逃往他国留下后患。知我者相国也。
　　　　〔幕内声："送大王！"
　　　　〔魏惠王、公子昂上。

商　鞅　卫鞅拜送大王！

魏惠王　哦？你就是卫鞅？

商　鞅　不才正是！

魏惠王　公叔痤说你有相国之才？

商　鞅　……臣不敢。

魏惠王　（哂笑）啐！看来魏公叔真是病糊涂了！（拂袖而下）
　　　　〔幕内声："送大王！"
　　　　〔魏惠王、公子昂下，马蹄声。
　　　　〔另演区灯亮。
　　　　〔公叔痤病卧在床。

商　鞅　卫鞅谢大人举荐之恩。

公叔痤　可是大王他……

———话剧《商鞅》 >>>>>

商　　鞅　　臣知道了。

公叔痤　　……老夫对不住你啊。

商　　鞅　　相国大人何以此言哪？当年，若无相国大人在西河岸边收留之举，鞅断无今日。知我者，相国也。

公叔痤　　你能有此心，也不枉老夫多年对你的抚育啊！

商　　鞅　　臣本想有朝一日能继承相国大人的事业，助大王整朝纲，使魏国大展宏图，称霸中原。也不辜负相国大人一十五年的养育之恩，但，自今日起另当别论。

公叔痤　　此话怎讲？

商　　鞅　　爱我者，我爱之。弃我者，我弃之。

公叔痤　　那，你爱我不爱？

商　　鞅　　敬而不爱。

公叔痤　　为什么？

商　　鞅　　（停顿）想当初，是秦国景大人有意收留我为义子。然而相国大人以五张羊皮夺人所爱，令我母亲剜去双目，割断亲子之情，占为私有，笼为家臣。十五年了，你令我陪昂公子读书，日习李悝之法，夜温吴起之术，公子未成而我成矣。相国大人，是你亲眼目睹我文章有成，才智超人，你却暗生嫉妒之心。议政之时，窃我计谋献媚于大王。征战之时，将我拘于家中，以防我为国建功。十五年了，你从将军跃为相国。你若无私，大王何以至今不知我卫鞅之名？你若不嫉我贤能，何以死到临头才向大王举荐？

公叔痤　　卫鞅，你竟然忘恩负义！

商　　鞅　　卫鞅未敢忘恩，是相国大人今日负义。

公叔痤　　此话怎讲？

商　　鞅　　举荐不成，你竟然让大王来杀我！

〔韩女无语。

公叔痤　　（推开韩女）魏国不用你，你必然去他国反魏。我身为魏国的忠臣勋贵，怎能使他国强盛而魏国衰败？

商　鞅　所以我说，知我者，相国也。可是相国大人对大王如此忠孝，为何对我竟无半点仁义之心呢！十五年了，你令我背诵了多少仁义之册，可是上天何时降仁于我？谁人施义于我？乱世之中，大儒之道安在？

公叔痤　我何尝不想两全？可是大王不用你，你让老夫怎么办？

商　鞅　你说我该怎么办？

公叔痤　公叔痤不再误你，速速逃生去吧！

商　鞅　逃生？（停顿，嘲笑地）我用得着去逃生吗？

公叔痤　（意外）那你就愿意在这里束手待毙？

商　鞅　大王既然不相信你的话而用我，怎么会信你的话来杀我呢！我在大王的心目中岂值得一杀？

公叔痤　那你不走了？

商　鞅　非也！

公叔痤　早晚要走，何不早走？

商　鞅　早走，是我卫鞅惧怕而逃。晚走，是我卫鞅笑魏王无能而去。大人，你说呢？

公叔痤　你果然如此轻君，焉能不死！

商　鞅　我岂能死？公叔大人于我有恩，相国大人于我无义，二者无论何其一，我都要在此为你送终！

〔公叔痤死去。

韩　女　大人，大人。

商　鞅　公叔痤死了。魏王，你来杀我呀！你来杀我呀！你没有来。你把我抛到了脑后。我就像这被人弃倒在大路上的火灰，听凭人践踏。可是，我卫鞅就这样苟活于人世吗？你们瞧，你们瞧啊！这西天苍穹之上流荡着一颗彗星，那就是我！秦国，秦国，我来了！

第二幕　秦孝公三年
第一场　秦　王宫

〔栎阳。秦宫。

〔光起，出现手持诏书的景监。

景　监　国君诏曰：自求贤令颁示天下，八方贤能纷纷响应。今有魏国客卿卫鞅前来说以变法之道，甚合吾意。定于今日早朝当庭论法，议定强秦大计。

〔景监下。

士　卒　五大夫甘龙到。太祝官祝欢到。

〔甘龙、祝欢上。

祝　欢　五大夫。

甘　龙　太祝官。

士　卒　公孙太师到。

〔公孙贾上。

祝　欢
甘　龙　公孙大人。

士　卒　赵良博士到。

〔赵良上。

众　臣　赵博士！

赵　良　公孙太师，甘大夫，太祝官。

甘　龙　赵博士，卫鞅是个什么人，搞得如此兴师动众啊？

赵　良　哦，他原是魏相国公叔痤的家臣。

祝　欢　噢，原来是个家臣！

公孙贾　听说此人入秦已有三年？

赵　良　是的。他曾两次觐见国君，劝说国君以帝王之道，平治天下。谁知国君听着听着就睡着了。

众　臣　哈哈哈……

公孙贾　那这一次？

赵　良　想必是切合了国君的心意。

公孙贾　那定是你赵博士引见的喽？

赵　良　哪里，哪里，我哪里有此机缘。是景监，景大人。

甘　龙　……一个太监！哈哈哈……！可笑！

公孙贾　唉！可悲！

〔景监上。

景　监　哟！各位大人早都在此了？

众　臣　景大人。

公孙贾　连景大人都为国事如此操劳，我等岂能怠惰？

景　监　为国尽心而已。

公孙贾　国君对他如此赏识，那全凭景大人的慧眼喽！

甘　龙　嘿嘿，可叹秦国落到如此地步，要治国兴邦还要请个魏国人来。

景　监　唉呀，赵博士，我倒忘了，甘大夫是哪国人的后代啊？

甘　龙　……我的祖先早已来到了秦国！

景　监　哦，你没有忘了根本哪！

甘　龙　那是自然。有根本之人不忘根本。无根本之人跟我还谈什么根本？

景　监　这是我祖上积的德。要是我留着这根本，却生下一群无用的酒囊饭袋，倒还是不如不要这个根本的好！

〔景监下。

甘　龙　你……呸！一个阉人，凭着国君的宠幸，竟敢如此藐视老臣！这还成什么朝廷，像什么国家？

〔公子虔上。

公子虔　住口！（停顿）这里是国之宫阙，议政之朝堂，竟敢如此喧哗！

赵　良　虔公子。

众　臣　太傅大人。

公子虔　国君登基未久，乃年轻贤明之君王。正要开拓疆土，振作国威，以承先君宏愿。诸位老臣理应尽忠履责，鼎力辅佐才是。难道你们就以这样的非分妄言以对在天的先君？（对赵良）刚才我在内廷，已经见过卫鞅客卿。所谈所论，令我深为叹服。强秦之法不可不听。（对公孙贾）公孙大人，孔老夫子说过，后生可畏。怎知后来者不如你我呢？诸位都是两代老臣，使秦国强盛，是我们共同的心愿。

甘　龙　虔公子德高望重，老臣宾服。

景　监　国君视朝！

〔秦孝公、驷公子、景监上。

众　臣　臣拜见国君！

秦孝公　请卫客卿！

景　监　请卫客卿——

〔商鞅上。

商　鞅　卫鞅拜见秦国君！

秦孝公　免礼。列位，蒙先君圣命，寡人承继国位，已经三年有余。当年先祖穆公在位，修德行武，东平晋国之乱，西霸戎翟之地，我们的国土曾经一直扩展至西河，功绩是何等辉煌。可是如今呢，大片的沃土良田却落入了魏国的手中。二百六十多年过去，历经十四代国君，西河之地至今尚未收复。堂堂千里秦国在周天子的心中，在六大诸侯的眼里，竟无一席之地。秦国何以落到如此地步？这是奇耻大辱啊！列位都是前朝老臣，一国之栋梁，难道就不想把秦国变一变吗？（停顿）公孙太师？

公孙贾　臣不敢妄议朝政。

秦孝公　五大夫？

甘　龙　臣唯君命是从。

秦孝公　赵良博士？

赵　良　臣在，嗯，卫鞅客卿不远万里自魏入秦，知李悝之法，习吴起之术，定有超群之计策，卓越之谋断。还是应该请卫鞅客卿先抒高见。

秦孝公　嗯，请卫客卿论法！

景　监　请卫客卿论法。

商　鞅　遵命。诸位大人，卫鞅冒昧了。国君之所以下令求贤，是为光复穆公之业，收复被三晋夺占的西河之地，以一改中原六国小视秦国之局面，自强于天下。中原六国逞强，而秦邦卑弱，是因为兵不强，国不富，天下不治。天下为何不治？是因为官不官，民不民，为官者对上曲意逢迎，对下搜刮民财；为民者，懒于耕稼，怠于作战。而目前大秦所用之法，乃几百年前陋章陈规。法不更新，陈陈相因，国家何以有生气。假如国家废除旧规，倡导农战，为此制定农战之法。凡是努力开荒，多打粮食，或者奋勇作战，多杀敌人者，都可因此而建功得爵。

〔众臣议论纷纷。

商　鞅　（略停顿）有了爵级，奴隶可以升为庶人，庶人可以升为官吏，官吏也因此可以加官晋爵；而于国不事农战，不得战功者，虽为王侯大夫也不能得到利禄官封。废除子孙世袭荫封，统一律条法令，有不从王令，犯国禁，乱上制者，罪死不赦！假如举国以此戮力而为之，行一年，十年强；行十年，百年强！行一百年，千岁王者王！何愁大秦不能完成统一大业？

秦孝公　列位，对卫鞅之法，但议无妨。（停顿）列位，废除陋章陈规，代之以农战之法，让秦国上下，无论官民辛苦劳作、勇于作战。以此振兴国运，改变民风，你们说是否可行？卫客卿，给诸位大人呈简。

商　鞅　遵命。

公孙贾　（公孙贾把简摔在地上）老臣腐朽，只知日从东升，月从西降，性由天成，各得其所。这才分天地，成阴阳，存万物而立世界；这才树君上，辅群臣，统治万民而主政国家；这才治礼教，立法度，分上下。由古至今，万民得教化而立命安身，这是一代代圣明的君主相传而成。试看天下诸侯各国，凡是依古法而治的，没有不太平的；凡是想改弦易辙的，没有不闹乱子的。单凭一人巧舌如簧地游说一番，就轻易改变一国之法度，天下必乱。

商　鞅　公孙大人的意思是要我们效古法，循旧礼啦。请问，自从盘古开天地以来，经三皇五帝，夏禹殷商，我们该效哪一朝的古法，该循哪一代的旧礼呢？

〔公孙贾无语。

商　鞅　太傅大人。

公子虔　卫客卿。

商　鞅　您博学多才，读尽了天下多少文章，您一定知道，三皇五帝至今，有哪一代的律法是一成不变的？

公子虔　是啊。商汤周武，正是不拘古法而兴；殷纣夏桀，乃是不改旧礼而亡。

商　鞅　公孙大人，我们该走哪条路呢？

祝　欢　那依你所说，国君若不照你的意思实行变法，那国君就是殷纣夏桀了？

商　鞅　如果国君是殷纣夏桀，怎会在此当庭论法？

公孙贾　谁能保证卫鞅之法一举而成？如若不成，岂不是让秦国百姓身受其患？

商　鞅　如果一件事连做都不去做，那么何以能谈到成功呢？

祝　欢　我只知道卫客卿曾在魏国学习李悝之法。可是李悝的变法在魏国都没有能够成功，难道他的学生，跑到秦国来变法就一定能成吗？

商　鞅　李悝在魏文侯三十四年为相国实行变法。三年后，讨伐秦国就连连获胜，夺走了西河之地；两年后，又灭了中山国。魏国所以变法未能成功，是在李悝去世之后，魏武侯未能坚持变法到底所致。请问太祝官，你乃秦国老臣，难道对此缘由你竟一无所知？

公孙贾　放肆！你不过是魏国相府中区区一中庶子，是何人予你斗胆，竟敢在朝堂之上，如此菲薄我大秦之邦？诋毁我朝中权贵？

商　鞅　正如公孙大人所说，在下只是区区一中庶子。人之身份，本非天定。皆因国君求贤若渴，诏告天下，鞅才得以入秦说以变法之道……

公孙贾　住口！国，如大厦；制，如栋梁。以新法代旧规，听起来固然不错，孰不知，要是抽梁换柱不成，一国千秋基业毁于顷刻之间，又有谁能担此责任？（指商鞅）他吗？

甘　龙　国君，古法旧礼都是一朝朝、一代代传下来的。国君继位不久，便贸然行事，那好比行车不循车道而行，必有覆车之患哪！

商　鞅　国君……

众　臣　国君……

秦孝公　太祝官？

祝　欢　臣在！

秦孝公　讲！

祝　欢　国君，上天早有征兆，臣不敢妄言。

秦孝公　什么征兆？

祝　欢　国君登基之日，西天有怪星横空出世，起于上章，落于阏逢。

秦孝公　此作何解？

祝　欢　此乃天机也。天不解，君不明，臣不敢妄加揣测。国君，天意难违啊！

公孙贾
甘　龙　天意难违啊。

众　臣　国君！

秦孝公　……（调首）赵博士？

赵　良　臣在。明智者总有先见之明，而平庸之人总是人云亦云。臣以为，国君还须采纳明智之言。

秦孝公　太傅！

公子虔　国君乃上天授命，国君之意就是天意！

众　臣　国君之意就是天意！

公孙贾
甘　龙　国君！

秦孝公　……既然如此，寡人不再犹豫。景监！

景　监　在！

秦孝公　宣诏！

景　监　国君诏曰：为承启先祖基业，光大万世，唯有变法，方可使我大秦振作。吾变法之心已定，命卫鞅着即制定强秦之法。择吉日，行大典，诏示天下。卫鞅献策有功，官拜左庶长，准乘一驾之车！（走至商鞅身边）

〔全场光暗。

〔另演区灯亮。

〔景监、赵良等人从上场门出，光起。

景　监　赵博士，我真是服了你啦。

赵　良　此话怎讲？

景　监　既帮国君拿定了主意，又谁都不得罪！

赵　良　明哲保身而已。

商　鞅　赵博士一言九鼎，在下多谢了！

赵　良　一言九鼎的是虔公子啊！左庶长，有人在此候你多时了。

商　鞅　这位是？

尸　佼　在下尸佼便是。

商　鞅　（惊喜）晋阳尸子？久闻大名，未曾谋面，你怎会到此啊？

尸　佼　闻听卫鞅兄携法家之说只身入秦，怕你势单力薄，孤掌难鸣，特投拜门下，愿效犬马之劳。

商　鞅　尸佼如愿相助于卫鞅，我理应以先生尊之。

赵　良　左庶长刚毅果敢，令赵良自叹不如。现将我学生孟兰皋举荐给左庶长，也算是表一表赵良的心意吧！

孟兰皋 （跪）如蒙不弃，学生至死不渝。
商　鞅 快快请起。有你等鼎力相助，变法大业必定马到功成！
景　监 愿左庶长旗开得胜。
商　鞅 景大人知遇之恩，鞅永远铭刻在心。
赵　良 左庶长，赵良有一言相劝，不知左庶长听否？
商　鞅 请讲。
赵　良 左庶长既已有治国之法，却不可无处世之道。今天你锋芒毕露了。

第二场　秦　密谋

〔太师府。

〔公孙贾怒气冲冲听取甘龙禀陈。

公孙贾 这是坏礼仪、乱章法！
甘　龙 太师，乱还不仅在于此呀！
公孙贾 还有什么？
甘　龙 凡奴隶作战，斩一首，便可得爵位一级；斩得两首，得爵两级。如得爵两级，就可赎亲生父母为庶民。
公孙贾 （怒）喷粪！那我们以后还有奴隶吗？
甘　龙 太师，还有呢！
公孙贾 念！
甘　龙 宗室贵族，无战功者不准显富贵。也就是说从今往后，你我出门不能乘三驾之车，不能穿绫罗绸缎，不能住奢华的府第……
公孙贾 为什么？
甘　龙 你我没带过兵打过仗，哪来的战功？
公孙贾 难道还要我们这帮老臣上阵杀敌，斩取首级不成？荒谬之极！（对祝欢）太祝官，那天在朝廷之上，你说有怪星横空，到底是怎么一回事？

祝　欢　怪星乃天狗，天狗星横空则命犯太岁。天狗起于上章，乃指庚申之年。庚申之年正是国君登基之年。而天狗落于阏逢，是为甲申。这就是说国君将在登基二十四年之后的甲申之年因此夭寿而亡。

甘　龙　（跪）国君，你听见了吗？你竟把祸国之人视为贤才，害国害己呀！

祝　欢　五大夫，这话是犯禁的！

公孙贾　昏君！

甘　龙　（怒气未消）那怎么办？咱们就甘心受制于卫鞅？他算个什么东西？老子兢兢业业为秦国干了一辈子，他凭什么一来就官拜左庶长？

祝　欢　好了，好了，这话也是犯禁的！

甘　龙　这还让不让人活了？（痛哭流涕）先王！你活过来看看，这都成什么世道了？（打自己耳光）我对不起先王，我对不起列祖列宗……

公孙贾　五大夫，成何体统！

甘　龙　（大怒）我骂国君不准，骂卫鞅不成，我骂我自己还不行吗？

祝　欢　妄言犯上，你该当腰斩！

公孙贾　太祝官，依你之见，难道我们就这样俯首帖耳，逆来顺受，听凭他的摆布吗？

祝　欢　不，自有相克之人。

甘　龙　谁？

祝　欢　克卫鞅者，驷公子也。

甘　龙　（失望地）一个毛孩子！

公孙贾　不！驷公子已被君上选为太子，不日便要行大典加冕。太祝官……

祝　欢　甲申之年，天狗星行至天驷座那日，将会化作星火四散。

〔灯灭。

第三场 秦 坛场

〔秦都西郊坛场。

〔火堆烈焰腾空。后供设太牢之牲。

〔钟鼎之乐大作,群臣肃立,气氛肃然。

〔祝欢立于祭坛,主持祭祀大礼。

祝　欢　国君谢上天!

〔秦孝公领众臣拜。

祝　欢　谢社稷!

〔秦孝公领众臣再拜。

祝　欢　谢先君列祖,山川之神灵,保佑国业赐福黎民!

〔秦孝公领众臣齐拜。

祝　欢　礼毕!

秦孝公　苍天在上,寡人禀受天命,立驷公子为君储。今日择吉祭祀,为立新法,废除旧礼,望列祖列宗保佑大秦江山如丛山绵亘,万代不绝!

祝　欢　太子谢上天!

〔场上不见太子身影。

祝　欢　太子谢上天!

〔依然无人回应。

秦孝公　(怒)太傅!今日行国之大礼,太子怎能不到?

公子虔　太子已到,正在等候传唤,只是……

秦孝公　只是什么?

〔景监急下。

公子虔　国君,臣今晨去请太子,只见太子神色异常,形容呆滞,看来……

秦孝公　请太子!

〔景监上。

景　　监　太傅！

祝　　欢　请太子！

〔太子驷上，神志恍惚。

祝　　欢　太子谢上天！谢国君！

〔太子忽然对秦孝公一个劲地叩头。

秦孝公　驷公子。

太子驷　不！这儿有东方来的凶煞，他要杀我！他要杀我！

秦孝公　你！

太子驷　这是神灵告诉我的。父王，你中了天狗星的蛊惑！

秦孝公　太傅！

公子虔　臣知罪！

秦孝公　将太子送回宫中！

祝　　欢　国君！此乃是大凶之兆啊！

商　　鞅　太祝官！今天是为立新法，为太子加冕，你可选的是黄道吉日？

祝　　欢　正是。

商　　鞅　既然是黄道吉日，怎么会出现凶兆？

〔祝欢无语。

商　　鞅　是你择日不当，贻误祭祀！执法官！

尸　　佼　执法官尸佼在！

商　　鞅　太祝官择日不当，贻误祭祀，该当何罪？

尸　　佼　择日不当，贻误祭祀，当处髡刑，削去须发！

祝　　欢　且慢！即便本官犯了你的新法，当受髡刑，那请问左庶长，今日之事乃太子违礼犯上，扰乱大典，太子又该论什么罪？处什么刑？

公孙贾　是啊，左庶长，你打算怎样处罚太子啊？

商　　鞅　律法上写得清清楚楚，受法之人上自卿相大夫，下至奴隶庶民。太子乃为君储，乃上天加命，不得受刑。更何况太子年幼无知，又属惊风妄为！

公孙贾　慢，今日搅扰大典的是太子！若是不处罚太子，那今后有违抗君令者斩不斩首？喧哗于君前者上不上刑？妄言抗上者治不治罪？坏礼于众者受不受罚？（顿）国君，非老臣不维护于你，卫鞅之法，断难执行！

甘　龙
祝　欢　卫鞅之法，断难执行！

秦孝公　王法所以败坏，自上而下！上不正，何以纠下？左庶长！

商　鞅　在！

秦孝公　新法可是已颁布天下？

商　鞅　字字句句都镌刻在这大鼎之上。

秦孝公　太子犯法该如何处置？

商　鞅　该由太傅代为受过。

〔秦孝公无语。

祝　欢　请问左庶长，你又想如何处罚太傅大人呢？

商　鞅　执法官！

尸　佼　执法官尸佼在！

商　鞅　职责未尽，教化不严，太傅该如何论处？

尸　佼　职责未尽，教化不严，太傅当斩左足！

一大臣　国君，使不得，万万使不得呀！太傅乃是太子之师！

甘　龙　国君，太傅大人也曾是君上之师，怎能处罚太傅啊！此法万万使不得！

公孙贾　国君，若按先朝的律法，刑不上大夫，可保太傅左足！今日为立此新法竟然以太傅试刀，岂不令天下之人寒心？

祝　欢　国君，太傅大人乃是国之重臣，不能用刑。臣愿以下官的脑袋祭法，也不能让太傅大人之左足来开此先河！臣请国君赦免太傅。

甘　龙　臣请国君赦免太傅。

公孙贾　臣请国君废除新法。

赵　良　　国君，处置太傅事关重大，请国君改日再议！
商　鞅　　国君，新法已昭示天下，功罪必以新法为绳，违者必诛。此乃取信于民之根本！
众武士　　法既定，依章而行！
秦孝公　　太傅……望太傅以社稷为重。

〔公子虔无语。

秦孝公　　左庶长，宣法！
商　鞅　　遵命！斩去公子虔左足，以示律法无情！
公孙贾　　（狂怒）国君！让如此小人凌驾于诸多老臣之上，你就不怕天下大乱吗？
商　鞅　　公孙贾，无端咆哮于大典之上，妄议法令，当革去官职，刺字于面，以戒天下！
公孙贾　　老夫何罪之有？何罪之有啊！
祝　欢　　国君，国君！请国君明察……
商　鞅　　太祝官！你择日不当，贻误祭祀，予以髡刑，削去须发！

〔祝欢无语。

商　鞅　　君上！
秦孝公　　（剑指苍天）法既定，依章而行！

〔号角声激越高亢。

第三幕　秦孝公七年

〔景监出现。

景　监　　国君诏曰：左庶长执法严明，朝野肃然，举国上下，致力农战，兵革大强。为光复旧业，收复失土，左庶长率兵东征，连连奏凯。战元里，取少梁，围固阳，得城池一座，斩敌首级七千，拓展疆土三百里。使我秦都东迁咸阳，坐视中原。以此卓著功勋，特赐封卫鞅官拜大良造，准乘三驾之车！

第一场　魏　王宫

〔灯起。
〔魏王宫。
〔魏惠王气急败坏。

公子昂　他妈的，上了卫鞅的大当！

魏惠王　我真后悔当初为什么不听公叔痤的话，要是早早启用卫鞅，我何至于落到今天这个地步？

公子昂　你要是早早听了公叔痤的话，一刀把卫鞅杀了，又何至于形成这等局面？

魏惠王　我要重振旗鼓，你再给我准备十万兵马，杀他个落花流水！

公子昂　说得容易，那秦国自变法以来，奴隶们为了争功得爵，在战场上一个个像发了疯一样向我们扑来，你纵然是再有十万军马那也是不堪一击的啊！

魏惠王　你竟然长他人志气，灭自己威风。

公子昂　哼，我倒是有一计。

魏惠王　你？哼！

公子昂　当初就是你这种不屑一顾的态度，才使卫鞅去了秦国，如今，你还是这样不礼贤下士，哼哼，你吃苦的日子还在后头呢！

魏惠王　哟，我礼贤下士，我礼贤下士，你说吧。

公子昂　你只要给我一个人，我就可以让那卫鞅断肠切肤。

魏惠王　谁？

公子昂　你的一个爱妾。

魏惠王　哪个爱妾啊？

公子昂　韩女！

魏惠王　韩女？

公子昂　她可是卫鞅的红颜知己呀！（停顿）先是俯首言和，然后再把韩女送上。一为缓兵，二为离间。

魏惠王　一石二鸟，必有一伤！我要亲自拜谒秦国君！

〔切光。

第二场　秦　杜平

〔秦，杜平。

〔少顷，景监、孟兰皋、尸佼等上。

景　监　哈哈……苍天有眼啊！居然让我看到了秦国扬眉吐气的这一天啊！想当初，我作为秦国使节出使魏国，连谒见魏王的资格都没有。真是苍天有眼，让我在西河岸边发现了卫鞅，当年他还是个毛孩子。

孟兰皋　是大良造的农战之法才使秦国有今日之强盛，令魏国不得不对我刮目相看！

尸　佼　若不是当年在坛场斩了公子虔的左足，削去了太祝官的须发，革了公孙贾的职，新法怎能如此雷厉风行？可见仁义是不足以治天下的。唯有政令必行，法纪严明，才能强国，才能无往而不胜！

〔幕内声："秦国君，魏大王驾到——"

〔秦孝公、魏惠王、公子昂上。

魏惠王　卫鞅在哪里？卫鞅在哪里？

景　监　大良造卫鞅拜见二位国君。

商　鞅　秦大良造卫鞅拜见二位君上。

魏惠王　哦？卫鞅？大良造？……呵呵，马陵之战是你背后捅了我一刀，使我腹背受敌，首尾不能相顾。你……（对秦孝公）他可真是不可小看啊！

商　鞅　小试牛刀而已！

魏惠王　厉害！真厉害！秦王拾我所弃之才委以重用，慧眼过人，慧眼过人哪！

商　鞅　（不卑不亢）若不是当初魏大王对我的轻蔑，怎会有我卫鞅的今日？

公子昂　所以我父王是悔不当初。

商　鞅　噢，昂公子。

公子昂　大良造。

商　鞅　悔不当初应该听信公叔痤的话一刀把我杀掉？

魏惠王　不，不，是后悔没听公叔痤的话将你封为相国。

商　鞅　在魏国，卫鞅被人视同草芥，是秦国君收留了我，让我在这里纵横驰骋，大展宏图。我将在此为秦国君尽心效命，上报知己。

秦孝公　哈哈，一失足成千古恨。魏王是大大地失策了！哈哈……

魏惠王　失策，失策。

公子昂　哦？哈哈……大良造，还不向国君贺喜呀！

商　鞅　在下不知喜从何来？

秦孝公　今日寡人承蒙魏国君美意，与魏国君之义女结为秦晋之好。

商　鞅　国君，西河之地，广袤千里，万不可因一美女而置江山于不顾！

秦孝公　（不快）放肆！

公子昂　大良造，这就是你妄言犯上了哦？

魏惠王　才高位重者，须妨傲君哪。

景　监　国君，韩夫人已在东门樗里下榻。请两位国君……

秦孝公　魏国君请！

魏惠王　国君先请！

〔景监、赵良陪同秦孝公、魏惠王下。

商　鞅　站住！

公子昂　是你让我站住？

商　鞅　正是。

公子昂　站住就站住。

商　鞅　韩夫人是何人？

公子昂　乃韩女也！

〔两人对峙。

商　　鞅　昂公子。你这狡诈奸邪之徒。

公子昂　大良造。

商　　鞅　当年你父王没有杀掉我卫鞅，今天你以为区区一韩女就能置我于死地？

公子昂　你就好自辅佐你的秦国君吧！（急下）

〔幕内声："送大王——"

〔韩女与仪仗队从商鞅面前走过。

〔孟兰皋上。

孟兰皋　大良造。

商　　鞅　发生了什么事？

孟兰皋　东门樗里上百农夫来为大良造送伞盖。

商　　鞅　为什么？

孟兰皋　自大良造实施变法以来，世风日正，民俗大变。路不拾遗，夜不闭户。所以他们一定要见你。以表示他们对大良造的称扬之意。

商　　鞅　不见！

孟兰皋　大良造……

商　　鞅　今日的律法使他们得到了益处，他们会来此赞美。明日……明日的律法要是对他们有所损害呢？去告诉他们：法令是无情的，该得的就是他们该得，无须称颂。

孟兰皋　学生明白。先生……

商　　鞅　兰皋兄弟，我今天……不想听他们对我的恭维。

孟兰皋　先生……有一老妇人在此等候数日，是她要我将此马鞯亲手交到大良造的手中！

商　　鞅　马鞯？她现在何处？快快有请！快快有请！

〔尸佼与孟兰皋引姬娘上。

商　　鞅　姬娘！

姬　　娘　亥儿！

商　鞅　姬娘！

姬　娘　（颤抖地）亥儿，

〔商鞅急至姬娘面前，紧紧抱住，泪水盈盈。

姬　娘　果然是你！

商　鞅　姬娘！姬娘，你怎会到此啊？

姬　娘　十八年了！姬娘虽被剜去双目，可是我这颗不死之心却时时盼着这一天哪！

商　鞅　姬娘！是亥儿不孝！

姬　娘　不，姬娘终于盼到这一天了。

〔商鞅扶姬娘站起。

姬　娘　那年，我就听说魏国出了个卫鞅，他去到秦国推行变法。奴隶可以多打粮食而建功，多杀敌人而得爵。西河一带，到处都在传诵，说秦国的太子犯了法，太傅和大臣们都被处刑。如今的秦国是夜不闭户，路不拾遗呀！没想到，就在今春，你，不，卫鞅，不，大良造，对，大良造率领五万人马，大战少梁，我姬娘竟成了你们秦国的隶民啊……

商　鞅　（双膝跪地）是亥儿不孝，未能报答姬娘养育之恩。

尸　佼　大良造请起。此乃过往之地，被外人撞见，不明事理，只怕有失国体！

商　鞅　先生。

尸　佼　在。

商　鞅　随我同去拜见国君。

尸　佼　大良造，你是想……

商　鞅　请国君开恩，赦免母亲罪奴之身，随儿归都，共享荣华！

尸　佼　此事万万不妥。

商　鞅　为何不妥？

尸　佼　大良造，如今军爵令已诏布天下，欲赦亲生父母为奴者，需归爵两级。请问大良造这爵你是归还是不归？

商　鞅　自然依法行事。

尸　佼　若是依法归爵,其位便在朝中诸多老臣之下。若是如此,新法更难推行!

商　鞅　可我不能眼睁睁地看着母亲活活受苦啊!

姬　娘　不!姬娘并不是大良造的生身母亲。你不必为一罪奴夺爵赎身。

孟兰皋　(跪)如此深明大义之娘亲,请受孟兰皋一拜!

尸　佼　大良造说过,为天下而治天下,岂能私天下之利?公私之度,存亡之本。

姬　娘　"公私之度,存亡之本"、"为天下而治天下"……大良造,这话是你说的?

商　鞅　正是。

姬　娘　你这大德之心是从何而来?

商　鞅　是姬娘的乳汁哺育了亥儿。

姬　娘　姬娘心满意足了。我终于盼到这一天了。

商　鞅　姬娘!等到那一天到来之时,亥儿定报答姬娘的大恩大德。

姬　娘　(边说边下)那一天是哪一天啊?

〔切光。

第三场　秦　公子虔府邸

〔灯起。

〔公子虔府邸。

〔公子虔正与太子驷讲习。

太子驷　太傅,卫鞅所著所论对吗?

公子虔　卫鞅所论很是道理,说的是:明君治国,要让黎民百姓先建立功劳后得富贵。国君绝不能以个人的恩惠乱施于人。因而教化行而法度成。这样,国君开明大臣忠君,自然国治而兵强!……说得对,说得对极了!

太子驷　可那卫鞅是斩断你左足的仇人，为什么太傅还对他的言论如此叹服？

公子虔　为君者，不可因人而废言！今日之太子，乃明日之国君。臣身为太子太傅，责任重大，怎么能以小人之心濡染太子？

〔马车声起。

〔幕内声："大良造卫鞅车驾到。"

一家臣　太傅，大良造卫鞅车驾到。

公子虔　就说我卧病在床……不见。

商　鞅　太子、太傅，卫鞅造次了。

公子虔　大良造光临寒舍有何贵干？

商　鞅　多年来几次拜访，太傅大人都托病不见……

公子虔　老臣是个罪人，有刑在身，自惭形秽，怎敢妄见你大良造？

商　鞅　鞅对太傅一向敬重，所以……

公子虔　所以什么？

商　鞅　当年宫廷变法之时，若没太傅大人鼎力相助，便没有我卫鞅的今日。

公子虔　承蒙大良造还记得。

商　鞅　鞅永远铭刻在心。

公子虔　永远铭刻在心？

商　鞅　自太傅大人为大秦之法以一足殉献以来，鞅时时为之忐忑，深感不安哪。

公子虔　时时忐忑？深感不安？如果你是一心为了秦国变法革新，老臣即使失去一足，又便如何？如果老臣确实罪有应得，你大良造又何必忐忑不安？如果你来到秦国是为了尊官封土，如果你来到秦国，暗藏狼子野心，今日你即使长跪不起，叩首如捣蒜，也不要指望我会被你这谦谦君子状所蒙蔽。

商　鞅　鞅……鞅自入秦以来，蒙国君器重，太傅宽容，这才使卫鞅推行新法，大见成效。而今的秦国夜不闭户，路不拾遗，城邑无贼，

————话剧《商鞅》 〉〉〉〉〉

山野无盗。鞅忐忑之心，稍感安坦。鞅还是希望太傅大人宽大为怀，你我同心同德，平治天下！

公子虔　平治谁家的天下？我公子虔乃秦国公族之后，秉忠心以报秦国之君，涂肝脑以谢西垂之民。我与你同什么心？协什么力？平治谁家的天下？

商　鞅　难道我就不是秦国之臣吗？所建之功业，所得之天下就不是秦国之功业，秦国之天下吗？

公子虔　有谁可知。

太子驷　当年在坛场是太子少不更事，迁罪于太傅，太子向太傅赔礼了。

一家臣　公孙贾、太祝官求见！

公子虔　不见！……不，有请！

〔公孙贾、祝欢上。

商　鞅　卫鞅今日登门乃一片赤诚，未料到竟遭太傅如此诋毁。卫鞅告辞！

公子虔　不送！

商　鞅　秦国的统一大业指日可待，望尔等捐弃前嫌，以社稷为重。

〔商鞅愤然下。

公子虔　是什么风把你们吹来了？

祝　欢　多年未见太子、太傅，不知道太傅大人近来身体可安好？

公子虔　行了，行了，有什么话就直说吧。

〔公孙贾、祝欢面面相觑。

公孙贾　……呃，不知太傅大人对近日国事可有耳闻？

公子虔　莫非二位还想断送我右足不成？

祝　欢　假如再让卫鞅继续在秦国横行无忌，断送的何止是太傅大人的右足？

公子虔　我杜门不出，国政不问，还能触犯他哪条刑法？

祝　欢　太傅被斩左足之时，又何曾犯禁？

太子驷　那是太傅代太子受过。

公孙贾　我何尝不是……？卫鞅所为何来？说的是为大秦之业，孰不知，

35

秦强他卫鞅也强。三年左庶长，八年大良造！凭卫鞅之法，用国家的爵禄，赏赐于愚勇之徒。置宗室贵族于不顾，提拔无德无义之人。以一法而统天下，君何以为君？民何以为民？举国无长幼之分，天下无贵贱之别？什么军功之法，官爵二十等。不错，卫鞅东拓疆土，有功于秦。然不知，再此以继，卫鞅官至列侯，封疆分土，与国君分庭而抗礼，大秦将为谁家之天下？太子！倾国之危，就在太子登基之日。

公子虔　说完了？

公孙贾　您说。

公子虔　依你们所见，该如何才是？

祝　欢　唯有仰仗太傅大人，劝导于国君！

公子虔　劝他什么？劝他不该立军功之法？劝他不该鼓励农战？劝他不该编户籍，立伍什以利国君操纵万民？劝他不该继续变法？……你们说呀？

祝　欢　劝君上要明察秋毫，洞晓不测之心，以免养虎遗患！

公子虔　养虎遗患？

公孙贾　再说，据魏大王说，卫鞅在魏国就与韩夫人有私情之染！

公子虔　就让我去说这些？

公孙贾　此话唯有德高望重之长者犯颜以谏，国君方有醒悟之可能。

公子虔　如此说来，要断送我的还不止是卫鞅！

公孙贾　此话怎讲？

公子虔　卫鞅不过断我左足，（高声）可你们却要送我去斩首！

公孙贾　此乃关乎社稷存亡之大事，太傅竟然无动于心？

公子虔　噢嗨！好一个国之忠臣！既然如此，你们为什么不去杀卫鞅？你们怎么不去国君面前坦诚相陈，去直谏、哭谏乃至尸谏？你们既为国家忠臣，为什么不去带兵打仗，攻占魏国城池？你们为什么不争功请赏，那爵位和俸禄怎么都让卫鞅夺去了？你们为国君出了什么谋，划了什么策？强秦之计可有你们一份儿？这也算得是

秦国的忠臣吗？若依靠你们这批忠臣秦国何日才能强盛？（老泪纵横）

公孙贾　（跪地）太傅请息怒！太傅请息怒！

公子虔　怒？我这是怒吗？我是悲哀之至！说什么养虎遗患，要不是养了你们这几头驴，国君能养虎吗？

祝　欢　我等不肖，可是卫鞅……

公子虔　（怒斥）还不滚！

　　　〔公子虔将靴扔出，祝欢拾起又扔到公子虔的面前转身下。

公子虔　你们这几头驴……

　　　〔公孙贾仓惶下。

太子驷　太傅今日所言所为，令太子不解。

公子虔　一国三公九卿，百官万民，你知谁是忠臣贤士，谁居叵测之心？否则国君操一国之柄，何以落得孤家寡人？

太子驷　那卫鞅与公孙贾相比，谁算得是忠臣呢？

公子虔　恃才者傲君，无能者逢迎，仁义者乱法，奸恶者殃民。这都是君之所患，国之所害。

太子驷　那天下岂不是没有好人了？太子今后靠谁呢？

公子虔　好坏，无非是因利害而分。利则用之，害则除之。奉天时，顺潮流，识时务，知善恶。善于因其势而利导，这才是君王的驭人之术。

太子驷　那卫鞅是该用还是该除？

公子虔　国君信赖，大势已成。除，则国乱而民不安；不除，社稷为患。还没到那一天，就看谁活得长了！

　　　〔切光。

第四场　秦　咸阳宫　章台

　　　〔咸阳宫南，渭水之滨，章台之上。
　　　〔已成秦王夫人的韩女正凭栏远眺。

韩夫人　"蒹葭苍苍，白露为霜。所谓伊人，在水一方。……"
景　监　韩夫人，时令已至深秋，寒风萧瑟，人在此时务须善加调护。望夫人舒展百结之肠，莫让这秋寒之气感于外而伤之于心！
韩夫人　多谢景大人。
景　监　国君有令，今天是樗里子的生日，命太祝官进宫为樗里子占卜。
韩夫人　好端端地，占什么卦，卜什么命！
景　监　夫人有所不知，近日宫中沸沸扬扬……
韩夫人　景大人，景大人有话不妨直言。
景　监　既然如此，老臣就直言以告了。自夫人生下公子之后，即呈请国君命名为樗里子。据老臣所知，这是因为夫人与国君在东门樗里一见钟情，因而得幸，故名之曰樗里子。然而近日宫中沸沸扬扬，说长论短，说正是在东门樗里夫人和心上之人咫尺天涯，因而有切肤断肠之痛。起名樗里子是夫人身心两分，形随国君而去，而心却……
韩夫人　（急止）大人！……（无力地）景大人……
景　监　老夫说得可对？
韩夫人　请问大人从何处得知？
景　监　夫人可知魏大王为何将夫人赠予国君？
韩夫人　为何？
景　监　大良造从小在魏国是否陪昂公子一起读书？
韩夫人　正是。
景　监　这就对了。魏王父子正是知道，早在魏国，夫人从小就是大良造的红颜知己，故先将夫人赠与国君，然后又将此绯闻暗中张扬。
韩夫人　请问大人，那宫中还有谁知？
景　监　夫人该问宫中还有谁不知。
韩夫人　那国君呢？他会杀卫鞅吗？
景　监　国君他……

〔赵良急上。

赵　　良　哦，夫人。下官唐突，不意搅扰夫人雅兴，赵良有礼了。

韩夫人　赵博士匆匆而来，必有要事与景大人相商。婢子……

赵　　良　不，夫人不必回避。

景　　监　那赵博士为何来此？

赵　　良　在下向君上提请辞呈，告归家园。特向景大人告辞。

韩夫人　赵博士为何会在此时要归隐田园？

赵　　良　大良造近日行止反常、乖张暴戾，依下官所断，与韩夫人不无关联。

景　　监　赵博士……

韩夫人　依赵博士所言，婢子岂不成了祸国之源？

赵　　良　秦国由衰弱而兴盛，必然遭六国嫉恨。卫鞅由卑微而显赫，咬牙切齿者更是大有人在。外患方兴，内忧又起。赵良深感进退维谷，难有作为，因此决心全身而退，以求苟安。

景　　监　赵博士，与其辞官还乡，为何不将你所见所想直言相告？

赵　　良　是夫人想听？是景大人想听？还是卫鞅大良造想听。说于韩夫人，只怕夫人未必有参政之想；说于景大人，只怕景大人爱莫能助；如果卫鞅大良造想听，下官倒愿意进言。

韩夫人　还请赵博士直言相告。

赵　　良　（停顿）只怕还没到那一天！

景　　监　赵博士，景监对你一向敬重，尤为佩服阁下知白守黑，和光同尘，大智若愚，堪为师表。不错，大良造近日是有乖张暴戾之处，但他对秦国可算得是殚心竭虑，秉忠以报。国如此，民如此，他也不得不如此。赵博士，你乃朝中仅有与他志同道合之士，在此功败垂成之际，你就忍心抽身而去作壁上观？

赵　　良　朝廷之中，已经有人将我赵良与卫鞅视作一党。长此以往，我只怕……

景　　监　只怕什么？你只怕落不得一个好下场，还不如激流勇退，免遭来日干系！

赵　　良　　景大人，赵良无言以对，告辞了！（扬长而去）

景　　监　　赵博士！赵博士！

韩夫人　　景大人，当初在西河岸边，是景大人慧眼，才使他卫鞅有出头之日。他来到秦国，也因靠了景大人鼎力相助才有他大良造的今日。景大人难道不能直言以告，使他明白眼下危机之所在吗？

景　　监　　老夫现在也是左右为难。本来，大良造已经是力举千斤，独臂难擎，若再直言以告，岂不是……唉，我何尝不希望他学学赵良赵博士的为人处事之道啊！可是卫鞅生性刚烈，凡事敢作敢为，一往而无前，乃无私之人。无私之人，于国功无量，于己，则贻害无穷啊！

〔车铃由远而近响起。

韩夫人　　这是什么声音？

景　　监　　夫人，大良造正驱车回官邸而去。

韩夫人　　景大人，我要见他。

景　　监　　夫人，不可造次。

韩夫人　　景大人！

景　　监　　老臣代为传唤就是。（下）

韩夫人　　多谢景大人。

〔少顷，太祝官上。

祝　　欢　　祝欢奉国君之命，前来为樗里子卜卦。

韩夫人　　樗里子正在上林苑玩耍。

祝　　欢　　夫人面容憔悴，阴气淤结，下官愿为夫人一试。请夫人出字。

韩夫人　　鞅。

祝　　欢　　鞅？哪个鞅？

韩夫人　　有诗云"宛在水中央"之央。

祝　　欢　　"宛在水中央"之央？此字凶中有吉，吉中有凶！乃祸福相倚之命。

韩夫人　　婢子不解。

祝　欢　　水中央，是为禽鸟栖居之所。鸟在中央，是为鸳鸯之鸯。有鸯而无鸳，是失偶之鸟。解为雌雄两分，未成姻缘。

韩夫人　　牵强。

祝　欢　　未成姻缘之后，若无心于央，则为中央之央，位居一国之中，此乃大吉。若有心于央，则为怏怏不乐之怏。则居不得安，食不得味，愁眉紧锁，郁郁寡欢，此乃大凶之兆！

韩夫人　　太祝官，此话似有含沙射影之意。

祝　欢　　下官据字而断，不敢妄言。

韩夫人　　那请再卜，婢子现在是有心于央还是无心于央？

祝　欢　　央为居中之意。一国之居中，是为朝廷。朝中有变，则去故而立新。去故而鼎新是为革字。央而有革，乃卫鞅之鞅！夫人，只怕你心在此鞅吧！

〔商鞅出现在章台之上。

韩夫人　　大胆！身为宫廷巫师，竟敢在夫人面前口出妖言，你是何居心？

祝　欢　　是因为夫人心怀叵测！

韩夫人　　早知你有此心，才以字试之。谁知你果然妄言夫人，秽言君上。我将向国君禀报，处你腰斩之刑！

祝　欢　　是夫人心有歹意而口出央字测试。心有歹而口出央，歹央是为殃之殃。夫人，只怕你的大良造将大祸临身！

商　鞅　　太祝官！

祝　欢　　好你个大良造！你大逆不道，目无纲常。犯下了欺君之罪！

商　鞅　　你可曾为自己卜命，该当何时夭亡？

祝　欢　　就在此时！

商　鞅　　（挥剑刺去）信天命者，顺天命去！

祝　欢　　（被刺中）违天命者，必遭荼毒！

韩夫人　　大良造！

商　鞅　　韩……夫人！

韩夫人　　卫鞅！

商　鞅　韩女！

〔韩女双腿一软，倒在了商鞅的怀中。

景　监　国君驾到！

〔秦孝公急上，见状默然。

祝　欢　卫鞅，你在劫难逃！（死去）

〔景监上。见状大惊失色。

商　鞅　国君，太祝官在为韩夫人占卜之时，妖言犯上，臣未奏先斩了！

秦孝公　一国之君，一国之夫人，岂可蒙辱？

〔秦孝公走至太祝官尸前，拔下长剑。

景　监　国君，老臣侍奉两代国君，忠心赤胆，对天可表。今日不意酿成如此窘境，老臣愿以死谢罪。（跪）

秦孝公　大良造。

商　鞅　臣在。

秦孝公　可知魏王令昂公子以十万兵马屯兵固阳。

商　鞅　臣已得知。

秦孝公　祖业尚未光复，任重而道远，望勉力而为之。

商　鞅　终有一日我要让魏王拜在秦国君脚下。

秦孝公　韩夫人……夫人受惊了，早早回宫休息去吧。

韩夫人　君上……（起身欲下）

〔秦孝公突地一个趔趄，一口鲜血喷涌而出。

景　监　国君……

商　鞅　国君……

韩夫人　君上……

〔秦孝公将韩夫人默默推开。

秦孝公　卫鞅，你说得对，西河之地广袤千里，万万不可因一美女而置江山于不顾！

〔景监扶秦孝公下。

韩　女　我若苦桃，

商　鞅　俱入苦汤，

韩　女　共受苦熬，

商　鞅　苦哉韩女也！

〔韩夫人默默地向渭水走去，纵身跃下。

商　鞅　（奔向渭水岸边）韩女……（拔出长剑，指天为誓）我要让秦国如日月之恒，称霸中原！

〔收光。

第五场　秦　秦军驻地

〔秦营将军帐。

〔孟兰皋坐于商鞅身边。

商　鞅　兰皋将军，你可知这次魏营是以谁为将？

孟兰皋　昂公子！

商　鞅　此番出征，是我亲自向国君请缨。但魏国知我来意不善，令昂公子率十万兵马抵挡于西河以东。两军对峙，敌众我寡，若不施以巧诈之计，难以取胜。

孟兰皋　"兵以诈立"，大良造何需犹豫？

商　鞅　好，速速派人将昂公子邀请到此。

孟兰皋　学生愿意前往。

商　鞅　他必然会留下你，作为人质。

孟兰皋　为秦国统一大业，粉身碎骨，死而无怨！

商　鞅　昂公子是有来无回……

孟兰皋　学生明白。"士为知己者死"，今日正是其时。想我孟兰皋乃区区一介书生，一生于国无功。蒙先生不弃，得以相随左右，今日又得负重任，出使魏营。为使西河之战凯歌高奏，孟兰皋愿血洒西河，尸陈魏营。

商　鞅　兰皋将军，请受卫鞅一拜！

〔暗转。

〔灯复明。

〔秦营将军帐，内设酒宴。

〔商鞅与公子昂相对而坐。

商　鞅　昂公子，你我相交至今有多少年了？

公子昂　九岁与你相识，至今已整整三十年了。

商　鞅　三十年来，卫鞅可曾有负于你？

公子昂　无有。

商　鞅　好！为此先饮一樽，干！

公子昂　干！那这第二樽呢？

商　鞅　昂公子可曾有负于卫鞅？

公子昂　……也无有。

商　鞅　真的无有？

公子昂　卫鞅，两军相争，各为其主。你堂堂七尺男儿何必为一女人耿耿于怀？

商　鞅　住口！先送韩女，再围固阳，乃是你魏氏父子的奸诈之计。

公子昂　卫鞅，孟兰皋邀我时不是说好了嘛，酒宴过后，各自罢兵回朝。

商　鞅　可孟兰皋已经被你作为人质留在魏营。

公子昂　战场之上，生死相见，并非你我儿时游戏之举，我怎么能轻易相信足智多谋的大良造？

商　鞅　你这奸诈之徒又怎会相信我今天邀你到此就是为了罢兵言和呢？

公子昂　卫鞅，你到底想干什么？

商　鞅　借你人头一用。

公子昂　我要是不肯呢？

商　鞅　那就跪在我的脚下，让你三军归顺伏降。然后让魏国退出西河之地，献出河东、上党！我要看着你父王拜倒在秦国君的脚下，我要完成秦国的统一大业！

公子昂　卫鞅！你这是痴心妄想！

商　　鞅　（冷冷地站起）昂公子，那就怪不得卫鞅了！

公子昂　卫鞅！你太歹毒！

商　　鞅　国与国争强，家与家争势，人与人争利，是你当年亲口教化于我！

公子昂　卫鞅，如果你今日不把我公子昂平安送回魏营……

商　　鞅　如何？

公子昂　孟兰皋就断无生还之希望。

商　　鞅　正是有孟兰皋这种舍生取义为天下的马前之卒，秦国才得以奋进。

公子昂　你……

商　　鞅　我要以你的人头祭我孟兰皋在天之英灵！

〔营帐四周乱箭齐发，公子昂中箭而亡。

商　　鞅　三军听令，东进中原！

〔另演区出现孟兰皋魂。

商　　鞅　兰皋兄弟，我做得对吗？

兰皋魂　大良造，为天下之大仁而捐小义，你做得对！只求先生在咸阳宫外，冀厥之上，刻上孟兰皋的姓名，兰皋含笑而感德于九泉！

商　　鞅　兰皋将军，我的面前没有了退路。……我把我生命中的一切，都化作了熊熊烈火，来浇铸着秦国这只大鼎了！

兰皋魂　大良造，先生来到秦国，务力变法，使秦国以蛮夷之邦崛起于西垂，一统中原之大势将成。望先生矢志不移，光复失地，天下归秦之日，便是孟兰皋夙愿已偿之时！

商　　鞅　好！

〔灯灭。

第四幕　秦惠文王元年

〔景监出现。

景　　监　国君诏曰：西河之战，大获全胜。魏国闻风丧胆，已将国都东迁大梁。大良造功勋盖世，特赐封商、乌二地共一十五城，尊为列侯，准乘五驾之车。

第一场　秦　商君封地

〔灯起。

〔商君府邸。

〔赵良衣着缟素，立于当户。

〔骖驾之声。马蹄得得，銮铃锵锵。

〔士卒："商君车驾回府！商君车驾回府！商君车驾回府！"

众士卒　商君车驾到。

〔庭院各处纷纷响应。

〔商鞅气派俨然地上。

商　鞅　（意外地）谁？

赵　良　商君率军破魏，凯旋而归。国君封土十五城，赐爵位尊列侯，功盖天地，臣仆前来道贺。

商　鞅　原来是赵博士，赵博士你来得好啊！可你赵博士白衣素服，披发左衽，是道贺还是志哀？

赵　良　孟兰皋！孟兰皋为商君的马前之卒，孤身入敌，以一身之性命换取商君今日之显赫，我的学生我不志哀谁来志哀？

商　鞅　赵博士，二十年前鞅孤身入秦，游说国君变法，朝廷之上，多亏赵博士暗中鼎力相助，才使大秦变法有了今天的局面。更何况赵博士令弟子孟兰皋辅佐于我，忠心耿耿竟以身殉国，鞅痛心不已。

赵　良　痛心不已？呵呵！挖下陷阱，布下圈套，以孟兰皋为钓饵，引公子昂受骗。如此巧诈计谋，连孙武都要逊你一筹！只怕你是喜不自禁，岂能有痛悔之心？自欺欺人吧？

商　鞅　今日之赵良与二十年前的赵博士简直判若两人！

赵　良　因为商君与卫鞅已今非昔比！

商　鞅　鞅之心一成不变！

赵　　良　不！你看你从一个魏国的家臣，一跃而为十五城池的侯爵；再看你所乘五驾马车，前呼后拥，招摇过市的气焰；骄奢之至，无以复加！无以复加！

商　　鞅　我所得所居都是国法所定，国恩所赐，有哪条违背了秦国的律条而使你们如此嫉妒？

赵　　良　啐！只怕不是赵良一人心地狭隘，而是朝臣上下都在嫉恨着你！

商　　鞅　朝臣上下只见我高官厚禄，难道你们没见我为秦国汗马劳顿，心力交瘁吗？

赵　　良　"毛羽不丰满者，不可以高飞！"

商　　鞅　"毛羽不丰满者，不可以高飞？"你是指秦国？

赵　　良　不，我是指你！

商　　鞅　那秦国呢？秦国的毛羽不正日渐丰满，期待着振翅高飞吗？想当初秦国只是西垂之地的蛮邦异族，在周天子与诸侯面前是不屑一提的区区小国。而自变法以来，连伍什，开阡陌，初税亩，平度量，颁法律，促农战。国，日见其富；兵，日见其强。战必胜而地必广。天子致霸，诸侯毕贺。东向中原而六国胆寒，魏国东迁大梁而秦国移都咸阳！这，难道是我商鞅一人之显赫？若无商鞅，何以能挽大秦于衰微之中？若没有孟兰皋这样舍生取义为天下的马前之卒，没有像商君这样为正天下而一意孤行之人，而都像你赵博士这样保身心、全名节、避是非、躲危难，秦国，只怕依然是教化不成的蛮夷之地！

赵　　良　观商君二十年之作为，确实是经天纬地之才。犹如千里马，不可多得。可是，如果有一百匹马来讨伐你这一匹千里马，你纵然有千里之能也势必倒毙于中途！

商　　鞅　那为什么不让这千里马一马当先，百马随之而奔腾，却要以百马去讨伐这一匹千里马？

赵　　良　因为谁也不想被证明自己是一匹劣马！

商　　鞅　赵博士，莫非商鞅攻打西河，迫使魏国让出西河，实现了秦国历经二百六十多年、十四代国君心中之夙愿，倒反而得罪了朝廷，致使群臣大张挞伐吗？

赵　良　商君，你知道你的威势何在？在国君。如今国君身染重病，太医束手无策。一旦国君捐世而去，只要有一人随便安一个罪名，说一声商鞅必除，只怕群臣一呼百应！这一点也许你并不清楚。

商　鞅　（泰然）……未必不清楚。

赵　良　嗯？

商　鞅　未必不清楚！

赵　良　商君，你亡命即在旦夕之间哪！

商　鞅　依赵博士之见，鞅该如何躲避此灾祸呢？

赵　良　归还十五城封地。辞官还乡，急流勇退。只有这样也许还能全身保命，稍享田园之乐！

商　鞅　辞官爵，退封地，享田园之乐？让商鞅在敌对者的围攻之下龟缩于窟穴之中以求全身保命而置秦国大业于不顾！这是商鞅？商鞅不行商鞅之轨而步赵良的后尘，这就是说商鞅名存实亡了？！孟兰皋拼将头颅掷地，血染黄沙，就是为了这个结果？你枉为人师！鞅宁死不能！

赵　良　赵良无非是为商君尽心而已。就此告辞！

商　鞅　不送！

赵　良　谢商君不杀之恩！（下）

〔尸佼踉跄而上。

尸　佼　商君……

商　鞅　先生，先生你这是……？

尸　佼　商君，尸佼自从投奔麾下，鞍前马后，也算忠心耿耿；出谋划策，也算竭尽所能。对秦国，对国君，对商君你，我问心无愧。眼下，尸佼不再求功爵，只求商君放我生路一条！

商　鞅　你也要走？

尸　佼　虽于心不忍，但实出无奈。我尸佼不愿以忠心报国换取这不白之冤！武将死于血战，文官死于忠谏，死于非命，尸佼不干！

商　鞅　这到底发生了什么事呀？

尸　佼　回府途中，身中暗箭！

商　鞅　"商鞅死之日，秦人乐之时。商君，请跷足而待之！"谁竟敢如此大胆？

尸　佼　明枪易躲，暗箭难防！欲置你我于死地者，非止一人！

商　鞅　莫非摆在面前的就只有这死路一条吗？

尸　佼　前途莫测，商君珍重！

商　鞅　先生，先生，咸阳城外、冀厥之上可镌刻有我爱将孟兰皋的姓名？

尸　佼　兰皋将军将与日月同辉。尸佼，惭愧了……

商　鞅　先生，先生啊！……商君！商君，如何？一人之下，万人之上！如何？你悔吗？你恨吗？你将会轰轰烈烈、叱咤风云，还是会土崩瓦解、灰飞烟灭呀？不！不！还没到那一天！

〔灯渐灭。

第二场　秦　咸阳宫　后宫

〔灯复明。

〔秦宫。

〔丧乐低回。众老臣身着丧服，痛哭号啕。

〔公子虔大恸上。

公子虔　国君！国君……

众老臣　虔公子！

公子虔　自老臣蒙罪在身，自惭形秽，不敢觐见君上，谁知君上竟溘然而去！臣……臣未能为君上分忧，罪该万死啊！

景　监　毕竟是虔公子，拳拳之心令老朽涕零。

公子虔　哦，景大人倒还健在？

景　　监　托太傅的福，还没糊涂哪。

公子虔　不糊涂就好！

景　　监　新君驾到——！

〔现为惠文君的太子驷上。

惠文君　赖先君荫护，太子即位。将百年社稷委于寡人年轻之身，怎敢有懈怠之心？悠悠万事，以社稷为大。望各位老臣忠心辅佐，将先君遗愿宏扬而光大之。

公子虔　臣以为，先君在世更法度，拓疆土，短短二十余载，便使我大秦之国定都咸阳，坐视中原。先君之功德，勋烈辉煌，然如今朝野上下，言必称商鞅之法；宫外冀阙之上，所载所记无不是商鞅所作所为，这将置先君于何地，置国君于何地？

公孙贾　商鞅之人不可不除！商鞅之法不可再行！

众老臣　商鞅之法不可再行！

公子虔　不！商鞅之法不可不行！商鞅之人不可不除！

公孙贾　用商鞅之法除商鞅之人！

景　　监　虔公子，你就是这样忠君爱国吗？

惠文君　景监！

景　　监　在。

惠文君　宣诏！（将诏书递与景监）

景　　监　国君，景监一生，无所作为，唯荐商鞅于秦，引以自豪。

惠文君　宣诏！（下）

公子虔　景大人，宣诏啊！

景　　监　国君诏曰：商君卫鞅，自封侯以来，自尊为主，违拗上意，致天怒人怨，众愤难平。新君登基，依然恃才傲君，不假而归，图谋不轨。依先朝之法，谋反者，夺其爵位，处车裂之刑！……啊！（双膝一软，跌跪于地）

〔众臣欢呼。

〔切光。

第三场　秦商君封地

〔追杀声起。
〔特写光照射着愤懑的商鞅和那架曾经显赫过的战车。
〔姬娘上。

姬　娘　亥儿？亥儿？
商　鞅　是姬娘？姬娘，你怎么来了？
姬　娘　因为那一天到了。
商　鞅　总以为那一天到来之日，能让亥儿报答姬娘。未料到，亥儿却连累了姬娘。
姬　娘　不！娘高兴。为娘的生下了一个孽种。这个孽种没有被人杀死，他整整活了五十二年。难道还不够吗？
商　鞅　难道，亥儿是姬娘亲生？
姬　娘　我生下了一个孽种，这个孽种让奴隶见了天日，令显贵们变色，难道还不够吗？这个孽种令山川易位，乾坤倒转！难道还不够吗？
商　鞅　（撕心裂肺地呼唤）娘——！你怎么在这个时候来了？
姬　娘　因为那一天已经到了。

〔追杀声起。

商　鞅　娘，你听见了吗？他们追来了！
姬　娘　儿啊，你的五驾马车呢？让为娘的也坐一坐！
商　鞅　好。

〔商鞅郑重地将姬娘背负登车。
〔商鞅立于车前，举鞭。

商　鞅　娘，我们这是要到哪里去？
姬　娘　哪里不能去？天地之间，哪里不是我们的归宿？
商　鞅　娘，你坐好！
姬　娘　哎！

商　鞅　（豪气顿生）驾！

〔马车在旷野之中肆意驰骋。

姬　娘　百姓们，奴隶们！这是我的儿子商鞅。他就是为你们秦国变法的商鞅！他不仅仅是我的儿子，也是你们的儿子。你们是秦国的子民，为了秦国的现在和将来，你们为他说句公平话吧。

〔空旷的原野里，杀声四起，箭镞飞射。

〔熊熊的火焰在这一片原野里腾腾地燃烧着。

〔母子俩相互支撑着在那辆狂奔的战车上，穿越在暴雨般的箭矢之中。

〔终于，商鞅被这肆意狂飞的乱箭射中。

姬　娘　你们这些愚人……！你给娘站起来，你给我站起来！

商　鞅　（轻声）娘，娘。

姬　娘　娘在呢！

商　鞅　（独白）太阳落山了，太岁星又将升起来。黑夜又将这大地笼罩。这四野的烈火在熊熊燃烧，这火焰是我亲手将它点燃，而我，却在这腾腾的烈焰中化为灰烬！商鞅！你被你自己点燃的火焰吞噬了……秦国，秦国，你们的商君将在这里永远消失了。他把自己的生命浇铸在秦国的大鼎之中，他用自己的生命铸造起这里的辉煌，如同火焰般将这三秦大地照亮！而他却将被他所拯救过的人们放逐了。商鞅睁大着眼睛在期待，期待着秦国的那一天！在一个帝国的根基之下，一个不屈的商鞅曾被无情地埋葬！秦国，秦国，我走了！

〔商鞅与姬娘如雕塑般矗立在那曾经辉煌过的战车之上。

〔幕闭。

〔剧终。

精品剧目·话剧

父 亲

编剧 李宝群

谨以此剧献给艰难前行的工人们

时间

九十年代后期。

飘雪的冬季。

地点

东北，某工业老城。

工人村，杨家。

人物

父亲（老杨头、杨万山）、母亲、大强、大玲、二强、宝成、莹莹、小方、老梁头、老宋头、老丁头、冯大个子、拉弦师傅

———话剧《父亲》 〉〉〉〉

第一幕

〔中国东北，寒冬。无数大工厂的丛林中一座工人村，许多老式平房。天下着小雪，一些可见的树木落着雪，远远近近一应景物尽在皑皑白雪中。

〔杨家。东北普通工人人家，客厅，有门通向卧室、厨房、偏厦。厅内置有沙发茶几，一家人吃饭用的圆桌。一老旧藤椅（老杨头的专用椅子）。墙上挂有大小不一的老旧照片镜框等。一侧有地炉子、火墙。

〔厨房内炊烟游动。一头银发的母亲系着围裙忙着做菜备席，又切又剁。

母　亲　（喊）二强子，二强子……这死崽子都啥时候了还不起床？起来！你爸上厂子开会说话就回来，你找着挨骂呀。（边收拾桌子边叨叨）小祖宗，下岗半年多了也不着急去找工作，整天在家睡懒觉！我可和你说，你爸这几天心脏病又犯了！你要惹他生气，别说我不给你好脸子——你就不能和你大哥学学，你看人家多争气——你大哥就要当副厂长了。

〔大玲、宝成领背着书包的莹莹上。宝成手里提着两瓶酒！

莹　莹　奶奶，我回来了！姑姑姑夫接的我。

母　亲　都回来了，正好宝成啊，待会儿你爸和大强回来，你们爷几个好好喝几盅。

宝　成　哎！妈，你看，我又给爸弄两瓶好酒。

母　亲　又买酒了？（看酒）哟，这得啥肚子喝这么好的酒？

宝　成　孝敬爸妈花多少钱我都不心疼！（解母亲的围裙系上）今天还是我上灶。妈，今天家里有啥好事呀？

母　亲　大玲没和你说呀，大强当副厂长了。

宝　成　说了，可那只是第九副厂长啊。

母　亲　好歹也是副厂长啊，你不知道这些日子家里净是愁事，你爸一连几宿都没睡好觉。今天借大强这事，咱们好好吃他一顿乐呵乐呵去去晦气！

宝　成　好，今天我做几个拿手好菜！

　　　〔宝成挽袖子入厨房。大玲也忙起来。

母　亲　大玲，今个工作找得咋样？有可心的没？

大　玲　又跑了好几家职业介绍所。这回我把以前在厂里得的先进证书都拿去了，他们看了挺热情，说优先帮我联系，一有消息就告诉我。

母　亲　这可真太好了！待会儿你爸回来和他好好说说，让他高兴高兴！（入厨房）

大　玲　二强，那些职业介绍所都愿意要三十岁往下男的，我给你也报了名。（取表）

　　　〔二强上。

二　强　真的。姐，太够意思了！（看表）还是这些活，保安保姆做饭的，刨马葫芦，全是苦活累活，我才不干哪！（笑嘻嘻地）姐，小方今天过生日，我答应请她吃饭……

大　玲　又要钱？

二　强　嘿嘿，够意思，面子事！

大　玲　刚给过你。都花了？（取钱包）

二　强　哎呀，现在干啥不得花钱？咱家老爷子跟个铁公鸡似的一毛不拔！逼得我可哪要小钱。我真是死的心都有！就给这点呀？（一把抢过去）都给我吧！嘿，姐，咱家除了你和妈就这玩意儿跟我最亲，（吻钱）还有这上边的四位老人家！

———话剧《父亲》》》》》

〔大玲叹气。

二　强　姐，你就靠住我姐夫，没钱就管他要！当年他父母去世早，是咱爸咱妈把他拉扯大的！咱爸就是为了救他一条命才弄残的，眼下咱家点背，正是他表现的好机会。

大　玲　你呀！咱俩还是得早点找到工作，早点上班挣钱。管人要钱的日子……

二　强　那怨谁？全怨咱家老头！当年非说当工人光荣，逼着赶着让咱们仨全进了这破机床厂，现在咋样？厂子一玩完，全他妈成难民了！

〔小方上，穿得很时尚，头发染了色，吃着小食品。

小　方　嘿！尝尝这个，特好吃。（喂二强一口）大姐好！看我这身衣服咋样？

二　强　好吃！好看！上我屋。姐，我俩进去了。（搂小方向偏厦下，边扯着嗓子唱着）工人村的太阳就要落山了，工人村里静悄悄——

〔二人入偏厦，说笑声。大玲默默择菜。电话响，宝成出。

宝　成　哎哎，孙胖子，哎呀欠你那点钱一天到晚老催啥催，我还能不还你吗？我正在想办法。你再给我几天时间。好好，就这么的。（关手机）

大　玲　又是那个孙胖子！和你说过好几回了，这个孙胖子不像是个正经人，你还是少和他做生意，你朋友小傅上次就是让他给骗了，你还不留点心眼——

宝　成　行了，小傅是小傅我是我，孙胖子和我是一块滚过来的铁哥们儿，他骗谁也不能骗我，和什么人做生意用不着你教我。（手机又响，接）我不和你说了吗？哎哟，儿子啊——小亮，学校咋样？哦，哦，放心，爸知道了，没问题！

大　玲　小亮的电话？啥事？

宝　成　儿子生活费不够了。赶紧给他寄钱，儿子可不能亏着，（取钱）这是一千，赶紧给他寄去。大玲，回到家里乐呵点不行吗？别老沉着个脸子,工作找不着慢慢找呗,有我哪!

〔宝成入厨房,大玲无言收钱,自尊心很受伤害,埋头干活。切好菜入厨房。

〔父亲穿中山装戴着劳模奖章上,郁郁不欢,他一一摘下劳模奖章,仔细放入柜内,脱下外衣,坐到老藤椅上。母亲出厨房。

母　亲　回来了!会开得咋样?

父　亲　头一个表扬的就是我呀,夸奖咱两子女都下岗了又给大伙做了一回榜样。唉,这会开得是真窝囊!散了会以后我在厂里转了一圈,烟囱不冒烟,车间没动静,没人气啊!越转越觉着冷,打心里往外冷啊。

母　亲　唉!想开点,现在不是咱一个厂子这样,得,不想这些堵心的事,吃药!(递药)再说大强要当副厂长了,这是多大的一个喜事!待会儿咱全家在一块好好吃顿饭,咱乐呵乐呵。

父　亲　乐呵,现在可不是乐的时候!待会儿大强回来咱们得跟他一块合计合计下一步该咋干,让咱干咱就得干好。

〔二强、小方在小屋里传来笑声。

父　亲　哼,黄鼠狼下豆褚子,是一窝不如一窝!我十六岁进厂当学徒,十八挑门立户过日子,二十岁东三省技术比赛就拿头名,大玲大强二十来岁也下乡干活了,这可好,整天在家趴窝!好啊,再趴些日子说不定就孵出小鸡了!

二　强　(冲出)爸,你也不能这么损人啊?我倒是真想孵出小鸡来,咱家省着买鸡蛋了,我再开个老杨家养鸡场,咱家都跟着沾光!

父　亲　你少跟我贫!工作没找着对象找得倒挺麻溜!什么做派?成天穿得花里胡哨,头发染得跟五花鸡似的,就这种主成了家我看你拿啥养活她?

二　强　爸,她咋的了你老不得意她?她帮人卖服装不穿得好看点服装能卖出去吗?

小　方　(听见,也出)大叔,这件衣服咋的了?你老上大街上看看,穿

——话剧《父亲》 >>>>>

得比我花哨的多得是。染头发咋了？街上染头发的多了，警察都不管。

父　亲　可这是在我家，看着不顺眼我就得说！

二　强　爸，你……

小　方　（脱了外套）行了，以后我再不穿它行了吧！（小声地）你家人咋这样？

父　亲　咋样了？一家有一家的门风，一家有一家的规矩，我们家不兴外头那一套。

小　方　你……

二　强　（将小方劝入屋）爸，你咋回事呀？你就不能对她客气点？是，她是打工妹，可那也是劳动人民啊！

父　亲　我活了这么大岁数，知道啥是劳动人民。我跟你说，三天之内找不着工作你就别进这个家门别端我的饭碗！实在找不着事，明个上街摆摊卖肉串去！

二　强　啥？你让我干那个，这大冷天能挣几个钱？还不让我吃饭？我是你儿子，你不养活我谁养活我？

父　亲　你说啥？我养活你？我冲啥养活你？你多大了？

二　强　也不是我不愿意干的，那是厂子定的，国家定的。你老和我来啥劲？

母　亲　（出来拦住）叫唤啥叫唤！快去换啤酒去！

〔宝成、大玲、小方都出来，拉开二强，母亲递筐。小方拉二强下。

父　亲　妈了巴子我一见着他我就不烦别人！跟老弱病残一块下岗，把我的老脸都丢尽了！他还打人车间主任，怎么养活这么个败家玩意儿？

宝　成　爸，现在的事你老就得往开了想。要我说，可着工人村数咱家情况就算不错了，大玲下岗了还有我哪，大强马上要提副厂长了，就一个二强，将来好歹给他找个工作也凑合了，你老真得知足

59

啊。妈，你说是不？

母　亲　是，宝成说的在理！哎，这饭菜都好了，要不你爷儿俩儿先喝着？

父　亲　不急，等大强！我有话要和他说！宝成，这阵子你那生意咋样？见点亮没？

宝　成　企业效益不好，我也跟着点背，做啥赔啥！不过爸你放心，最近我想做一笔大买卖，你老就瞧好吧，东方不亮西方亮，只要这笔买卖做成了，我就可以运转了。

父　亲　生意上的事我也不懂，这阵报上老说你骗我我坑你的事，宝成，你自个可得多长点心眼儿。

〔莹莹自外跑上，大强随上。

莹　莹　爷爷，奶奶，我爸回来了！

父　亲　来来，张罗开席！莹莹，倒酒！

〔众落桌，忙着上菜，倒酒。

父　亲　大强，打前个听着这信，我就想和你唠唠，说起来就一句话，眼下咱厂子是难，可这工夫正是该咱老杨家上阵出力的时候！（畅想起来）你玩命干他三年五载把厂子整上去，到时大玲接着回厂上班，二强子再找到个工作，小莹莹再考个好大学工作肯定差不了，咱家日子就好过了，那我也就放心了。

〔大强一直无话。

父　亲　你小子咋回事？今个咋像闷葫芦似的？你先跟我交交底，你这头一笊篱打算从哪下？要依我说，头一宗得把大伙的精气神弄起来，厂子也好个人也好，没有精气神啥啥干不成，我帮你把你梁叔几个都请回去，好好讲讲咱厂的光荣传统，你还得好好抓抓厂风厂纪，立点规章制度，重要的是生产得上去。

〔二强提着啤酒晃晃地上。听着。

二　强　爸，我哥都辞职了，马上就领着一帮人到一民营厂当厂长了！辞职书都交了！外头全传开了，就咱家人还蒙在鼓里。

〔全家震惊。

——话剧《父亲》 〉〉〉〉〉

父　亲　大强，他说的是真的咋的？

大　强　爸，是真的，今天我正式辞职了！爸，我要下海！王工带着他的专利产品和我一起到新区搞个新厂子。

父　亲　（直视大强）你是说，这副厂长你不当了？这机床厂你也不待了？这么大的事你就自个儿做主了？

大　强　爸，我考虑好几天，那个牌位厂长我不想干！这么些年我是看透了，在这个厂子根本干不成事，要干就得自己出去干！车票都买好了，收拾收拾我就走。

母　亲　大强啊大强！

父　亲　行了！我有话和他一个人说。

〔母亲等担心地入内室。场上只剩下父子俩。

父　亲　你坐下。（压着火）儿子，听爸一句话，明个一早赶紧回厂子去，收回你那屁辞职书，老老实实在厂子上班！厂子一天不黄咱就在厂子干一天！我和你妈都是建厂时的老工人，那几个老厂房是我和我那些老哥们儿一砖一瓦砌起来的，那些老床子是我们光着膀子肩扛手抬弄进厂房的。抗美援朝说美国飞机要炸厂子，文化大革命造反派要冲厂子，我把后事都跟你妈安排好了，成宿隔夜在厂里守着，这机床厂就是咱的家呀！家呀！我死了都想把骨灰埋在厂里的老槐树下，可你……明告诉你，兴厂子不要咱们不兴咱自己跳槽！你给我死了这条心！

大　强　爸，这件事你就让我做一回主吧！

父　亲　你？你再说一遍！你小子咋不知道好歹呢。我老了我干不动了，就指望你们几个接着再给厂子出点力。二驴子下岗了是他自己捏的，大玲下岗我没法子，可你，你是这个家的顶梁柱呀！这些年厂子对你不薄，你自己干的也不错，当工长提车间主任，你有屁丁点好事你爹在背后我都偷着乐，走在工人村里我腰板挺得比别人都直！做梦我都没想到你小子来这么一出，你这是想干啥呀？你是要摘我的心哪！

大　强　爸，这么多年我听你的话照你说的做，等着盼着熬着靠着，可又咋样了？莹莹妈嫌我不活泛死心眼一个人去了南方，再也没回来。直说了吧，这回我铁了心了！如果这事我还听你的，我就彻底废了！

父　亲　你……你小子再说一遍。

大　强　我从小是在厂子里长大的，论对厂子的感情我不比谁差。这些年我侍候了七八任厂长，方案、建议我提过多少次，上次换新厂长我点灯熬油写了几十页的长信，可根本就……王工那个专利产品在国内是领先的，他们不上，上了一个不行的产品赔了个底朝天。看着库里积压的那些产品，我都快急疯了！那个第九副厂长就是个虚职，我前边还有八个人哪，还是啥都干不成。

父　亲　干不成咱就跟大伙一块等着，等厂子好的那一天！你小子咋不知好歹哪，人家拿你当回事才提拔你，上万人的国营厂当个副厂长，咋的也比民营厂强！

大　强　那不见得！人家重视我让我说了算，王工那个产品到那儿就能上。我提议搞股份制，人人都入股，挣了钱人人都有一份，大伙热情可高了。

父　亲　行了，你别给我整那些外国六了，我不听。

大　强　爸，我都过四十了，我不想再等了！你说这些年错过多少机会啊！……如果再错过的话，我会后悔一辈子的！

父　亲　你，你小子想成心气死我是不是！好，好啊，你走，走了你就别回来！

大　强　不干出样来，我不回来！

父　亲　你敢！我实话跟你说，这事没商量！搁我这通不过！两条道走，哪条你自个挑：一、明一早给我回厂好好上班，给人交份检讨书老老实实在厂子上班；二、你走，你爱上哪儿上哪儿，可你要敢这么迈出老杨家的门坎，咱俩就断绝父子关系！两条道你自个掂对吧，老婆子，进屋！让他自己掂对。

〔老两口入内。大强不管不顾收拾东西，莹莹偷上，看着抹泪。宝成、大玲出。

大　玲　大强，爸有病，你就听他的话，别走了！

宝　成　大强，你知道这海里的水有多深啊，万一你要……

大　强　宝成，姐，我可能得忙一段，一时半会回不来。爸妈年纪大了，你们多操心吧。还有小莹莹……莹莹……

莹　莹　爸，你，你不要我了？

大　强　傻孩子，爸爸怎么会不要你哪？爸爸忙，待在奶奶家，一定听大人话。

莹　莹　不，我不让你走！（一把抢过大强的包，撒腿就跑）

大　强　莹莹！莹莹！快给爸。

莹　莹　不给，就不给，你没有包就走不了！不给！（抱着包一溜烟跑出家门）

〔宝成、大玲忙拿起莹莹棉衣寻追而下。

〔风雪纷纷，揪心的音乐。大强向里屋鞠了一躬，决然出门，走入风雪中。

母　亲　（追出）大强……大强！你给我回来！大强啊！

父　亲　（从内冲出）走了？这小子真走了？好，好啊，你走，走了你就别回来，（痛喊）老杨家再没你这儿子了！（气得发抖）

母　亲　老头子，医生说你不能着急上火，快，快吃药，老头子！

父　亲　吃药吃药，我吃啥药啊？（摔药瓶）走吧，都走吧！我也该走了——进太平房上火葬场，眼不见心不烦，走——吧。

〔他跌坐老藤椅上。音乐飘动。母亲抖抖地捡拾地上的药片，走过去。

母　亲　老头子，你别这样，求你了，你这样我害怕呀！这是咋的了？这咋成这样了？二强大玲下岗了，大强又……往后这日子可咋过呀？

父　亲　乱套了，全乱套了呀！这个家要完了！

母　亲　老头子！
　　　　〔收光。
　　　　〔雪花飘飘，音乐低回，夜色苍茫。
　　　　〔舞台慢慢旋转，雪中老杨头慢慢走来，默望远方。远处火车声传入。
　　　　〔路灯下，冯大个子和老丁头在下棋，老梁头坐在轮椅上专注地听着半导体拉弦的不紧不慢地拉着京胡。老宋头一下下打着板！

老丁头　这回你承认你是臭棋篓子了吧！
冯大个子　啥？我臭棋篓子？你才臭棋篓子！你这样的我让你一车一马也赢你！
老丁头　哎你这老家伙，输了还不服？大伙给评评理，不臭棋篓子下这么臭的棋？
老宋头　行了，他冶炼厂那两小子全下岗了，哪有心下棋？别玩了！
　　　　〔静场，一片沉默。
冯大个子　妈个巴子，管我要钱不说，领着老婆孩儿排着号上我那蹲饭吃，厕所都在我那上，说什么为了节省水费！唉，劳保开得都费劲，药费条子压了一堆报不了。你说我——
老丁头　大个子，算我输了我臭棋篓子行了吧。你别这样啊。
老梁头　家家都有一本难念的经啊！万山，大强的事我才听说。你说这孩子！以前遇上啥为难的事，咱有厂子有主心骨有老猪腰子，可这次……
父　亲　是呀，这心里头就像压了一座大山啊，没有缝不见亮啊！
老梁头　算了算了，不想这些闹心事了！来，老哥几个，吼他几嗓子！
父　亲　（领唱）看夕阳照枫林红似血染，
四老头　（合唱）秋风起卷黄尘四野凄然张定边忧国事，
　　　　　　　　某心中烦乱尽忠言劝主公力挽狂澜——
　　　　〔远处车灯光柱照着几个老头的身影。雪越下越大，落满老人的身上。

〔收光。

第二幕

〔夜色笼罩工人村。

〔大雪纷纷，风声喧响着。火车声不时传入。

〔灯下，两老人心绪不宁。母亲做手工活，不时向外张看，听声。

母　亲　大玲有阵子没来了，也不知道工作找得咋样了？唉，得亏宝成能挣钱，当年把大玲嫁给他算是嫁对了。大强也没个信，看出来了，不干出点名堂他不会回来了。

父　亲　爱回来不回来，死在外头才好呢！我告诉你，赶明个他要是回来也不许你给他开门！

母　亲　你也就嘴硬。这些日子有事没事就上外头溜达，还不是去哨听大强的讯？

父　亲　说啥哪？我哨听他干啥？我跟他没了关系了，我不想他了！我，我那是遛弯，闲着没事我串门！（烦躁走动）二驴子又上哪野去了？一天到晚一点没个精气神，整天介闲溜达乱逛当。走吧，都走，这个家成了大车店了，告诉你呀，往后咱们过点不管饭到点就关门！爱他妈哪去哪去！

母　亲　得了，别闹腾了，小莹莹心情不好，想她爸了，快看看孙女去吧。

〔老头入内，老太太叹气，入厨房。大玲疲惫地上。母亲出来看到。

母　亲　是大玲吧？玲啊，咋了你？

大　玲　没，没事。

母　亲　吃饭了没？饭在锅里热着哪。

大　玲　我吃过了。妈，我找着工作了。

母　亲　哎哟太好了，干啥？

大　玲　（取出大衣下藏着的报袋）今天我在五马路卖了一天报。

母　亲　这大风小号的，你咋上大街卖报去了？妈不和你说，让你找个别太苦的活？

大　玲　……王丽丽卖衣服，小金子卖油条，人家都找着活了，就剩下我了。妈，我觉得卖报纸这活倒挺适合我的，不像卖服装啥的，赔了也没多钱，蹲在道边就能卖。拿到报纸的时候我这心——找了这么长时间，我总算找着工作了！

母　亲　唉，卖得咋样啊？（看报袋）剩了这么多？

〔父亲欲向外走，听见母女俩说话，怔住。

大　玲　（哭出声来）妈！你打我一顿吧！咱家我最大，可数我最没能耐！我现在像是成了一个废人，干啥都干不好。人家都连喊带叫的，可我就是……张不开这个嘴，帽子围巾口罩我都戴上了，可看见熟人还是想躲不愿意让人看见，站了一天就卖出去十几张，看着人家乐呵呵地收摊回家，我……

母　亲　唉，这不是头一天嘛，这就不善了。

大　玲　到哪去找工作都要三十岁往下的，还要有中专以上文凭。这些年我一直记着爸的话，就想当个好工人，我一直在拼命地干活，从来就没想到过厂子会不要我，也没想到过要拿文凭，更没想过学别的，爸老说那是不务正业。可现在咋又要这些了——我会给机床上油会车出别人车不出来的活儿，可我就是干不好这些事！妈，我现在真不知道该怎么办才好了，一个人四十多了，难道还要重活一次吗？

〔阵阵风声。

大　玲　这些天我老是梦见厂子好起来了，我又回到厂里干活了。姐妹们也都回来了，围着我又喊又叫的，大伙一起在厂子食堂吃饭，一起在厂子浴池里洗澡，一起骑着自行车唱着歌上班下班，那个高兴呀！

〔空黑中传来姐妹们欢快的笑声，清亮的自行车铃声。掠过空中

———话剧《父亲》 〉〉〉〉〉

的鸽哨声。

〔声音渐弱渐远，听不见了，只剩下啸叫的风雪声。

〔风雪声。父亲听着母女对话，心如刀绞，慢慢走出，走入飞雪中。

母　亲　玲啊，妈倒不觉得卖报有啥丢人的，以前家里困难时妈啥苦活都干过，拉煤车，烧锅炉，再苦再难，只要咱咬咬牙总能熬过去！——得，拉倒吧，不去了，不去了，反正卖报也挣不了几个钱，在家猫一冬，宝成能挣钱哪。

大　玲　妈，我才四十多岁，没病没灾的我干吗让别人养活？那种日子别人能过，我一天也过不了。自己挣钱苦点累点可花着心里舒坦！

母　亲　那就不着急，慢慢来，慢慢来。心里不好受就回家和妈说说心里话，妈别的忙帮不上听你说说还行。虽说你们都长大了，可这到啥时都是你们的窝呀！

大　玲　妈，你不用担心我，刚下乡时挑大粪进厂当学徒在翻砂车间干翻砂，活都挺苦的，我不都熬过来了吗？——明天我接着上街，这回我想好了，哪人多我上哪去卖，说死也要拉下脸来多卖几张，我就不信，别人能喊我就不能喊！你放心吧，你女儿会挺过来的。我去看看莹莹的功课。

〔大玲拿着报袋入内。母亲叹气入厨房。二强由小方扶上。

二　强　（捂着创处）哎哟哎哟，真疼！这帮小子下手也太狠了。

小　方　这帮混蛋都不得好死！（关心地揉）吓死我了，以后咱不去那舞厅了。

二　强　怕啥？别人要再敢打你主意我还跟他干！为了你我就是牺牲了连眼睛都不眨一下。哎，你这一揉好多了。

小　方　你呀。唉，真是的，想跳个舞都不顺，我都看出来了，这一段你心里也不好受，舞跳得那么疯和人家打架那么凶，你好好歇着吧，我走了。（欲下）

二　强　别呀，待会，我爸不在，陪我一会还不行啊。嘿嘿，就一会，一小会。

小　方　（坐下）二强，说心里话，这段我也特闹心，给人家卖衣服一天到晚又喊又叫累得要死也挣不了几个钱，周围那些姐妹都比我有钱，小霞在洗头房挣的都比我多，手上还俩戒子哪！她们的男朋友都比你强，到现在你连工作都——

二　强　得得，又来了，烦不烦！好好坐会行不？

小　方　二强，我说话你别不爱听，现在找对象谁不想找个有钱有能耐的？可你……光生闷气有啥用？打架打得再厉害顶啥用？就你这情况，你爸还瞧不上我，我哪点配不上你？再不济我还能自己养活自己哪！连件好看衣服都不让穿染个头发都……行了，我不说行了吧？二强，你对我好我知道，我也愿意和你在一起，可听你家老人那么说你，我头都抬不起来，唉，咱俩处一处玩玩行，可要是真跟你过一辈子真不如去上吊！

二　强　（急）咋的，看不上我了？想和我分手啊？我不想让你过好日子？看别人那样我心里好受啊？小方，我现在啥都没了，就剩下你了，不管别人咋说，我杨二强非你不娶！小方……（上去欲亲小方）

小　方　（推开他）你就会来这个！这鬼日子啥时是个头！

二　强　方，你再给我一段时间，我和铁子三儿都商量好了，准备到关里去闯一把！这回我豁出命也要干出个样来让他们看看，我要体体面面地和你结婚，让你在人前把头抬得高高的！

小　方　你要真能这么做，刮风下雪下刀子都跟着你，跟你一辈子！可你要是再这么下去，我就到洗浴中心挣钱去，真逼急了，我就去傍大款、当二奶！（跑下）

二　强　你……小方！（郁闷悲愤）妈，妈！

〔母亲上。

二　强　妈，有个事和你说下，妈，坐这，我想去挣笔大钱。你给我贷点款呗！

———话剧《父亲》 >>>>>

母　亲　贷款？你当你妈是开银行的呀？

二　强　妈，几千就行！

母　亲　几千？你想把你妈剥皮吃了？

二　强　哎呀妈，咱家不是有老箱底吗？

母　亲　那钱是你爸的工伤费和头几年出去补差拼老命攒下的，你爸发话了，谁都不许动，特别是不能给你。

二　强　别告诉他不就得了吗？妈，我要挣了大钱你俩啥都不用干了。我给你俩开双份工资。

母　亲　等你给我开工资？那不得等到我咽气呀！

二　强　妈，你——你老说我不能挣钱，可挣钱得有本钱哪。你舍不得孩子我套不住狼啊！妈，你最后赞助我一把行不行。咱家钱放哪了？

母　亲　不行！好不容易攒下这点钱……再说就你这号的能干啥呀？干啥不得赔个底朝天！老实在家里待着，妈能蹦达就饿不死你。

二　强　妈，你怎么也这么看我？你要是不借我钱，我就出去偷出去抢了！

母　亲　你敢！你就让我操心哪你！

〔莹莹叫，母亲入里屋。二强潜入厨房，悄手悄脚抱一盒出，取出钱，轻轻走出屋，奔到院子。父亲上。

父　亲　你小子鬼鬼祟祟干啥去？

二　强　啊啊，对，我我出去有点事。

父　亲　站那，有事？你能有啥事呀？一天到晚除了要钱、花钱……

〔二强不理，扭身欲下。

父　亲　你给我站下！我还没说完哪！我问你，这些天天天回家晚，你干啥去了？

二　强　没干啥！

父　亲　没干啥？冯叔家老二都跟我说了，你在舞厅和人打架，都打到派出所去了，有这事没？你到派出所你还跟人家公安支把，差点没把公安给打了!

母　亲　（跟出，听到）这，这是真的吗？二强？

二　强　有那么回事，一帮人在舞厅里欺负小方，那我就和他们干呗，到公安局他们还向着那帮人，一点不讲理！

父　亲　嘿，你还有理了？啊，在厂里打，在外头打，还打上公安了……小方小方，真整不明白她到底哪块好？值得你为她连命都不要了？一个外地的，不知根不知底，一天到晚得得色色的哪像个过日子的？妈巴子粘乎上就没完了？

二　强　她是啥人用不着你管！我就看上她了，咋的吧？

父　亲　你……好，好，你他妈爱和谁好和谁好，可你到处给我惹祸就不行！今个你就给我站这，哪也不许去！好好想想你以后咋办？啥时想好啥时进屋睡觉！

二　强　爸你这也太不人道了……下着雪呢，你让我……

父　亲　不行，你就给我站在这，让小北风唬达唬达，让你清醒清醒！你给我立正！立正，我不发话不许动地方！

二　强　摆啥威风？还当是你当劳模那会哪？你要是那种有能耐的爸爸给我弄个好工作，我也至于这样！

父　亲　你嘟囔啥呢？

二　强　你知道现在外头怎么说你这种爸爸？一等爸爸没牵挂，儿女想啥就干啥；二等爸爸打电话，儿女工作也不差；三等爸爸跑上又跑下，送点礼也能安排下；四等爸爸没能耐，只会待在家里骂！你也就待在家里骂骂我行吧？

父　亲　好小子，我今个还不骂了！我打死你！（找东西，抓起一木棍就打）

母　亲　老头子，你这是要干啥呀？

父　亲　你这个四等爸爸教教你怎么做人。我四等爸爸？你他妈是几等儿子？都快三十了，还靠你四等爸爸养活，纯粹是等外品——你给我站好了！站直溜的！

母　亲　老头子，你消消气，有啥话咱进屋说，这么大的雪让他站着冻出毛病咋整？

二　强　我说错了吗？这些年为了你这破劳模，我们尽做牺牲了，我哥我姐下乡进工厂尽让他们干苦活累活，分房子你让别人，涨工资你往后梢，我们几个沾你啥光了？你干了一辈子给我们留下啥了？你那些破奖状现在一分钱不值，拿旧货市场卖都没人买你知道不！

〔老头气得发抖，狠打二强！二强躲闪着，大玲、莹莹奔出，拦、劝。

父　亲　你，我打死你个王八蛋！我没能耐我一分钱不值！我一天到晚这是为谁呀？老了老了我弄了个四等爸爸！我四等爸爸！

二　强　（不顾不管地）你现在什么都不是了知道不，我们混到今天这样全是因为你！你知道我们仨心里怎么看你吗？我们三个——全都恨你！

〔呼号的风雪声，老人震惊地待在那里。

母　亲　（狠狠打了二强）我让你胡说，去，去给你爸道歉，去呀！你道歉！

大　玲　二强，你说些啥，爸有病你不知道啊！快去给爸认个错！

二　强　我不去，我就是不去！（恸喊着）到啥时候都是我不对，到啥时候都是我不对，他心里不好受我心里就好受啊？有能耐你打死我！打呀！

〔大雪纷飞，老头慢慢下。音乐中收光。

〔暮色森森，雪花飘飘。舞台无声旋转。老杨头慢慢走上。

〔路灯下，拉弦的拉着京胡，老哥几个坐、立雪中，沉浸在杂乱的回忆里。

老宋头　那个时候，全国机床厂咱是老大哥，走到哪一提起咱厂的厂名没有一个不羡慕的。"共和国的长子"、"领导阶级"啥好词都给咱用上了。我媳妇和我结婚那天我问她：嫁给我这么个出大力流大汗的工人，你不屈呀？她说不屈，就因为你是工人我才嫁给你，嫁给工人光荣！呵呵，傻了巴唧的！

老丁头　修建工人村那会，了不得！咱这是全城最漂亮最气派的，牛气！路过这的人没有不羡慕咱们的，嘿，就连外国人都上咱这来参观，都直竖大拇指啊。

冯大个子　早晨上班，嚯，成千上万的自行车一块往前赶，前前后后看吧，冶炼厂的、机床厂的、车辆厂的、桥梁厂的，那阵势，浩浩荡荡，铺天盖地！

老梁头　国庆大典上天安门观礼台，我是站在头一排头一个。头一排头一个呀！

〔响起欢呼声，掌声，强劲的锣鼓声。火车声隆隆远去。琴音苍凉焦灼急切。

老丁头　雪又大了，咱该撤了。太晚老伴又该着急了……我先回了。

老宋头　我也回去了。

老梁头　（叨念着）头一排头一个，头一个。

〔老丁头等推老梁头慢慢下。父亲孤坐雪中，如雕似塑。飞雪中，母亲喊上。

母　亲　老头子，该回家了！老头子，你在哪儿哪？该回家了！（看见老头）老头子，你一个人坐这干啥哪？二强子走了，说是和铁子他们到关里打工去了，把我藏的三千块钱也拿走了，（失神地远望）就这么走了，连个招呼都没打，这是上哪儿去了哪？老头子，你咋不说话呀？

父　亲　老伴呀，你跟我说句实话，孩子们都恨我，你是不是也恨我呀？

母　亲　那都是气头上的话，你可千万别往心里去。一辈子了，别人不知道我知道。

父　亲　就算孩子们不恨我，我也恨我自个。我这个爸没当好，没当好啊！唉，我真没想到会有这么一天呀！这些年国家怎么教我的，我就怎么教他们——当工人要当个好工人，要爱厂如家，要把一切都献给厂子，这，这些都错了吗？我得的那些奖状、奖牌，真像二驴子说的那样一分钱都不值？我这辈子是不是白活了？

母　亲　说啥哪？你咋就白活了？不管别人怎么看，在我心里不是这样的，不管和谁比你都一点不低气！那些奖状孩子们不当回事，我当回事！那都是你流血流汗拼老命拼来的呀！是我一张一张给你攒下的，到啥时候我都留着它们，我留到死！

父　亲　老伴呀……

母　亲　还记得那年你从东三省得状元回来，那么多人啊敲锣打鼓去车站接你。你从车上下来，胸前戴着那么大一朵大红花，我心里那个得劲呀！还有那年你从北京参加完国庆大典回来，全工人村的人都跑到咱家来，挨着个握你的手，我真是……老杨啊，这辈子跟了你，我知足，我有福啊！

父　亲　老伴呀，也就是你呀，还拿我当回事。

母　亲　老头子，啥坎咱都过来了，这回你可不能倒下呀。你要是倒下了，我……老头子，你，你得答应我，你要和我一块挺过来。啊！

父　亲　老伴！

　　　　〔老两口手相握，两无声。满天雪花飘舞。

母　亲　走，咱回家。

父　亲　哎，回家。

　　　　〔两人相搀相扶，慢步走去。

　　　　〔四次响起当年激动人心的锣鼓声，欢呼声，在风雪中回荡传送，久久不散。

　　　　〔夜，阵阵风声。客厅内空无一人。大强、宝成上。大强拿着营养品。

宝　成　哎，一会儿见了爸，你可千万千万别犯倔。二强偷了家里的钱走了，老爷子急得非要上街卖烤肉串，谁劝也劝不住，他心里比谁都闹腾啊！你可……

大　强　放心吧。只要老爷子能点头，我咋的都行。

〔母亲自内出。

宝　成　妈，你看谁回来了？

母　亲　大强，你可回来了！快见见你爸！

莹　莹　（跑出）爸！爷爷，我爸回来了！

〔父亲出，无话，走向老藤椅，坐下。

母　亲　老头子，你咋不说话呀？儿子回来了。

莹　莹　爷爷，这些天你不一直想我爸吗？

父　亲　胡说！谁想他了？我没想他。他是谁呀？

大　强　……爸，这么多天都过去了，你老这火还没下去？要是你还生气，你打我两下吧。我知道你老不会真不认我的。

母　亲　（接过补品）老头子，儿子给你买营养品了——借个台阶就下吧！

父　亲　干啥呀这是？啊，打一巴掌给个甜枣，拿我当三岁小孩了！（推开补品）

莹　莹　爷爷，我替爸爸给你认个错！（鞠躬）爷爷，嘻……

父　亲　唉，养了一堆呀，都不如个孩子。咋的，在外头干不下去了，想回头？

大　强　看你说的，我干的挺好，回啥头啊？再说我要就这么灰溜溜地折回来了，也给你老丢脸啊是不？

宝　成　爸，知道你老担心大强，我特意去了趟大强厂子，比我想象的有样，厂子的人还都挺服他。大强这步还真走对了，爸，上阵亲兄弟打仗父子兵，他既然不想回头，我看咱就得帮他。我和大强说了，他的事就是我的事，我那就是他的办事处，缺啥我给他跑！我俩整个产供销联合体一块往前闯！到时候你老和妈也就不用大雪寒天地上街卖肉串了。

大　强　爸，我给你老道歉了！（鞠躬）你嘴上不说，其实你心里放不下我，说心里话，可这工人村里这么多人，我最佩服的就是我爸！真的，这些年我一直想着给你作脸，想干得比你还好！可我也看

———话剧《父亲》 〉〉〉〉〉

出来了，你那个年代已经过去了！你儿子得重新开始！出去这些天我才发现：过去我们这些人就像是一根火柴盒里的火柴等着别人来划，要是火柴盒湿了潮了就废了，现在不用等别人划我自己着了，我心里堆满了柴，我得着它一场大火啊！——爸，厂里百十号人都让我给点着了，大伙嗷嗷叫，那精气神儿可足了！要不你上我那厂里看看，你儿子不白给！（动情地）要是咱工人村的人都着起来，要是所有的人都着起来，那咱们的日子肯定火得不得了！爸，你老不就是盼着过好日子吗，它不远了！条条大路通罗马，民营工厂也是工厂，我那厂子现在是小了点，可你给我起的名叫"杨大强"！不干拉倒，要干我就把它做大做强！我想好了，等厂子有了钱，我头一件事就是回过头和老机床厂搞兼并联营，到那时候，老爷子，你就瞧好吧。

父　亲　吹吧吹吧，没咋的哪就开吹了？还兼并还联营？都成你的了哪。你爸是工人，看真的信实的，你现在说出龙叫唤来也不好使！还还还罗马，你是骡子是马还不一定哪！

大　强　好，老爷子，我给你立个军令状，咱五年内见！你等着，看有没有那一天！

父　亲　坐下吧。

大　强　嘿嘿，我站着！

父　亲　叫你坐下你就坐下！你小子回来干啥来了？十有八九肯定有事呀？

大　强　我爸就是我爸，太了解我了！爸，我回来是想请你老出山的！厂里为王工的专利产品做样品，最关键的三号轴我领着十多个人干了七八天都没干出来，这工艺总是不过关。

父　亲　听见没听见没，我说他肯定有事吧！油嘴滑舌在这白唬。你百十号人的厂子连个样品都弄不出来，还吹啥呀？

大　强　爸，说实话，我是请你老先给我救救急把样品赶出来。客户正急等着看样品和我签合同！按王工的设计要求应该用数控机床才能确保质量，可我订购的数控机床得一阵子才能到，那就来不及了。现在只能靠人工干。这回我算是知道了，干厂子，现代化的高科技和传统的绝活两样哪样都不能少！爸，连批量生产用的原材料宝成都替我联系得差不多了，这头一炮打响了，国内市场就打开了，往后就好干了，如果不能及时把样品拿出来，那就啥啥都泡汤了！爸，现在是万事俱备——

父　亲　——只欠东风！

宝　成　（展图纸）爸，图纸我看了，确实挺难弄的，真得你老这八级大工匠出山。

〔母亲递老花镜，父亲接花镜，接过图纸。

父　亲　（看了图纸）不行啊，这活我干不了！

大　强　爸，人家可都说你能干啊，我跟王工都打了保票了，你真不帮我啊？

母　亲　孩子没难处不会来求你。

父　亲　这不是求不求的事。这三花的活最要劲，进刀得稳收刀得快，差一毫就全废了。哎，这活我干过呀，（奔去再看）儿子，爸老了，爸干不动了，这手不听使唤哪。可这城里数能拿得下这活的没几个，三厂老胡兴许还行，去找找他。

大　强　你说胡叔？胡叔家我知道，我去找他！宝成，走！

〔二人急下。

父　亲　（默看着手）唉，我这只手啊！

〔收光。

第三幕

〔黄昏，远天的夕阳如血映照着工人村，一地夕晖。
〔杨家，宝成上，他躲躲藏藏，不时向后张望着。

宝　成　（电话响，他看号后接）是我，我现在在火车上——对，我就是

——话剧《父亲》 〉〉〉〉〉

要钱去，要来钱了我先打给你。哎呀，不只一家欠我钱，只要钱到账面上我马上打给你。

〔他关上手机，向外看。大玲穿着报嫂坎肩、背着卖报袋上，看着宝成。

大　玲　哎，你看啥哪？

宝　成　没，没看啥。

〔莹莹上。

莹　莹　姑，这字念啥呀？

宝　成　莹莹，你到外面替姑夫看看，有没有一辆白色面包车停在小卖店那！

〔莹莹跑下。

大　玲　宝成，这两天到底咋回事？昨晚有电话来你都不接，你是不是躲着谁呀？

宝　成　我的事你别管！

大　玲　我是你老婆，我不管谁管？宝成，小傅跟我说你前一段和孙胖子做了一笔挺大的生意，他让我劝你一定要提防孙胖子。你和我说实话，是不是你和他的生意出了啥事？

宝　成　出啥事了出啥事了？我说你是不是盼着我出事呀？

大　玲　那孙胖子今早在电话里让我告诉你赶紧还他钱是咋回事？他还说到时不还要找你算账。今个一天我一直在给你打电话，你不是不接，就是不开机！

宝　成　你！行了行了，生意上的事我自己会摆平的。你少在边上给我添乱行不行？（没好气地）你又上街卖报了？你找工作我不反对，可我大小也是一个老板，你穿这身上街卖报，这要是让我那些朋友知道了，我还怎么和他们谈生意？你一个月卖报挣多少钱？我全给你。

大　玲　现在你除了给我钱，好像就不会别的。咱俩在一起这么多年了，我在想什么你真不知道？我就是不想让你养活，像个小猫小狗似的要饭吃，那不是我杨大玲！

宝　成　你……和你说点啥咋这么费劲！你心里想啥我是不知道，我一天到晚在外头忙活压力有多大你知道吗？现在生意场就是战场，一个个全都六亲不认，表面上敬烟敬酒称兄道弟，可桌子底下埋着地雷椅子底下全是坑，连笑都他妈是假的，我是在跟一群狼在打交道，弄不好就让他们给吃了！我这么干为啥？还不是为你为孩子为这个家！

大　玲　你有难处我知道，你能不能不让我担心？这些天你老没缘没故总发火。

宝　成　告诉你也没用。

大　玲　唉，最近我常想你下海前在厂里那段日子，多好啊，早上咱俩一块上班晚上一块回来，星期天还能一块领亮亮逛逛公园看看电影啥的，想事也能想到一块去。从打你辞职下海话越来越少，人越来越冷，和你说啥都发脾气，怎么变成这样了？现在，你和我，和孩子之间好像就剩下钱了……

宝　成　废话！过日子过啥？不就是钱吗？说话？和你有啥话好说？生意上的事你懂吗？你能帮我弄贷款还是能帮我揽活、要债？你以为我不愿意逛公园，我不愿意看电影？可我是在钢丝绳上走路在火上跳舞……（电话响，焦灼地打）孙胖子，你别逼我行不？告诉你孙胖子，你把我逼急了你一分钱也拿不到！这样，你最后再给我点时间，三天，好，我保证——就这么的！（关手机）这个死胖子，破裤子缠腿缠上没完了，现在想甩都甩不了了。

大　玲　唉，我早就和你说过。你到底欠他多少钱啊？三天你能还上吗？

宝　成　行了，还不上也得还！你别瞎操心了行不！真他妈烦人！

大　玲　你？

宝　成　你给我闭嘴！

〔宝成欲下，母亲和大强拿肉串用具上，宝成忙过去帮着脱外套。

宝　成　妈回来了。

母　亲　你俩咋的了？

宝　成　（掩饰地）没咋的，我和大玲商量点事。

大　玲　大强，你的样品怎么样了？

大　强　唉，胡叔去了，也没干出来。不顺啊！

母　亲　你爸天天打听这事，唉！

大　强　宝成，你提供的几家有原料的公司我们联系了，张家口侯总、哈尔滨孙经理都有货，业务员已经去张家口看货了，你再和他们打个招呼，样品一出来合同一签，我马上进他的货。

宝　成　好！大强，我看这货你还是上哈尔滨孙胖子的，他和我关系好，我可以帮你把价压一压。

大　强　真的，那可太好了！你赶快给我联系。

　　　　〔莹莹跑上。

莹　莹　大姑夫，那个面包车不在了。

宝　成　妈，大强，我有点急事，先走了！

　　　　〔宝成急下。

母　亲　大玲啊，宝成出啥事了咋的？

大　玲　（担心，掩饰地）没啥，生意上的事。唉，现在他啥也不和我说，真让人……

母　亲　宝成也不易啊，你得多体谅他点多让着他点，你俩可不能再出啥事了。那可就要你爸的老命了！

大　玲　不会啊妈。你放心吧。回头我再和他说说。

大　强　（取东西欲下）妈，我有急事得先走了。

母　亲　等等！（取毛衣）秃鲁线的地我给你织上了，换上。

大　强　妈……

母　亲　不成，换上再走，（帮他换上）一忙就啥也不顾了，瞧你这样！胡子拉碴的。还厂长哪，可哪办事也不怕人笑话。

大　强　谁笑话我呀，（穿好衣服）挺好。妈，你劝劝爸别上街卖肉串了，大冷的天……

母　亲　唉，我哪劝得了他，你爸说要把二强偷的钱挣回来，还想给莹莹攒补课班的钱。你甭管了，走吧。

大　强　那我走了。（下）

母　亲　唉，身边要有个人照顾他就好了。大玲，你感冒好了没？还烧不烧啊？

大　玲　没事了。妈，我现在的报纸卖得可好了，都有回头客了！每天快收摊的时候总有一个瘦老头来买《晚报》，一买就买不少张，说是给他邻居带的。我省老事了，提前半个点就能收摊。

母　亲　好，好，这可太好了！走，和妈一块做饭！厨房唠去。

〔母女进厨房，二强一身打工装扮手缠绷带上，探头探脑，大玲择菜出来。

二　强　姐！

大　玲　二强！

二　强　姐，爸在家不？

大　玲　我的妈，你咋造成这样了！妈，你快看看谁回来了。

〔母亲出。莹莹也出。

母　亲　天，二强子！

二　强　妈！（一把抱住母亲）

母　亲　你这死崽子跑哪去了？也不告诉我一声，把妈都吓坏了，连个信也没有！

二　强　妈，我饿了。

母　亲　有，有，大玲，把锅里热的饭菜都拿来，快！

〔大玲入内，端着菜饭上。

二　强　太好了，这么长时间就想吃家里的饭。（坐下大吃起来）

母　亲　慢点，别噎着。这咋像好几天没吃着饭似的？妈呀，你这手咋的了？

二　强　没事，干活弄伤了。

母　亲　妈呀，咋弄成这样了？妈给你上点药，（为他抹冻伤膏药）瞧瞧，

———话剧《父亲》 》》》》》

干啥活弄成这个样？累不？危险不？快说呀！

二　强　妈，姐，我和哥几个包了个活，就是给高层建筑，就是高楼粉刷外墙面。老好玩了，爬上爬下挺适合我们的。不少人都想干这活，让我们硬抢过来的。

母　亲　就，就是挂在大楼外头拿刷子刷楼！儿子，那是玩命的活呀！

二　强　挣钱也多啊！哎，看过电影《超人》没？我跟他们差不多，特刺激特过瘾！

母　亲　（捧着二强的手）强，妈再也不让你走了，宁可让你在家待着！

二　强　那可不行，我正干得来劲哪！不少下家等着我们哪！对了姐，把我棉衣服找出来。还有妈给我做的手闷子。

大　玲　哎哎。（入内）

二　强　妈，头一次干这活真挺害怕，肝儿颤啊！现在一点都不怕了，每天早上太阳一出来我们就升上高高的楼顶，悬在几十层高的大楼上，那感觉，牛！天比往常蓝阳光比往常亮，连空气都比在地上新鲜，整个世界都在我脚下，广场，公园，街道，啥啥都看得真真的，心里这个舒服这个透亮，闷了我们就在空中嚎几嗓子唱首歌！（唱）蓝蓝的天上白云飘，白云下边我刷大楼，刷起了大楼我唱起了歌，天下我第一牛！那动静干老远了！

〔空际中传来车声，人声，几个年轻小哥高亢的喊声，激情粗放的吼唱声。

〔悠远动人的回声。声音渐弱。

二　强　（狼吞虎咽大吃）妈，在外头啥都好，就是老想你……

母　亲　强啊，你走了以后妈天天都在想你，做梦都梦见你。

二　强　妈，我也老梦见你。梦见你晚上给我盖被，给我做好吃的……有一次梦见你给我做了一桌子菜，全是我爱吃的，我拿起筷子正要吃，就见我爸拿着棒子冲着我就过来了，我撒腿就跑啊，这一桌子我爱吃的菜一口没吃着。

母　亲　（笑）这死崽子！你偷钱跑了你爸没气死，说非把你腿打折不可！

二　强　（沉默，吃光饭菜，起身）我吃饱了，这顿饭能顶十天。妈，我得走了！

母　亲　这就要走？那可不行，咋的也得待几天哪。

二　强　你们见着了，小方也看着了，饭也吃了，全部到位！（脱下旧工装换上棉衣）

母　亲　二强子，你爸一会就回来了，你不见见他？

二　强　妈，你给我留条腿吧，我还干活哪！

母　亲　妈给你做了副手闷子，你带上。

二　强　妈，你跟爸说一声，我一定会带着钱回来的！（鼻子一酸，咬牙忍泪，戴上手闷子）这下好了，想家了我就把手放到这手闷子里暖暖，就当小时候妈给我焐手了，走喽！这时间啊，就是嘎嘎响的老头票！（抓起棉衣跑出门）

母　亲　哎呀，我忘给他带钱了！……二强子，二强子！（拿着钱追下）

大　玲　妈，我去吧，妈，你慢点。

〔大玲拿起棉衣追下。莹莹哼着二强唱的歌收拾着桌子。

〔老头夹着报纸从寒风中上。

莹　莹　爷爷回来了，这几天你老是这么晚才回来干啥去了？

父　亲　（看见二强留下的衣服）二驴子回来了？

莹　莹　是，刚才二叔回来了！又走了，他说他不敢见你。

父　亲　他还敢回来！见着他我非砸折他腿不可！妈巴子臭小子还偷我钱！

〔父亲猫腰将报纸放入柜子，关好，小方拿俩旅行袋上，都是给二强买的。

小　方　大叔，二强呢？

父　亲　走了！

小　方　啊，我给他买了这些东西，咋说走就……大叔，不会是你把他打走的吧？

父　亲　连面我都没见着，我上哪打他去？

———话剧《父亲》 〉〉〉〉〉

小　方　（鼓起勇气）大叔，我对你老有意见！

父　亲　有，有意见？你说。

小　方　我知道你瞧不上二强，也瞧不上我，你压根就不愿意我俩好，你对我咋样我不在乎，可二强是你亲儿子。你知道吗？二强在外边吃老了苦了，他天天悬在几十层高的大楼外面刷大楼，住的四面透风的工棚，干活时手还受了伤。

父　亲　刷，刷大楼？这小子跟你编排吧？他那好吃懒做的货还能干那活？

小　方　你……大叔，不管你老咋看我和二强的事，我跟你实话实说，我就喜欢上二强了！在你眼里他是最差的，可在我心里他是最酷最棒的！可这工人村里，有几个人敢刷大楼玩命？这才叫男人！他说了，不干出个样就不回来见你！

父　亲　真的咋的？这小子还有这尿性？

小　方　当然是真的！我没看错二强！就算全世界的人都看不上他，我这辈子也跟定他了！再穷再苦我也乐意！别人爱说啥说啥！咋拦也拦不住！我这就去找他，到他工地上帮他做饭，照顾他！

父　亲　你！你等等。（抱出狗皮褥子）把我这张狗皮褥子捎给那小子。（取出身上所有的钱）还有这些钱，一块捎给他，告诉那混小子，干活时千万加小心，给我全须全尾地回来！

〔静场，小方向老头鞠躬，跑下。老头默默拿起二强脱下的破烂工装看着。

父　亲　这混蛋玩意儿，找点啥活干不行啊，非找这玩命的活。这要出点啥事咋整啊！

〔母亲和大玲上。母亲流着泪。

母　亲　这死崽子跑这么快，追都追不上。进屋这么一会就走了——都是你把他骂走的！大冷的天挂在大楼外头干那么悬的活——真要出点啥事，我管你要人！（入厨房）

大　玲　爸，二强也挺想你的。做梦还梦见你了。（也入厨房）

〔父亲默默无语。坐下，活动着手，取出老花镜戴上，拿起老太太做活的针线，对着灯光细心地纫起针来。

莹　莹　（走过来）爷爷，你看，这次大考我又得了全班第一！

父　亲　又第一？快让爷爷看看。（看成绩单）好，好啊，莹啊，爷爷奖励你，你说你想要啥，爷爷都给你买。

莹　莹　我想要……爷爷，我想要一套书，《十万个为什么》。

父　亲　好，爷爷给你买！唉，爷这辈子就是书读得少啊。莹啊，咱们家说啥也得出一个有文化的，爷就是豁上老命也供你念大学！

莹　莹　要是我考上了研究生博士生哪？

父　亲　供，爷爷供你！爷爷只要还有一口气，就供你。

莹　莹　爷爷你真好，你放心，我肯定给你争气作脸。等我长大了准比我爸我姑我二叔他们都强！

父　亲　好，真好啊，爷爷高兴。爷爷爱听。

莹　莹　（看着）爷爷，你这些天老摆弄这个，到底想绣啥呀？

父　亲　爷爷不缝啥，爷闲着没事，鼓捣着玩。（没纫上）

莹　莹　爷爷，你可真笨，看我的！（接过纫上）

父　亲　嘿，还是你这个小手真灵巧！来，爷爷自己来一回！（扯出线，想再纫）

莹　莹　爷，我都给你纫好了。你这是干吗？

父　亲　哎。爷爷自己来一回。（眯眼纫了几次，终于纫上了）嘿嘿，纫上了！哈哈，还行还行。（拿起绣花板绣起来）莹啊，你说你爸这厂子能成吗？

莹　莹　肯定能，我爸几百人的大车间都能管，现在这个厂子才一百人。我爸读的书可多了，懂的事也特多，活干得好，和大伙的关系也好，肯定行。

父　亲　到底是女儿，净给他说好话。唉，管个车间和管个厂子可不一样。

〔老头继续绣着。大玲出。

————话剧《父亲》 〉〉〉〉〉

莹　莹　姑，你帮我给新书包个书皮好吗？

大　玲　好，拿报纸去。

莹　莹　（跑到柜子前取出一些报纸）这些都是爷爷这几天拿回来的。

大　玲　（看着）这，这些报……（拿着报纸走向父亲）爸，原来那个瘦老头是……

父　亲　啥瘦老头？我不知道瘦老头！这个莹莹，你把它们翻出来干啥？

大　玲　爸，你就别瞒了，给那个瘦老头的晚报我都是编了号的。怪不得的，原来是你把那些报纸都买去了。

父　亲　啊，这几天天冷，你又得了感冒了，我寻思我帮你卖几张，你就少站一会，就能早点回家，少挨会冻。还行，一天就剩不几张。

大　玲　爸！

父　亲　大玲，爸没别的能耐，帮你卖几张报纸还行啊，这么些年爸欠你们的，你们跟爸没得着啥好！

大　玲　爸，别这么说。你和妈这么大岁数还在外边卖肉串，我挨点冻卖点报算啥？和二强的活比我这更不算事，这些天我把挺多事都想开了，这一想开呀心里敞亮多了！精气神也足了！老把自己当先进当典型，老想什么国营厂什么下岗不下岗的就没法活了。我就是个大街上卖报的，靠劳动挣钱不砢碜也不丢人。爸，这几天我和两个下岗的姐妹正在凑钱准备包下九路市场的一个报亭。那儿临着长客车站，来往的人特多，各类报纸都上点，准定能卖得好！

父　亲　好，好啊！家里有钱，回头让你妈给你拿！掏弄点铁皮铁管，报亭爸给你焊！

大　玲　爸！你放心，卖报我也要卖出个样来，我要让大伙看看，杨大玲干啥都不会落在别人后边！这些天，我老想小时候你教我骑自行车的事，你在后边都撒手了我还在骑，骑了那么远我回头一看你早不管我了。可就那一会我就会了。

〔空际中回响着当年大玲的喊声："爸，看哪，我自己能骑了，我自己能走了。"

父　亲　这事你还记着？嘿嘿，那会你老怕摔倒了，我就用了这个法。

大　玲　得亏你用这个法，要不我还得学好几天。爸，现在我和大强二强子都在往前奔哪，咱家的日子迟早会好起来，等小亮莹莹都起来了，那日子还会更好的。爸，你就撒手吧，我们的车还会照样往前走的！

父　亲　好，好啊！

〔声音渐弱，消失。父亲起身，穿衣服。猫腰从柜子里取出工具袋。

〔他慢慢走出家门，空际中响着孩子们的声音——

大　强　爸，我心里堆满了柴，我要着他一场大火！

大　玲　爸，你老就撒手吧，我们的车会照样往前走的！

二　强　不干出个样来，我就不回来见你！

莹　莹　等我长大了，比我爸他们都强！

〔音乐。老头走着，走在儿女的心声中。

父　亲　好，真他妈好啊！

〔舞台慢慢旋转。空地上，暮色已经升起。路灯亮着。

〔老丁头、老宋头等老哥们在下棋拉弦，老梁头在轮椅上捧半导体听广播。

〔寒风中，老杨头慢慢走到老人们中间。老头们发现他到了，故作没看见。

老宋头　听说大强让大轴给卡住了，他那爹说啥也不帮他这个忙。

老丁头　听说了。全工人村没有不知道这事的。

老梁头　也不能怪他，毕竟是老了。唉，什么当年车刀大王，他不中用了。

老丁头　我看哪，什么杨八级，车床大王，兴许那会就是吹出来的。

父　亲　哎我说你们说啥哪，那咋是吹出来的？

老丁头　那咋不是吹出来的？当年黄忠、廉颇比你老不？姜子牙比你老不？人家可是越老越英雄，你哪，才六十多岁就堆水了，就会嗑花生喝烧酒了。

父　　亲　你……你小子说啥哪？

老宋头　唉，说啥都没用，大强他们盼也是白盼，这种爹，没用！

父　　亲　你们，你们真以为我不行了？实话跟你们说吧，这些天我趁厂里没活到车间床子上试了试手，我真要是把活捡起来，照样好使！

老宋头　拉倒吧，听你说话就没底气！哎，你们信吗？咱们打赌，他不好使！

老丁头　我才不和你打这赌哪，都多大岁数了，不服老不行啊。大个子，你说是不。

冯大个子　我看也是。老了就是老了。

父　　亲　好好，我还真不服这个劲，这个赌我和你们打！明个我非去大强那厂子露一手给你们看看！你们说赌啥的？赌啥的？不能耍赖！

〔众老人对视，偷笑。

父　　亲　啊，你们这，这是激我哪，我中了你们这帮老家伙的奸计了！

〔众老人齐笑。

老梁头　嘿，刚才那股劲头才是你当年的杨万山！万山，该出手就得出手啊，想当年杨家将七郎八虎没了，佘老太君还领着十二寡妇出征哪。现在咱孩子都活蹦乱跳地往前奔着，咱们这些老家伙天塌了也得替他们先擎一阵子不是。

冯大个子　没错。

老丁头　万山，你说啥也要把这活拿下来，让这帮小子看看咱这些老家伙不是吃干饭的，不光就会在这唱戏晒太阳，老哥几个也跟你沾个光把腰杆挺起来！

老梁头　是呀万山，我们可都等着哪！

众老头　（齐声）等着你拿出点东西出来！

〔拉弦师傅奋力拉胡，老梁头带头唱起来。

众老头　　　说什么无有良将选，

　　　　　　说什么求帅难上难，

　　　　　　还未出兵先丧胆，

　　　　　　一叶障目不见泰山，

　　　　　　只要朝中一声唤，

父　　亲　　这挂帅我佘太君一力承担。

　　　　　〔众老人隐去。

　　　　　〔一束强光射向老杨头。

　　　　　〔舞台各处各种机器的喧哗声升腾而起。

父　　亲　　（独白）我还能行吗？我这匹老马还上得了阵吗？这些天，一进车间大门一打开机床一闻那股机油味，我这浑身的血就往上涌啊！我好像回到了四五十岁，不，二三十岁！选一把好刀，磨好，卡牢，提足一口气握住摇把进刀！真带劲真来神！一干起活来，就觉着心里痛快，亮堂！恍惚地我看见了大强，这小子十岁那工夫就跟我进了车间，围着床子跑啊看哪冲着我喊：爸，我要当工人，当跟你一样的工人！后来长大了，真当了工人了，车钳铆电焊，拿得起放得下，有样。又一晃当上厂长了，更有样更像那么回事了！现在大强正拿着图纸眼巴巴地等着我哪！好，儿子，你老爸就是拼上老命也要再帮你一程！我要让你看看，你爹到啥时都是响当当当当响，只要这口气不断，眼睛没闭，就还是那个顶天立地的杨八级！

　　　　　〔天际又下起纷纷扬扬的大雪，此起彼伏的机器声，整个舞台一片红光。

　　　　　〔老杨头拎着兜子一步步向雪中走去。收光。

　　　　　〔空黑中，机器声有如雄浑的交响回荡着。

第四幕

　　　　　〔冬末，工人村。

　　　　　〔杨家小院外，老杨头站在寒风中眼巴巴地守望着，袖着手、跺

———话剧《父亲》 〉〉〉〉〉

着脚。

〔大玲背报袋，小莹莹背着书包上。

莹　莹　爷爷，我回来了！（行礼）爷爷，生日快乐！

父　亲　哎，爷爷生日快乐！还是我孙女好啊！饿了吧，进屋找点啥先垫巴垫巴！

〔莹莹入内。

大　玲　爸，看啥哪？

父　亲　没，没看啥，啊，看雪景，嘿嘿，我看看雪景。（抄袖，跺脚，张看着）

大　玲　是想大强和二强了吧？你老放心吧，今天是你的生日，他俩一会准能回来。

父　亲　那可没准，大强厂子那么忙，二强离得那么远，能回来？啊，不回来更好，我省心了！

大　玲　爸，（取一围脖）给你老的，生日礼物！

父　亲　又花钱……

大　玲　这可是我用卖报挣的钱买的。这段我那报亭可火了。钱也比以前挣得多了，刚才我还给小亮邮去一笔钱。（为父亲围上）

父　亲　好，好啊！（享受地）暖和，真暖和。

大　玲　爸，你老身体不好，别在外头站久了，回屋吧。

母　亲　（出）回来了，把凉菜拌拌。

〔大玲入内，父亲来回走着。

父　亲　你说这帮崽子，明知道我今个过生日一个个都不露面，眼睛里头没我！

母　亲　你呀，孩子有正事，你就别挑他了。老头子，咱可说下，待会儿二强回来你可不兴鼻子不是鼻子脸不是脸的，乐呵呵当你的寿星老！听话啊。

父　亲　听话！

母　亲　（拿出药）来，吃药。

父　亲　吃药吃药，我都快成药罐子了。

母　亲　这一阵把你累坏了。大强那活帮干下来就得了呗，还三天两头往大强厂里跑！

父　亲　说啥哪你？我是人家厂子聘的技术指导，我不上厂子去，在家里指导你呀！

〔母亲嗔笑。

父　亲　咱们大强是真有两把刷子，铁林、二蛋那几个刺儿头让他摆弄的玩命地干活，现在样品整出来了，销售合同签了，精密机床也到位了，产品也批量生产了，还让我帮着带一拨徒弟，说是要培养一批有绝活有技术响当当当当响拿得出手的技术工人！行，行啊！这些天啊，我也想通了，国营厂民营厂都是工厂，一笔写不出两个工字。大名都是工人！谁能把活干好干漂亮了，能把厂子整红火了，这才叫真格的。干等干看不如操家伙实干。这话我服了！昨个，广播里说了，国家要在咱这搞社保试点，一下拨不少钱哪，上上下下都在惦着咱们，咱还愁啥呀，再加上孩子们也都挺争气的，我这心里见亮了，见着亮了！

母　亲　是呀，我也见亮了，一宿工夫孩子们好像都长大了。天上刷大楼的，地上卖报的，还开起了工厂，一个个都挺能耐的。

父　亲　是呀，这比啥都强啊！往后啊，咱俩不能像抱窝的老母鸡似的，顾着这个护着那个的——咱们不管了，让他们自己个往前闯！该歇歇了。

母　亲　你呀，也就说说，我还不知道你？我可警告你老杨头，这一眨眼就是七十了，我不许你再折腾了，我得看着你！过了这个生日咱俩啥都不管了，就在家带小莹莹安度晚年。你说行不？

父　亲　我说行！

母　亲　拉钩！（伸手指）

父　亲　好，拉钩！（伸手，二人一起笑着拉钩）

母　亲　这可就算签了合同了，可不能不算数。

———话剧《父亲》 〉〉〉〉〉

父　亲　好，算数算数，咱俩也学学老丁头他们，下下象棋钓钓鱼逛逛公园，我再陪着你一块看看电影，压压马路。

母　亲　这可是你说的，我可不许你说话不算数！

父　亲　说了就算。

母　亲　好，进屋。

〔宝成上，提蛋糕、酒，犹豫，打电话。

宝　成　找孙胖子！还不在，你再告诉他一遍，我给他三天时间，他必须把我小舅子厂里的货发过来，我就是卖血扛大个也会还清我欠他的债，他要是再这么玩邪的，让我逮着了我就跟他对命！

〔传来声音，他急躲开。二强小方上，二强挂拐，腿打绷带。

二　强　没事，不用扶，这不走得挺好吗。到家了。（止步）

小　方　走啊，咋了？

〔莹莹跑出。

莹　莹　二叔——爷爷，奶奶，我小叔回来了。

母　亲　啊，二强子，二强在哪儿？

〔母亲、大玲都奔出。父亲也急步跟出。

二　强　妈！

母　亲　二强？你，你这是咋的了？

〔父亲站在门口，见状，怔住。

二　强　嘿，这把不用你费事打了，我腿折了！爸，不孝儿子给你老赔不是了！给你老祝寿了。（费劲欲跪下磕头）

父　亲　行了行了，你小子有这份心就行了！（扶二强）你这是咋整的，又和人打架了咋的？

二　强　嘿，没打架，就是从架子上掉下来腿摔折了。医生说养养就好。

母　亲　（抱住二强）强……你受苦了！（流泪不止）

二　强　妈，看你，整的我直不得劲。爸，妈，这段一直是小方照顾我。一天到晚尽给我弄好吃的，还背我上医院换药、帮我练走道，能恢复到这样全靠她了！

小　　方　大叔，大婶，你们放心，有我在他身边，保证他还能和以前一样活蹦乱跳的。

父　　亲　……行，行啊！二强子有福啊！他有难的时候，你能在边上帮他一把，我，我认下你了！从今往后，你们的事我再不拦着了！我呀，通过了！

小　　方　大叔……谢、谢、你！

母　　亲　得，快进屋，别在外头立规矩！

父　　亲　等等，（弯下腰）儿子，来，爸背你进屋……快来呀！

二　　强　（伏在父亲身上）爸！

父　　亲　……哎！

〔感人的音乐中，老头背起了儿子。众入屋，扶二强坐下。
〔二强和父亲对坐。父亲用残手颤抖地抚摸二强的腿。

二　　强　爸，你这手咋抖得这么厉害？（握住老人的手）

父　　亲　爸没事，爸没事……二强，你这腿真没事呀？

二　　强　没事，没事。（取出钱）爸，我挣的，六千块！你老收着。

父　　亲　这……我，我不要，你留着和小方结婚时用。

二　　强　别，我得先奉养老人。结婚钱我再挣呗。我们哥几个又揽了些新活，等我腿好了接着干，中国的楼多了，够我们刷一阵子的……忙活了这一阵我明白了一条道理，人咋活着才有意思，钱咋挣才有分量。

父　　亲　二驴子……懂事了，懂事了！

二　　强　爸我得谢谢你，你那顿骂骂得好那顿打打得好。在外边最累的时候，累得像死狗似的，只要我一想起那天雪地里那一幕，我就能咬紧牙关挺过去。爸，过去我没少气你，这钱你一定得收下。

小　　方　大叔，你老就收下吧。

父　　亲　我……

二　　强　你要是不收下，那我还到外头站着去！

父　　亲　好好，我收下。我收下了。老伴呀，这不光是钱啊，是咱儿子长

——话剧《父亲》 >>>>>

大成人了！行，这回我又可以挺着胸脯人前人后好好吹吹了……妈巴子的臭小子，早知道这样我早打你一顿好了。

〔众笑。母亲、大玲在边上落下泪来。

〔大强自外上，心事重重。

莹　莹　爸爸！

母　亲　大强，你可回来了！老头子，你看这不都回来了嘛。

大　强　爸，给你祝寿了！

父　亲　好好，有话酒桌上再说。老伴，先开席！边吃边等宝成。

〔母亲、大玲、小方张罗着端菜，搬椅子，众人落座。小方倒酒。

大　强　（小声地）姐，宝成来电话了吗？

大　玲　没有啊，大强，你脸色这么不好，出什么事了咋的？

大　强　没，没事。

父　亲　咋的，出啥事了？

大　强　没，没事！

父　亲　不对，我瞅你小子不对劲呀，说吧，又咋的了？

大　强　爸，真没事。

父　亲　行了，我还不知道你呀？到底咋回事？竹筒倒豆子，你痛快点！

大　强　（痛心地）……真想打我自己一顿哪。钱打给了孙胖子，他们发了一批货，厂里生产进展得很顺利，可再往后他们就不发了。我追他要货，孙胖子说宝成欠他的钱没还，剩下的货款宝成已经答应顶他的债了！

　众　　什么？

母　亲　我的天！

大　强　那是大伙集资入股的钱啊，不少人都是借的，还有的把买断工龄的钱给孩子上学的学费和买房子的钱都拿出来了……大伙啥话也不说，看我的眼神就像刀子在割我的心哪！生产只能停了，可下月底就是给客户交货的日子，要是到时交不了货厂子就完了！

父　亲　宝成呢？没找找宝成啊？

大　强　他一直在外头，打了一次手机他说他负责找孙胖子，以后就再也联系不上了。

大　玲　怪不得他这么些天都没露面，爸过生日这么大的事也……

母　亲　我说这两天我眼皮子老是跳啊。

大　玲　我去找他，说啥也得把他找回来！（穿衣服欲去找宝成）

〔宝成出现了，提着酒和生日蛋糕上。

宝　成　爸！给你老祝寿了！（鞠躬）你老最爱吃的蛋糕，最爱喝的老白干。

大　强　宝成，你终于露面了，孙胖子……

宝　成　大强，哥哥我对不住你。

大　玲　宝成，到底是咋回事？你得给大伙说清楚呀！

宝　成　全都怪我，我也没想到孙胖子会——这几天我一直给他打电话，这个混蛋就是不开机，我跑到哈尔滨找他也没找到，他在躲着我。

大　玲　都这会了，你说这些有啥用？货是你给联系的，你不负责谁负责！唉，也怨我呀，我要是早点拦住你就好了，现在——宝成，你赶紧想别的法子呀！

母　亲　是呀宝成，那你朋友多，这时候你得使劲呀！

宝　成　妈，我啥法都想了，孙胖子找不到，我一点没敢耽搁到处找人借钱，就想把这个窟窿堵上。可是我……

大　强　这么说你现在一点办法都没有了？

宝　成　大强，我……

大　强　我真得好好谢谢你，你实实惠惠给我上了一课，只是这次学费交得太高了！你知道吗？那是厂里最后一笔流动资金啊——交货日子到了交不了货，我那厂子就完了！宝成，咱俩从小一块长大，一碗饭两人吃，一件衣服两人穿，我一直拿你当亲哥，你怎么能……

父　亲　大强！你们都到里屋去！

———话剧《父亲》 >>>>>

〔众入内，余下父亲和宝成二人。

父　亲　宝成，到底是咋回事，一五一十说清楚。你说话呀！

宝　成　爸，这一段我那买卖一直不好，我狠下心做了一笔大生意想彻底翻个身，可没想到买卖做砸了，公司里的资金和我贷的款全扔进去了。

父　亲　……你说啥？

宝　成　啥叫墙倒众人推，这回我算是领教了，那些债主知道了全都找上门来要钱，公司的房产，还有我和大玲的存款全拿出来只还了一部分，欠孙胖子的钱一直凑不够，他限我三天把款还上不然就要起诉我，我实在没办法才把大强的钱顶给了他。本来有个客户答应还我一笔钱，我打给孙胖子就行了，可那家伙不但没还我钱，人都不知跑哪去了！爸，我真的不是成心想害大强，现在这个局面我也没想到……爸，我当时只能那么做，我得弄到一笔钱帮我喘一口气救一救急呀！

父　亲　那，那你就看准了大强！

宝　成　和别人我不敢这么干，这些年我喝了多少苦水才熬到今天，我不能就这么沉下去……快淹死的时候我得抓住点儿什么浮上来，不管是什么我都得抓住……爸，你别这么看着我，别这么看着我，你骂我我听着，你打我我受着……这些年我经的太多了，看透了看破了，当工人那会讲感情讲交情，可到了社会上还那样就活不下去呀。生意好了有钱了，周围的人才会围着你转，你才有一切，这才是真格的！这是这个世界最残酷最他妈不讲道理的游戏规则，我想活得好想活出个样来，就得按着这个规则玩！

父　亲　你……（挥手欲打）

宝　成　（抓住父亲的手）爸，你打我几下，你打吧，你打我几下我心里好受些。

父　亲　松手，你松手啊！（挣开，颤抖着双手）我这只手哇，有残疾呀！

宝　成　（哭了）爸……你老对我的好我一辈子也忘不了，到死我都报答不了啊！爸，我只求你老一件事，这些年我已经离不开这个家了，这是我在这世上唯一的一个窝，要是没有它我怕都撑不到今天……我还得去找那帮家伙要钱，死活我也要把大强的钱还上。（摘下手表、金项链）这些先给大强应应急，我就剩这些值钱东西了，我去找他们要钱，我去找他们要钱！

〔宝成奔下。老头无言。众人出。

父　　亲　好，真好啊，我的好徒弟，好姑爷！这是咋的了？他原本是个多好的孩子，仁义、懂事、聪明、能吃苦……咋变成这个样了？这是哪出了毛病啊？

母　　亲　（上前搀住老头）老头子。

父　　亲　没事，我没事。兵来将挡水来土屯，事摊上了咱就得扛住。大强，路是你自个挑的，厂子是你张罗的，大家伙抛家撇业都是奔着你去的，眼下你说该咋办……你咋的了？霜打的茄子蔫了属瘟鸡的耷拉头了？软蛋了服输了？

大　　强　从机床厂出来的时候，我就知道我上的这条船不会一帆风顺，可没想到浪这么大水这么急……从小到大我就没服过输！这条船上不光是我一个人，还有那么多工人，他们的家人，我要对他们负责，这船我要开下去开到底！爸，我把我值钱的东西都卖了，把我那套房子也卖了。剩下的我想法去借……

母　　亲　大强，你，你连家都不要了？

大　　强　妈，我也不想这样，可我就是不想这么倒下。家没了我以后置，钱没了我将来再挣！我杨大强就想换个新活法！这些天我和这个厂已经连在一起了。我心里着起了火不会再熄灭了。那才是真正的生活，真正的活着！下辈子我还愿意这么活。我就是觉着对不起莹莹，她没有家了，只能待在这。

莹　　莹　爸，我不怪你，我就愿意和爷爷奶奶在一起。

大　　强　好孩子。爸，我这就去张罗钱，给厂子买原材料！你放心，生产不能停厂子不会倒。

——话剧《父亲》 >>>>>

父　亲　行，行！是条汉子！咱们老杨家的人到啥时都不能趴窝不能倒下，你要真就这么认输了一跤摔倒了就起不来了，就不是我杨万山的种！大玲，你也给宝成捎句话，他要是这个家的人，还想认我这个爸，也不能趴窝不能倒下。咱们老杨家的人都是工人，"工人"两字上边一横是天，下边一横是地，咱上顶天下顶地，到啥时都要站直了挺住了！天塌地陷也不能倒下！老伴，去把咱家攒的钱都取出来，去呀！

〔母亲入内。

大　玲　（摘下戒子耳饰）大强，姐帮不了你啥，这些给你！

莹　莹　（捧储蓄盒上）爸，这是我攒的，都给你！

〔母亲取出藏钱的包袱慢慢上。

父　亲　（捧着钱，声音颤抖地）儿子，这是两个存折，家里这些年攒的钱全都在这，加上二强挣的这六千块，都给你！

〔母亲又捧出两只镯子，手抖抖地把看。

大　玲　妈，这是你和爸结婚时的信物呀！

父　亲　啥信物不信物？老夫老妻白头到老了不在物件。拿着！要是不够咱卖东西，砸锅卖铁卖这老房子！咱们老杨家就是不能做对不起厂子对不起人的事！这是咱们的门风啊！

大　强　（捧看）爸……（给父亲跪下）

父　亲　起来，起来呀，男人膝下有黄金！（扶起大强）儿子，别给你老爸丢脸！我还等着看你着起的那场大火哪！

大　强　爸，拼了命我也要爬过这个坎。你放心，你儿子倒不了！（看存折）差不多了，剩点我再去张罗。

二　强　（架拐起身）哥，剩下的我找我那些哥们儿给你串拢！小方，你也找你卖服装的姐妹借点，有多少是多少。

小　方　哎！大哥你放心，我手上也攒了些钱，回头也给你。一定能把剩下的钱凑够。

大　玲　（穿衣服、系围脖）我和你一块去跑原材料，说啥也要帮你把材料买回来!

〔众儿女出门,进入小院。

〔父亲、母亲、小莹莹送出。

大　强　(止步)爸,你老的寿酒还没喝哪!

二　强　是呀爸!

父　亲　行了,啥寿酒不寿酒的?只要你们好,爸天天都过生日,天天都过大寿!哎,孩子们,爸和你妈这辈子没给你们留下啥东西。人活一世活的就是一口气一股精气神,只要这口气不断这股精气神不散,什么样的难关咱都能挺过来!我们给你们留下的就是这口气这股精气神!照着你们认准的道往前奔吧!我和你妈到啥时候都给你们亮着灯留着门!

〔儿女们走去,老两口伫望、挥手。小院的窗口灯火温暖动人。

〔剧终。

精品剧目·话剧

虎踞钟山

（根据同名电视连续剧改编）

原著　江深
编剧　邵钧林　嵇道青

时间

五十年代初期。

地点

石城南京，紫金山麓。

人物

刘伯承　六十岁上下，中国人民解放军军事学院院长兼政委。
汪荣华　三十余岁，刘伯承夫人。
杨　震　三十余岁，某师师长，军事学院高级系学员。
崔保山　四十岁上下，某骑兵支队司令，军事学院高级系学员。
吴觉非　五十余岁，原为国民党中将司令，后被俘，任我军教员。
甘有根　四十余岁，某军分区副司令，军事学院高级系学员。
黄　矛　女，二十一岁，新入伍的大学应届毕业生，文化教授会教员。
柯月秀　女，三十岁，志愿军战地救护模范。
赛艳秋　女，三十余岁，京剧坤伶。
钟汉钧　四十余岁，合同战术教授会主任。
巴谢洛夫　六十余岁，苏联军事顾问。
丁铁蛋　二十岁，崔保山的警卫员。
门卫、所长、秘书、参谋、司机、学员

（以上出场人物，除刘伯承夫妇外，皆为虚构）

———— 话剧《虎踞钟山》 >>>>>

序　幕

〔一九四九年春，清晨。
〔石城南京。
〔枪炮声、喊杀声、军号声中，灯光渐亮。
〔硝烟弥漫，炮火闪烁。
〔一面残破的国民党"青天白日"旗在风雨中飘摇。
〔响声渐隐，硝烟渐散，一阵急促的冲锋枪声中，破旗飘落而下。
〔崔保山踩着破旗，拾阶而上，仰天长笑。
〔一面鲜艳的八一军旗冉冉升起。
〔丁铁蛋押吴觉非上。

丁铁蛋　（敬礼）报告崔司令，俘虏已押到，请你发落。
崔保山　啊哈，中将司令官吴觉非阁下，幸会幸会。
吴觉非　你是……
崔保山　骑兵司令崔保山，我想你不会不知道吧？
吴觉非　哦，是你！洞山之战你我交过手，你差点成了我的俘虏。
崔保山　好记性。我早就想见识见识你这位对手，赫赫有名的吴觉非将军，你的坦克到哪里去了？洞山之战的威风到哪里去了？
吴觉非　（倨傲地）少啰嗦，胜王败寇，如何处置，悉听尊便。
丁铁蛋　（把缴获的手枪递给崔保山）这是他的枪。
崔保山　嘿，勃朗宁，好枪！
丁铁蛋　刚才这家伙想用这枪自杀，被我夺下了。
崔保山　哦，还挺有种！

吴觉非　不成功，则成仁！战死沙场，是军人最好的归宿。
崔保山　好，我成全你。（把手中的勃朗宁手枪一挥，厉声地）转过身去，向前走十步！
丁铁蛋　（使劲推了吴觉非一把）走！
　　　　〔吴觉非踉跄几步，稳住身子，缓缓向前走去。
　　　　〔崔保山举枪对准吴的后背。
　　　　〔静场。
　　　　〔吴觉非转身面对崔保山。
崔保山　（扔过手枪）还是你自己解决吧！
　　　　〔吴觉非举起枪对向自己的太阳穴……
　　　　〔崔保山掏出自己的枪，朝天开枪。
　　　　〔吴觉非枪落地，愣神……
　　　　〔刘伯承和钟汉钧坐黄包车上。
　　　　〔秘书、参谋、警卫随上。
刘伯承　（边下车边说）崔保山，你在搞啥子名堂？
崔保山　刘司令员，钟主任！（敬礼）
钟汉钧　崔司令，你怎么能这样？这可是违反战场纪律的！
崔保山　我是戏弄戏弄他。那是一支空枪，子弹在这儿呢！（松开拳头，子弹落地）解放军不杀俘虏，老子给你留条生路，押下去！
丁铁蛋　（推吴觉非）走！
刘伯承　等一下。
吴觉非　（转身）你是……（敬了一个美式军礼）刘伯承将军！
刘伯承　久违了，觉非先生。
吴觉非　败军之将，何谓先生……
刘伯承　败军之将，也不必轻生嘛！中国的古德里安，坦克闪击战专家，为何成为败军之将，倒是需要好好想一想啊！（对丁铁蛋）你送他去俘虏营。记住，放下武器，就要以礼相待。
丁铁蛋　是！（对吴觉非）请！

〔丁铁蛋押吴觉非下。

崔保山　今天我总算报了洞山战役这一箭之仇。哎，刘司令员，你怎么坐黄包车进城了？

刘伯承　陈赓兵团都还没用上，南京就解放了！车马还没过江，我们又认不得路，只好劳驾这位师傅了。（指车夫）

钟汉钧　早在西柏坡，中央已经任命刘司令员为南京市第一任市长了，可我们的市长还不知道在哪儿办公呢！

崔保山　（得意地）总统府被我们占领了，老蒋的窝给连锅端了，这仗总算打得差不多了，我也要像刘司令员一样坐上黄包车，好好逛逛这南京城。

刘伯承　南京古称石头城，大江东去，虎踞龙盘，历来是兵家必争之地，也是屯兵习武的好地方。汉钧，等全国解放了，我要向毛主席请缨，在这里办一所军校，来当一个教书先生。

钟汉钧　当年我在红军大学当学生时，你就是我们的校长。

刘伯承　我刘某人和教书有缘啊！保山，你也该进进学堂了。

崔保山　我是带兵打仗的，进什么学堂？

刘伯承　正是因为你是带兵打仗的，才更需要学习！主席说过，革命胜利，只是万里长征走完了第一步。从现在开始需要向现代化、正规化进军了，要实现这个伟大而又艰难的转折，就得好好学习。

崔保山　（不以为然地）江山都打下来了，还有什么过不去的沟坎？

刘伯承　你这个崔保山，打仗像只老虎，可现在也得把身上的虱子抖落抖落了，不然非掉队不可。（转对钟汉钧）汉钧，我们上哪儿啊？

钟汉钧　你是市长，我们跟你走啊！

刘伯承　到了家门口，反倒找不着家了。南京我光知道有个总统府，我们就去那儿！保山，（诙谐地）你去通知蒋大总统，他重金悬捕的刘匪伯承登门拜望来了！

　　　　〔众笑。
　　　　〔收光。

〔歌声起。

一

〔一九五一年初,晴日。
〔南京军事学院大门口。
〔歌声中起光,彩坊、彩旗、标语,洋溢着喜庆的气氛。
〔黄矛坐在报到处的长桌后,忙着接待扛行李的、背背包的、穿军装的、着便服的各路报到者。

学员甲　(对学员乙)你是四野的,从海南来?
学员乙　对!你从哪来?
学员甲　我从西北来。
学员乙　哦,一野老大哥!(下)
　　　　〔刘伯承上。见学员甲肩扛手提的行李很多,便主动上前帮忙。
学员甲　(登记完毕,对刘伯承)请把我的行李送到基本系宿舍。
刘伯承　(愣了一下)好。(提行李欲下)
黄　矛　哎,老同志,你还没登记呢。
刘伯承　小同志,我是工作人员。
黄　矛　工作人员?我怎么不认识?
刘伯承　我也不认识你呀!
黄　矛　我叫黄矛。
刘伯承　哦,黄矛!黄毛丫头,名如其人嘛!
黄　矛　不是黄毛丫头,是矛盾的矛。
刘伯承　你是文化教员,华燕大学数学系应届毕业生,今年二十一岁,属大龙,对不对?
黄　矛　(傻了)对啊,哎,你是哪个部门的?
刘伯承　我嘛,就算个管理员吧。
　　　　〔汽车喇叭声。

————话剧《虎踞钟山》 〉〉〉〉〉

〔钟汉钧引甘有根上。

钟汉钧　刘院长。

学员甲　（惊愕地）刘院长？（急忙接过行李）

刘伯承　（对学员甲）对不起，我不能帮你了。

〔学员甲急下。

〔黄矛愕然。

刘伯承　怎么，没有接到巴谢洛夫顾问？

钟汉钧　我们在码头等了半天，也不见人影。（指甘有根）这位同志是来上学的，顺便捎了来。

刘伯承　（辨认）甘有根？（迎上前去）

甘有根　刘司令员！（敬礼）

刘伯承　（紧紧握手）延安一别，已经十几年没有见面了！

钟汉钧　你们认识？

刘伯承　我们是老战友了。南昌起义时，我们就在一起。

甘有根　当年刘司令员是参谋长，我只是个小参谋。

刘伯承　当年撤离南昌时，他救过我。延安时，他调到中央警卫团工作，我们才分的手。现在是军分区的副司令。

钟汉钧　（敬礼）甘有根同志，失敬了！（接过甘有根的旅行箱，为他登记）

刘伯承　老甘，你来报到怎么不来个电话，我应该去接你。来，坐坐。

甘有根　怎么能让你来接呢？我是学员，应该自己来报到，碰巧让他们给捎了脚，我都过意不去了！（习惯地掏出烟袋）

刘伯承　（笑）你啊，还是老样子！

甘有根　听说你要请陈总来当政委？

刘伯承　他在上海当市长，来不了。不过，这座学院能办起来，多亏了他和南京人民的支持啊！

〔巴谢洛夫坐黄包车上。

巴谢洛夫　（俄语）亲爱的刘，我们又见面了。

刘伯承　（俄语）老同学，你好啊！

〔俩人紧紧拥抱。

刘伯承　老同学，当年我在贵国伏龙芝军事学院上学的时候，说的是俄语，现在你在我们学院当顾问，就得说汉语了。

巴谢洛夫　好！用你们中国的一句成语，这叫"入乡随俗"。

刘伯承　我们合同战术教授会的钟主任在码头恭候半天，你怎么……

巴谢洛夫　（大笑）我是有意不上他们的车。听说南京解放时，你是坐黄包车进的城，今天，我也享受享受和你一样的待遇。我是斯大林同志派来的，是毛泽东同志请来的。老同学，我得和你平起平坐。

刘伯承　我可不敢，你是苏联老大哥！（笑）老同学，你看，紫金山下，玄武湖畔，这院址选得怎么样？

巴谢洛夫　好极了，就像这位姑娘一样可爱！（指黄矛）

黄　矛　（敬礼）巴谢洛夫顾问，你好。

巴谢洛夫　哦，好可爱的中国姑娘，很荣幸见到你！（向前欲拥抱）

〔黄矛灵巧地从巴谢洛夫的臂下钻了过去，避开拥抱。

刘伯承　（笑）老同学，你还记得吗？一九二八年我到贵国求学，你第一次拥抱我，我也像她一样难为情。

巴谢洛夫　你们中国人就是古怪。

〔众笑。

刘伯承　汉钧，你陪巴谢洛夫顾问去休息，我送老甘到宿舍去。老甘，走，我们得好好摆摆龙门阵。

〔众下。黄矛拉住钟汉钧。

黄　矛　钟主任，刘院长怎么对我的情况这么清楚？

钟汉钧　不光对你黄矛，全院一千多师生的花名册都在他脑子里。（下）

〔黄矛目送钟汉钧远去，愣神。

〔杨震身背背包，风尘仆仆上。

杨　震　同志，我来报到。

〔黄矛仍在发愣。

杨　　震　（提高嗓门）同志，同志，报到！

黄　　矛　（回过神来）噢，来了。（发现甘有根的旅行箱）对不起，请你稍等一下，我送下箱子，马上就来。

〔吴觉非身着战俘服装急上，与黄矛交臂而过，两人止步，对望一眼，黄矛跑下。

〔战俘管理所所长手捧军装追上。

所　　长　（严厉地）028号，你给我站住！

吴觉非　（止步，傲然地）我有名字，何必呼叫号码？

所　　长　好好，吴觉非，请你回去！

吴觉非　直呼姓名便可，"请"字可以不必。

杨　　震　（一震）吴觉非？（上前，审视吴觉非）你就是吴觉非？

吴觉非　你是……

杨　　震　你不认识我，我可知道你！你……（冲动地抓住吴觉非的胸襟）

所　　长　哎哎，同志，别冲动，他是学院打算请来当教员的。

杨　　震　当教员？（将吴觉非推开）他不配！

所　　长　他是不配！让他当教员，太抬举他了。（对吴觉非）吴觉非，你别给脸不要脸！（递军装）你给我把军装换上！

吴觉非　（推开）承蒙抬举。我是军人，我有我做人的准则！请你送我回战俘管理所去！（急下）

所　　长　你……（追下）

〔黄矛上。

〔杨震紧追几步，欲说什么……

黄　　矛　对不起，让你久等了，请登记一下。（递过登记簿）

〔杨震掏出钢笔登记。

黄　　矛　（接过登记簿看了看，目光落在杨震的脸上，欣喜地）杨震，是你！

杨　　震　（疑惑地）你是……

黄　　矛　想想看，我们哪里见过面？

杨　震　想不起来。

黄　矛　你是在应付，根本没有仔细地想。

杨　震　……实在想不起来。

黄　矛　（夺过杨震手中的钢笔）请问，这支钢笔是你自己的吗？

杨　震　（恍然大悟）噢，是你啊！真对不起，那天人太多，挤来挤去的，签完名就找不到你了。

黄　矛　堂堂的解放军英雄师长，到大学作报告，那么多崇拜者围着你，当然找不着我了。幸亏有钢笔作证，要不你还不承认我们见过面呢！

杨　震　（尴尬地）实在对不起，直到今天才把这支笔还给你。

黄　矛　（把笔插进对方的口袋）算了，这支笔就送给你，留作纪念吧。

杨　震　（不知所措）这……

黄　矛　哎，你不是说要上朝鲜打仗去吗？怎么……

杨　震　是啊，都到鸭绿江边了，一纸命令把我截到了这儿，真是活见鬼。

黄　矛　你好像很有情绪嘛！

杨　震　当然有情绪！

　　　　〔门外传来马的嘶鸣声和人的吵嚷声。

　　　　〔门卫跑上，丁铁蛋一手持马鞭一手拎步枪紧随其上。

丁铁蛋　（气冲冲地）这城里的怪名堂就是多，放着这么大的门不让走马，搞什么搞？

门　卫　（委屈地）这是规定，你吵也没有用！（对黄矛）黄教员，你给评评理！

黄　矛　（迎上去）怎么回事？

门　卫　他们两个硬要骑着马闯进大门，我不让进，他们就训我，连枪都被他缴了。

丁铁蛋　老子们刚从剿匪战场下来，不组织欢迎也就算了，连门也不让进，搞什么搞？

黄　矛　　我说同志，进大门必须下马，这是规定。

丁铁蛋　　规定？哼，还王八屁股呢，哪个定的？

黄　矛　　上级。

丁铁蛋　　上级是谁？告诉你，来的是我们崔司令，他就是上级！崔保山崔司令，骑兵打坦克的英雄，你们听说过没有？

〔崔保山手执马鞭，腰佩勃朗宁手枪，气概威武地上。

崔保山　　铁蛋，你胡咧咧什么？

丁铁蛋　　崔司令，他们还是不让进。

崔保山　　（傲然地）你跟这丫头片子啰唆什么？去给我把老钟——钟主任找来，今天，我非要骑着马进这个门。

黄　矛　　首长，请你说话文明一点。

崔保山　　文明一点？我从生下来就这么说话！

黄　矛　　你，你……（跑下）

崔保山　　老子骑着马在战场上拼杀了十多年了，还没有人能挡住我的马头！

杨　震　　（忍无可忍）同志，既然上级有规定，你就得按规定办。如果大家都像你这样，骑兵骑着马，那开坦克的不就得开着坦克进来了？

崔保山　　你是干什么的？也是看门的？

杨　震　　我是刚报到的学员……

崔保山　　我是高级系的学员，（上下打量着杨震）你大概管不了我吧？

杨　震　　对违反规定的事，谁都有权利管。

〔黄矛引刘伯承上。

崔保山　　我今天倒要看看你怎么管我？别说你，就是刘司令员——刘院长，也得给我三分面子。

丁铁蛋　　我们崔司令当年是刘院长手下的一员虎将！

崔保山　　铁蛋，别胡吹！走，骑马进门！（"啪"的摔了一鞭子，调头欲走）

杨　震　（挡住去路，一把攥住马鞭）今天我非得管管你！
崔保山　你敢！
　　　　〔杨震夺过马鞭，摔出老远。
崔保山　（怒争）你！（下意识地去摸腰间的手枪）
刘伯承　（捡起马鞭）好大的胆子，竟敢给我们堂堂的崔司令一个下马威！
崔保山　刘司令员！
杨　震　刘院长！（敬礼）
刘伯承　（对杨震）你是……
杨　震　报告刘院长，高级系学员杨震向你报到！
刘伯承　噢，你就是从三野来的杨震师长。
崔保山　（头一扭）我不管什么师长军长，今天的事得给我一个说法。
刘伯承　当然得给个说法。你不是说我会给你三分面子吗？今天给你十分！（顿时严肃起来）丁铁蛋！
丁铁蛋　到！
刘伯承　你真行，把门卫的枪都缴了！
　　　　〔丁铁蛋赶紧把枪交还门卫。
刘伯承　（递过马鞭）把马送到学院的马厩去，统一管起来。所有的警卫员也要集中管理，你马上去教导团报到。
丁铁蛋　（迟疑地）崔司令……
崔保山　刘院长，这……
刘伯承　服从命令！（对门卫）你领他去，把袖标留下。
门　卫　是！（取下袖标递给刘伯承）
　　　　〔丁铁蛋随门卫下。
刘伯承　崔保山！
崔保山　到！
刘伯承　（递过袖标）把它戴上。你的任务，到校门口值勤。
崔保山　（傻了眼）我？
刘伯承　如果你能纠察到像你这样违反校规的，就让他来顶替你，否则，

―――话剧《虎踞钟山》 〉〉〉〉〉

你就一直值勤到全体学员报到完毕！

崔保山　刘院长……

刘伯承　听我口令——立正，向后转，目标：校门口，起步走！

〔崔保山按照口令快快而下。

刘伯承　黄教员！

黄　矛　（吓了一跳）到！

刘伯承　（笑）别那么紧张。文化课就要开课了，你准备得怎么样了？

黄　矛　正在准备。

刘伯承　找个时间我想看看你的教案。你先送杨震去宿舍。

黄　矛　是！

〔黄矛引杨震下。

〔汪荣华上。

汪荣华　伯承！

刘伯承　哎，你怎么来了？有急事？

汪荣华　刚才周总理来电话，说毛主席要你马上去北京一趟。

刘伯承　好，君命召，不俟驾而行！走！

〔汪荣华拉刘伯承走向舞台一侧，主演区收光。

汪荣华　（担忧地）伯承，听说你要请六百多名国民党旧军官来当教员？

刘伯承　（严肃起来）汪荣华同志，不要忘了我们的规矩。

汪荣华　我这不是夫人参政，我只是想给你提个醒。全院一共八百多名教员，旧军官占了一大半，从国民党的陆军副总长、作战厅长、御林军的头头，从少将到上将，你都想收罗来。有人说，鱼虾鳖蟹全有了。

刘伯承　（叹息一声）锣鼓家伙敲起来了，总得有唱戏的啊，现在学院最大的困难就是教员奇缺，这些旧军官都有一技之长，我只能出此奇招了。

汪荣华　奇招就是险招！现在全国正在开展大规模的镇压反革命运动，我真为你捏一把汗啊！你别忘了，红军时期，你就被李德撤过职。

111

刘伯承　此一时彼一时，你这是想到哪里去了。

汪荣华　听说，你亲笔写的报告，主席和军委还没有批下来。

刘伯承　（缓缓落座）我想主席一定会批准的。

汪荣华　伯承，没想到这办军校比打仗还难啊！

刘伯承　（摘下眼镜擦拭着，感叹地）离开四川时，小平同志对我说，带兵打仗是个苦差，办军校是苦差中的苦差。

汪荣华　你是自找苦吃！

刘伯承　（站起身，乐观地）有的人把我们看做人上人，我们就得吃苦中苦嘛！

　　〔收光。

二

〔第二天，雪后初霁。

〔中华门城堡。

〔光渐起。吴觉非抚着墙垛，感慨万端。

吴觉非　（对战俘管理所所长）为什么把我带到这儿来？

所　长　我是奉命行事。

吴觉非　（痛苦地）你，你让我回去！（走）

〔钟汉钧和巴谢洛夫进入城门。

钟汉钧　（挡住吴觉非的去路）吴觉非将军，我们又见面了。这位是苏联军事顾问巴谢洛夫中将，这位是吴觉非中将，黄埔一期的高才生，曾到德国陆军大学深造，潜心研究过坦克闪击战，人称中国的古德里安。

巴谢洛夫　久闻大名，欢迎欢迎！

吴觉非　徒有虚名，惭愧之至！

钟汉钧　你不是要选一位对坦克有研究的专家吗？刘院长想请他出任。可他不愿干，今天请你来见见他，做做工作。

———话剧《虎踞钟山》 >>>>>

巴谢洛夫　做工作？怎么到这儿来做工作？

钟汉钧　这是刘院长特意安排的。（转对吴觉非）吴觉非将军，据说这中华门城堡是世界上最大的城堡，你今天站在这儿，一定别有一番感慨吧？有何观感？

吴觉非　钟主任，请你转告刘公，他的好意我心领了，恕我不识抬举。

钟汉钧　你岂止是不识抬举，简直是冥顽不化！你知道你这样做，会是个什么下场吗？

吴觉非　要杀要关，悉听尊便。（走）

〔刘伯承和随员上。

刘伯承　觉非先生，别来无恙？

吴觉非　（惊讶，讷讷半晌）刘伯承将军，你怎么也到这儿来了？

刘伯承　（笑吟吟地）你我是川中故旧，约你到此一聚。

吴觉非　（惶恐地）阶下之囚，岂敢劳动大驾。

刘伯承　觉非先生，我们三顾茅庐，你不愿出山，今天只好"城门立雪"了。

吴觉非　刘公，请不必再为我费神，败军之将，实难从命。

钟汉钧　（转对刘伯承）刘院长，你都看见了吧？整个一个无药可治！

刘伯承　（制止钟汉钧）觉非先生，听说这些天你在战俘管理所，用馒头碗筷子摆沙盘，研究川陵之战，是不是输得有些不服气？

吴觉非　我的坦克怎么会输给骑兵？还不是江南的水网地带捆住了战车的履带，闪击战术无从发挥！再说我的前卫师长临阵倒戈，电台台长居然又是中共地下党员……这个仗叫我怎么打？

巴谢洛夫　你是不是想摆开阵势，和他们再较量一次？

吴觉非　（长叹一口气）国民党的气数尽了，蒋先生的气数尽了……

刘伯承　看来，这些天的闭门思过，你还是悟出点道理来了。今天是十二月十三日，这个日子对你来说恐怕终身难忘吧？

〔吴觉非心中一震，心绪复杂地低下头去。

刘伯承　（转对巴谢洛夫）老同学，这个日子你也忘不了哦。汉钧，你们不是给巴谢洛夫顾问准备了一份礼物吗？

钟汉钧　对！（掏出一盒子，递给巴谢洛夫）听刘院长说，今天是你的结婚纪念日，这是我们教授会的同志送的小礼物，表示祝贺。

巴谢洛夫　（笑）老同学，你的情报太准确了。（打开盒子）刮胡刀！好，太好了！（突然发现盒子上的字母，念）U—S—A！（递还给钟汉钧）对不起，这个礼物我不能收！

钟汉钧　（纳闷地）为什么？

巴谢洛夫　这是美国货，美国是我们的敌对国，我们苏联军人坚决不用美国货！

刘伯承　（笑）汉钧，这个情报你可没弄准确哦！老同学，我送你夫人一件礼物。（从随从手中接过一个纸包，递给巴谢洛夫）

〔巴谢洛夫打开纸包，抖出一件粉红色的京剧青衣戏装。

刘伯承　怎么样？

巴谢洛夫　（欣喜地在自己身上比划着）知我者伯承也！我和我夫人都酷爱中国文化，你看，我今天特意换上了中式服装。我代表我夫人谢谢你们了。（抱拳作揖）

〔众笑。

刘伯承　（对吴觉非）觉非先生，今天我也给你准备了一份礼物。

〔随员端出放着酒瓶和碗的托盘。

吴觉非　刘公，你……

刘伯承　（倒酒）觉非先生，十三年前的今天，南京沦陷时，你率三千壮士在此地抗击日寇，喋血城堡，虽然兵败城破，但在中华民族的反侵略战争史上留下了壮烈的一笔。今天，我刘伯承陪同你共祭这些民族的英灵。

〔吴觉非接过酒碗，举过头顶，单膝跪地，和刘伯承一起把酒洒在城头上……

〔远处传来小火轮的鸣笛声。

吴觉非　（感慨地）刘公，这些都已是往事了。

————话剧《虎踞钟山》 >>>>>

刘伯承　　前事不忘，后事之师。可惜你从这城堡撤离之后，步步走入歧途，尤其在皖南事变中走得更远了，最终导致了彻底的覆没，连枪带人成了我崔保山部的战利品，而你至今仍未幡然悔悟。

吴觉非　　（涨红脸，扭过头去）……胜败乃兵家常事。

刘伯承　　（陡然起身）难道你吴觉非铁心要做蒋家王朝的殉葬品？国民党蒋介石逆历史的潮流而动，背叛人民群众的意志，最终的失败决不是什么兵家常事，而是历史必然。

〔吴觉非惶惶不安地。

刘伯承　　你说过，你不怕死，但你害怕真理。这就是真理！

巴谢洛夫　　听说你把爱国作为做人的第一准则，现在新中国成立了，我们外国军人都来为她出力了，你就不愿为她做些有益的工作？

吴觉非　　怎能让一个败军之将去执掌教鞭，给胜利之师上课？

刘伯承　　有何不可？过去走错了路不要紧，改过来就好了嘛！我奉劝你人如其名，觉非觉非，就得觉今而昨非。这中华门城堡是你从光荣走向耻辱的转折点，希望你从这儿开始，重新书写你的人生历史。

吴觉非　　（苦笑）刘公，你这是逼我上梁山啊！

刘伯承　　不管是请上梁山，逼上梁山，还是捆上梁山，上了梁山都是好汉！

〔黄矛手捧教案匆匆上。

黄　矛　　报告！（敬礼）刘院长，我来了！

刘伯承　　（笑）又来了一个上梁山的巾帼英雄！

黄　矛　　（不好意思地）我怎么能算英雄。刘院长，这是我的教案，请你审阅，不知道行不行？（递过教案）

刘伯承　　（未接教案）我不看了，你就给我们大家试讲一下吧。来来来，坐下，坐下，听黄教员授课。

黄　矛　　（紧张地）刘院长，这……

刘伯承　　教员是无冕之王，就像李太白，遇官高一级，没有什么好怕的。

115

〔众在台阶上坐下。

黄　矛　（低着头，似背书般的）……同学们，今天我开始上数学课，数学是一个美丽的童话，数学是一个智慧的迷宫，数学是用一组组枯燥的数字组合成的美妙的乐曲，现在让我们一起撩开她那神秘的面纱，走进那迷人的数学王国……

巴谢洛夫　（鼓掌，喝彩）好，太动听了！

刘伯承　（笑着站起身）你讲得很浪漫，很有诗意。不过你面对的学生大多是工农出身，可不可以说得朴实一点？

黄　矛　（难为情地）……是！

刘伯承　吴觉非先生，你是专家，能不能给我们的黄矛教员指点指点？

黄　矛　（惊愕地审视着吴觉非）吴觉非？

吴觉非　（惊愕地站起身）黄矛？（仔细端详黄矛）你是矛矛？我的女儿？

刘伯承　黄教员，这就是我要带你见的人。

黄　矛　（情绪复杂地）我……你……

吴觉非　矛矛！我是你父亲啊！

黄　矛　（扭过头去）我没有你这个父亲！十多年了，你把妈妈和我抛到哪去了？我一辈子也不想见到你！

吴觉非　（愧疚地）爸爸对不起你们……

刘伯承　父女久别重逢，理应高兴才是，人世间，最难割断的莫过于骨肉亲情。（对吴觉非）觉非先生，你女儿的进步可是比你快了！（从所长手中接过军装，递给黄矛）黄矛同志，请你帮帮你父亲，把这军装穿上，穿好！（朝众人示意，悄然离去）

〔众随下。灯光渐收，仅留一束追光映照着父女俩。

吴觉非　（激动地抚着黄矛的双肩）你和你妈年轻的时候一个样。

黄　矛　我妈现在可是人老珠黄了。（推开吴觉非）

吴觉非　你妈现在好吧？

黄　矛　你还知道关心她？她活得比你好。希望你能悔过自新，重新做人。

——话剧《虎踞钟山》

吴觉非　（苦笑）做人？矛矛，你看父亲还能做人吗？
黄　矛　这就看你自己了。（递过军装，掉头欲走）
吴觉非　矛矛，你就不能叫我一声爸爸吗？
黄　矛　（止步，回首）我……（急步跑下）
吴觉非　矛矛！
〔切光。
〔江潮的澎湃声。

三

〔几天后的一个清晨。
〔高级系宿舍。
〔早操的脚步声、口令声中追光渐起。杨震坐在桌前看着手中的照片，陷入深深的思念之中……
〔音乐淡起。
〔杨震内心独白：月秀，你在哪里？现在革命已经胜利了……
〔柯月秀身穿新四军服装，手缠绷带，出现在窗口。

柯月秀　杨震！你对我说过，等革命胜利了，你就娶我……
杨　震　月秀，你不会想到，我来学院报到那天，遇见的第一个人竟然会是吴觉非！
柯月秀　吴觉非？就是在皖南事变时和你交过手的那位国民党师长？
杨　震　对，就是这个混蛋！不是他，你不会被俘。
柯月秀　不是他，我俩也不会整整十年没有见面……
杨　震　月秀，你在哪里？
柯月秀　杨震！
杨　震　（起身迎向柯月秀）月秀！
〔起光。窗口的柯月秀变成黄矛。
〔宿舍内，杨震的床十分整洁，被子叠得方方正正；崔保山蒙着被子还在睡觉。临窗的墙上，贴着一张手绘的地图，上书繁体字标题《朝鲜半岛军事态势图》。窗外，晨雾袅袅，紫金山隐约可见。

黄　矛　杨震，大清早的，还没睡醒啊？

杨　震　（回到现实）是你？你怎么来了？

黄　矛　我不能来吗？

杨　震　什么事？

黄　矛　喂，你这个人怎么不讲礼貌？你让文化教授会的黄矛教员就这么愣站在窗户外面？

杨　震　噢，请进，门开着呢！

黄　矛　走个捷径，来扶我一把。（伸过手来）

杨　震　黄毛丫头，哪像个老师？（拉黄矛）

黄　矛　（从窗口跳进室内，顺手夺过杨震手中的照片）好漂亮的姑娘！难怪看得那么入神，是你夫人？

杨　震　不，是未婚妻！

黄　矛　她在哪？

杨　震　（伤感地）我也不知道。

黄　矛　（诧异地）怎么回事？

杨　震　皖南事变时她被捕了，至今下落不明。（取回照片，顾自走到地图前，摆弄着上面的红绿小旗）

黄　矛　（愣了一会儿神，解下腰带在崔保山的被子上抽了一下）哎，崔司令，该起床了。今天出操，刘院长第一个到，站在排头，你还好意思压床板。

崔保山　（伸出头来，不耐烦地）吵什么吵？老子打了十几年仗，没睡过一个安稳觉，现在总得让我补补觉吧！（蒙头又睡）

黄　矛　那你昨天晚干什么去了？

崔保山　（兴奋地）上大鸿楼听戏去了，嘿，有个角叫赛艳秋的，那戏唱的，啧啧……

———话剧《虎踞钟山》 >>>>>

黄　矛　你们啊……（无奈地摇了摇头，走向地图，扑哧一笑）嘻！
杨　震　你笑什么？
黄　矛　（指地图）这上面的字是谁写的？
杨　震　放牛娃出身，字写得不好。
黄　矛　（念）朝鲜半岛军事"熊"势图。
杨　震　什么熊势图？态势图！
黄　矛　（顶真地）一个字不能错，一个军事家笔下的每一个字，都关系到千百个士兵的生命哩！喂，听说你想到朝鲜去，不上学了？
杨　震　对，前方在拼杀，在流血，战局到了关键时刻，我没法安下心在这儿念叨 X＋Y！告诉你，我已经向上级递交了请战报告！
黄　矛　（尖锐地）你这是小农意识，目光短浅！缺少文化能打胜仗吗？
杨　震　（激烈地）行了！你不懂得什么叫军人！对军人来说，枪声就是命令，求战是一种本能，对战争无动于衷的人，就不配穿军装！
黄　矛　（委屈地）就你勇敢，就你伟大，你是标准的军人，别人都不是！
杨　震　我不想评论别人，但在我看来，穿上了军装，不一定就是真正的军人！如果他不具备一个军人的情感，那么他充其量只是个穿军装的学生。
黄　矛　（一怔，泪花涌出）你，你，我一直把你当作英雄，很崇拜你，可你……太叫人失望了。我送你钢笔，是希望你好好学习……
杨　震　我现在要的是枪，不是笔！（将笔递还给黄矛）还给你！
黄　矛　你？（接过笔，掉头急跑而下）
　　　　〔崔保山从被窝里探出头来。
崔保山　你这人也真是的，好端端的把人家给气跑了。我看，这姑娘对你还有点那个意思。要模样有模样，要文化有文化，和我老家那个小脚的黄脸婆，真是一个天，一个地。你小子艳福不浅啊！
杨　震　你睡你的回笼觉吧！（继续看地图）
崔保山　（一摸耳朵，发现夹着两个票夹）咦，我耳朵上怎么夹着两个票夹子？

杨　震　我夹的！

崔保山　搞什么搞？我说怎么老梦见老婆揪我耳朵呢？

杨　震　你的呼噜质量太高，我实在受不了，只好用这个土办法。

崔保山　哎，灵吗？

杨　震　（笑）你别说，还真灵！

崔保山　（大笑）不瞒你说，安排住房时，我可以住单间，是我主动要求和你同住的。

杨　震　为什么？

崔保山　不是冤家不聚头啊！你让我在校门口下不了台，我要让你晚上睡不好觉！

杨　震　（笑）嘿，真看不出，你老兄还有这份心计。

崔保山　（得意地）没两下子，还能带兵打仗？算了，扯平了，我还是搬出去住吧。

杨　震　别搬了，不打不成交。不过你老兄这双脚可得要勤洗点。我已经递了请战报告，说不定很快就走。

崔保山　不是我说你，你这人太死心眼，打了那么多年的仗，也该歇歇了。原来我也不想来上学的，可没想到进了城，才晓得天外有天，山外有山。昨天我带铁蛋上新街口逛了一趟，那满街的灯红红绿绿的，那满街的姑娘一个比一个标致，把……铁蛋的眼都看直了。

杨　震　（笑）恐怕你的眼比铁蛋还要直吧？

崔保山　你去看了眼也得直。反正我是不走了。再让我回到那深山老林里，每天坐在马背上，我是一天也受不了了。

〔赛艳秋着列宁装、背腰鼓、捧一束鲜花上。

赛艳秋　请问，崔保山崔司令是在这儿住吗？

〔崔保山赶紧钻进被子。

杨　震　请问你是？

赛艳秋　我叫赛艳秋。金陵京剧院的演员。

———话剧《虎踞钟山》 >>>>>

崔保山　（跳下床）哎呀，你怎么来了？（发觉不妥，急忙上床）

赛艳秋　哟，崔司令，病了？

崔保山　这，没什么，小病，小病。（用被子把脚捂上）找我有事？

赛艳秋　昨天你到新街口大鸿楼听我唱戏，送我一束花，我怎么担当得起？今天南京市组织我们这些搞文艺的到你们学院来慰问，我特地买了这束鲜花，来献给你这位英雄。（递花）

崔保山　哟哟，这……（接花）

赛艳秋　另外送几张戏票，请你们去看戏。（对杨震，递票）请这位同志一起去。

杨　震　谢谢。

赛艳秋　我走了，晚上大鸿楼见！

　　　　〔崔保山急忙穿衣下床，冲到窗前，朝外挥动鲜花。

杨　震　别忙乎了，人家早走远了。老崔，今晚我不去了。（递票）

崔保山　不不你一定得去，那戏唱的，啧啧，看了顺眼，听了舒坦……（学唱两句，跑了调）坏了，有人来了。哎，老兄，就说我病了。（急钻进被窝，蒙起头）

　　　　〔刘伯承、钟汉钧上。

　　　　〔杨震发觉，敬礼，欲说话，刘伯承用手势制止，径直走到崔的床边，伸手拍拍被子。

　　　　〔崔保山在被窝里翻了个身，故意发出响亮的鼾声。

　　　　〔刘伯承耐心地再拍拍被子。

　　　　〔丁铁蛋拎着水瓶，哼着小调上。

丁铁蛋　（见状大惊，急唤）崔，崔司令……

崔保山　（猛地翻身下床，抓起一只鞋子，佯揍丁铁蛋）原来是你这个小兔崽子，搞什么搞？

　　　　〔丁铁蛋朝崔保山身后使眼色。

　　　　〔崔保山回头发现刘伯承，大惊，手忙脚乱地穿鞋。

　　　　〔刘伯承不动声色，盯着崔保山，扔过另一只鞋……

钟汉钧　你看你，像什么样子？

崔保山　嘿嘿，刘院长、钟主任……

刘伯承　（不理崔保山，转对丁铁蛋）小鬼，你们这位骑兵司令，经常睡懒觉，不出操吗？

丁铁蛋　不常……不过，三天两头是……有的。

崔保山　（瞪着丁铁蛋，恼怒地）你……

刘伯承　（摘下眼镜，擦擦镜片）小鬼，我给你一个任务。

丁铁蛋　（双脚并拢）是！

刘伯承　以后，每天早上起床号一响，你就把他的被子给我掀了！

丁铁蛋　是，保证完成任务！（欲走）

刘伯承　等等！院部规定，士兵一律不许留发，你知道吗？

丁铁蛋　知道。

刘伯承　那你为啥还没把头发剃光？

丁铁蛋　这个……这个，大伙说，剃个光葫芦头像个二杆子。

刘伯承　（摘下自己的帽子，露出光光的头顶）嗯！二杆子？

〔众欲笑，又忍。

〔丁铁蛋吓得不知所措。

钟汉钧　（欲训斥）你这个小鬼……

刘伯承　（用手势制止钟汉钧）二杆子，二杆子？我看就是既要抓枪杆子，又要抓笔杆子，你们说对不对？大家坐吧。

〔众笑，落座，丁铁蛋松口气，溜下。

〔杨震蹲在凳子上。

刘伯承　哎，杨震，有凳子不坐，干啥子蹲着？

杨　震　进城前很少有凳子坐，蹲习惯了。

刘伯承　有些习惯可得改一改，不能老让人家叫咱们土八路喽。昨天我才从北京回来，毛主席和军委批准了我们的办学方案，特别强调了学院的正规化问题。

崔保山　（习惯地把脚往床上一搁）正规化？

————话剧《虎踞钟山》 〉〉〉〉〉

〔钟汉钧用手点了点崔保山。

〔崔保山赶紧放下脚，坐端正。

刘伯承　来自野战军的就不许"撒野"，干过游击队的也不许"冒油"。你们两个可是既撒野又冒油噢！

崔保山　刘院长，你放心，我们一定正规化！我先去方便一下。（欲溜）

钟汉钧　等一下，还有个事顺便给你说一下，我们想在学员中选几个人担任各班级的干部，想让你担任第二班级的副主任。

崔保山　副主任？我不干！

钟汉钧　为什么？

崔保山　我从当连长起，营长、团长，直到骑兵司令，干的都是正职，从来没有当过副的。

刘伯承　嗬，这也算个理由？那好，既然你不愿意当副主任，就担任一个学习小组的组长吧。

崔保山　学习小组长是正的还是副的？

钟汉钧　学习组只设一名组长，自然没有副的！

崔保山　是正组长，我干，就这么着！

刘伯承　（挥手）你们先走，我和杨震谈点事。

〔钟汉钧、崔保山下。

〔杨震有些紧张地笔挺站好。

刘伯承　（掏出杨震的报告）你的这个请战报告我已经看了，理由很正当，很充分！好嘛，你去，我也去，我们一起走，你看几时动身呀？

杨　震　（一愣，讷讷地）你是院长，你怎么能走？……

刘伯承　学员都跑了，要我这个光杆院长做什么？

杨　震　不，我没有要大家都去，我只是说我自己……

刘伯承　关心前线局势，渴望参加战斗的，难道只有你杨震一个？你给我站到军事学院的大门口去问一问，从教员到学员，从院长到士兵，哪一个人的心不是跟志愿军跳在一个节拍上？（走向地图，把图上的蓝军标志从三七线移至三八线附近，又把一面小旗插在

123

仁川上面）

杨　震　（吃惊地）什么？美军重新占领了仁川，我军又撤回到汉江，看来战场的形势比我想象的要严重得多。

刘伯承　是啊，你画的这张态势图，对战局的反应，很不灵敏嘛！其实，地图只能显示表层的军事态势，至于美第八集团军新任司令官李奇微，这位二次大战诺曼底登陆时的空降师师长，与他的前任沃克有些什么不同？他与麦克阿瑟的战役思想有些什么差异？他的这一次攻势，究竟是以攻为守，还是更大规模行动的一次前奏？对付这样的对手应采取何种战略战术？我志愿军要以弱克强，有哪些战例可以借鉴？这些你都认真想过没有？

杨　震　我……我心里着急啊！（抓下军帽，蹲下）

刘伯承　杨震啊，我心里难道平静吗？如果现在批准你返回前线，当初又何必把你从鸭绿江边召回来？我们面对的是用现代装备武装到牙齿的敌人，这在我军作战史上还是第一次，如果让你现在上前线，凭过去的老经验，还是用小米加步枪的打法，不熟悉多兵种协同作战，你有必胜的把握吗？

杨　震　（缓缓起身）我……

刘伯承　（缓缓坐下）彭老总几次催我，向我要人，尤其需要熟悉作战的优秀指挥员。杨震啊，你知道我为啥子要办这所军校？这是我多年来的一个愿望啊，早在战争年代，就是坐在马背上，我也经常在思考这样一个问题：我们这支军队，是以农民为主体的，在危难中诞生，在战火中成长，尤其需要进行正规化的训练，可至今没有机会和条件，现在江山打下来了，这个问题就更突出了。打江山难，守江山更难啊！我们要有这个紧迫感，要有这个忧患意识……

杨　震　（深受触动）忧患意识……

刘伯承　（站起身，语重心长地）杨震啊，我们只有不断学习新的东西，跟上时代的发展，才能永远立于不败之地！现在你我的阵地在哪

———话剧《虎踞钟山》 >>>>>

　　　　　　里？就在脚下！（递过报告）
杨　震　（羞愧地）刘院长！（接过报告，一撕两半）
刘伯承　你去找黄教员。
杨　震　找她？
刘伯承　对，向她道歉！
杨　震　是！
　　　　〔甘有根端两碗饭菜上。
甘有根　开饭啰，开饭啰！（发现刘伯承，愣）刘院长……
刘伯承　老甘，你怎么当起炊事班长了？
甘有根　我来对一下这两天上课的笔记，顺便把早饭给捎了来。
杨　震　老甘资格最老，可每天都为大家忙这忙那，大伙都说他不愧是张思德的战友。
刘伯承　老甘，你像张思德，还有像白求恩，在学习上可得多下下工夫。
杨　震　他学习比谁都抓得紧，每天晚上都是最后一个熄灯。
甘有根　我是只被赶着上架的鸭子，没办法。
刘伯承　（抚着甘有根的双肩）眼睛都熬红啰！（接过甘有根的笔记本，翻看）怎么，这么多的空白？
甘有根　（愧疚地）我，我记不下来。
刘伯承　（拉甘有根到桌边坐下）来，我帮你补上。
　　　　〔音乐渐起。
　　　　〔刘伯承讲着、写着，甘有根和杨震分站两侧，听着，想着……
　　　　〔光渐收，音乐扬起。
　　　　〔一演区灯亮。
黄　矛　（坐在石凳上）咦，你这个人，老这么站着，不嫌累啊？
杨　震　你这里通不过，刘院长那边我交不了差。
黄　矛　啊，说了半天，你只是为了交差呀？
杨　震　不，不！一半是为了交差，另一半嘛……思想认识上也确有一点提高。

黄　矛　好，说说看，认识上有什么提高？

杨　震　缺少文化，不懂科学，这是旧社会在工农身上刻下的愚昧伤痕，我们不能以大老粗为荣。

黄　矛　这是你的话？

杨　震　不，是刘院长对我说的。

黄　矛　我想听你自己的话。

杨　震　……你们这些教员是给我们送金钥匙的人，帮我们打开知识的大门，去攀登现代军事科学的高峰！

黄　矛　（兴奋地击掌）说得好！你真是这样想的？

杨　震　不，这也是刘院长对我讲的话。

黄　矛　啊，闹了半天还是刘院长的话。

杨　震　刘院长的话句句说到了我心里。他已是六十的老人了，身上带着九处战伤，却放着高官不做，辛辛苦苦跑来办学，图啥？还不是为了我们。

黄　矛　（笑）这也是刘院长说的？

杨　震　不，这是我自己的话。

黄　矛　这还差不多。

杨　震　黄教员，你……（伸手）把笔还给我。

黄　矛　（掏出钢笔，欲递又收）不行，还得看你行动。

〔收光。

四

〔几天之后，上午。

〔高级系教室内。

〔下课铃声响，起光，一群身着新式呢料军装的学员围坐在沙盘旁，听钟汉钧在讲课。

钟汉钧　今天的战术课就讲到这儿。下课。

——话剧《虎踞钟山》 〉〉〉〉〉

杨　震　（臂佩课代表袖标）立正！解散！

甘有根　钟主任，你刚才讲的，有几个地方我还不太明白，能不能给我开个小灶？

钟汉钧　老甘，我今天讲得是不是理论性的东西多了一点，不够通俗？

甘有根　不，不，是我底子实在太薄！

钟汉钧　我马上要到基本系去上课，这样吧，你晚上来找我。

甘有根　好，谢谢！哎，钟主任，不是说你要到总参当部长吗，什么时候走啊？

钟汉钧　我已经决定不去了。

甘有根　不去了，为什么？

钟汉钧　学院刚刚创建，白手起家，人手很缺，走不开啊。

甘有根　（感慨地）你们这些教员，大多是很有发展前途的军师一级指挥员，可你们就像刘院长和我说的，就像驮着唐僧到西天取经的白龙马，默默无闻，不计名利得失，做出了很大的牺牲啊！

钟汉钧　要说牺牲，谁也比不过刘院长。他主动请缨办这所军事学院，不仅辞去了西南军政委员会主席的职务，连总参谋长都不愿意出任。

甘有根　是啊，刘院长常说，他活着要当个好教书匠，死了就埋在紫金山。

钟汉钧　刘院长就是这么个人。我上课去了，晚上见。

崔保山　（已在讲台上摆好象棋）老甘，来来，杀一盘！

甘有根　不，不，我哪有心思下棋哦！（坐到一边翻笔记本）

崔保山　（端起棋盘走向台口，挑衅地）谁上？怎么，都不敢？好，今天，我就干我的老本行，不用车，光用马！行了吧？谁上？

杨　震　我来！你老崔也太狂了，我就不信这个邪！（摆棋）

崔保山　（摆棋）信不信下完再说。（抓起一个棋子往边上一拍）让你一个车！

杨　震　（抓起棋子往棋盘上一拍）我不用你让！

崔保山　你有种！红先黑后，你先走！

杨　震　黑棋领先，你先来！

〔上课铃声响起。

崔保山　妈的，真扫兴！下课再战！

〔崔保山和甘有根走入观众席坐下。

〔杨震把棋盘放进讲台，整理军容。

〔吴觉非身着解放军军装，夹着教案，步履迟疑地上。

〔杨震一愣，盯视着吴觉非，别过头去。

崔保山　（腾地站起，冒叫一声）吴觉非？哎，怎么会是他？

〔吴觉非一惊，教案滑落在地上……

杨　震　（竭力控制自己的情绪，制止崔保山）老崔，别胡来，这是在课堂上。（跑过去捡起教案递给吴觉非，转身发出口令）全体起立——（转向吴，敬礼）教员同志，高级速成系二班，实到学员三十七名，请您上课，课代表：杨震！

吴觉非　（回了个美式军礼，忐忑不安地）好，好……（走向讲台，打开教案，转身在黑板上写下：TANK——水柜，画圈将其圈起，又画起箭头将其引向坦克模型，转向观众）今天我们讲坦克在合同战术中的运用。第一次世界大战时，英国有个叫斯文顿的，建议将一种"霍尔特"拖拉机装上厚厚的钢甲，改装成战车，这种战车最先是在水柜工厂里生产出来的，为了保密，他们把这种战车称作水柜，英文叫"TANK"……

〔学员们静静地听着，崔保山侧头望着窗外。

〔吴觉非顾虑渐消，恢复自信，目光离开教案，侃侃而谈。

吴觉非　坦克的首次运用，是在第一次世界大战英法联军与德军对垒的战场上，半个世纪以来，坦克之所以能在战场上纵横驰骋，在于它有坚厚的装甲防护，强大的机动火力，能在复杂的地形下高速行驶，成了地面战场之王……

崔保山　等等！（忍无可忍，冲上讲台）我想提个问题！

———话剧《虎踞钟山》 >>>>>

吴觉非　（一怔）课堂上提问之前，请先举手。

崔保山　扯淡！投降才举手，我没这个习惯！

吴觉非　（语塞）你？

〔甘有根冲上讲台劝阻。

崔保山　（推开甘有根）请问，在战场上，是坦克跑得快，还是骑兵跑得快？

吴觉非　（就事论事地）这是很难类比的，要看是在何种地形之下。总的来说，坦克的机动性能、加速性能以及越野性能，都是其他地面兵种难以比拟的。

崔保山　（怒冲冲地）笑话！我来问你，你知不知道骑兵打坦克的战例？

吴觉非　（想努力淡化这场论争）这……今天我们讲的是坦克课……

〔杨震奔上台。

杨　震　（劝阻）崔保山同志，有话下课再说。

崔保山　课代表无权限制我讲话！（转对吴觉非）你，回答我的问题！

吴觉非　当然，是有过骑兵钳制坦克的事……

崔保山　（哈哈一笑）所以嘛，别把你的坦克吹得那么神！我崔某的骑兵和炸药包，照样掀翻你那乌龟壳！（用手掀翻讲台上的坦克模型）

吴觉非　骑兵也罢，炸药包也罢，我以为万不可因此而忽视装甲的威力！

崔保山　什么意思？

吴觉非　从军事科学的发展趋势来看，坦克的地位正在加强，而骑兵势必逐步被淘汰。

崔保山　（大怒，在讲台上重重一拍）大胆！该淘汰的不是骑兵，而是你！

吴觉非　（冲动地）崔司令，我想你不会忘记，国军在克复洞山战斗中，曾经用坦克长驱直入，大败贵军！

杨　震　（训斥地）吴觉非，你少给我提你的国军！

吴觉非　对不起，口误口误。（垂下头去，无目的地一页页翻着教案）

崔保山　哼！一年前，我用机枪手榴弹把你欢迎了过来，现在竟然给我上起课来了，笑话！（瞄了瞄吴觉非，又瞄了瞄天空，夸张地）啊哈，要不是在光天化日之下，我还以为你是从战俘管理所溜出来的呢。

吴觉非　（将教案重重地拍在讲台上）士可杀不可辱！我可是刘伯承院长请来的！

崔保山　你别拿刘院长吓唬人！（对甘有根）走，找刘院长去！我看老头是不是花了眼了。（拉甘有根欲走）

甘有根　哎，你瞎咧咧什么？刘院长坐在后排听课呢。

〔刘伯承出现在观众席里。

〔全体学员起立。

刘伯承　崔保山，你要检查我的视力啊？（边说边上台）我刘伯承虽然只有一只眼，视力只有零点二，可我自然不会看花眼，不是有句成语，叫"一目了然"吗！

〔众窃笑，落座，室内的紧张气氛有所缓和。

吴觉非　刘院长！（敬美式军礼）

刘伯承　吴教员，你这个军礼可不大标准，这是国军的军礼，不是我们解放军的军礼。

吴觉非　（递过教案）江山易改，秉性难移。刘院长，请你还是把我送回到战俘管理所去吧！

刘伯承　（接过教案，笑）没有这么严重吧！

吴觉非　我没有资格任教，我是败军之将，我是一名旧军官……

刘伯承　我刘伯承也是旧军官出身，毛主席说过，革命不分早晚，不计先后。你是我请来的老师，大家都应该尊重你！

崔保山　哼！让我尊重他？

刘伯承　尊师重道，理所应当。

崔保山　他懂什么？

刘伯承　他懂坦克，你懂吗？你懂，这堂课就请你来上。（转对众）大家坐好了，请崔司令上坦克课。

崔保山　我不懂！我上不了！

———话剧《虎踞钟山》 〉〉〉〉〉

刘伯承　这就对了嘛，不懂就得学！

崔保山　（仍不服气地）我的骑兵也不是没有打过坦克……

刘伯承　不错，你确实炸毁过几辆坦克，可你的骑兵付出了伤亡两个营的代价。你知道坦克真正的对手是什么吗？你会使用磁性手雷、无座力炮、反坦克炮来对付坦克吗？你能想象出在苏德战场上数千辆坦克近距离集群格斗的壮烈场景吗？可以这样讲，只有坦克本身才具备同敌方坦克格斗的最有力条件，可是你崔保山对今天的坦克又了解多少？

崔保山　（咕咕哝哝地）古今中外哪有打败仗的教打胜仗的？

刘伯承　孤陋寡闻嘛！古越武王就曾以敌为师，苏军伏龙芝军事学院就用俘获的沙俄军官当教员，红军时期，我们活捉的国民党将领陈时骥，也让他到红军学校当了教官。

杨　震　刘院长，我提个意见，吴教员既然穿上了解放军的军装，就不应该讲什么国军、什么收复的！

刘伯承　对头。希望吴教员尽快改变自己，从语言到内心。（对众，严肃地）不管怎么样，大闹课堂的事决不允许再发生！说服说服，心悦诚服；如若不服，那就阿弥陀佛！

众学员　是！

刘伯承　吴教员，（递过教案）请你授课吧。

〔吴觉非看着崔保山，欲接又收回手……

刘伯承　（沉吟片刻）好，今天我来当一回课代表！（走向台口）全体起立！（转对吴觉非）课代表刘伯承请你继续授课！（敬礼）

〔音乐起。

〔吴觉非手足无措，欲回礼，转为深鞠一躬。

〔收光。

五

〔几个月后的一个仲夏之夜。

〔军人俱乐部一侧,月牙湖畔。

〔从俱乐部里隐约传来《莫斯科郊外的晚上》的乐曲声。

〔灯光渐起,月光溶溶,玉兰树下,石凳,古桌。

〔杨震用手电照着笔记本边看边上,黄矛追上。

黄　矛　(娇嗔地)杨震,陪我跳几曲?

杨　震　我不会。我还得去找吴教员。

黄　矛　吴觉非?找他干什么?

杨　震　我有一些问题要向他请教一下。

黄　矛　你还向他请教?

杨　震　学生请教老师,理所当然。

黄　矛　你……杨震,今天就别去了,你看月牙湖边的夜色多美啊!你不愿跳舞,那就在这里一起聊聊天吧。我正好还有件事要跟你说。(在石阶上坐下)

杨　震　说吧,什么事?

黄　矛　(似有难言之隐)告诉你怕你不高兴,不告诉你吧,我心里又过不去……

杨　震　当兵的,有话直说。

黄　矛　你坐嘛。

〔杨震坐下。

黄　矛　你知道我父亲是谁吗?

杨　震　不知道。

黄　矛　你认识。

杨　震　我认识?谁?

〔黄矛掏出笔,拉过杨震的手,在掌心上写字……

杨　震　（看字，陡然一震）吴觉非?!
　　　　〔静场。
黄　矛　（嗫嚅地）……不过，直到现在，还没有叫他一声爸爸……
杨　震　为什么？因为他是旧军官？
黄　矛　不全是。他找了两个小老婆，把我妈和我扔在一边就不管了，十几年了，我妈一直生活在农村……我是靠我舅舅才念完大学的。我恨他！杨震，你不会因为我是他的女儿而看不起我吧？
杨　震　你怎么会是他的女儿呢？
黄　矛　我也希望自己不是他的女儿。（递笔）你的笔！
杨　震　（下意识地摸口袋）我的笔？（醒悟）噢，我的笔！（接笔）
黄　矛　……你，写过情书吗？（故意靠近杨震）
杨　震　（避开，掏出柯月秀的照片）以前在一起的时候，用不着写，现在就算写了，也不知道往哪儿寄啊！
黄　矛　（接过照片）战争太残酷了！柯姐，你现在到底在哪儿？
杨　震　有人说她牺牲了，可我恍恍惚惚地总觉得她还活着，生活在天底下的某一个角落，说不定哪天就会碰上……
　　　　〔吴觉非上。
吴觉非　杨师长，矛矛……
黄　矛　我早跟你说过了，不要叫我矛矛，叫我黄教员。
吴觉非　是，黄教员。
杨　震　吴教员，我正要找你呢。
吴觉非　哦，找我有事？
杨　震　今天你在课堂上，讲到了大青山战斗，这次战斗是我指挥的。我写了一篇体会文章，想请你看看，指教一下。（递过文章）
吴觉非　（接过，念）《大青山战斗的几点教训》。哎，这次战斗你指挥得很好，我是作为正面战例说的，你怎么……
杨　震　今天听了你的课，觉得这次战斗我指挥得还不够高明，还可以打得更好一点。

吴觉非　（翻看文章，沉吟片刻）你这一仗打得是够险的。你的对手如果是我的话，我就在你的左翼迂回，来个反包围，你就有可能被动了。

黄　矛　吴觉非，你还好意思说这些？

吴觉非　黄教员，你别误会，我们只是在一起研究战术问题。

黄　矛　你欠他一笔债，你知道吗？

吴觉非　我知道，皖南事变时我俩交过手。

黄　矛　（递过照片）你还认识她吗？

杨　震　（制止她）黄教员……

吴觉非　（用手电看照片）哦，认识，新四军战地服务团的。她被俘后，我曾审讯过她……

黄　矛　你把她弄哪去了？

吴觉非　她被上边带走了，不知去向。（对杨震）怎么，她是你的……

黄　矛　她是他的未婚妻！

吴觉非　（大吃一惊）啊！杨师长，那你为什么一直没来找我？

杨　震　（接回照片）我知道她不是在你手上失踪的，找你又有什么用呢！

吴觉非　杨师长，我应该向你道歉，不，向你认罪！（深深鞠一躬）

杨　震　吴教员，别，别这样。

吴觉非　柯月秀同志的不幸，虽然不是我直接所为，可我也难辞其咎啊！这是我一生中无法弥补的罪过。而你对我却这么宽容……

杨　震　那毕竟是昨天的事了，你已经跟昨天告别了。今后的路还很长，我们相信你会按照刘院长指的路走下去。

吴觉非　（感慨万端）杨师长，从你身上，我更加明白了，共产党的军队为什么成为胜利之师。

杨　震　吴教员，你现在也是这支胜利之师中的一员了。走，上沙盘室去，帮我一起研究研究大青山战斗。

黄　矛　等等，我……我们的话还没说完呢！

杨　震　这……找个时间再说吧。

黄　矛　不，你们先去谈正事，我去跳会舞，过一会在这儿见。

杨　震　……好吧。

〔杨震和吴觉非下。

〔黄矛目送两人下，坐在石凳上想心思。

〔巴谢洛夫拉着刘伯承上。

巴谢洛夫　（在舞厅门口站定）请进！

刘伯承　老同学，你想"调虎离山"，我就来个"金蝉脱壳"，刚才就算我陪你散散步，再见吧！（欲走）

巴谢洛夫　（拉住刘伯承）今天这个舞你非跳不可。

刘伯承　你知道我一向没这个雅兴。

巴谢洛夫　老同学，我没骗你，真的有位女同志有重要的事找你。

黄　矛　（站起）刘院长，巴谢洛夫顾问。（敬礼）

刘伯承　哦，黄教员，是你找我？

黄　矛　没有啊。

刘伯承　（笑）露馅了吧？（欲走）

巴谢洛夫　（拉住）我说的不是她！黄教员，请你进舞厅找一个人。

黄　矛　找谁？

巴谢洛夫　一位女同志，一位手捧鲜花的女同志。

黄　矛　是。（跑进舞厅）

巴谢洛夫　来来，坐。（拉刘伯承在石凳上坐下）

刘伯承　好，我看你今天还能变什么戏法？

巴谢洛夫　戏法我不会变，不过我得给你提条意见。

刘伯承　在下洗耳恭听。

巴谢洛夫　学院成立这几个月以来，你每天除了工作读书之外，没有一点娱乐生活，不抽烟不喝酒，不会下棋打球，连舞都不会跳。

刘伯承　（笑）你的这条意见不新鲜了，小平同志在我五十岁生日时写了篇贺文，就批评过我这个缺点，到现在我也没改好。

巴谢洛夫　今天我要逼着你改，一定让你跳一次舞！

刘伯承　你们苏联老大哥就是喜欢跳舞，造了这么多舞厅，老实说吧，我是有看法的，只不过出于对你这位顾问的尊重罢了。

巴谢洛夫　你的尊重恐怕是有限度的吧？今天上午讨论课程设置，你就没有尊重我的意见。

刘伯承　我怎么会不尊重顾问的意见呢？我们不过是对人民战争的认识上，有点不同看法罢了。我们是两个国家，国情不同，我不能完全照搬你们的做法，希望你能理解。

巴谢洛夫　我无法理解！到了今天，你们怎么还抱着山沟里的马列主义不放？

刘伯承　我的老同学，山沟里的马列主义不是产生在山沟里，而是马列主义在山沟里的运用。这是我们制胜的法宝，当然得抱住不放。

巴谢洛夫　你看，我们又吵架了！

刘伯承　我可不敢和你吵架了，少奇同志和我说，对苏联老大哥要尊重，不然，有理三扁担，无理扁担三。我可不想挨板子。

〔黄矛引柯月秀上，柯月秀身着志愿军服装，手里捧着一束插在炮弹壳内的金达莱花。

黄　矛　巴谢洛夫顾问，我没找错人吧？

巴谢洛夫　对对，就是她！（对柯月秀）你要找的人我已经帮你请来了。

柯月秀　（激动地）你就是刘院长？

刘伯承　你是……你是志愿军回国英模报告团的吧？

柯月秀　对，我所在九〇一团是您的老部队，团长托我捎来这束花，送给首长。（敬礼，递花）

刘伯承　哦，九〇一团，崔保山是这个团的老团长。这是什么花？

柯月秀　金达莱。朝鲜战场上满山遍野都是。

刘伯承　（深情地嗅了嗅花）战地之花分外香啊！

柯月秀　刘院长，我们团长还让我带来一句话，希望有机会能来上学。

刘伯承　好啊！来，坐下谈。

巴谢洛夫　不不不，怎么能坐呢？（对柯月秀）你可别忘了刚才的约定啊！

———话剧《虎踞钟山》

人，我帮你请来了，那你……

柯月秀　噢，对对。刘院长，我想请你跳个舞。

刘伯承　（意外地）请我跳舞？对不起，我不会。不信，你问我们黄教员。

黄　矛　我们学院的女同志打过一个赌，看谁能请动刘院长跳舞，结果谁也没有赢。

巴谢洛夫　（得意地）刚才我们顾问团也打了这个赌，谁赢奖给两瓶茅台酒。这个酒我喝定了。（对刘伯承）老同学，一般人请你可以不跳，可她是从朝鲜战场下来的救护模范，很快就要重返前线，你能不跳？

刘伯承　（尴尬地）这……我真的不会跳。

巴谢洛夫　跳得好不好是水平问题，跳不跳可是态度问题！

黄　矛　（起哄地）刘院长，你就破一回例吧。

刘伯承　好吧！（起身）为了欢迎英模报告团的同志，为了我们的顾问同志能够喝上茅台酒，我就出一次洋相。不过，临阵磨枪，你们得先给我来个单兵教练。

柯月秀　（大方地迎向刘伯承）首长，请！

〔刘伯承笨拙地和柯月秀摆开跳舞的架势，巴谢洛夫得意地喊着节奏。黄矛笑得前仰后合。

刘伯承　（边跳边问）你叫什么名字啊？

柯月秀　柯月秀。

刘伯承　（陡然止步）柯月秀？

黄　矛　你是柯月秀？你原来是新四军战地服务团的？

柯月秀　（奇怪地）是啊！

刘伯承　皖南事变时你被捕过？

柯月秀　首长，你怎么知道的？

黄　矛　你是怎么获救的？

柯月秀　我被关押过好几个地方，在押往南京的路上，我被游击队救了出来。后来去延安学了医，毕业后分到了东北，上了朝鲜战场……

137

刘伯承　难怪十年找不到你！

柯月秀　你找我？

刘伯承　不是我，是有人一直在找你！

黄　矛　（激动地抓过柯月秀的手）走，我带你去见一个人！

〔黄矛拉柯月秀急下。

巴谢洛夫　（着急地）哎……

刘伯承　（拉住巴谢洛夫）你就认输吧，（捧过金达莱花）喜事来了，酒有你喝的。

〔刘伯承拉巴谢洛夫下。

〔赛艳秋着旗袍、崔保山着便装，从舞厅走出。

崔保山　（走着舞步，兴奋地）土包子，不会跳，踩了你三回脚了。

赛艳秋　你啊，确实是个土包子！你第一次到大鸿楼戏院看我唱戏，我就发现你土得掉渣。

崔保山　我怎么啦？

赛艳秋　该喝彩的时候不喝彩，不该喝彩的时候乱咋呼！

崔保山　（不服气地）哪有那么多讲究？

赛艳秋　会看的看门道，不会看的看热闹。你是有身份的人，以后这些小节也得注意。

崔保山　那你得指点指点。

赛艳秋　其实也很简单，喊在板眼上就行。哎，我唱一段，你试试看。

崔保山　（兴高采烈地）那太好了！

赛艳秋　（唱）苏三来到洪洞县，将身来到大街前……（示意）

〔崔保山击掌喊好。

赛艳秋　（接唱）……过往的君子听我言，哪一位去到南京转，与我的三郎把信传……

崔保山　（冒叫一声）好！

赛艳秋　你看，又喊在腰眼里不是？应该等我把拖腔唱完了再喝彩。算了，下次再练吧。咱们谈点正事。

———话剧《虎踞钟山》

崔保山　什么正事？

赛艳秋　我们俩的事。

崔保山　我们俩什么事？

赛艳秋　什么骑兵英雄？躲躲闪闪的，到现在还在和我打游击。打开天窗说亮话，你觉得我怎么样？

崔保山　很好啊，戏唱得棒极了。

赛艳秋　别给我兜圈子了，胜利了，解放了，从上到下，不少家庭重新改组，你就没有打算？

崔保山　糟糠之妻不下堂，我能有什么打算？

赛艳秋　噢，你那口子比我强？

崔保山　这就看怎么比了，论长相你比她好看，她还是个小脚，论文化她大字不识一个……

赛艳秋　这不就结了嘛！

崔保山　不谈这些，还是先教我跳舞吧。

〔杨震上。

杨　震　老崔，哦，赛艳秋同志你好。

赛艳秋　杨师长，也来跳舞？

杨　震　不，我来等一个人。

崔保山　等人？肯定是黄矛！

杨　震　对。

崔保山　（对赛艳秋）人家在这有约会，我们换个地方练跳舞吧。（边走边说）杨震，花前月下，好好谈，别像上次一样把人家又气跑了。

杨　震　老崔，我有话和你说。

〔赛艳秋下。

崔保山　（返回）什么事？

杨　震　（压低嗓门）老兄，可别脑壳长毛，让坦克开到床上来啰！

崔保山　去你的！（擂了杨震一拳，急下）

〔杨震到舞厅门口探望。

〔黄矛出现在高台后。

黄　矛　（气喘吁吁的）杨震，拉我一把。
杨　震　你啊，真像个孩子！（侧身伸出手去）
　　　　〔黄矛把柯月秀的手伸向杨震。
杨　震　（把柯月秀拉上高台，转身边走边说）等一会你爸爸要来找你。态度好一点，他毕竟是你……（回头，突然愣住）你……
柯月秀　（百感交集）杨震！
杨　震　（简直不相信自己的眼睛）你？月秀？
柯月秀　是我，杨震。
杨　震　真的是你？
柯月秀　（微笑地点点头）真的是我。
杨　震　（双手抚住柯月秀的肩膀）你，你还活着……
柯月秀　活着，我们又见面了……（泪水夺眶而出，扭头跑下）
杨　震　月秀！（追下）
　　　　〔黄矛冲上高台，紧追几步，缓缓地坐到台阶上。
　　　　〔动人心弦的音乐骤起。
　　　　〔静场。
　　　　〔良久，吴觉非上。
吴觉非　矛矛，噢，黄教员、杨师长都和你谈了吧？他要劝你认我这个父亲，并非我的本意。
黄　矛　……
吴觉非　我想问问你，你对杨震是不是有那个意思？
黄　矛　……
吴觉非　杨震是个好同志，可是……尽管你不承认我这个父亲，但这是事实，我就成了你们之间一道很难逾越的障碍。
　　　　〔黄矛无语。
吴觉非　孩子，只要你们幸福，你可以一辈子不认我这个父亲，我决不怪你。

〔黄矛泪水夺眶而出，无助地望着父亲……

吴觉非　（欲走又回）对了，黄教员，有件事应该告诉你，我的……那个问题已经处理妥了，我已经托人去接你的母亲了。（走）

黄　矛　（再也控制不住自己的情感，脱口而出）爸爸——

吴觉非　（猛然回首，大感意外）……矛矛？

黄　矛　爸爸！（扑进吴觉非的怀中，痛哭失声）

〔吴觉非百感交集地紧紧抱住自己的女儿……

〔音乐起。

〔收光。

杨　震　（频频挥手）月秀，给我来信！

〔黄矛进入光区。

杨　震　（回首，发现黄矛）黄教员，你怎么来了？

黄　矛　和你一样，也来送送柯姐。

杨　震　（心绪复杂地望着黄矛）黄矛同志，我知道你一直对我很好，可我……

黄　矛　刘院长说，你这个山里的娃子重情义，我为你们高兴，为你们祝福！

杨　震　谢谢！（掏出钢笔，递了过去）

黄　矛　（接过，稍顿又递回）这支钢笔，你还是留着吧，不过我有个条件。

杨　震　什么？

黄　矛　（将笔插到杨震的上衣口袋中）不许用它写别的，只许用它来给柯姐写信！（泪水夺眶而出，跑下）

〔杨震目送黄矛远去，掏出钢笔端详着……

〔收光。

六

〔几天后的中午，夏日炎炎。
〔高级系宿舍。
〔知了烦躁的鸣叫声中，光起，景同第二场。
〔崔保山在收拾床上的东西。
〔甘有根和吴觉非急上。

甘有根　崔司令，忙什么呢？
崔保山　老婆来了，我搬到招待所住去。
甘有根　我有急事找你。
崔保山　怎么了？
甘有根　我们俩的合同战术课期终考试不及格。
崔保山　不及格？
甘有根　我把吴教员请来了，一起想想办法。
崔保山　（对吴觉非）你怎么让我们两个不及格？
吴觉非　很抱歉，我只能这样。
崔保山　凭什么？
吴觉非　因为你们还没有掌握合同战术的要素。
崔保山　我们怎么没有掌握？
吴觉非　老甘是底子太薄，你是不够用心。
崔保山　（冷笑一声）你说这话不觉得寒碜？老甘是什么人？毛主席的卫士，刘院长的恩人，张思德的领导，学员中资格最老，全院上下谁不说他是个好人，谁不尊重他？你居然让他不及格！你就忍心？
吴觉非　这些我知道，但一码归一码，我也希望你们都及格。
崔保山　别假惺惺的，我看你是在搞报复！
吴觉非　刘院长请我来当教员，我就得尽我所能教出合格的学员，不然对不起刘院长，也对不起大家。作为指挥员，你应该知道，现在不学好真功夫，在战场上是要付出血的代价的！

崔保山　笑话！我的作战本领难道还不及你这个老白党！（掏出那支勃朗宁手枪，拍在桌上）你还认识它吗？

吴觉非　它原先是我心爱的佩枪，后来是你的战利品。

崔保山　你大概也不会忘记向我交枪的那一刻吧？

吴觉非　终身难忘。

崔保山　那好，过去，我曾经放过你一马，这次希望你也能放我们一马。

吴觉非　你要我做什么？

崔保山　加分，让我们及格！

吴觉非　（强硬地）不行！当年你枪下留人，给我新生，我非常感激，今天我不给你加分，是为你好。唯一的办法只有补考！

甘有根　要是补考还是不及格呢？

吴觉非　按学院规定，恐怕得按退学处理。

崔保山　我要是拒绝补考呢？

吴觉非　那就要受处分，甚至被开除！

崔保山　哈哈，处分？开除？老子就是不补考！（抓过桌上的手枪，朝窗外开了两枪）

甘有根　（上前制止）老崔……

吴觉非　你……唉！（一跺脚，急步离去）

甘有根　老崔，你这事闹大了！吴教员……（追下）

崔保山　唉！（抱头懊丧地坐到床上）

〔知了声声，聒噪得让人心烦。

〔赛艳秋急上。

赛艳秋　崔司令，你怎么老躲着我？

崔保山　我的姑奶奶，求求你，别再给我添乱了！

赛艳秋　你的那口子既然接来了，那就当面锣对面鼓闹个明白。

崔保山　我早就和你说明白了，你那是剃头挑子一头热，我崔保山从来不

	做缺德的事！（打背包）
赛艳秋	我是自作多情，可我的情是真的。解放前，谁看得起我们这些戏子？谁又真心对待过我？五年前，我结过一次婚，不久就被抛弃了。你知道这些年我是怎么过来的吗？在台上装笑脸，回到家就想掉泪……解放了，我们地位变了，我从心里感激你们解放军，如果能嫁给你这位英雄，我脸上有光，生活也就有了依靠……
崔保山	赛艳秋同志，我很同情你，说实在的，我心里也有过想法，但想来想去不能答应你。如果我答应你，怎么对得起我那口子。这些年来，我一直在外面带兵打仗，家里的老老少少全扔给她了。你不是唱过一出叫《别窑》的戏吗？她就和那戏中的王宝钏差不多。
赛艳秋	保山，你真是个大好人！到现在还惦记着她。
崔保山	吴觉非讨了小老婆，把糟糠之妻就丢在老家不管了，你说，我能学他吗？
赛艳秋	（动情地）保山……（将头靠向崔保山的肩上）
崔保山	（用指头轻轻地推开赛艳秋）我，我要离开这儿了。
赛艳秋	（意外地）怎么，你不在这念书了？
崔保山	这个书我实在念不下去了。
赛艳秋	为什么？
崔保山	唉！一言难尽。赛艳秋同志，真对不起，这些日子让你误会了。以后有机会来南京，一定去听你唱戏。
赛艳秋	今晚我有演出，请你来，我就唱《别窑》，算我为你送行。（抹泪）
	〔丁铁蛋手捧热水袋急上。
丁铁蛋	崔司令，嫂子让你过去，她说……（见赛艳秋，瞪了一眼）
赛艳秋	丁同志，你好！（伸手）
	〔丁铁蛋擦身而过，不答理。
赛艳秋	保山，我走了，你多保重。

丁铁蛋	崔司令，嫂子是个小脚，你买的皮鞋她没法穿。
崔保山	我不是让你塞上棉花吗！回去探亲就老老实实探你的亲，把她带来干什么？
丁铁蛋	嫂子一直很疼我，我总得去看看她。她说她挺想你的，非要跟着我，我有什么办法？（递过热水袋）
崔保山	（接过）你这小兔崽子，还在给我撒谎！刚才她在招待所都跟我说了，是你硬把她接来的。
丁铁蛋	崔司令，你不能再和那姓赛的来往了，再这样下去，骑兵司令不骑马改骑狐狸精了！
崔保山	（恼怒地）你说什么？谁是狐狸精？
丁铁蛋	（不服气地）我看那个姓赛的就是狐狸精！
崔保山	（怒极）混账！（举起热水袋欲揍，狠狠摔在地上，沮丧地坐下）
丁铁蛋	（委屈地捡起热水袋，用衣袖擦拭着，含着泪，喃喃地）首长，我明天就要到航校报到，学飞行去了，以后不能来照顾你了，你的胃不好，我特地给你买了个热水袋……
崔保山	（起身扶着丁铁蛋的双肩，动情地）铁蛋，对不起，是我混账。刚才为了补考的事，弄得我心烦意乱的，请你原谅！
丁铁蛋	首长，我是个孤儿，是你带我出来参加了革命，给我取了这个大名，我一直把你当成亲人。你可以骂我，可以打我，可你不能对不起嫂子！
崔保山	（抹去丁铁蛋脸上的泪水）铁蛋，你跟我这么些年，知道我有很多毛病，可我崔保山从不干偷鸡摸狗的事，你放心，我不会对不起你，也不会对不起你嫂子！（泪下）
丁铁蛋	崔司令！（紧紧抱住崔保山）
崔保山	（拍了拍丁铁蛋的背，抹泪，扶起丁铁蛋的双肩）送送我！
丁铁蛋	哎！
	〔两人收拾好行装准备出门。迎面碰上刘伯承。
刘伯承	保山，上哪去？

崔保山　（垂头）我……刘院长，我正要找你。

刘伯承　你不找我，我也得找你了。你说吧，这事该怎么处理？

崔保山　我请求退学！

刘伯承　（意外地）退学？

崔保山　惹不起，总躲得起吧！我再丢人，也不能丢在吴觉非面前。

刘伯承　他不是让你补考吗？

崔保山　我就是补考，他会让我及格吗？与其补了考还作退学处理，不如自己主动走！

刘伯承　你可以拒绝合同战术的补考，但是，不管走到哪里，有一门课的考试你无法逃避！

崔保山　我什么课都不考！

刘伯承　人生必修课，你不想考也得考！你知道这是什么地方吗？

崔保山　宿舍。

刘伯承　解放前呢？

崔保山　老蒋的国防部。

刘伯承　再往前呢？

崔保山　……不清楚。

刘伯承　铁蛋，你知道吗？

丁铁蛋　以前是太平天国的王府。

刘伯承　对头。铁蛋，你可以走了。

丁铁蛋　是！（下）

刘伯承　（深沉地）这儿是共产党打败国民党、赶走蒋介石的地方，也是太平天国洪秀全兵败的地方。洪秀全的太平军曾经也是一支胜利之师，轰轰烈烈，建都南京，得了天下，但很快就成了败军之将，战死的战死，自杀的自杀，逃的逃，降的降，失去了天下。你说说，太平军为什么会失败？

崔保山　我又不是洪秀全，我怎么会知道？（抱头蹲下）

刘伯承　（动怒地）你给我站起来！

〔崔保山惶恐地站起身……

刘伯承　娇狗爬灶！娇儿不孝！念念不忘打过几次胜仗，晕头晕脑的不知道自己姓什么了！骂娘，开枪，耍威风，老子天下第一。太平军为什么失败？表面上看是被清军和洋鬼子打败的，根本上是被自己打败的！崔保山同志，你必须深刻反省，你这种样子如果发展下去，会导致什么结果？

崔保山　（斗胆直陈）刘院长，你的批评我接受，闹课堂之后我已经向吴觉非道过歉，打枪骂人也是我的不对，但是吴觉非欺人太甚，及格不及格全他说了算，这完全是阶级报复！刘院长，我觉得这里头有个阶级感情阶级立场问题，你批评我晕头晕脑，可你是首长，更得要保持清醒的头脑啊！

刘伯承　保山，你能够说出心里的真实想法，我很高兴，这些年来，还很少有人当面批评我。不过，你说这是吴觉非在搞阶级报复？我看恰恰相反，如果他不按学院的规矩办，不负责任，给你加分，让你过关，那我真要考虑他的阶级立场阶级感情问题了。没有任何理由能让你不补考！

崔保山　刘院长，你了解我这个老部下，天生就不是读书的料，老给你惹麻烦，还是请你批准我走吧。

刘伯承　这么说，你去意已决？

崔保山　我没有其他路可走。

刘伯承　那好，你可以走，不过，我得让你带个东西。（坐下写字，装进信封，递过）

崔保山　这是什么？

刘伯承　这是我对你的鉴定！

崔保山　（一愣）鉴定？

〔刘伯承从上衣口袋掏出一个小本本，递过。

崔保山　（接过）七大党章？

刘伯承　这是我给你的路单子！（掉头大步而去）

〔崔保山木然而立。

〔收光。

〔一演区灯亮。

〔甘有根猫腰蹲着，一手拿书，一手打着手电，嘴里念念有词。突然用手捂住脑门，良久，从口袋中摸出一根辣椒，咬了一口，强打精神继续看书。

〔杨震进入光区。

杨　震　老甘，你怎么躲在这儿看书？让我好找。

甘有根　这儿清静。

杨　震　都后半夜了，该睡了。

甘有根　（忧心忡忡地）明天就要补考了，我哪睡得着啊！

杨　震　（同情地叹了口气）这样吧，我来提问，你来回答。

甘有根　那太拖累你了。

杨　震　来吧！（接过书，蹲下）

〔甘有根感觉头晕，用手捂住脑门……

杨　震　你怎么啦？

甘有根　没什么，你提问吧！（咬了一口辣椒）

杨　震　哎，你从来不吃辣，怎么吃起辣椒来了？

甘有根　（苦笑）脑袋老了发木，用它可以提提神，来吧。

杨　震　（打开书）合同战术的基本要素是什么？

甘有根　合同战术……（突然晕了过去）

杨　震　（见没回答，抬起目光）老甘，你怎么了？

〔甘有根身子一晃，歪了过去。

杨　震　（一把抱住）老甘，老甘……

〔切光。

〔几天后，假日，拂晓。

〔北极阁，刘伯承住处，书房。

〔音乐声中，灯光渐亮。

———话剧《虎踞钟山》 >>>>>

〔刘伯承伏案而坐。一手拿着放大镜，一手执毛笔，正在备课。稍顷，感觉疲惫，取下眼镜，一手扶额支在桌上养神。
〔汪荣华上。

汪荣华　（边走边说）又是一夜没睡！（见刘伯承没反应）伯承，你怎么啦？

刘伯承　（抬起头）我已经在这儿睡了一觉了。

汪荣华　你骗不了我。（看看刘伯承的眼睛）眼睛又发炎了，（摸摸刘伯承的额头）你好像在发烧呀？不行，得叫医生！（抓起电话）

刘伯承　（夺过话筒，放下）大清早的，别打扰人家了，我没事的。

汪荣华　为了准备《集团军进攻战役》这一课，这十几天白天黑夜连轴转，写了好几万字了。你这是在拼命啊！

刘伯承　咳，几番心血一堂课，真正要教好书，没有三更灯火五更鸡的精神怎么行？再说战役学是个新学科，是军事科学中的高能物理，马虎不得啊！

汪荣华　伯承啊，你这样拼命工作，有的人不一定能够理解。有些议论不知你有没有听说？

刘伯承　说什么？

汪荣华　有人说大老粗吃不开了，俘虏兵抖起来了，还说你搞教条主义，把我军的好传统丢了，把黄金当黄土甩掉了……
〔刘伯承把茶杯往桌上重重一放，走向沙发，坐下……

汪荣华　（跟过去挨着刘伯承坐下）林子大了，什么样的鸟都有，你别往心里去。

刘伯承　我刘伯承是什么样的人，我相信历史会作出公正的评价。荣华啊，等到我走到生命终点的那一天，拜托你把我的骨灰分撒到我曾经战斗过的地方，别忘了军事学院，如果能竖上一块墓碑的话，就在上面写上一句话：这里埋着一个布尔什维克的老兵。

汪荣华　伯承，你想哪去了。哎，今天是星期天，我们全家去爬爬紫金山，怎么样？

刘伯承　你忘了，今天我们要请老甘来吃饭，为他送行，怎么能走？
汪荣华　我说伯承啊，老甘对你有恩，就不能不退学吗？
刘伯承　唉，我也舍不得让他走啊。让他退学，我心里比谁都难受。
汪荣华　听说他为这事好几天都没吃下饭。
刘伯承　（感慨地）历史的转折实在太残酷了，它将不可避免地伤害一部分同志的感情，让他们作出新的牺牲。（擦拭眼镜）
汪荣华　你就不能特殊情况特殊处理吗？
刘伯承　在签批老甘退学报告时，我是三次提笔又三次放下，我不能带头破了规矩啊！
汪荣华　等会老甘来了，我看你怎么对他说？
刘伯承　荣华，你要帮我一起做做老甘的工作。
汪荣华　（擦泪）好吧，我就为老甘多做几样好吃的菜。你啊！（下）
　　　　〔吴觉非上。
吴觉非　刘院长。
刘伯承　哦，觉非来了。
　　　　〔吴觉非敬礼。
刘伯承　不错，这个礼敬得像我们解放军的礼了。坐，你找我有事？
吴觉非　（落座）我有一事相求。听说甘有根退学的事已经定了？
刘伯承　定了。明天他就要回老部队去。
吴觉非　刘院长，他的走我有责任，我没把书教好，我……
刘伯承　不，这不能怪你，你已经尽心了，是他基础实在太薄。
吴觉非　刘院长，我请求你能把他留下，在学院后勤部门安排一个工作，他会干得很好。只要他留下来，我保证帮助他攻下文化关。你看行不行？
刘伯承　你怎么会有这样的想法？
吴觉非　尽管我是他的教员，可他教了我许多做人的道理，使我看到了共产党人的优秀品质，在他面前我感到很渺小。留下他，至少给我留下一面镜子。

——话剧《虎踞钟山》

刘伯承　这个想法很好，我一定认真考虑。

吴觉非　（起身）那好，我告辞了。

刘伯承　不请自来，就别走了。今天我要请老甘来吃个便饭，为他送行，正好可以征求一下他本人的意见。如何？

吴觉非　……好吧。

〔公务员上。

公务员　首长，您请的客人到了。

刘伯承　快请。（对内）荣华，太行，李秘书，小丛，客人来了，赶快出来！

〔刘伯承一家人和工作人员列成一队。

〔甘有根内喊"阿蒙，阿蒙"上，杨震随上。

甘有根　吴教员，你也在啊。（一扭头，愣住了）

〔音乐起。

刘伯承　（毕恭毕敬地）甘有根同志，刘伯承率家人欢迎你！

甘有根　（感动万分）刘院长……（挨个敬礼，握手，擦泪）阿蒙呢？我给他带了件小礼物。

汪荣华　老甘，你应该知道伯承的脾气。

甘有根　知道，我要走了，给孩子留个念想。刘院长托陈老总在上海给阿蒙买一件玩具，要好玩，要耐用，还要便宜，陈老总一时不知该买什么，我倒选了一件。（郑重地掏出一支小喇叭，"叭叭"吹了两声）你看，符合要求吧？（递过）

刘伯承　（接过，交给汪荣华）好，我们就代阿蒙谢谢你了。（握住甘有根的手）老甘，南昌起义时，要不是你，我这条命早就没了。俗话说，滴水之恩，当涌泉相报，可我却"恩将仇报"，让你退了学。老甘，你怎么一次也不来找我？

甘有根　起初，我确实接受不了。不怕你们笑话，我这个从来没有掉过泪的人，这次偷偷哭了好几回。刘院长，我也想来找你，可想来想去，怪谁呢？还不是怪自己。我家祖祖辈辈没有一个人进过学堂，我的名字还是到部队学的，我一直想念书，可没有机会。这次部队选人来学习，按说我的条件是不够的，经过再三争取，组织上照顾了我。结果还是赶不上趟，掉了队，拖累了大家……

刘伯承　（拉老甘坐在沙发上）这不能怪你，你已经很尽心了，在战争年代，你出生入死，历经大小战斗两百多次，七次负伤，十五次立功，今天，革命胜利了，还要让你付出新的代价，而你毫无怨言……

甘有根　刘院长，你千万别这么说，我们村上和我一起出来参加革命的有七十三个人，现在只有我一个人活在世上了，比比他们，我还能说什么？军队要搞现代化，一定要把好钢用在刀刃上。（走过去扶住杨震的肩）杨震同志，往后咱们军队就靠你们了！

杨　震　（紧紧握住甘有根的手）老甘同志，不管你走到哪里，我们都永远记着你。

甘有根　（走向吴觉非）吴教员，我这个学生没有出息，给你添累了。

吴觉非　（握住甘有根的手）不，不，是我没有尽到责任。

甘有根　你这是说到哪儿去了，芝麻种子怎么能种出西瓜来？

刘伯承　老甘，刚才吴教员提了个建议，希望你能留在学院后勤部门任职，我觉得很好，你本人的意见呢？

甘有根　刘院长，大家的关心，我很感谢，不过，我有了一个新的打算，（掏出报告）这是我的申请报告。

刘伯承　（接看，一愣）你要申请复员回农村务农？

〔众愣。

甘有根　对！我觉得，一个人在任何时候，都得找到一个适合自己的位置。战争年代，我扛起枪打仗，现在搞建设了，我就拿起锄头当农民。部队搞现代化了，我的文化水平和身体情况都不适合再待在领导岗位上，可我也有我的长处，现在农村正在搞互助组，我自信一定能够带领乡亲们改变家乡的面貌。

杨　震　老甘，这不行！（转对刘伯承）刘院长，前几天我送他上医院才

　　　　　知道，他的脑子里还残留着一块弹片，一直瞒着，医生说，一定
　　　　　要好好休养……
甘有根　杨震，我不是让你不要说嘛。
刘伯承　（紧紧握住甘有根的手）老甘，你不愧是张思德同志的战友，我
　　　　　们全院同志都应该学习你的这种精神，不过，你让我犯官僚主义
　　　　　了，硬逼着你补考，让你受苦了，我刘伯承在这儿向你致歉了！
　　　　　〔刘伯承向甘有根深深地鞠了一躬。
　　　　　〔甘有根赶紧托住刘伯承的双臂。
　　　　　〔音乐起。
　　　　　〔收光。

八

　　　　　〔几天之后。残阳如血。
　　　　　〔作战室。
　　　　　〔一演区灯亮。
　　　　　〔刘伯承手捧金达莱花在沉思。
　　　　　〔钟汉钧进入光区。
钟汉钧　刘院长，你能不能到作战室去一趟？
刘伯承　怎么，演习预案拿出来了？
钟汉钧　高级系的学员拟了一个方案，我觉得不错，可巴谢洛夫顾问有不
　　　　　同意见，正争执不下，我想请你去拍个板。
刘伯承　我也正在考虑这个问题，走！
　　　　　〔钟汉钧接花欲放。
刘伯承　哎，把它带上。
钟汉钧　（奇怪地）把它带到作战室去？
刘伯承　这是战地之花，让大家看看，可以开阔开阔思路嘛。
　　　　　〔一演区收光。

〔主演区起光。巨幅军事地图前，吴觉非和杨震等学员围站在沙盘旁和巴谢洛夫争论。

巴谢洛夫　（气咻咻地）你们难道都忘了，我是怎么教你们的？

杨　震　（平静地）巴谢洛夫顾问，我们怎么会忘记你的教导呢！

巴谢洛夫　我看你们全忘了！列宁格勒战役、诺夫哥罗德战役、第聂伯河西岸和乌克兰战役、白俄罗斯战役——都是大炮喀秋莎、坦克掩护下的步兵，宽正面、大纵深、高速度地对强敌实施突击！而在你们的演习方案中我找不到它们的一点影子，一点影子嘛！

杨　震　巴谢洛夫顾问，俄罗斯、乌克兰都拥有广阔的平野和草原。而根据江淮这一带的地形地貌，我不能把坦克和火炮在宽正面上作平均配置，更不能让步兵在高低起伏的山地平行推进……

巴谢洛夫　（打断杨震的话）吴觉非教员，我想请你给你的学生指教指教，把坦克集群放到第二梯队，怎样发挥这个地面战场之王的作用？

〔刘伯承、钟汉钧上，在一侧静观。

吴觉非　中国的孙子兵法讲奇正相生，所谓正，就是按常规用兵，所谓奇，就是根据实际情况灵活用兵。我同意他们的方案。

巴谢洛夫　（强硬地）我作为首席军事顾问，我必须提醒你，提醒你们，伟大的苏联卫国战争的经验是：在一个战役里要先打集中、强大之敌，这样可使敌人望而生畏，不战而溃！

杨　震　（毫不示弱）我们不能和正面强大之敌拼实力，拼消耗！我们决心选择敌人薄弱之处，实施突击，然后，寻机各个歼灭敌人！

巴谢洛夫　我实在愿意请教，这叫什么打法？

刘伯承　（笑吟吟地接过话头）这叫雷公打豆腐，专拣软的欺。我们四川有一句老话，不管白猫黄猫，抓住老鼠就是好猫。

巴谢洛夫　抓老鼠也得讲究个抓法，不然连鼠毛也抓不到！

〔众笑。

〔丁铁蛋着空军军装上。

丁铁蛋　报告！

———话剧《虎踞钟山》

杨　震　　哟，铁蛋？我们的飞行员怎么飞回来了？

　　　　　〔丁铁蛋犹豫，向门外张望……

刘伯承　　铁蛋，来的不是你一个人吧？

丁铁蛋　　刘院长你真是料事如神啊！

刘伯承　　崔保山，别躲躲藏藏的，进来吧！

　　　　　〔崔保山拎着书包上。

崔保山　　（敬礼）刘院长，我……

刘伯承　　你不是走了吗，怎么又回来了？

崔保山　　（拿出信封）你写的鉴定我已经看了。

刘伯承　　你给大家念念。

崔保山　　（掏出信纸，含糊地）……逃兵。

刘伯承　　大声一点！

崔保山　　（放大嗓门）逃兵！

　　　　　〔众笑。

崔保山　　（急切地）刘院长，我崔保山在战场上拼杀了这么些年，什么时候当过逃兵？

刘伯承　　这次你不已经当了吗？好马不吃回头草，你走吧！

崔保山　　（急）不！刘院长，我……（从书包中掏出作业本）这几天我在铁蛋那儿，补做了全部作业。（转对吴觉非）吴教员，我请求补考！

吴觉非　　好好。（接过作业本）

刘伯承　　你不会再用手枪逼吴教员给你加分了吧？

崔保山　　（取下手枪，递给刘伯承）我缴枪。

刘伯承　　（接枪）那我就优待"俘虏"，缴枪不走，给你补考！及格了，关你几天禁闭，不及格，还得走！

崔保山　　刘院长，你放心，我保证补考及格。

　　　　　〔杨震与崔保山握手。

刘伯承　　（对吴觉非）你是这支枪的原主，你看应该如何处理？

吴觉非　（百感交集）刘院长，我请求把这支枪放到院史陈列室去，在一旁写上我的经历和感悟，以昭示后人。

刘伯承　我看这个想法不错嘛！

吴觉非　（对崔保山）崔司令，感谢你给了我一个新生的机会，今后还望多多赐教。

崔保山　不，不，我是学生，你是老师，吴觉非同志！

吴觉非　（激动地）同志？

〔两人紧紧握手。

刘伯承　（大笑）好，好，度尽劫波兄弟在，相逢一笑泯恩仇。

〔众笑。

崔保山　刘院长，你关我的禁闭，可不能不让我参加这次演习。

刘伯承　这就看你的表现了。

巴谢洛夫　老同学，刚才的演习方案之争还没有结果呢，我很想听到你的意见。

刘伯承　水无常形，兵无定势。对你们的方案我暂不作评价，先请大家看一样东西，（对钟汉钧）汉钧，请把花端过来。

〔钟汉钧端过金达莱花。

巴谢洛夫　（不解地）老同学，你卖什么关子？

钟汉钧　这叫金达莱，是从朝鲜战场上带回来的战地之花。

〔众看花，陷入思索之中。

〔黄矛急上。

黄　矛　刘院长，志愿军总部给您的信。（递信）

刘伯承　哦，（拆信，一惊）柯月秀？

〔枪炮声仿佛从天际传来，由远而近。

〔变光，火光闪烁，硝烟弥漫。

〔众定格。

〔柯月秀头扎绷带，手持冲锋枪，从舞台深处走向刘伯承。

柯月秀　刘院长，在最近的这次战役中，我所在的九〇一团，你和崔司令

———话剧《虎踞钟山》

的老部队，遭到了严重挫折，大部分官兵已壮烈牺牲，我和幸存的战友现在藏身在一个山洞里。团长牺牲前要我给您写这封信，也不知道您能不能看到。我们志愿军入朝以来，打了很多胜仗，已经胜利在望，可我们团这一仗打得实在太惨了，团长说，对付现代战争，再用小米加步枪的打法已经不行了，他想通过你和老团长崔保山同志，转告学院的同志们，要珍惜难得的学习机会，多多掌握新的军事知识，早日赴朝参战。

〔枪炮声。刘伯承把眼光从信上移向远方。

柯月秀　刘院长，请您劝劝杨震，他已经等了我十年了，请他别再等我了。另外，请代我问候黄矛同志……

〔枪声大作。

柯月秀　敌人又开始进攻了，我们要突围了！（冲向高台）愿同志们吸取我们血的教训，尽快掌握新的军事本领，早日打败美帝主义，同志们，再见了！……

〔一阵爆炸声中，柯月秀隐去。

〔《国际歌》声中，复光。

杨　震　怎么会这样？（痛苦地擂了一拳）

刘伯承　（捧过金达莱花，悲愤地）这束战地之花……凋谢了。

杨　震　（急切地）刘院长，毕业后你一定要批准我去朝鲜！

崔保山　（扒开衣襟，怒气冲天地）我也要去，奶奶的，我一定要为老部队讨回这笔血债！

众学员　刘院长……

刘伯承　现在我们的当务之急，是要确定这次演习到底怎么样。

杨　震　刘院长，我有个想法，能否把演习预案作较大的修改。就以目前朝鲜战场的敌我态势为背景，以美军第八集团为假想敌，组织陆空联合、多兵种协同的对抗性实兵演习。我请求担任总指挥。

崔保山　我请求担任坦克集群的指挥。

吴觉非　刘院长，我对美军的打法比较熟悉，最近我一直在进行这方面的研究，我请求让我担任假想敌的指挥。杨震、保山，我希望再做一次你们的手下败将！

钟汉钧　刘院长，他们的想法和你不谋而合！

刘伯承　巴谢洛夫顾问，你的意见呢？

巴谢洛夫　我们面对的是同一个敌人，我们苏联军事顾问团全力支持！

刘伯承　好！最近学院准备派学员分批上朝鲜参战实习，杨勇、秦基伟等同志为第一批，其中也有你杨震！

杨　震　是！（敬礼）

刘伯承　我决定：改变演习预案，让我们带着这次演习成果，提前赴朝参战！我马上向军委报告。（奔上高台，拿起电话）我是刘伯承，马上接通北京，接毛主席！

〔收光。

〔枪炮声、喊杀声、爆炸声、飞机轰鸣声骤起。

〔《解放军进行曲》骤起。

尾　声

〔一九五七年秋天。层林尽染。

〔军事学院升旗。

〔《解放军进行曲》歌声延续。

〔歌声中融进由远而近的阅兵队伍的步伐声、口号声……

〔起光。陆海空三位军官手执军旗，威武地站在升旗台旁。

〔身着元帅礼服的刘伯承和肩佩中将军衔的杨震，从舞台深处走向升旗台。

刘伯承　（感慨地）天地悠悠，造化无穷，在漫长的历史长河中，人的一生显得渺小而又短暂！那些戎马生涯的日子，好像就在昨天。三十年前，在南昌城头，我有幸为这面旗帜的诞生，倾洒了自己的一腔热血。这些年来，为了这面旗帜的荣誉和尊严，无数革命志

———话剧《虎踞钟山》

士用自己的忠诚铸就了胜利的丰碑,今天,我们走进了和平,但天下并不太平。我们军队面临着更大的转折和考验,我坚信,我们这支人民的军队,一定能够经得起风雨,跨得过沟坎,实现战略性的转折,在世界上新的军事挑战中勇往直前,把"胜利之师"这四个大字永远写在这面鲜红的旗帜上!

〔昂扬、深情的音乐起。

〔刘伯承走向军旗,单膝跪地,托起军旗的下角,深情地吻了下去。

〔杨震敬礼。

〔刘伯承缓缓起身,向舞台深处走去。

〔天幕下移,依次出现近树、远山、蓝天……蔚成山动云涌的壮丽情景。

〔刘伯承越走越高,越走越远,消失在云天深处……

〔音乐扬起。

〔灯光渐收。

〔剧终。

精品剧目·话剧

万家灯火

编剧　李龙云

时间

二十世纪九十年代初至 2002 年夏。

地点

北京南城。

人物表

何老大　男，五十多岁，大号"何福禧"。祖上曾是钟鸣鼎食之家。酷爱书法，因居家小院的山墙已明显倾斜，故以"仄韵楼主"自命。他是文化革命前的中专毕业生，现任职京郊某肉联厂技术指导，但自视甚高。终身未娶。极惧怕老母。

何老二　何老大的胞弟。大号"何福禄"。酷喜古旧家具收藏。终日沉迷于鱼市、鸟市、委托市场、旧货市场，故乃兄有章相赠"四市风流"。在居住条件十分拥挤的情况下，他的收藏癖好自然造成了家庭内部的尖锐矛盾，最终导致妻离子散。全剧结尾，成为收藏家。

二媳妇　大号"石玉兰"。尽管长着一脸的横丝子肉，但心地并不缺少善良。为了摆脱糟糕的生存环境，靠自身努力考上了夜大。面对何老二固执的收藏癖好，十分痛苦，最终选择了离异。

何老三　男，三十多岁。正名"何福祥"，笔名丁一夫。某大学社会学系教师。自七十年代以来长年累月穿着件棉布黄大衣，终日像名传教士似的热情而忙碌，一生都在思考一些诸如人口控制、沙漠治理、能源短缺等等全人类的事情，以至最终与妻子分道扬镳。

张　萌　丁一夫的妻子，二十七岁。灵魂极不安分，多次调动工作。她长得很秀气，一看便知是那种十分惹人怜爱又颇有心计的女人。渴

　　　　慕虚荣，最终与丁分居。
四　　妹　何家的老姑奶奶。像母亲一样杀伐决断，极有威严。起初是帽厂的团支部书记，下岗后到街道办事处工作。
何老太太　何家兄弟的母亲。一家之主，杀伐决断，极有威严。
老　　田　男，五十多岁。剧中人所生活地区的管片警察，最终升为派出所副所长。口头禅为："咱们头顶国徽，代表政府。"故被当地居民封为"田政府"。他曾长期家住北京南城，深知百姓疾苦。幽默风趣。
赵家宝　男，三十多岁。某大学出版社编辑。人极聪明，说话幽默风趣。他出身平民，父亲是胡同口卖菜的，但却多年来以干部子弟自许。此公是公认的公关天才。他自私，但也有热情、乐于助人的一面，是个非常复杂的混合体。
赵传玺　赵家宝的父亲，六十多岁。晓市大街副食店卖菜的。
贾　　明　男，三十岁。返城知青。京郊某县文化馆群众文化科干事。酷爱文学，但才干平庸。九十年代初曾下海经商，但四万盒带子砸在手里，从而债台高筑，终日为改变生存环境而绞尽脑汁。最终远赴匈牙利，但仍是一无所成。
肉轱辘　男，三十岁。返城知青。
石毛子　男，三十岁。返城知青。
姑娘、记者、女记者、营业员、电业局师傅、发廊美发师、女教师、众邻居等

——话剧《万家灯火》 〉〉〉〉〉

第一场

〔一九九〇年冬。一个瑞雪飘飘的清晨。

〔北京南城。东晓市大街。

〔舞台深处是一条东西走向的大街。这条大街是那样古朴，那样有名气。在有清以来的地方志类的著作中就已屡见著述。舞台中部是一座朱漆大门。大门的开间是那样轩阔、气派，几乎可与王府比肩。门楣顶端一块巨匾，匾上是末代王爷溥杰先生的四个草体字——金台书院。大门东侧的倒座房的山墙上镶挂着一块石刻的文物保护单位标牌。

〔舞台左侧，一根电线杆子上挂着一块搪瓷路牌。这是那种老年间留下来的蓝底白字路牌，上书：东晓市大街。再往左，是一条与书院比邻的南北街巷。这条街巷是南城的另一处古文化遗存——鲁班馆。

〔把着鲁班馆的街口，是一座极不起眼儿的小院——何家小院。小院的街门上，一幅楷书门对：瑞日芝兰光甲第，春风棠棣振家声。小院的街门几乎永远关闭着。唯一一次例外，是戏到了最高潮何老太太仙逝那一刻，小院的街门打开了！大儿子何老大那悲怆孤独的京胡声从街门里飘了出来，飘向观众席……

〔整座小院除门楼尚齐整外，上上下下均已呈破败之势，山墙已轻度倾斜，风雅的何老大以"仄韵楼"呼之。

〔书院对面，马路另一侧的观众席中应该是一所中学——一七八中，以及本剧所要反映的最主要的生活区——金鱼池。那里十分拥挤地坐落着五十四栋危如累卵的简易楼。

〔幕启。
〔时断时续的飞雪变成了细碎的雪花。
〔十数名市政协文史委员围拢在书院门口，正在听老田介绍情况。

老　田　（手一指路牌）大伙儿都看见了，这儿叫晓市大街。这趟街，早年间，顺治康熙那阵儿，就街北这半扇儿，叫"半壁街"。街南边（手往观众席一指）去了河沟子就是水洼子。顶到现在那些地名，像什么水道子、三里河、桥弯儿……都还是打那阵儿留下来的。（手往剧场西北角一指）金鱼池原来也是一片水泡子。南城，晓市大街这一片儿，年头儿多点的地方，一个是药王庙，打这往东半站地，现在让十一中占着；另一个，（手往西一指）是鲁班馆。这里边原来都是做硬木家具的。龙顺成！盯到现在买卖还开着哪！主要是榆木擦漆桌椅。东西地道！万年牢！有一年，前门外一家饭馆，两拨儿吃饭的高了点儿，打起来了！桌椅板凳全成了使手家伙儿！打完架，掌柜的一查，所有的木器都散了架，唯独龙顺成的东西，连块漆皮儿都没磕下来……

〔此时，肉轱辘和石毛子推着一辆平板三轮出现在舞台一侧。石毛子身高一米八五，肉轱辘长得像个信筒子。俩人都是敞怀穿着件旧棉大衣。

肉轱辘　（张嘴就挺冲）田政府！那帮人是干吗的？（挤了挤大沙眼）日本人吧？晌午可不许管他们饭！（更认真地瞅了瞅，仍旧没瞅对）噢！房管局的！（说着推着车走了过来）

老　田　（望望政协委员们，解释着）叫我呢……我有个口头语儿，"咱们头顶国徽，代表政府"……

肉轱辘　（径直走到文史委员们身边）跟你们说，要讲困难这片儿可排头一份儿！地震，搭起一层偏厦子；下乡的一回城，一家儿变两家儿。小屋子挤得鸽子笼儿似的了，几个破楼，薄皮儿大馅，撑得

——话剧《万家灯火》 〉〉〉〉〉

可一个褶儿都没有了……

老　田　（不满地）肉轱辘！人家是政协文史办的！

肉轱辘　（咽了口唾沫）噢，文史办！历史？那可净是明白人……你们跟房管局在一个楼办公吧？哪天你们给房管局带个话儿，跟他们说……

老　田　肉轱辘！你哪儿那么多没用的话！

〔肉轱辘挤了挤大沙眼，与石毛子推着车走了。

老　田　（思路终于转了回来，手一指书院的大匾）要论年头儿，那就得说金台书院了。这地方早年间叫"洪庄"，是清初降清明将洪承畴的宅子。里边绿柳、小湖，大！阔！康熙年间，一个姓施的京兆尹，京兆尹懂吧？相当于现在的北京市长，想把洪庄弄过来，办成书院。说这话这已经是洪承畴的孙子那辈了，没承想那主儿是个钱狠子！京兆尹跟他那几个哥们儿一商量，给康熙上了个折子！老东西们，坏！告诉洪家看国家这么困难，愿意把庄子交出来办学，自个儿又不好意思跟皇上说……

〔此时，石毛子转回来了。他手里夹着个纸盒子，直眉瞪眼的冲政协委员们走了过去。

石毛子　几位！你们到底是不是房管局的？（抹了把清鼻涕）我们没别的意思，就想跟您反映反映，金鱼池住房确实困难……

老　田　（话反复被打断，十分恼怒）石毛子！你怎么碴儿！

〔石毛子夹着纸盒子走了。

老　田　（十分扫兴）说到哪儿啦？

〔委员们嚷嚷着："给皇上上了个折子！"

老　田　皇上一看折子，高兴！表扬！亲手写了个匾，叫"广育群才"，原来就挂在二门门口，后来让人给笼火使了……

〔此时，从观众席方位突然传来了嘈杂的人声。

老　田　（脸对着观众席）今儿怎这么乱？寒假呀？（向委员们介绍着）这片儿原来是书院的个大砖影壁，现在这个红砖楼是个中学……

噢，夜大高考，临时考场……

〔此时，贾明出现在舞台一侧。他身上背着个很大的翻毛挎包，两个帽翅儿由于没系带而向下耷拉着。

贾　　明　是说这儿来了几位房管局的吗？

老　　田　（慌忙挡驾）没！没！这儿没房管局的！好嘛！今儿怎么眼神儿都这么利索呀！（转对委员们）几位，要不然先到里边转转？

〔委员们踢里秃鲁的走进了书院大门。

贾　　明　您是田政府吧？我刚搬金鱼池来，我那房漏，山墙上跟尿碱似的，一片一片的……（递过张名片）都说您是南城的翰林，连政协来人都请您帮忙，早就想来访访您……

老　　田　（看着名片）《三角帆》编辑部主编、"人间文学院"院长、群众文化科干事……

贾　　明　仨名儿，其实就我一人儿。（眼望着何家小院）这小院儿，这么四致，（语吻突然变得十分庄重）想必这就是那个何家小院吧？

老　　田　对。一个老太太，仨儿子，四个姑娘……

贾　　明　（嘴张得挺大）您能跟我说说吗？

〔舞台左侧的灯亮了。

〔何家小院的光区里，何老太太端坐在一张八仙桌旁。

老　　田　这位耷拉着脸的老太太，就是赫赫有名的何老太太。甭别的，单看这做派，您就能猜出这是那种杀伐决断的老太太……

〔何老太太脑门子拧成个大疙瘩，看来是在跟谁较着劲。

老　　田　（乍着胆子，试着问着）大妈，都说咱们何家出身名门，光翰林就出过好几拨儿，连皇上都不敢跟咱们瞪眼珠子……

何老太太　（非常响亮地咳嗽了两声）你反正这么说吧，前清那阵儿，何家哪辈都得出几个做官的。（强调着）都是清官！他太爷，老百姓给上过万民伞！

老　　田　是。那什么，都知道您教子有方，里里外外都特别拿得起来，仨儿子都特别孝顺……

————话剧《万家灯火》 >>>>>

何老太太　儿子孝不如媳妇孝！当老家儿的，讲的是一碗水端平。多会儿儿子媳妇拌嘴，上去我就先啐儿子！啐完儿子我再问他们今儿到底为什么。我不能让街坊四邻说我护犊子。我……

〔此时，何老大手里夹着个很大的纸匾，匾上三个漂亮的隶书字——仄韵楼——走进光区。

老　田　这是何老大。起小儿喜欢书法……

何老大　妈，您挪个地方。（举着纸匾，站在小凳上把原有的堂名号——雅多堂——揪了下来，打算把"仄韵楼"挂上去）

贾　明　（望着纸匾）那字儿念什么呀？

何老大　（并没与贾明交流）仄！写诗填词讲究平仄。何家小院，山墙越来越歪，有场大雨备不住就得塌喽，仄韵楼！

老　田　他在肉联厂上班，是文化革命前的中专毕业生。老觉着自个儿能耐大啦！起码够个国务院参事……

何老大　（十分不服气地）凭我……哼！天天让我盯着个肉锅，我恨不得自个儿蹦锅里，跟它们一块儿煮喽！

老　田　何老大确实有学问！举凡北京的风土人情，诸如南北梅花大鼓、养鸟、票戏、干炸丸子……没一样他不明白的……

何老太太　说那有什么用？他都快四十了！快四十的人了！盯到今儿还是光棍一个！

老　田　（也感到几分困惑）照说大哥这学问！啊？……他怎么会……

何老太太　（手往太阳穴上一指）他不是这儿有点儿毛病吗！文化大革命，造反派盯上了我们那对虎皮鹦鹉。造反派手里都攥着切菜刀！何老大，那么刚强的汉子，他给人家下了跪！死说活说，鹦鹉给送进了动物园。我们那俩鹦鹉！那叫有骨头！岳飞似的！刀搁在脖子上不带眨巴一下眼睛的！七天七宿，一口东西不吃！瞪着眼儿生生的饿死啦！何老大，一宿的工夫，一脑袋的头发白了一多半……

老　田　大妈，这要是让那帮汉奸听见，非臊死他们不可！

何老太太　话说回来了，谁有姑娘往这片儿嫁?！（十分清高的）我们不是这地方人！头解放搬过来的！（眼往小院一瞥）这个破院子，说是南北房，北房三间，南房三间，一间六米，加一块儿是多少？（眼睛突然往何老大身上一斜楞，烦躁地）挂好喽没有？（"哗啦"把灯绳拉了）

〔光区里的何老大随之消失。

〔此时，何老三出现在舞台一侧。

老　田　这是何老三……

〔最先刺入观众眼帘的是何老三身上那件黄大衣。这是那种在六七十年代上至地委书记，下至门房、清洁工、下乡知青……几乎无处不在的旧棉大衣。

老　田　跟两个哥哥相比，何老三仿佛和他们隔着教。他以社会学家自命，关心的都是一些原本该归联合国管的事，像什么能源短缺、人口过剩、土地沙漠化啦等等。何老三认为，天下兴亡匹夫有责，他给自己起了个笔名叫"一夫"……

何老三　（疾走中对观众转过了脸来，瞪着一对大眼珠子）不是老说我长得像根大钉子吗？我连姓儿都改喽！丁！丁一夫！

老　田　直到八十年代，他常年累月穿着的还是这么件黄大衣。加上一天到晚忙忙乎乎，比传教士都忙，招得大伙儿给他编了个挺俏实的外号——黄衣主教。

〔丁一夫从舞台另一侧匆匆走下。

何老太太　（愤愤地）打扮得像个他妈洋老道！一天到晚治沙漠呀、少生孩子呀，全人类呀，全人类是哪国？啊？自个儿家的房子都快塌啦！知不知道?！啊？

〔老田领着贾明向何老太太凑了过来。

老　田　大妈，老大老三您看不上眼儿，老二横是可以吧?！前年您给他娶的媳妇，过些日子，备不住您就能抱上孙子……

何老太太　（脸夸嗒又耷拉了下来）不定是孙子还是孙女儿呢！我呀，看

——话剧《万家灯火》 〉〉〉〉〉

错了一步棋！一脸的横丝子肉！真要是添个孙子，那就更搁不下她啦！不错，老二是有他的毛病，喜欢收点子破的烂的老式家具。可是，明白人不说糊涂话，喜欢古物，那是好嗜好！

老　田　　照我看，您这几个儿子不错，好！老三黄大衣，老二邮电局的绿褂子，明儿再让大哥做件蓝袍，您家里边海陆空可就都齐啦！我听说，夜大高考，您家老三跟您二儿媳妇都报了名，这趟街上没谁比得了您……

何老太太　不考学我没这么大的罪过！老二那媳妇，去念书那是好儿吗？啊？自打怀上孩子，她算扎势起来啦！数落我们老二跟数落儿子似的！真考上大学，她非把老二蹬了不可！你瞅着的！

〔此时，何老二推着一辆三轮走上舞台。从气质上看像是个书生，他身上几乎永远穿着一身邮电局发的绿裤褂。一绺汗湿的头发贴在脑门子上，眼神中充满惶恐与烦躁。

老　田　　这是何老二，喜欢古旧家具收藏。家里窄憋，媳妇成天耷拉着脸。

何老二　（面对观众，一脸的惶恐）不亏心，从打搞收藏的头一天起，我夜里做梦老梦见扛着个八仙桌不知往哪儿放……

〔何老二身后是一辆方斗的平板三轮，上边放了一把椅子。被何老太太誉为"一脸横丝子肉"的二儿媳妇端坐在椅子上。不知是图舒服还是出于炫耀，她把身孕六甲的腰身十分鲜明地凸现了出来。她左手抱着个暖壶，怀里抱着把雨伞，右手用三个指头尖儿非常俏实地捏着张准考证。她的脑门子拧成个大疙瘩，眼珠子死死盯着三轮车的车轱辘。

二媳妇　（嘴里嘟囔着）这么大的雪……（突然喊了一嗓子）能不能找个人帮我打打伞?!

何老二　谁给你打伞？老太太？（咬人似的）美得你！

何老太太　（哗啦站了起来）老二他媳妇！就算你是娘娘，也不能让太后给你打伞！

171

二媳妇　（脸冲着丈夫）我上这么个大学，为谁？指着你，一辈子得窝在这个破地方！好！何老二，咱们就这么耗着！冻坏了肚子里的小东西，让你们何家断后！

〔何老太太到底还是怕"断后"，站起身，"啪"，为媳妇支起了伞。

何老二　（心里的怒火已发展成嘟嘟囔囔）傻娘们儿！考个他妈破鸡巴大学，成了事儿了……

二媳妇　何老二，你骂谁？

何老太太　他骂谁？他骂我！我给儿媳妇打伞，我下三烂！

二媳妇　打伞推车可是你们自愿的！您要这么说，我自个儿下去走！我可把丑话说在头喽，孩子可是你们何家的血脉！

何老二　（平生以来第一次瞪起眼珠子）你坐那儿！坐那儿！我今儿豁出去了！我也瞪一回眼珠子！兔子急喽还咬人呢！欺负我欺负出圈儿去了……我，我一辈子没跟人大声说过话！（抡圆了胳膊"啪"的打了自己个大嘴巴）搞点收藏，算是犯在一家子手里了……（脸上充满委屈，盯住空中直喘粗气）

〔二媳妇第一次看到丈夫发火惊呆了。

何老太太　（已变得怒不可遏）何老二！还不快推着你的宝贝媳妇走！撺弄着媳妇去赶考，当了驸马就甩了你！敢滋扭就派韩祺杀庙，拾掇了你！

〔婆婆与丈夫打着伞推起了车。

老　田　老二，对过儿不就是考场吗？

何老二　（脑袋"别裂"得像个镰刀头子）他妈的说在十一中！

〔三轮车匆匆推走了。

贾　明　（被何家的事搞得瞠目结舌）真够可以的！

〔此时，赵家宝出现在舞台一侧。大冷的天，他不戴帽子，而是把头发梳理得十分四致。他用两根指头尖儿夹着张准考证，身边跟着两位年轻姑娘。

———话剧《万家灯火》 〉〉〉〉〉

赵家宝　（神情舒朗，手搭在两位姑娘的肩头，像在摩挲两个听话的孩子）二位！知道什么叫"大学生"吗？搁在前清，大学生就是举人！举人就是公车！戊戌年那帮书呆子闹事，不就叫"公车上书"吗？！公车就是打那往后吃饭坐车就都打国库里拨银子了！大学文凭一拿，您就算梃上大牌子！身份、地位随之发生了变化。（像多感慨似的叹了一口气）唉！看着吧！成千上万的糟糠之妻，很快就会变成秦香莲。碰上哪位脾气大点儿的驸马，还得派人拿着小刀上庙里去杀原配……（像多同情似的摇了摇头，很快又被自己的不真诚逗乐了）呵呵呵……

〔一名姑娘突然站住了。

姑　娘　（哗啦把赵家宝的手从肩膀上拨拉开）说实话！你们家到底是干什么的！

赵家宝　（咽了口唾沫）妹妹，怎么意思？

姑　娘　跟你说，跟你在一块儿，我都害怕！一会儿从怀里掏出一沓子美金，一会儿从怀里掏出一张跟哪个元帅女儿的合影，一会儿你爸爸是安全部的吧，一会儿是哪个大院的吧，（一针见血）我早打听了，你们家就住金鱼池！

赵家宝　（眼睛磁勾磁勾的，像多惊讶似的）我？妹妹，您瞧清楚喽！你赵哥，就冲这身行头，我住金鱼池？就住这片挤成疙瘩的简易楼？

姑　娘　（更加一针见血的）你爸爸就是个胡同口卖菜的！

赵家宝　（越发惊讶似的）什么？我爸爸是卖菜的？（眼珠子瞪得更大了，决心拿实话当瞎话说到底，像多气愤似的）不错，卖菜的！我爸爸是胡同口卖菜的！成了吧?! （脸色突然变得十分严肃）妹妹！跟您这么说吧，我爸爸是干什么的，连我都问不出来！听明白没有？我知道的，是他文化大革命前一直在东欧。至于谁派他出去的，去了都干点子什么，甭说我，连我妈都不敢问！（做思索状）也许哪回工作需要化上装卖两天菜，让熟人给认出来过，也许

话说回来啦，卖菜不也是为人民服务吗？（说到此，又呵呵呵呵地笑了起来）

〔两个女孩已然被赵家宝侃得迷迷糊糊。

〔恰在此时，随着一串响亮的吆喝声，赵家宝的父亲拉着个菜车子从晓市大街走了过来。

赵家宝 （差点急乐喽）嚼！你说啊！真寸……

〔赵家宝的父亲，一个六十多岁的胖子。他脑袋上戴着个皱皱巴巴的蓝布棉帽，身上一件洗得发灰的白布围裙。围裙的前胸，一行红色小字十分醒目：晓市大街副食店。

赵传玺 （嗓门既大吐字又清晰）老大！晌午回来吃不？

赵家宝 （万般无奈，只好硬着头皮迎了上去）大爷！忙哪？！大妈好吧！天儿凉，您这菜可得苦上点儿，白菜萝卜一上冻，不光硬得铁疙瘩似的，一着热水还一股子土腥味儿……（说话间已领着两位小姐从菜车子前走了过去。边走边对两位女伴压低声音）好，大爷可不是凡人！五几年就在这条胡同里卖菜，五八年上过群英会！（提高嗓门）是不是？大爷！

赵传玺 （终于醒过盹来）大爷？谁是谁大爷？我是你爸爸！

赵家宝 什么？您是我爸爸？对！您是我爸爸！亲爸爸！成不成？！一上大学，都想当我爸爸！我今儿怎这么走背字儿？啊？！……《英雄儿女》里那个开汽车的公鸭嗓怎么说来的？"王芳，你有一个当工人的爸爸，今天你又有了一个老革命的爸爸！"你说，俩爸爸！多阔！（转对父亲提高嗓门儿）大爷！哪天您把您那存折敛齐喽，咱们爷儿俩找个没人的地方过过数儿。数完数儿，您给我立个字据，说我是您的儿子。别明儿等分遗产的时候，您那帮儿子举着切菜刀跟我玩儿命！成不成？啊？大爷？成不成？（完全一副跟老街坊开玩笑的口吻呵呵呵呵笑着走了）

赵传玺 （望着正在消失的儿子，十分困惑地）啊？不认你爸爸？儿不嫌母丑，狗不嫌家贫，哪天我就穿着这件围裙，到你们单位里去

———— 话剧《万家灯火》 >>>>>

喊——我是赵家宝他爸爸！亲爸爸！（突然更凶狠地吆喝了一嗓子："萝卜——架冬瓜——"下去了）

〔此时，视察的政协委员们踢里秃鲁地又从书院里拥了出来。

〔老田与贾明迎了上去，融入了视察的队伍，向鲁班馆方向走去。

〔与此同时，丁一夫被一群记者簇拥着挤上舞台一角。

一名记者　这位同学，您怎么称呼？（十分不客气地抓起丁一夫的手腕子，看了看准考证）何福祥……

丁一夫　（斩钉截铁地）对不起，请用我的笔名，一夫！丁一夫！

记　者　一夫同学，您报考的是哪个专业？

丁一夫　社会学系。据说，这可是据说啊，最终的录取分数线，理工科要高于文科！说得好听点，这反映出当局教育政策的短视！说难听点儿，他们不识数儿！任何一个时代，无论是西方工业革命，还是欧美科技革命，从来都是以哲学和其他人文学科为先导的！噢，您以为中文系就是写作文，学编瞎话儿；美术系就是画小人书，帮小铺刷门脸儿？老百姓文盲那么想想可以，您管招生的要是那么想，那就瞎啦！照您那思维，宗教系是干什么的？教人算卦？上坟地帮人看风水……

记　者　一夫同学，（举了举手里的一张纸片）听说印这些社会调查材料纯粹是您的个人行为？

丁一夫　当然啦！当然是个人行为啦！您看看咱们这表问的都是什么！（递过一张表）过去填表，上来就是那一套：多大岁数？结没结婚？有多少孩子？（手背拍打着手心）那些事儿您管得着吗？啊？管得着吗?！您倒没问问人家饭量怎么样，挤公共汽车是揪门框还是揪人……有用吗？蛋用没有！您得问点儿大事！人类生存面临着哪几种危机？（突然停住口，往四下里一撒眸）完了吧！没人儿言语了吧？

记　者　一夫同学，您估计您这把准能考上吗？

丁一夫　（始终沉浸在自己的思维里）一是全球荒漠化的治理；二是人口

　　　　　　过剩与能源短缺；三是环境污染……
记　　者　（十分困惑地）这些事儿，可都是该联合国管的事儿……
丁一夫　　不错！是该联合国管！这么些年了，联合国干什么去了？跟您说，我对他们意见大啦……
记　　者　（看来是个死心眼子）一夫同学，万一这回您要是考不上呢？
丁一夫　　（眼珠子一瞪）那，就是现行考试制度的失败！
记　　者　（一下子变老实了）好，您真有学问，（抹了一把脑门子上吓出来的汗，一扭头，小声嘟囔了一句）真牛逼……
　　　　　〔此时，就听人群外边一阵哄笑，接着，一位小伙子大着嗓儿喊了一嗓子："哥儿几个！闪开喽！婆婆推着儿媳妇赶考来啦！"
　　　　　〔舞台一侧，忙乱中的何老二由于看错了考场地点又转回来了。三轮车吃力地推上了一个坎儿，何老二揪下脑袋上的帽子，大口地喘着粗气。
何老二　　（咬人似的）到底是十一中还是一七八中？！
二媳妇　　（同样凶狠的）你瞎！准考证上没写着吗？！
　　　　　〔人们像发现了一群外星人似的，同时把目光投向了这一彪人马。
　　　　　〔人群里的议论声清晰地传了过来："好嘛！婆婆推着儿媳妇？！到底是新社会呀！"
二媳妇　　（自尊心已受到严重伤害，脸上的横丝子肉哆嗦着）何老二，怎么着？是我下去走还是你接着拉？
　　　　　〔何老二脸上的咀嚼肌滚动着，一言不发。
何老太太　（斩钉截铁）这么远的道儿我都推过来了，差几步了你下来？累死我也不能让儿媳妇挑我的理！
何老二　　（额头上的青筋一蹦一蹦的，轻声咬着牙骂了一句）小子！哪天何二爷喝点酒，借着酒劲儿非他妈给你拿拿龙不可！（狠狠地往手心里啐了口唾沫，用力推起了车）
二媳妇　　（坐在车上的儿媳大吼一声）何老二！停住！（哗啦把盖在腿上的毯子掀到地上，站起身跳下车）

———话剧《万家灯火》 〉〉〉〉〉

〔何老太太与儿子同时扑了上去,但没扑着。

何老二　（不知所措的）你要怎么着？你打算怎么着……

〔二媳妇拖拉着毯子,抱着暖壶奔下舞台。老太太举着雨伞和儿子匆匆追了下去。

〔此时,舞台一侧的丁一夫再次成为人们关注的重心。

一女记者　（看来早已被丁一夫的才华所征服）据您看,中国所有问题的症结在哪里？

丁一夫　农民！（斩钉截铁地重复道）农民！更准确点说,是小农意识的改造！人类面临三大问题：人口、环境、能源。在中国,这三大问题的一切症结,在农民。小农意识使得超生游击队四处泛滥；无节制的生养,使得本来就十分紧张的中国人均资源的分母不断膨胀；而环境,你们想想,（颇为耸人听闻地压低语调）千千万万的阿Q被从土地上解脱出来,涌进城里,您那是拽开了一个特大号的潘多拉盒子啊！

一女记者　（不服气地）照您这么说……

丁一夫　（伸出一只手截住对方的问话）中国离开农民不成,而所有问题,农民一掺和,完！瞎菜！人家毛泽东讲过啦！严重的问题在于教育农民。毛泽东是谁？啊？毛老头儿可是个明白人！关键是小农意识的改造！（语重心长地）难哪！小农意识,像人身上的毛细血管一样,无处不在呀……（丁一夫的目光呈现出一种忧虑状,凝视着远方）

〔此时,一个女人,本剧主人公之一——张萌出现在舞台一侧。她目光炯炯地望着侃侃而谈的丁一夫,完全被对方吸引住了。

另一天真的女记者　大学里边,总不至于吧？

丁一夫　（像托儿所的阿姨似的低下头,盯视着对方）姑娘,您以为大学里边就是真空呀？照样儿！去年,中文系一哥们儿,农村来的,平常净吃别人的东西,这回他从家里带来一瓶香油。宿舍里那哥儿几个诚心要挤对挤对他,告诉："你这瓶香油我们大伙儿可得尝尝!"那哥们儿吓坏了!半夜起来,自个儿把大半瓶香油一下子全喝下去了!好!这下儿可热闹了!那哥们儿连着拉了四天的稀,所有裤子的屁股沟子那块儿都有一块油斑,弄得满屋子香油味儿……

〔人们哄的笑了,丁一夫越发得意。

〔人群外边的张萌两眼越发闪烁着灼人的光芒。

一女记者　一夫同学,能谈谈您的婚恋观吗?

丁一夫　(看都没看对方,朗声答道)我忘了是不是马克思说的了,世界上什么事情都可以说清,唯独爱情,那是永远说不清楚的事儿?对老头儿所有的理论——包括造反、拿刀子跟资本家裹乱,咱们都服。唯独这条儿,我就没服过气!挑对象的时候,您不会把您的条件儿定清楚吗?价码摆那儿了!真是的!我挑对象,我得在对方其他一切条件——包括相貌,都让咱们满意之后,还必须得等对方主动提出来,咱们才会考虑……

〔人群中的女人们哄的炸了窝。

丁一夫　有同志问啦,您怎那么牛逼!(加重语气)一个女人,要是爱您没爱到拉不开栓的地步,她能主动跟您提出来吗?她一提,那就说明她是实在扛不住了!真到了这工夫,哎,咱们再一伸胳膊搭把手儿,把她捞上来……我告诉您,便宜没好货,好货不便宜……

〔女人们几乎出奇愤怒了,七嘴八舌训斥着:"就您这样的!脑袋长得像个铁笊篱似的……"

〔此时,一位食堂的女大师傅,怀里抱着个大钢种盆,棉袄外边套着件脏糊糊的白大褂,一直在僵着鼻子听。此时终于忍无可忍,脱口而出:"奏形!"

丁一夫　嗨!你怎么骂人哪!

〔此时,学校里骤然响起了铃声。

〔忙乱中的丁一夫突然发现自己的准考证不见了!

——话剧《万家灯火》

丁一夫　（大眼珠子瞪得几乎光剩下了白眼球）哎，我那准考证哪儿去了？啊？我那准考证哪儿去了？！

〔侧幕边的两个男人——像是监考老师——死死抓住了丁一夫的胳膊："哎！您别揪门框啊！"

丁一夫　（脸对着侧幕，脖子伸得很长）二位！二位！我有准考证！蒙人是孙子！不是刚才那几个小报记者捣乱，准考证丢不了！我是十四号！您瞅！您自个儿瞅！十四号有人坐吗？没人坐吧！

〔张萌笑了。

张　萌　（走到舞台中央，面对观众）我叫张萌……第一次见到他我就被他征服了……

丁一夫　（头发被汗沾在了前额上。发现了舞台中间的张萌，揪着门框的手终于松开了）哎！您老这么盯着我我可容易犯错误……

张　萌　（面对观众）四年之后，我嫁给了他……

〔张萌的话音未落，舞台深处突然传来了隐隐约约的迎亲的锣鼓……

〔几乎与此同时，从舞台一侧——仄韵楼方向——传来了房屋梁柱扭曲的吱吱嘎嘎的响声！声音越来越大，随着仄韵楼的一阵轻微晃动，吱吱嘎嘎的响声终于演变成了房屋倒塌的轰然巨响。

〔此时，何老太太的老姑娘——四妹神色慌张的跑上舞台。

四　妹　三哥！妈呢？可了不得了！家里南房塌啦！

丁一夫　嗨！真够可以的！刚有人要跟我提结婚的事儿，家里房先塌了一间……

〔舞台上突然静了下来。

〔片刻之后，舞台深处那股被房屋倒塌声压抑住的迎亲鼓乐，又十分倔犟地响了起来。

〔在轻细缥缈的鼓乐声中，一辆平板三轮出现在舞台一侧。车上堆满了花花绿绿的针织裤衩。石毛子蹬着车，肉轱辘则盘腿坐在车上。为突出产品，肉轱辘在一条黑色紧身秋裤外边罩上了一条白三角裤衩，冷眼一瞅像是光着屁股。

肉轱辘　（坐在车上吆喝着）瞧一瞧，看一看啦！没见过这么有魅力的东西啦！女同志穿上它好找对象啦！男同志穿上它不怕第三者啦！瞧一瞧，看一看啦！军用裤衩啦！军用裤衩乘着夜色正在走进寻常百姓家啦！工业学大庆、农业学大寨、全国学解放军啦！咱们不光要学他们的好思想好作风好品质啦！咱们也要学学他们的好装备啦！三块钱一条五块钱俩啦……

〔三轮车缓缓地横穿舞台而过。

〔迎亲的鼓乐越来越响，越来越响……

〔灯暗。

第二场

〔前场四年之后——一九九五年。盛夏三伏。

〔北京南城。晓市大街及金鱼池一带。

〔天幕上一栋灰糊糊的简易楼，上面布满密密麻麻的窗口。随着剧情的发展，简易楼作为人类生存状态的某种象征不断出现扭曲、膨胀、变形……最终令人联想到一只画满经纬线的负荷超重的地球。

〔舞台则划分为三个表演区，中间的光区是戏的现在进行时；左侧是何家小院；右侧则留给回忆与想象。

〔幕启。

〔大幕拉开时，剧中人正在为丁一夫与张萌举行婚礼。从上场戏结尾时出现的迎亲的鼓乐，一直延续到本场戏的开始。这里好像是个借来的教室。黑板上一句醒目的口号：实行计划生育是我们的基本国策。

〔舞台中央一张大圆桌。三伏酷暑，桌子上居然摆着个火锅。赵

——话剧《万家灯火》

家宝、丁一夫、张萌、肉轱辘、石毛子、贾明、派出所老田及何老太太的亲信——四妹诸人围桌而坐。

赵家宝　（端起酒杯，站起身）锅开了吧？锅开了我可开始祝酒了！今儿这个"幺蛾子"是我出的；三伏天儿四脖子汗流，吃火锅！图什么？图的是让大伙儿记住！尤其是要让政府记住，（脸转向老田）老田！田政府！（眼睛往天幕上一领）咱们金鱼池的居民可还都在水深火热之中！

〔众人乐了。

赵家宝　（越发风度翩翩的）我这人，一辈子想当官儿，可一辈子连个小组长都没当过。（略一思忖）你还别说，还真有过一回！小学四年级的时候，我们几个到龙潭湖去偷老玉米，拢共四个人，一个没剩，全让人家抓住了。派出所那主儿也不怎么看上我了！他手指头杵着我的脑门子，告诉："今儿下午，你们这四块料，由你负责！少一个，我就活剥了你！"……

〔众人哄的又笑了。

赵家宝　诸位！今儿咱们这顿饭的头一档子，是丁一夫跟张老师结婚！新婚志喜！

〔大家开始鼓掌。

赵家宝　今儿早上，打一睁眼，谁见了我都说，嗨！赵家宝！你今儿这派头儿怎这么像位老丈人呀……

众女同胞　谁说了？就你自个儿这么说！

赵家宝　诸位！诸位！（脸转向丁一夫、张萌）两位新人！（手往黑板上一指）瞧见那条大标语没有？茶几上那份茶壶茶碗是我送给你们二位的，我可已经把那点"基本国策"搁茶壶里了，别待会儿晚上想用了现抓……

老　田　你有没有正格的？

赵家宝　何家小院，南房塌了。二位的新房，是老田帮忙借的，（脸往天幕一转）虽说这楼这么破，田政府可真着了大急了。顺便告诉大伙儿，张老师已经辞职！拿工农兵学员不当菜？张老师柳眉倒竖、杏眼圆睁，不侍候你们了！话说回来了，嫁给老丁，往后您就赚着吃香的喝辣的吧！老丁有当总统的能耐！您往后的日子，我都替您策划好了，您呀，身穿貂皮大衣，手里牵着小洋狗，出入舞厅、赛马场。再弄俩情人，给丁哥制造点痛苦。您说，够多滋润……诸位，端起来吧！为丁一夫今后的痛苦与醋意，干了它！（一仰脖，他先喝了）

〔众人干杯。

〔此时，赵家宝突然发现，来宾中几乎没有男方的代表！

赵家宝　（一咂嘴儿）四妹，三爷结婚，老太太不露就不露了，大爷二爷也不露，差点儿意思吧？

四　妹　（脸立刻耷拉了下来）哼！大爷二爷？家里都打成一锅粥了！

〔此时，舞台左侧的灯亮了。

〔台口垂下一块木牌子，上书：东华门旧货委托商行。

〔何老二怀里抱着孩子出现在商行里。他抱着孩子那只手，指尖勾着个塑料水瓶儿，腾出的另一只手时而轻轻地拂拭一下家具。

〔而舞台深处，何老太太、何老二的媳妇、何老大三个人则整齐地站成一排，三个人都是耷拉着脸。何老二的媳妇怀里抱着双棒儿中的另一个孩子，眼睛像刀子似的盯着何老二；何老大和何老太太则用十分怨恨的目光盯着何老二的媳妇。

贾　明　（望望两个表演区，突然发现）四妹，你二哥他们两口子怎么一人抱一个孩子？

四　妹　（咬人似的）双棒儿，能耐大啦……

何老二　（手里轻轻地拂拭着家具，嘴里自言自语着）紫檀画案，清早期的，开价一百六！黄花梨官帽椅，才要九十块钱！（眼珠子闪动着灼人的光）炕琴，红木连三……（心里涌满无奈与孤独）我要是有钱，就弄个卡车都拉家去！可我兜里就四块钱……这是什

———话剧《万家灯火》 〉〉〉〉〉

么？盆架！（眼睛一亮，翻看着价签）这么便宜？（嘴皮子开始哆嗦）别看它是柴木的，可它满工呀！

〔营业员有五十来岁，看那样是老古玩行出身。

营业员　（早已十分不耐烦）您怎么着？该回去给孩子喂奶了吧？摸了这么半天，您手上又这么多汗，您再在这儿多转悠会儿，我们这家具就都省得打蜡了……

何老二　（十分吞气的）您，您这盆架儿怎么卖？

营业员　上边不是写着哪吗？八块！

何老二　（结结巴巴的）师傅，我这是跟您商量，为攒这几块钱，我连给孩子订奶的钱都掐啦……我身上拢共就四块钱……

营业员　孩子掐不掐奶，您跟妇联去商量。四块钱？我拿马粪纸给您糊一个得啦！兜里就四块钱您还想玩家具？！……

何老二　不怕您笑话，一碰上喜欢的家具，我这心就蹦得特别快！（一把抓住对方的手，按在自己胸口上）不信，您摸摸！

营业员　（匆忙收回手）好嘛！您打扮的男不男女不女的，我把手搁您胸脯子上？不明细底的人会把我当成老流氓！

何老二　（死命抓住对方那只手，再次按到自己的手腕子上）不光心跳得快，说话还结巴，一到这时候我就跟要来例假似的，浑身发热，眼睛看什么都是俩……

营业员　（用力想挣脱被抓住的手）没听说卖家具带号脉的！（突然发现）你这脸怎么跟块大红布似的！哟！这脉怎么都连成一个点儿啦?！（心里发了毛，边往后退边嘟囔着）爷们儿！为个盆架儿，您可别再躺在这儿……

何老二　（手仍旧像把小钳子似的死死抓住对方手腕子）师傅！我就四块钱！您听我说，为攒这几块钱，我可连孩子的奶都掐啦！您摸我脑袋上这汗……

〔此时，怀里的孩子"哇"的一声哭了起来。

营业员　你撒手！撒手！你先顾孩子！先顾孩子！四块就四块！四块就四

183

　　　　　块还不成吗……（终于挣脱了手腕子）好嘛！掐得我半拉膀子都木啦。明儿再跟你做买卖，我得先戴上护腕……没听见孩子哭吗……

何老二　（哆哆嗦嗦掏出一把碎票）小孩儿有时候高兴喽也哭！师傅！谢谢您了！我谢谢您啦！（脸上的神情变得越发激动）师傅！您再摸摸！您再摸现在这脉！现在这脉一下就正常了……

营业员　别别！不摸！我不摸！好嘛！一碰上买不起的东西您就让心脏乱蹦。您可真有学问！（眼盯着盆架）你这东西怎么带？骑车来的吧？

何老二　您呀，您受累！您先帮我把孩子捆后脊梁上，再受累帮我把这盆架拆成木条，绑在车架子上……

　　　　〔营业员抹了抹脑门子上吓出的汗，帮何老二把孩子捆到了后背上。

　　　　〔舞台深处，何老二媳妇的眼珠子上爬满了血丝，怀里的孩子怎么哄却仍在哭叫。

二媳妇　（突然，她像掐着棵白菜似的掐住儿子，狠命摇晃了起来。边摇晃边咬着槽牙骂着）哭！哭！哭死你！

何老太太　（眼珠子一瞪）老二她媳妇！你要干吗？（扑过去就抢孩子）

　　　　〔毫无办法的何老大则"啪"的打了自己个大嘴巴！

　　　　〔舞台右侧酒桌边的四妹，一直心急如焚地看着。此时，再也坐不住。

四　妹　我说什么来的？打起来了吧！（匆匆向台左的光区奔去）

　　　　〔舞台左侧光区的灯灭了。

　　　　〔舞台中部的光区里。

赵家宝　（站起身，下巴颏一指四妹下场的方向）瞧见刚才那脸色儿了吗？不光为家里的事儿着急，四妹自己情况也不怎么好……

老　田　不是说前些日子有了个对象吗？

赵家宝　对象？对方是个有妇之夫！

———话剧《万家灯火》 >>>>>

〔众人惊讶："是吗？"〕

赵家宝　弄明白了，已经晚了。估计早就"基本国策"过了。那主儿我见过！风度翩翩，西门庆似的！眼珠子会说话！天天告诉要离婚，天天不离婚，弄得四妹要死要活的。四妹虽说岁数大点儿，可人家是大姑娘！行市在那摆着呢……那小子姓马，比四妹大十岁，现在是个小处长儿。他的第一个媳妇，因为西门马寻花问柳，离了。第二个媳妇出身豪门，老丈杆子行伍出身，享受副军级待遇。西门马借第一个老丈杆子的力调进了北京，借第二个老丈杆子的力混成了大盖帽儿……

老　田　四妹算是瞎了眼，她怎么会那么相信你！请个耗子看粮囤……

赵家宝　您不能那么说呀！咱们人品在这儿摆着呢！为了把那点儿情况探清楚，您知我搭了多少车钱呀！

老　田　丁一夫！合着您这当哥哥的什么都不知道？

丁一夫　恋爱嘛，主要靠实践！

赵家宝　现在这事儿，明明白白，西门马，说白了是拿老姑娘打打短儿！四妹，王宝钏似的傻老婆等汉子。（感慨地）西门马老东西，有眼力！四妹打扮起来，半老徐娘，风韵楚楚，大号西施似的！

众邻居　你哪儿那么多没用的话？

赵家宝　诸位！诸位！您以为我这儿看哈哈哪？我是替咱们妹妹捏一把汗！明儿西门马一翻把，那就等于把四妹搁饼铛上了！现在是麻秆打狼，两头害怕。四妹怕自个儿杜十娘似的让别人倒出去；西门马是又想甩又怕四妹满世界嚷嚷……

老　田　瞅你这样儿，你一点儿都不难受！

赵家宝　诸位！（再次端起酒杯）看清楚没有？痴心女子负心汉！其实，天底下有爱情吗？啊？《天仙配》，一个仙女儿，撂着家里的海参鱼翅不吃，年年跑到村边子大树底下去等那个傻小子，有那事儿吗？啊？我要是七仙女，早他妈走主儿啦！都是瞎编的……（一仰脖，又干了）

〔此时，教学楼的楼道里突然传来了乱哄哄的人声。似乎有人在喊叫着什么。

丁一夫　（最先瞪大了眼珠子）这是什么动静儿？像老年间出殡的！着火了吧？

〔几个人忽地把头扭向侧幕。

〔远远的，就见一大群学生簇拥着一名大汉——赵家宝的父亲——走上舞台。他胳膊上戴着蓝布套袖，身上穿着件白布围裙，手中一根木梆子。

赵传玺　（边敲打着木鱼边走了过来）诸位同学！各位老师！我叫赵传玺！是晓市大街副食店卖菜的！我是你们单位赵家宝的爸爸！亲爸爸！

〔学校的两名工作人员企图劝阻，但没拦住。

〔更多的人则跟在他身后，在瞧热闹。

赵传玺　（喊了几声之后，声音突然变小了，变成了嘟嘟囔囔）不认你爸爸！我是给你丢人啦还是给你现眼啦？啊？我一不做贼，二没养汉，一辈子老老实实在胡同口卖菜……（越说越气，突然提高了嗓门儿）同志们！三十多年了，我没找错过一分钱！没跟街坊四邻红过一回脸儿！五十年代我就评上过先进工作者！区长都给我戴过大红花！同学们！我叫赵传玺！我是你们单位赵家宝的爸爸！亲爸爸！不认我这个爸爸？我这爸爸怎么啦？啊？（愤怒已极，更用力地敲打了几声木梆子）

贾　明　（最先看清了真相）赵哥！是你们家老爷子！

赵家宝　（脑瓜子嗡的一声）真他妈有学问啊！这是憋着臊我呀这是！

〔说话间，赵家宝的父亲已在众人的簇拥下走进了教室。

赵家宝　（迎了上去，抓住老头儿的一只手，压低嗓门）老爷子！我听明白了！听明白了！您是我爸爸！亲爸爸！还不成吗？亲爸爸！我服您了……

赵传玺　（把赵家宝的手一拨拉）我不是你爸爸！您哪儿有我这么拿不出

———话剧《万家灯火》 〉〉〉〉〉

手的爸爸呀？（咬人似的）你是我爸爸！（说着，走上了讲台）

赵传玺　（把梆子木鱼往讲台一搁）同志们！老师们！诸位！我，我想哭啊！

赵家宝　（情不自禁地自言自语道）真有学问啊！还会叫板！

赵传玺　同志们！老师们！耽误你们大伙儿的工夫啦！对不住你们啦！我姓赵，叫赵传玺！我是你们单位赵家宝的爸爸！（说着从兜里掏出个硬皮小本和几张变了颜色的纸片。接着伸出两只胳膊，像名老教授似的往讲台边一按，更加动情地讲了起来）我是头解放那年结的婚，这是结婚证，（举了举一张硬纸片）几年后添的赵家宝，这是赵家宝的出生证。（举了举又一张硬纸片，接着举起讲台上的小硬皮本儿）这是我们家的户口本儿，上边明明白白地写着：户主——赵传玺；赵家宝——系赵传玺之长子。（激动得嘴皮子开始哆嗦）我这里头要是有半句瞎话，你们立马就把我送派出所！我决不喊冤！打这么高，（伸出一只手在讲台上方比划着）我跟他妈就拉扯着他，那真是一把屎一把尿啊！他也不是老不认我，没人儿的时候他认！只要跟着姑娘，他就不再把我当爸爸！他跟人家姑娘说，他爸爸五六十年代一直在东欧。我上东欧弄蛋去？连上趟西四我都发怵！告诉我在国家安全部领着份儿薪水，国家安全部算他妈瞎了眼啦！不瞒你们大伙儿，我拢共上过四年小学！小时候家里穷，上不起学，丢人吗？不丢人！说白了吧！他是嫌他爸爸这个家在金鱼池！住金鱼池丢人吗？这儿是破！可是政府在想办法！你得容工夫呀！政府已经派老田下来摸底啦！

老　田　（匆忙解释着）大爷，眼下还没安排呢！估计……

赵传玺　同学们！我可告诉你们，他可一句实话都没有！你们大伙儿可得对他提高点儿警惕呀！（突然，心里涌起无限的委屈）儿子一长能耐，他爸爸就不许是卖菜的啦？有这条法律吗？啊？真要是这样，这年头儿，这不混了蛋了吗？

赵家宝　（终于走了过去）老爷子！您呀，您别再往下演了，您看咱们这么办成不成，我收您这个爸爸啦！成了吧？好嘛！一家子，哪有不开玩笑的？说恼就恼……

赵传玺　（十分警惕地）开玩笑？你可真会"遮溜子"！（仍旧燃烧在愤怒里，自言自语道）我不是你爸爸，我不是你爸爸。（声音陡然提高八度）赵家宝！你是我爸爸！我屈呀！（分开众人走下讲台，在人群的簇拥下向侧幕走去，边走边喊着）我叫赵传玺，在晓市大街胡同口卖菜，我是赵家宝的爸爸……（声音渐渐消失了）

赵家宝　（望着老爷子消失的背影，无限感慨地）唉！这回我算他妈红啦！整个金鱼池，再没一个不认识我的啦！（突然，脸转向天幕上的简易楼）谁是爸爸呀？啊？（咬牙切齿地）金鱼池，您是爸爸！（"啪"的打了自己个大嘴巴）

〔灯暗。

第三场

〔前场一年之后。深夜。

〔何老二与丁一夫的家中。

〔与上一场相比，天幕上的简易楼往右挪动了一部分，台左腾出来的一小块地方，让给了何家小院。

〔简易楼密密麻麻的窗口，比过去显得越发拥挤了。这么说吧，本剧中的所有人物，不论他们身处何地，那栋破败的简易楼都将是他们心目中一个永远挥之不去的阴影！它似乎已成为了某种象征，把那种居无定所的痛苦、孤独、烦躁全部具象化了，似乎随时准备向他们压迫过来……

〔幕刚拉开时，时间好像是晚饭刚过。一片嘈杂声中，楼上七八个窗口同时打开了！有人从窗口里探出身子，疯狂地抖搂着手里该洗的床单、破毯子；另几个男人则僵着鼻子在捆打手里的布

———话剧《万家灯火》 〉〉〉〉〉

鞋；两三家窗口里甚至伸出了几把湿淋淋的墩布，墩布上脏水落地的嗒嘀声在整个剧场里引起巨大的回声……一段时间之后，所有上述一切全部消失了。时间进入了深夜。

〔此时，先是台左何家小院光区的灯亮了。何老二家中，何老二的收藏已取得了巨大成就，不足十平米的屋内，居然塞进来一个破旧的罗汉床！它几乎占去了大半间房子。罗汉床一头的墙缝里，可丁可卯的塞进了一张画几。妻子、孩子睡在罗汉床上，何老二自己则像鲨丁鱼罐头似的与妻子呈T字形地塞在高起的画几上。屋里支起了一个木楞，地上散乱地放着各种木工工具和一只铁铸鳔胶锅。

〔夫妇二人都没睡着。何老二的媳妇睁着眼，紧闭着双唇，咀嚼肌偶尔滚动一下，牵动得脸上的横丝子肉一动一动的，像是在咬牙；何老二则闭着眼在装睡。

〔接着，舞台右侧光区的灯亮了。

〔丁一夫家中，张萌正在洗碗。丁一夫则撅着屁股在归拢一堆大白菜。墙角戳着一卷塑料地板革。

〔而舞台中部，何老太太则蜷着一条腿坐在一把椅子上，她脑门子拧成个大疙瘩。四妹站在母亲身后，脸上同样充满愤怒。

〔先是台右——丁一夫家中出现了火药味。

丁一夫　哎，我那件黄大衣呢？
张　萌　扔了。
丁一夫　扔啦？（眼珠子瞪得小包子似的）扔哪儿啦？
张　萌　楼下垃圾桶里……
丁一夫　（几步走到舞台一侧，掀开一个大垃圾桶的盖，拽出了黄大衣）我这是刚拆的！服务站也学会宰人了，七块！（抖搂了一下穿在了身上）

〔烦躁在张萌的心中阴燃着，手里的饭碗发出刺耳的叮当响动。
〔接着，台左——何老二家的大战爆发了！

二媳妇　（一片宁静之中，突然坐起身，怒吼道）何老二！说痛快的吧！你到底还打不打算过？见天价一进家门就得让鳔胶熏着？浑身上下一股咸带鱼味儿！您瞅瞅，这屋里还有下脚的地方吗？明儿哪天一着火，跑都跑不出去！住这么个地方，甭管干着什么，想起来就忽地一身躁汗！说痛快的，你打算怎么着？别装死儿！说话！（突然发现何老二传来了均匀的鼾声！怒不可遏地瞪大了眼珠子）嘿！别人这儿气得呕呕的，你倒好！（一把揪住了何老二的破背心，咬牙切齿地）我叫你睡！叫你睡！

〔由于用力过猛，何老二咕咚一声掉在了罗汉床上。床上的孩子"哇"的一声哭了起来。媳妇一下子抱起了孩子。

何老二　（匆匆爬回画几，抱着肩膀蹲在了画几的一头，嘴里十分无力地争辩着）你干什么？半夜三更的你要干什么？

二媳妇　干什么？干什么你会不知道？你装什么蒜？你，你混蛋！

〔哗啦一伸胳膊，何老二"咕咚"一声从画几上摔到了地下。

何老二　（火了，但看来口才不怎么样）好！好！你推我？你还骂我？好！好！（突然从桌上拽过一张白纸）你骂！你骂吧！我全都给你记下来！你瞅着的！我告诉你们领导去！

二媳妇　（恼怒至极，一把抓过何老二的纸，几把撕得粉碎）我叫你记！我叫你记！

何老二　你撕！你撕！你撕你当我就记不住哪？

二媳妇　（努力使自己平静下来，劝慰着自己）不行！我这眼睛直发花！不能跟这样的畜类生真气！（但实在无法克制愤怒，突然更凶狠地吼叫了起来）何老二！我，就凭我石玉兰！我嫁给你？我算是瞎了眼啦！（失声痛哭起来）

〔黔驴技穷的何老二，既不反抗，也不争辩，而是抱着肩膀蹲在画几一头，眼睛磁勾磁勾的盯着屋顶上的灯泡。

〔舞台右侧——丁一夫家的战事拉开了序幕。

〔张萌扔下手里的碗，走到丁一夫身边。

张　萌　那地板革是你买的？

丁一夫　啊，不是你一直嚷嚷着要铺地板革吗……

张　萌　那是五年前！到这会儿，人家都淘汰了，您弄家来了！（望着天幕上的简易楼）瞅着它，那么堵得慌……什么时候想起来，心里都是个大疙瘩。（转对丈夫）看来，你是打算在这儿过一辈子了？

丁一夫　我打报告了！大学里分房得按职称走，我这不刚定完职称吗？

张　萌　不就是个讲师吗？就您那穷学校！副教授都摊不上两居室！你为什么不想办法从根本上改变自己的处境？

丁一夫　我怎么不想改变处境？我这不把地板革都买来了吗？

张　萌　我说的是根本！根本！

丁一夫　非得依着你调工作？我有我的课题！我的事业……

张　萌　（强力克制住自己）好，咱们不吵了，孩子在睡觉……

丁一夫　（嘴里的话一直没断溜儿）我跟你说……

张　萌　（非常不耐烦的）求你了！算我求你了！别吵了！（发现丈夫掏出了烟）请尊重一次我的意见，委屈你一下，这么小个地方，请别抽烟！

丁一夫　（把掏出的烟又扔到碗橱上）你现在是瞅着我哪儿都不顺眼啦！刚交朋友那阵儿，老说我夹着烟卷那股劲头儿有派，真是此一时彼一时。

张　萌　很多夫妻结婚多年，相互之间并不了解……

丁一夫　听您这口气您好像挺惆怅？我跟你说，我可从来没压迫过你！

张　萌　不是你压迫我。多年来，一直是我自己在压迫着自己。丁一夫，你了解我吗？啊？

丁一夫　我操！越说越悬乎……

张　萌　你嘴干净点儿！这么些年了，我心里那种屈辱感……好，今天我把一切都告诉你。（擦了一把眼角的泪）

丁一夫　您呀，用不着叫板！想唱什么就唱！

张　萌　这么些年了，一直都是以你为中心，我一直生活在你的阴影里……

丁一夫　您生活在哪儿？您这么说我听着可有点儿酸！（怒火在心里阴燃着）您知道您自个儿是怎么回事吗？啊？说您一句您别不爱听，您是只有欲望，没有理想！（突然变得十分烦躁）我说，咱们别务虚了好不好？想说什么，痛快点儿！捞干的！

张　萌　（从兜里掏出个纸条）我想跟你谈三个问题……

丁一夫　我操！真他妈是越来越有学问了！两口子商量事儿还带打草稿的！（嘴角流出冷笑）

张　萌　你嘴干净点儿！……（脸从纸条上挪开，挖苦地）你那不叫幽默！那是耍贫嘴！……

丁一夫　（越想越生气）谈不谈？谈不谈？！一个老娘们儿，她他妈倒把翅膀儿扎势起来啦……（咬人似的）不他妈谈啦！

张　萌　（气得眼里涌满泪水）丁一夫！你，你混蛋！

〔丁一夫同样十分恼怒，气得呼呼喘着粗气。抬起胳膊"啪"的打了自己个大嘴巴。

〔此时，台左何老二家的战事进入了白热化程度。

二媳妇　（恼怒中突然发现了何老二的平静，"啪"的一拍桌子）何老二，我算服你了！一到把我气得份儿份儿的时候，你就俩眼磁勾磁勾的盯着灯泡！你可太不是东西了！我一天也不会再跟你过下去了！（说着掀开枕头，从底下拿出了一张纸）瞧清楚喽！离婚协议，签字！（"啪"的拍在了画几上）

何老二　（眼睛像一对死鱼似的盯住媳妇）别他妈欺人太甚！真以为二爷一点儿脾气没有？拿张破纸片子在二爷面前瞎抖落！不是我吓唬你，《水浒》里的阎婆惜，就是拿着张破纸片子在宋江面前瞎抖落，惹得宋江把那傻娘们儿的脑瓜子旋下来了……

二媳妇　（嘴撇得像瓢似的）你？就你？何老二！借你点儿胆儿！（把脑袋往前一扎）你旋！你旋！不下毒手不是人养的！

〔何老二的目光重新转向顶棚上的电灯泡，他眨巴眨巴眼睛，略

————话剧《万家灯火》 >>>>>

事思索之后，抄起了笔。

二媳妇　（突然伸出一只手，把协议书按在了掌下）我要的是签字！不许你在上边乱画！

何老二　谁乱画？谁乱画？让不让签？不让签二爷睡觉！

二媳妇　谁乱画？你乱画！（"啪"的拍到桌上两份此前报废的协议书，轻蔑地念着协议书上的"批字"）"知道了！着军机处重拟再奏。"就你，一个送报纸的，还想过过当皇上的瘾？我都替你臊得慌！你还"知道了"！你知道什么？你是天下最大个的混蛋！"送玉兰同志阅？"阅什么？阅你们一家子一帮混蛋！你乱画一回，我就得重抄一回！……

何老二　（心中的怒火再也无法克制）你敢骂我们老家儿？（眼珠子瞪得小包子似的）你滚蛋！（抄起协议书撕成碎片，接着狠狠地抽了自己个大嘴巴……）

〔炕上的孩子"哇"的一声又哭了起来。

二媳妇　我滚蛋？你滚蛋！看来你是要一条道儿走到黑了！家里这么窄憋，你还是要收你的家具，（一针见血地）你不光在北京闹，你还要跟你那个混蛋哥哥去山东！

何老二　去山东怎么了？大哥是去校蛐蛐谱！我是去看点儿老家具……

二媳妇　（气得嘴皮子直哆嗦）好！好！何老二，不是我吓唬你！你要真敢那么办，我就劈了你的家具，砸了何老大那点儿蛐蛐罐子！

何老二　（突然站了起来，嘴撇得像瓢似的）你？你敢？（抄起协议书撕得粉碎，接着更狠地抽了自己个大嘴巴）

〔炕上的孩子"哇"的一声又哭了起来。
〔台左的灯光在孩子的哭声中熄灭了。
〔台右丁一夫家。
〔张萌强抑住心中的愤怒，再次凑到丁一夫面前，重新掏出了那份"草稿"。

张　萌　不谈也得谈！（脸看着"草稿"）一、关于你的工作调动……

丁一夫　（一听就急了）我那工作怎么啦？大学的社会学研究所！时间充裕！题目选择又不拘泥于社会学。比如中国西部开发。公元十世纪以前，中华民族主要开发的是黄河流域……

张　萌　（非常熟练的接上了下句）十世纪以后主要开发的是长江流域，中国要搞四个现代化，下个世纪主要要开发西部……我都听出茧子来了！（嘲讽地）别以为西部开发的理论是您的创造！中央比您明白！你能不能把你那话痨的毛病板一板，容我完整的把意见讲完？

丁一夫　（极不耐烦地）好！请讲！请讲！让外人一听，好像我多霸道似的！请撒开喽讲！我要再言声儿我是孙子！

张　萌　你是谁的孙子？还大学老师呢！嘴这么脏！

丁一夫　好好，我骂错了！我是我自个儿的孙子，成了吧？（气咻咻的塞到嘴里根烟）

张　萌　一、关于你的工作调动问题，我认为你该走！（加重了语气）那是一个部委的外事局呀，多少人对那个位置垂涎三尺！你知道我花费了多少精力吗？托人、找关系、说好话……哩哩啦啦我忙乎了小半年！外事部门要形象！人家为慎重起见，偷着去看你，哪回我都是担惊受怕的！说白喽！我是怕您那黄大衣！我费了那么大的劲儿，到你这儿，一句话，不去！你是中国人不是？

丁一夫　怎么说话哪你？

张　萌　一个部级外事局，哪样不比您这穷教书的强？驻悉尼，够了年头儿家属可以探亲。你不是爱说话吗？外事部门儿，正好！一天到晚得惹惹……

丁一夫　（一直等到妻子不再说话）你说完了吗？你不是仨问题吗？二呢？

张　萌　合着我刚才都白说了？

丁一夫　你不是说调动不调动由我自个儿做主吗？

张　萌　（半天没讲话，泪水在眼眶中转动着）看来，我得一辈子跟你受穷,一辈子在这地方住下去了!(非常坚决地)那好,如果你真的铁了心的话,我讲第二个问题。(停顿了一小会儿,毫无商量余地的)我调动工作!

丁一夫　(惊讶的睁大了眼睛)您又调动工作?(十分轻蔑地)这回能弄个官儿吧?

张　萌　经营部经理。

丁一夫　明白了!我能说句题外的话吗?(不待对方回答,话已脱口而出)我最讨厌女人有了点权利之后那种沾沾自喜!(狠狠的嘬了口烟)您还有什么要商量的事吗?

张　萌　有!三、这条不是商量,是我通知你:你那件破黄大衣必须处理掉!否则,你别说我吓唬你,我就再不进这个家门!还有,你既然打算在那个穷学校里耗下去,我就得出去挣钱!你就不能再三天两头老往外跑,往西北去出差!

丁一夫　好吧!你挣你的钱,我维护我的自由!只要你不再挤对我调动工作,(咬人似的)我就他妈都依着你!(咕咚躺在了破沙发里)

〔张萌则像疯了似的拽过了丁一夫那件黄大衣。她咬着槽牙,先是用剪子草草将大衣裁成几块。接着,用手将黄布片撕成长条。她几乎是怀着一种报复心态,紧闭双唇,披散着头发,似乎要把多年来的不快与郁闷撕干净……

〔在这安静的夜晚,撕布条的刺耳响声与丁一夫均匀的鼾声交织在了一起,此起彼伏,播撒到远方。

〔丁一夫靠在破沙发上,睡着了。

〔灯暗。

第四场

〔前场半年之后。盛夏三伏天,夜里十点多钟。

〔居民区简易楼前的大街上。

〔这个夏天是历年来最热最难熬的一个夏天。气压极低,空气又黏又闷,一点儿风都没有,让人觉得喘不过气儿来。

〔从简易楼窗口的数量上你就能推测出人口远比过去稠密多了。

〔整栋楼像个塞满馅的包子,像个巨大的烤箱!灰糊糊的墙皮像烤热了的铁板似的泛出一种青白色。所有的灯都在亮着,所有可以帮助人们对抗酷热的电器都开着,冰箱、风扇、为数极少的窗式空调机……都在疯狂地工作。幕一拉开观众首先听到的是,一大批家用电器在一齐工作时的巨大嗡嗡声。偶尔出现在窗口的住户,全部光着膀子。他们肩膀上搭着毛巾,手里的芭蕉叶扇子在疯狂地扇动。

〔没人种树!舞台一侧,一株孤零零的杨树立在那里。树叶与枝条都已被热气烤蔫,软绵绵的耷拉着。树上的季鸟儿与伏天儿似乎也已不再计较这是白天还是夜晚,那种单调嘶哑的鸣叫,衬托得环境更加酷热难耐,搅得人们的心情越发烦躁。

〔幕启。

〔杨树下停着辆破平板三轮车。赵家宝、何老二、石毛子三人围在车边正在喝酒。几个纸包上摊着几样熟食。除赵家宝穿件背心外,几个人都光着膀子,脖子上都搭着条毛巾。

石毛子　(攥着啤酒瓶,仰望着简易楼)操他妈的!破鸡巴楼,整个儿一个笼屉!今年这天儿,非把大伙儿热死不可……这儿拆迁,那儿拆迁,就金鱼池没信儿!那帮有钱的主儿,那点儿鸡巴钱,都拴在肋条上了。你们丫来投资不还有赚头呢吗?

何老二　买卖人,都是无利不起早儿。

赵家宝　哥儿几个,瞧出来没有?有能耐,赶紧自个儿扑腾钱买房,逃活命吧!

〔此时,贾明手里拎着两个大号的编织袋子从外边回来了。他眼眶子里都是眵目糊,蔫头耷拉脑袋,一看便知十分烦躁。

———话剧《万家灯火》

赵家宝　（张嘴就挤对人）哟！这不是贾作家吗？一个礼拜不见怎么都嘬了腮了？（眼盯着编织袋）你怎么见天见往家鼓捣东西？文化站那点儿家底儿可扛不住你这么算计……

贾　明　唉！什么都别说了。哥们儿算他妈背透了……

赵家宝　来瓶啤酒，压压火……

贾　明　（接过啤酒，站住了）赵哥，府上都好吧？

赵家宝　（十分爽快地）好！（扔嘴里一片小肚）

石毛子　好？他媳妇，难产！三十的大姑娘啦，头一胎！闹着玩儿的？那儿疼的哑哑哈哈的，他倒好，没事人儿似的……

赵家宝　有事人儿似的应该怎么着？蹲产房一块儿使劲？谁在那儿也插不上手。（又扔嘴里一片小肚）

贾　明　后来怎么着啦？

赵家宝　（极轻松地）剖腹产。（又扔嘴里一片猪耳朵）

贾　明　（很血糊的）剖腹产？

赵家宝　（话语中露出不耐烦）没什么！没什么！你们甭这么血糊！不就生个孩子吗？（像在安慰别人似的）跟挤个粉刺一样！您想想，女人那肉皮儿多细和！外搭上大夫那小刀子磨得又挺快，"哧"儿一下在上边一划，就跟拉一拉锁儿似的，那点儿东西就拿出来啦！甭那么血糊……

何老二　剖腹产可是大手术！说那么轻巧……

赵家宝　剖腹产算大手术？在国外，比拔个牙都省事！碰上手艺好的大夫，就跟择几根韭菜似的……

何老二　你这人，（咂了一下嘴）甭管怎么说，营养得跟上吧？

赵家宝　医院那儿伙食不错！大米饭，炒土豆丝，还怎么着？旧社会，皇上家的媳妇做月子，不也就是冲点儿红糖水儿，熬点儿小米粥吗？再说，鸡汤老太太给送过啦！

石毛子　是送过啦！都让您给喝啦！

赵家宝　天儿热！我不是怕坏了吗？咱不是穷人出身吗？诸位！诸位！别

197

都挤对我好不好！我这儿一天到晚忙得晕头转向的……

何老二　（十分认真地）跟你说，别的都是假的，医院可不是久待的地方！不是该出院了吗？赶紧接回来！

赵家宝　接回来？接哪儿去？（手一指简易楼）这里边没他妈一根管子不漏的！不让装热水器，更不许安空调。甭白天，晚上屋里都三十多度。一个小电风扇，嗡嗡嗡嗡蚊子似的，就这，保险丝照样说掉闸就掉闸……一掉闸，呼家伙，人就跟扔进澡塘子似的……

〔说话间肉轱辘匆匆从楼里走了出来。他光着膀子，脸上戴着个脏糊糊的口罩。为说话方便，口罩扒到了下巴上。他的双眼通红，像是得了重沙眼。他手里拎着个小鸟笼子，里边是两只"蓝黑头"，准备给鸟去焗油。

赵家宝　哟！肉轱辘！怎么这模样了？眼睛跟桃儿似的……

肉轱辘　（始终没住脚）天儿热！鸟儿招上的！（照直奔石毛子走去）毛子！东西都给我预备齐了吗？

石毛子　齐了！（从脚底下拎出个提包）

赵家宝　什么眼病这么厉害？

肉轱辘　异原体。瞅着跟沙眼似的！操他妈的，这俩眼，不拿手拨拉睁不开……

〔石毛子蹲在地下拉开了提包拉锁，肉轱辘凑上去也蹲在了提包边。

赵家宝　（仍在追问肉轱辘的眼病）不要紧吧？

肉轱辘　不要紧。

石毛子　人没事儿，鸟儿可不成！先是眼上起一层白膜儿，慢慢的就瞎了，最终进呼吸道，嗓子眼儿里呼噜呼噜的跟上了岁数似的。最终，一口痰上不来，弯回去……

肉轱辘　人死不了！鸟儿也有药。外国进口的，三百多一瓶……

石毛子　（把烟衔到嘴角，开始向肉轱辘逐件移交提包里的东西）这是仨拍子，都是二十只一盘的；这是两盘不干胶；这是那份氧立得

———话剧《万家灯火》 〉〉〉〉〉

……车票买来了，北京到泉州特快。（站起身，从裤兜里掏出张火车票，递了过去）

肉轱辘　行了！（接过车票）东西都装起来。（蹲在地下，与石毛子一起把刚才折腾出来的氧立得等东西又都一样样的归回提包）

赵家宝　（像到了外国似的）肉轱辘！你们这是打算去倒鸟？

石毛子　（手里边忙乎着，嘴里边解释着）牡丹鹦鹉，都是打澳大利亚过来的，先是由鸟贩子倒到台湾，再由台湾打海上走私倒到泉州，石狮……那东西在澳大利亚，像老家贼似的！多！便宜！

赵家宝　（哈下腰，看着提包里的东西）这氧立得不干胶唔的都是倒鸟用的？

石毛子　对。去的时候，坐火车，硬坐儿！省钱。回来得坐飞机，坐火车鸟儿受不了。进机场之前，先拿不干胶把鸟儿的嘴粘上，用绳把翅膀扎起来，省得安检时它扑棱、叫唤。过关时，手还得不断轻轻地拍着点儿提包，万一哪个没粘好一张嘴，那就瞎啦！一上飞机，就没人管了。

肉轱辘　操！这点罪过儿，大啦！

石毛子　氧立得非预备不可！工夫大喽就得给鸟儿吹点氧。在泉州，绿桃脸儿，一对小崽儿八百，到这边是一千四、一千五……

肉轱辘　（站起身）别喏喏了！手底下麻利点儿！（转身要走，猛然想到）哎！我要的那份行头呢？

石毛子　在这儿！（从三轮车底下拽出个塑料袋子，从里边拿出件咸菜似的西装）

肉轱辘　行吗？

石毛子　行！我跑东欧就是它，你试试！

肉轱辘　（光着膀子穿上了那件西装）行！合适！操他妈的，跑买卖，还得学化装。海关都是势利眼！拢共上了六年小学，生得装成多有学问似的。东西你先拎楼上去，我先奔趟发廊，给这俩鸟儿焗焗油……（看了看简易楼，十分担心地）千万可别停电！上回就是！一只蓝黑头抹上了焗油膏，都办利索了，正吹风那阵儿，丫他妈停电了……不大工夫鸟儿就感冒了……（拎着鸟匆匆走下了舞台）

何老二　给鸟焗油？

石毛子　焗！牡丹鹦鹉里的名贵品种，特别是蓝黑头里的"墨水蓝"，好的有上万的。次品，脖子脑袋上有杂毛，价儿上不去。整整容，上发廊一焗油，价码儿马上就上去。理发馆、发廊专有给鸟焗油的，十块钱一只……（眼望望简易楼）哥们儿，今天你丫可千万别停电！肉轱辘那两只鸟可是三千块钱进的……

〔恰在此时，简易楼上一个被放大了的瓷保险盒"夸嗒"一声掉了下来，楼上所有的灯光刷的一齐灭了！那种所有家用电器一齐运转的嗡嗡声刹那间消失了。

〔整个舞台变得死一样的静。

石毛子　操他妈的，怕什么来什么……

〔那种死一样的静只持续了半分多钟，很快，一种十分嘈杂的吵嚷声——既有牢骚更夹杂着谩骂——从所有的窗户里同时飘了出来："谁又接电热水器啦？啊？""光你自个儿合适啊？"

〔与此同时，至少有二三十口子男性居民——除个别人穿个小背心外，绝大多数光着膀子——几乎同时从简易楼里跑了出来。所有的人都像刚从澡塘子里跑出来一样！有一个主儿脑袋上一脑袋的肥皂沫儿，大多数人的脖子上搭着条湿毛巾，边擦着脑袋上的汗边嚷叫着。满台的大光膀子全部背对观众站在舞台上，仰头看着那座黑洞洞的破楼。

〔牢骚与谩骂声变得更加清晰："谁又使电热水器了？""光你自个儿合适啊？"很快，人们将谩骂的对象由不守规矩的住户转向了简易楼：

"破鸡巴楼，真恨不得把它踹塌喽！"

———话剧《万家灯火》 〉〉〉〉〉

"头几年还隔长不短的闹点儿地震。这二年,他妈一点儿信儿都没有了……""你那是废话!盼地震?震就砸死你!""住这破楼,还不如砸死呢……"

〔此时,赵家宝的父亲走出人群。他比别人胖,自然比别人身上的汗更多。

赵传玺 (一边拿毛巾擦着脖子脸上的汗一边嚷嚷着)说那个有什么用?赶紧,找保险丝!找根粗点儿的……

石毛子 (十分没信心地)粗点儿?三股拧一块儿都折。保险盒都烧了……根本合不上……(尽管发牢骚,还是掏出了保险丝,用几股拧成了一股)

〔何老二、赵家宝及其他诸人扶着平板三轮车,石毛子蹬了上去。

〔只见石毛子单手一用力,嘴里一声高喊:"走!"

〔就见保险盒"啪"的一股蓝火苗儿,"啪嗒"又掉了下来。

〔石毛子同时被电打了一下子,嘴里惊叫一声:"我操!"随之从三轮车上掉了下来。

〔众人匆忙把石毛子扶住了。石毛子的小脸儿吓得煞白。

〔此时,人们不约而同地想到了肉轱辘:"肉轱辘呢?""这点事儿,非肉轱辘办不了!""肉轱辘在发廊呢!"有人匆匆跑下了舞台。议论声仍在继续:"肉轱辘也是肉长的,让电打着照样得躺下!"但人们还是同时把企盼的目光转向了台左。正在此时,不知谁喊了一嗓子:"肉轱辘来了!肉轱辘来了!""这回可好了!"

〔肉轱辘随之出现在舞台一侧。只见他肩上扛着一根十公分见方、两米来长的木方子,在一帮崇拜者的簇拥下走上了舞台。

肉轱辘 (嘴里小声嘟囔着)他大爷的。(十分有把握的径直向保险盒走了过去)

石毛子 (冲大伙喊着)都闪开喽!

〔肉轱辘从兜里掏出一根保险丝,几股拧成了一股,十分利索地塞到了保险盒上。

众邻居　肉轱辘！多少安的？刚才那可是十五安的！

一邻居　哟！焊条似的！（担心地）肉轱辘，行吗？

肉轱辘　（一言不发，极短的时间内把保险盒盖固定在了木方子的头上，接着举起木方子，双手一发力）操你妈的！（嘴里一声喊）走！（"啪"的把保险盒推了上去）

〔只见保险盒"啪"的闪出一道蓝光，几乎与此同时就听"腾"的一声，仿佛有千万只家用电器同时开始了工作，简易楼所有窗口的灯"刷"的都亮了！

〔所有在场的人在片刻宁静之后都欢呼了起来。

〔人们围到了肉轱辘身边纷纷恭维着，有人把烟递了过去。"我跟你说，就得说是肉轱辘！""肉轱辘，点上！点上！"

肉轱辘　（完全燃烧进自己的英雄主义之中）他妈治不了你？！（就着别人举过来的打火机，把烟嘬着）下乡那阵儿，场院上一头小驴子毛了，它他妈拉着个破碌碡满世界瞎撞！十好几个大老爷们儿，举着土锨，扫帚……愣没治住！反了你了！肉轱辘过去了，照着毛驴子耳根台子，上去就是一揣子！咕咚丫就躺下了，治不住他妈你？……

〔正在肉轱辘十分陶醉的时候，只见简易楼里所有的灯"刷"的一声又全灭了——这次断电，远比上次彻底——连街上的路灯都跟着断了。

〔舞台上恢复了死一样的静。片刻死静之后，季鸟与伏天儿突然发出了齐鸣。

肉轱辘　哟！操他妈的……

何老二　这回可完啦，连路灯都灭了……一会儿电业局的非来查不可……

赵传玺　（望望满台的大光膀子，又望望黑糊糊的简易楼）一点儿风都没有……这一宿，奔哪儿啊？

〔此时，派出所老田出现在舞台一侧，他身后跟着位电业局的师傅。师傅的脸色恨不得能滴答下水来。

师　　傅　（上来就嚷）谁干的？啊？憋着放火是怎么着？啊？

〔众人齐声跟老田打着招呼："老田！田政府！"

老　　田　（先拿话按住了师傅）先别埋怨！先赶紧想辙，把电接上！

师　　傅　这么大的事故，一人儿弄得了吗？这得天亮见了……

〔众人"嗷"的一嗓子。

老　　田　谁也别嚷！什么都先别说了！先都奔天坛吧！

〔恰在此时，一名发廊的师傅，身上穿着一身咸菜似的西装，手里提拉着肉轱辘那两只鸟，急匆匆的走上了舞台。两只鸟都是头朝下，都已奄奄一息。

美发师　肉轱辘！鸟儿可不行啦！

肉轱辘　啊？

美发师　刚焗完油，正吹风呢，一会儿来电，一会儿停电，一冷一热的，甭说鸟，人都受不了！

老　　田　（凑了过去）这是蓝墨水吧？（十分着急的）那是感冒啦！赶紧喂药啊！

美发师　喂啦！快克、重感灵、银翘……中药西药都上了……

肉轱辘　完了，直捯气儿……这可是好几千块啊！

〔此时，舞台深处突然响起了京胡独奏的声音。

老　　田　这是谁啊？这么吃凉不管酸儿的？

赵家宝　大爷吧？何老大。

老　　田　大爷活得可真滋润……这是什么曲子？《霸王别姬》？《夜深沉》！（嘴角流出一丝微笑，自言自语道）大爷，人物！（摇了摇脑袋）

〔何老大演奏的《夜深沉》在宁静的夜色里显得那样孤独、伤感。

〔灯暗。

第五场

〔紧接前场。夜晚。

〔天坛公园。

〔准确点说，这儿是天坛北门的里侧。从这里往北，越过内外两道坛墙一箭之遥，就应该是金鱼池那片简易楼了。

〔舞台深处，一道古老的坛墙斜贯舞台而过，一直伸向人们目力所及的远方。由于日月的侵蚀，修筑于永乐年间的坛墙已呈斑驳之势。但它雄风不减，仍显露着一派古朴与雄浑。墙头上布满了静静的衰草。舞台左侧，背依坛墙一株孤零零的古槐树。古槐枝繁叶茂，像一把大伞。两只绿色的长椅分置古槐两侧。

〔舞台右侧就是那座三卷洞的古坛门了。坛门高大巍峨，一派王家风范。夜静更深，露水把朱红色的坛门浸染成了暗红色，将深灰色的坛墙浸染成青黑，这反而衬托得它们更加古拙与神秘。

〔幕启时，何老大的京胡声从舞台右侧飘了过来。依地理方位，那里应该是祈年殿东侧的长廊。何老大的胡琴声轻细、幽远——曲牌仍旧是《霸王别姬》里的《夜深沉》。

〔老田站在几十号光着膀子暂时"离家出走"的居民面前，正在做思想工作。

〔众人纷纷发着牢骚："田政府！跟上边说说，给咱们拨一拨帐篷过来得了！""对！咱们就在这儿凑合了。"……

老　田　少废话！（看看人群）差不离都在这儿呢吧？（脸冲着何老太太）大妈！老姑奶奶呢？（转对人群）四妹！四妹！

〔何老大的四妹走了过来。

四　妹　我在这儿呢！

老　田　大伙儿听清楚喽！四姑娘，合线厂工会主席。头些日子，下岗了！厂子散啦。上礼拜到办事处报的到……

———话剧《万家灯火》 >>>>>

四　妹　（没等介绍完，自己就开始张嘴说话）办事处找了我好几回，我应了他们！我跟你们说，干，我可就跟事儿妈似的……

赵传玺　正好！上来个敢说话的！姑娘，（手一指光着膀子的人群）什么事儿也没这事儿大吧？拆迁，拆迁，北京城都快拆没了，怎么还轮不到咱们这片儿呢？

四　妹　咱们这片儿要是片平房，早推啦……

〔众人"嗷"的嚷了起来："这破楼还不如平房呢！"

四　妹　平房，一推，啪！盖起二十层。一块地皮，变成了二十块儿，是这么个理儿不是？咱们这片儿，这是五十四栋简易楼，人挤得鱼肉罐头似的，拆这么一片儿，安置的人数，至少得比平房涨出三份！这得多大挑费？这是其一……

老　田　其二呢，我这脊梁后边，这是祈年殿。专家们说了，北京，古都！天坛左近盖的楼房，不许漫过祈年殿。四层、五层，撑死喽，六层！听明白了不？外带着还得再挖个新金鱼池，留足了绿地、水面儿……人这么多，地皮又涨不出来，拆这片儿，有便宜占吗？（眼睛往四下里一寻摸）都不言声儿了吧？！

〔众人略静了一下，又喳喳了起来。

四　妹　其三呢，东西城、崇文、宣武，都是老城区。地下、地上的水管子、下水道、电线杆子不是咸丰年的就是光绪年的……

赵家宝　民国！民国年的……

老　田　民国年的也比你爸爸岁数大了！谁拆这片儿，地底下就先多收你一份钱！投资商、台湾、香港、买卖人……谁是傻子？眼睛都跟小刀子似的。不瞅准了五毛变五块，没人往外拿钱！

〔众人："照您这么说，就没盼儿啦？""合着就没人儿投资啦？"

老　田　多新鲜哪！您以为光您这么上心哪？上边，区里，市里比您急大？他们得满世界给人家磕头去！我这官儿横是比芥菜籽儿都小吧？这些日子急得我先是犯了痔疮，不几天又弄得满嘴的泡……

〔众人哄的乐了。

老　　田　乐！还有心乐！区长，前几天跟一帮投资商在那谈判。那帮孙子，四个钟头，愣没一个拿钱的！区长眼珠子急得都是血丝，啪！一拍桌子，嚷了嗓子："我跟你们说！想发财就别上金鱼池来！想留名声你就到金鱼池来！"越说越火儿，"告诉你们！我还真不指着你们了！金鱼池这片儿，我要搞政绩工程！"说到这儿，哗啦把小褂儿的扣全拽开了！

何老太太　哎，不是说区长是个女的吗？

老　　田　那是副区长！副区长！区长跟那帮小子说："你当非得指着你们哪？大不了政府拨一块钱！今儿我也说一句大话，咱们这片儿，经济适用房的投资按危改方式运作，可是，你们听清楚喽！我要把它弄成商品房的质量，至少到二〇〇八年不让它过时。"说到这儿，冲秘书喊了嗓子："刘秘书！送他们走！"扭头一摔门就出去了……

赵传玺　听您这意思，政府要直接拨钱？这不拿下来了吗？

　　〔众人："那赶紧拨钱不就结了吗？"

老　　田　赶紧拨钱？（眼睛筋筋着）一个国家，跟一家子人家一样！那俩钱儿他得算计着花！盯着柜上那一小堆儿钱，他且得琢磨呢！（皱起眉头，仿佛眼前真的出现了一小堆儿钱，像个管家的掌柜似的边盘算，嘴里边嘟嘟囔囔）拢共这是百十来块钱。西院，嚷嚷小半年了，想吃顿春饼。这回，答应他们！菠菜粉丝，炒货菜，鸡蛋饼……吃嘛，就让大伙儿吃痛快喽！好歹一算，这顿春饼得五块……这就先打出去五块……北院，打立秋就吵吵着想吃顿涮锅子。这回，也答应他们！吃，还就一点儿都不将就！羊肉，要西口羊！作料，凑一个七星盘儿！腐乳、糖蒜、卤虾油……一样儿不能少！这顿涮锅子，一算，得八块！又拨过去八块。南院，金鱼池，漏！要挑顶子！管账的一听这个，脑瓜子嗡的一声！挑顶子？少说得小一百子！再一查柜上的钱，嗨！还真将就！答应他们！挑！这回，让大伙儿都痛快喽！这几股子钱！

———话剧《万家灯火》 >>>>>

马上就拨下去！北院这涮锅子还非吃西口羊不可！抄起口袋，这就要奔口外！连车票都打好了！就这工夫，出错儿了！

〔众人像听单口相声似的，完全被吸引住了："出什么错了？"

老　田　东院！台湾，那个李什么"辉"，憋着分家另过，偷着置了五把手枪！（眼睛往四下里一寻摸）这边一看，这还了得吗？这边的使手家伙还都是切菜刀、火筷子呢！赶紧！置手枪！再一看桌上这几份钱，这就又都得胡噜了，重安排……涮锅子，就别西口羊啦！有那点作料，是那么个意思就成啦！多预备两棵白菜，涮白菜吧……金鱼池，挑顶子，转年开春再说吧！要不然也先给他们支个锅子，先让他们跟着涮白菜得了……

〔底下的人一边乐一边又炸了。

石毛子　老田，横是不能老让金鱼池涮白菜吧？！
赵传玺　您得勤到上头去反映！不叫唤的孩子没奶吃！
老　田　不叫唤的孩子没奶吃？（眼睛筋筋着）监察部是干什么的？好几十号人哪！都撤出去啦！（眼睛往四下里一撒睁，像进了产房似的）哟！这孩子怎哭得这么厉害呀？过去一瞅，哟！怎么都嘬了腮了？一瞅奶瓶子，好！瓶儿里的奶怎这么稀呀？老妈妈汤似的！这可不行啊！赶紧！这得拨两袋子奶粉！再一看那个，胖得肉滚儿似的，怎么一边哭还一边蹭炕沿呀？过去一看，食火！存着食啦！赶紧，把他的奶掐喽……

何老太太　你呀，甭说那么热闹！大伙儿让你去反映，你就应该去反映！
老　田　（手心拍打着手背）去啦！去啦！昨儿还是前儿？我直接奔区里去啦！到那儿一看，区长正开会呢！见了区长，我就把"西院春饼、北院涮锅子、金鱼池挑顶子、东院置手枪"……怎么来怎么去这么一说。好，没容我把话说完呢，区长站楼道里就跟我掸儿了！你怎么能跟大伙儿这么说呢？买手枪的钱咱们早预备下啦！买手枪是买手枪的钱，挑顶子是挑顶子的钱！真是的！财务！扭头就喊"财务"！立马就把财务喊来了，"你领他到库里去看看！

207

省得他满世界瞎喏喏去！"到库里一看，嚯！货架子上，手枪、卤虾油、粉丝、糖蒜、冻豆腐……早都齐啦！走到紧里边，就见货架子的旮旯搁着个小纸包。拿过来一看，上边写着几个小字儿，南院，金鱼池挑顶子！把包打开一看，里边一小沓儿钱，拿起来一数，七十五块，正好！……（说到这儿，自个儿先乐了）

〔众人也哄的乐成个疙瘩："你瞎编！瞎编！"

老　田　诸位！诸位！后边进库那段儿是我瞎编的！前边那一段儿，可没一句瞎话！咱们头顶国徽代表政府……

何老太太　老田，咱们这么些人里头，可就你一个做官的……

老　田　我是做官的？大妈，我是做官的？（手一指肩膀）您数数，我这上头是几个豆儿？知道我什么衔儿吗？第二副所长！可着北京城，有这份买卖没有？说白喽，我就是个老警察。这是领导照顾！见我胡子拉碴奔五十大几的人了，出来进去白不呲咧的……诸位，诸位！（手一指天幕）这堆破楼，什么时候拆，我不敢打保票。可有一样儿，就冲这一大帮大光膀子，政府决不会揣着手儿不管！不出三年，政府要是不把它们放躺下，您冲我说话！（突然发现长椅边上挤着几个大光膀子）你们几个嘀咕什么呢？（凑了过去）

〔长椅边的草地上，铺着一块塑料布，上边搁着几瓶啤酒。赵家宝、石毛子、肉轱辘、何老二几个人围在塑料布边。

赵家宝　听出来没有？挑顶子的钱，一时半会儿拨不下来！靠谁？得自个儿去扑腾！（端起杯子）诸位，咱可说好喽！咱们几位万一哪位混成李嘉诚，您可想着回金鱼池来投资！把老街坊们都救出去……

〔众人同时举起了杯子："就这么办了！"

〔杯子"啪"碰出个轻响，大伙儿干了。

〔此时，何老大演奏的《霸王别姬》再次飘了过来。

赵家宝　（惆怅地往四周望了望，眼盯向何老二）你们家，大爷是吃凉不

———话剧《万家灯火》 >>>>>

管酸……三爷，老丁，管的都是联合国那些事儿……他们二位是指不上了……老二，咱们里边最有希望的是你。古旧家具可快涨出天价来了……

何老二 （一哆嗦）我那点儿家具可不卖！（眼望望坛墙，似乎能望见自己那间小破屋）……我现在，最愁的是我那点儿东西没地儿搁……

肉轱辘 （思维好像比别人晚半拍）真出个李嘉诚，这片儿不就全齐了吗？明儿我就奔泉州！（一仰脖儿把酒干了，站起身）

石毛子 我接着往东欧去奔！（也一仰脖儿把酒干了，同样站起身）

赵家宝 嚯！瞅这劲头儿！都荆轲似的！

肉轱辘 这么多人，我就不信一个能耐梗都出不了！（数着眼前的几个人）赵哥、毛子……哎？还有贾明呢？

石毛子 对！还有贾明呢！

赵家宝 贾明？贾明这阵儿正坐着蜡呢！做了一拨带子，好几万块钱，全砸手里了！那钱，全是借的！债主子说了，拖到八月节要是再不还钱就拉他俩耳朵……

〔此时，舞台左侧光区的灯亮了。一间很小的小屋里，贾明坐在山一样的一堆录像带中间。他脑门子拧成个大疙瘩，使劲吸着烟。他的身后贴着一张为推销带子而印制的宣传广告：想当作家吗？三十块钱送你平步青云！广告下方一行小字：古今中外二十名大作家成功的秘诀。

赵家宝 （走进光区，站在了贾明面前）那主儿是干吗的？这么横？

贾 明 您就甭打听那么细啦！再者说，原来是朋友，人家把钱借给咱们也确实够意思……谁想得到啊！（眼望着山一样的带子）这里头，巴尔扎克、契诃夫、莎士比亚，有一个算一个，这都是人物啊！

赵家宝 不错！是都是人物！您凭什么把您自个儿掺里头？！

贾 明 （就像没听见似的）我早说过，这年头儿，严肃艺术，都得连根儿烂！（异常气愤的）您那花儿再好，再是艺术，可是老不给你浇水，老不让你见太阳，老他妈阴天儿，您照样完！

赵家宝　哼！您要是不把您那点事迹掺这二十人里头，没准还不至于砸在手里呢！

贾　明　您现在就别说这个啦！谁还没点名利思想？现在关键是……

赵家宝　那小子到底怎么说的？

贾　明　不是告诉你了吗？最后期限是八月节！到日子不还钱，就拉我俩耳朵！这还是后手。第一个日子口儿是立秋！那孙子咬牙切齿地说："小子！一出伏你要不把第一笔钱送到，就先找人抽你一顿！"……

赵家宝　（边在屋内走溜儿，边自言自语）拢共不就四万块钱吗？四万块钱拉俩耳朵？合两万块钱一只？要是拉一只吗，还凑合，剩下那两万，找几个人凑凑，也还算是个办法……两万块钱一只耳朵，要说也合适。你要到肉铺里头，那东西，带着那么多脆骨，才合七块钱一斤……（说到此处，突然呵呵呵呵地笑了起来）

贾　明　有没有正格的？！有没有正格的？！别人这儿急得跳河寻死的心都有，你还有心思打哈哈……

赵家宝　别别别！我是怕咱们老这么上愁，再愁出个好歹来……

贾　明　（眉头一皱，突发奇想）要不然，我卖点器官！

赵家宝　卖器官？！卖哪儿？

贾　明　卖肾！国际上不是一个肾多少多少万美金吗？……

赵家宝　（不以为然地）就您那肾？！一个国产肾！您卖不出价来！还多少万美金？……

贾　明　（一下子泄了气）也是。（转念一想）要不然，我把户口卖喽？

赵家宝　卖户口？你今儿怎这么多灵感呀？……

贾　明　北京人跟外地人对换户口，外地人得贴北京人两万块钱……

赵家宝　您净幺蛾子！户口弄外地去，劳保、医疗全扔喽？再者说，户口不才卖两万块钱吗？那两万怎么办？再搭一耳朵？依着我呀，你干脆走一趟！倒一把！

贾　明　倒一把？上哪儿？

——话剧《万家灯火》

赵家宝　上趟东欧！匈牙利！

贾　明　匈牙利？那么容易？那叫出国！我也奔四张的人啦！

赵家宝　我给你找个人！石毛子！这你横信得过吧？什么都不用你管，办黄卡，注册公司……一切全由石毛子提前办好喽！一个子不用你出，你就预备点钱，做跑买卖的本儿！

贾　明　跑买卖的本儿也不能三块五块的！

赵家宝　比三块五块多不了多少！往东欧倒东西，都是带那种几块钱的小零碎儿。一瓶风油精国内药铺里卖六毛，到匈牙利卖一个半美金！清凉油、羊毛衫、真丝头巾、景泰蓝戒指……在这边上货，用不了一葫芦醋钱……（突然发现贾明并没认真听自己的意见）怎么了你？想什么呢？

贾　明　（似乎已陷入沉思，嘴里自言自语的）那小子说，出了伏不还钱就打我一顿！（突然抬起头）哎！我有一主意！（十分认真的）实在不成，干脆！到日子让他们丫打我一顿得了！

〔赵家宝像看着个生人似的看着贾明。
〔舞台左侧的灯暗下去了。
〔舞台右侧的灯亮了。
〔台口垂下一块木牌子——北京站。
〔肉轱辘穿着石毛子为他预备的那身行头，眨巴着那双桃儿似的眼，走上了舞台，信心百倍地穿过站台下去了。
〔贾明与赵家宝随之走上站台，他们两人各背着两只奇大无比的尼龙网袋。在他们前面，石毛子肩扛手拎着比贾明还多还大的尼龙袋。

赵家宝　（放下行李掏出烟，递给贾明一根）送君千里，总有一别！（转对石毛子）毛子！哥们儿可把人交给你啦！赔啦赚啦死活您全须全尾把人给我带回来！别到时候银子没挣着，您再抱一骨灰盒回来！

石毛子　赵哥！赔了是我的，赚了是他的！成不成？

赵家宝　（从口袋里掏出个小包，当着石毛子的面儿走到贾明面前）这里头这点钱可是点保命的钱！正好够一回程的车票。什么时候实在扛不住了，或者发现毛子不是东西的时候，打一票咱就回来！

石毛子　赵哥！您把哥们儿看成什么人了！

赵家宝　（仍在对贾明嘱咐着）记住喽！把这点钱拴在肋条上，到什么时候都不许动！真到嘴馋的时候，找个没人的地方去撕嘴，也不能动这俩钱儿！更不许跑瞎道儿！东欧可有红灯区。（发现贾明一直惴惴不安的）您欢势点儿成不成？这是出国，不是上刑场！您不是想当作家吗？作家都得有让人轰得满街跑的时候⋯⋯

〔贾明的脸已然吓得一片煞白。

赵家宝　你呀，踏踏实实去！万一，我是说万一啊，万一你要是有个三长两短的，家里老头儿老太太打幡儿抱罐儿，我一人全顶啦⋯⋯

贾　明　赵哥，（脸上的神态越发惴惴不安）还是跟你一块儿去我心里踏实⋯⋯您毕竟去过⋯⋯

赵家宝　我去过？去过哪儿？东欧？我上那儿干吗去？

贾　明　那，您那么多学问都是打哪来的？

赵家宝　都是打书上看来的！（从兜里掏出一本书）《东欧的中国淘金者》。（把书递了过去）

贾　明　合着您都没去过？您凭什么把我发那边去呀？这也他妈忒不贴谱了吧！

〔此时，幕外传来一声火车汽笛。

〔贾明突然站起身抓起包袱就往回跑。

赵家宝　（一把揪住了贾明）哥们儿！您哪能那样啊？都快上炕了您想退婚！毛子！按住他！毛子！哥们儿！拜托啦！

贾　明　（几乎要哭了，嘴里叫着）赵哥——赵哥哎，哥们儿可忒难受啦！

赵家宝　我操！贾明！不是有谁要卖咱们！你何至于弄得跟《霸王别姬》似的⋯⋯咱不是为了挣钱买房离开金鱼池吗⋯⋯

〔自打开始我们第一次看到赵家宝的眼角滚出了泪花⋯⋯

———话剧《万家灯火》 〉〉〉〉〉

〔汽笛一声长鸣，火车远去了。
〔灯暗。

第六场

〔前场两三天后。
〔火车站——何家小院——街道办事处。
〔场景同第三场。
〔幕启。
〔舞台中部光区的灯亮了。一块标有"北京——泰安"的火车车厢标牌从舞台顶部垂挂了下来。
〔舞台深处传来了北京站隐约叮咚的钟声。
〔何老大随身携带一套逮蛐蛐的专用工具，与何老二出现在站前广场，坐在了候车室的长椅上。

何老大 （从书包里拽出一本线装书）老二，这是一本《蟋蟀谱》。写书的人叫朱翠庭。像是嘉道年间的人……多山的地方就出好虫！西湖环山、山东兖州、安徽芜湖……早就憋着出去走走！可是我，（郁闷至极骂了句脏话）上着他妈这么个破班！把我拴那么瓷实！就凭我何老大！见天见睁开眼就先看见一锅肉！我得教那帮傻柱子什么时候该搁花椒，什么时候该搁桂皮什么时候该搁豆蔻……早晚！我得把这份儿工作辞了它！（信心百倍地）这回，我不光能会会兖州的玩儿家，赶上手壮备不住还能弄回两条好虫儿……

〔与何老大的亢奋相反，何老二则始终耷拉着脸。他脑袋别裂得像个镰刀头子，心里一直在较着劲，一言不发。

何老大 《帝都景物略》上说，平地儿上出的蛐蛐，身子骨软；浅草窠子里的蛐蛐儿好脾气；砖石深坑儿又向阳的地方出的蛐蛐脾气暴——三句话上下来就翻脸！有人说，南边热，不出好虫儿，那是瞎掰……

何老二　（嘴一直绷得像块铁，在大哥的撩拨下终于开口说话）您当我不想出去转转哪？快他妈憋死我了！收藏，能光在城里转吗？通州！水陆码头！江南的木器，苏做、宁做，都是沿着运河北上送到京师的。通州是大集散地！稍远点儿，平遥、太谷！老西子好敛财，有点银子都置成房产，有房子不得预备家具吗？可是，大哥，您看看我这脸，看看我脸上这手指头印儿！别看她添过小孩儿，她可没伤着气！动手儿，说实话，我不是个儿！这回，我早想好了，我得逃活命！我要把我的事业弄下去！

何老大　（仍沉浸在自己的世界里）听爸爸说，他小的时候，三伏一过，只要刚露出一点秋凉儿，咱们家雇的那个蛐蛐把式丁四把，就先到隆福寺买回两条油葫芦。什么时候一看油葫芦老棒啦，丁四把叔一声令下，爸爸、二叔、三叔、四叔、五叔他们哥们几个，就都带上家伙，出了城了！丁四把叔叔，真有学问啊！……（突然叹了一口气）唉！现在，这叫什么啊！吃不像吃，玩不像玩，人都钻在钱眼儿里……年头儿改啦！家里就剩下了这份家伙儿……这哪是逮蛐蛐儿呀？纯粹是亮行头！这份家伙儿都是爷爷那辈儿置下的。这个柳罐斗，岁数比咱爸都大，远瞅着像青铜浇铸的。平常人家的蛐蛐罩子大不了是铜丝编的，咱家这份儿，是银丝铜丝合股儿！还有这根探子，这是牙雕的！别看比耳挖勺长不了多少，可它上头雕满了八仙人儿……这份行头，这是张名片儿！明白主儿只要一看这份行头，他就得先跟咱们递了软话儿！

何老二　（仍在怄气）一个老娘们儿，管了我这么些年！我这会儿就像站在易水河边儿的荆轲！腰里掖着把攮子，憋着去扎人……

何老大　（慌忙劝阻着）那可不好！咱是念书人家出身，向来是别人扎咱们，从没听说咱们去扎别人……

何老二　（仍旧燃烧在愤怒里）这月工资，一个子儿没剩，我全带出来了！跟单位请假的时候说的也是瞎话！全是瞎话！

———话剧《万家灯火》 〉〉〉〉〉

何老大　我倒没说瞎话。念书人，一辈子不能说瞎话！大不了他们辞了我！那正好！

〔幕外，一声长长的火车汽笛！

〔何家兄弟匆匆站起身，怀揣着自己的远大理想出发了。

〔舞台左侧光区的灯亮了。

〔二媳妇眼里噙满泪水，她左手攥着一把斧子，右手拎着一把截锯，一脸杀气地站在光区里。在她身边，一辆小车里睡着她的儿子。

〔何老太太则神情紧张地站在远处看着。

二媳妇　（对着火车汽笛消失的方向）真他妈豁得出去，真走啦?！（突然，她拽出一捆打成捆儿的黄花梨桌料，双手像攥着根擀面杖似的攥着根桌子腿儿，哗啦哗啦地锯开了）我叫你收藏！收！收！叫你倒腾文物！早晚公安局把你抓起来！上老虎凳！灌辣椒水！往手指头缝儿里揳竹签子！

〔由于没干过木工活，锯折桌子腿儿颇为不易。于是她扔下锯，抄起斧子，疯了似的在木头上砍了起来。

〔小车中的儿子"哇"的一声吓哭了。

何老太太　（扑上前抱起了孙子）老二他媳妇！你锯木头干吗呀？你干脆把我们娘儿俩锯了得啦！那点儿家具，那是何老二的命！你把东西给他锯喽，他能一口气儿上不来翻了白眼儿！小子，真弄到那一步，你早早儿的就得守了寡！往常闹离婚都是你又哭又喊的闹。这回，就凭刚才这几斧子，你不离他，他也得离你！

二媳妇　离就离！离就离！（手里的斧子疯了似的砍了起来）

何老太太　（怒不可遏，把孩子扔回小车，低下脑袋往儿媳妇身上撞了过去）兔崽子！我不活喽！

〔歇斯底里之中，何老二的媳妇一眼看到了窗台上何老大的一排蛐蛐罐儿，披散着头发扑了上去。

二媳妇　我叫你们收家具、养蛐蛐！叫你们作！（伸出一只手哗啦把何老

215

〔大的蛐蛐罐从窗台上胡噜到了地下）我算跟你们过到头了！

〔精美的蛐蛐罐摔到了水泥地面上，溅起了一片细碎的瓷花儿……

〔何老太太的声音已转了腔调。

何老太太 何老大那蛐蛐罐，那可都是传家的玩意儿！是雍正官窑啊！

〔舞台上突然静了下来，幕外突然传来了何老大孤独的京胡声！又是那曲《霸王别姬》！

〔场灯灭了。

〔与此同时，舞台右侧的光区亮了。

〔街道办事处。

〔上午。

〔何老二与媳妇并肩站在办公桌前。办事处的工作人员之一——何老二的四妹则耷拉着脸站在一边。

四　妹（突然张开了嘴，鼻子十分轻蔑地哼了一声）二哥，知道你这会儿像谁吗？你像岳飞！像风波亭里让人家五花大绑的岳飞！你心里那点滋味儿，你是又委屈又不服气，又打算什么也不再说！

何老二 在四妹的刺激下，拽过离婚协议刷刷签过了字。接着咬着槽牙，把那张纸片往媳妇面前一推，咬人似的："签字！"

〔二媳妇匆匆在纸上签了字。

〔何老二抓起那张纸，扭头向屋外走去。就在即将走出屋门那一刻，他扭回头，眼睛盯住了办事处的写字台。

何老二（嘴里轻声自言自语道）这张桌子可有点年头了……（转回身重新走到桌边，弓起右手的中指在桌面上轻轻敲了敲）这好像是鸡翅木的……（哈下腰看着桌子的前脸儿）看这雕工，不够明也得够清……

〔此时，一脸横丝子肉的媳妇，嘴里小声哭着匆匆走出了办事处大门。

————话剧《万家灯火》 〉〉〉〉〉

〔灯暗。

第七场

〔前场两年之后。
〔一夫社会学工作室——中央党校某教室。
〔天幕上依然是那栋脏糊糊的简易楼。与前几场戏相比，它已变得更加拥挤破败。
〔本场戏全部留给了"社会学家"丁一夫。与两年前相比，丁一夫红了。但他个人的处境却几乎未发生任何改变。整个这场戏中，何老大那曲《霸王别姬》将不受时空约束，时断时续飘上舞台。它十分准确地衬托出了丁一夫那种孤家寡人的处境与心态，与两位哥哥相比，毫无二致。

〔幕启。
〔先是舞台左侧的表演区里有了动静，一块写有"一夫社会学工作室"的精致铜牌垂挂了下来。几名电视台记者扛着摄像机候在工作室门前。
〔随着幕外一声沉重的轿车关门声，丁一夫匆匆走上舞台。与几年前一样，他的头发依旧蓬乱马虎；怀里依旧夹着几包档案材料及图表；依旧像过去那样精力过人、日理万机。
〔记者们忽地拥了上去。

丁一夫　（根本没有住脚）对不起，对不起，请屋里谈，屋里谈。
记　者　丁老师，能找着您，真不易，您这样日理万机，让我们觉得您比总理都忙……
丁一夫　言重了！言重了！不过我确实很忙。（看看手表）我不能不告诉你，我只能跟你们谈十五分钟，十一点以前，我得赶到中央党校……

记　　者　丁老师，我们注意到了，一夫工作室在社会上产生了广泛影响，刚才送您回来的那辆奔驰好像是哪国大使馆的……

丁一夫　以色列。

记　　者　我们想知道，工作室下一步工作安排有哪几项？大致都是些什么内容？

丁一夫　（急着要走）简单讲，两大项，一大一小。大是指中国沙漠治理，小是指中国人口控制。人口控制，问题并不小。说它小，是指在我的工作室中仅具有实验性质。我们有自己一套完整的人口控制理论，需要找一个边远省份提供一个实验区。我刚才跟你们说的去中央党校，就是去会见一位省委书记……

记　　者　您已经约好了？

丁一夫　没有。

记　　者　您认识那位省委书记？

丁一夫　不认识。

记　　者　哪个省的？

丁一夫　这得到那儿再定了。

记　　者　（瞪大了眼珠子）啊？到那儿定？中央党校都是一品、二品，封疆大吏，您……

丁一夫　（极有把握的）这个项目，我的几个学生在做，我不过是抽点时间帮他们联系个实验区。工作室当前的主项，是中国的沙漠治理。最近新闻界炒得沸沸扬扬的一件事，就是日本一个九十多岁的老头远山正樱到中国的沙漠里来植树，在黄河河套创办了一个治沙示范区。三十万亩地，四十年产权，十八万元人民币……

记　　者　日本老头买下了？

丁一夫　不，不不，法人代表和董事长是个中国人，封远山正樱一个场长。老头儿什么权也没有，就负责给拉钱！风力发电机、小型抽水机、微波通讯……连铁锹都是从日本运来的！一米来长，运到中国算上关税、运费，合人民币四百来块钱一把。各种物资，整集装箱的往这儿干！日本老头儿，道行那叫深！九十多啦！精神头儿那叫大，前后拉来了五千多日本人到中国来治沙……

记　者　白干？

丁一夫　义务治沙嘛！远山正樱，人物！江泽民主席接见了！有的新闻媒体称老头儿是当代白求恩，老头儿打算死这儿啦！老头儿说了，我往这儿一站，我就是一面旗帜。相当一批日本人是出于民族负疚心理：早年间，我们欺负过你们。我们现在要赎罪。怎么赎罪？帮你们中国强大。怎么强大？沙漠变良田！话很实在，将来日本要是再出几个混蛋想欺负你们，也欺负不了了，你强大了嘛！……

〔丁一夫的一名学生哗啦抖搂开一张大图纸。

丁一夫　（手指头在地图上挪动着）黄河地形图从平面看，中间这段是个"几"字形。为什么会有这么个"几"字，就因为这儿有个高原。黄河有四分之一的泥沙是在这儿淤积的！如果把这片沙漠弄上树，泥沙就会大幅度减少。治沙示范区的远景名称起得非常好，叫沙漠的绿腰带……（卷起图纸，看看表。十分感慨地）恩格贝沙漠，到唐朝的时候还是"风吹草低见牛羊"哪！哪儿有沙漠呀？

记　者　丁老师，您还没说您的工作呢！

丁一夫　我最近一直在跟以色列联系。治理沙漠，以色列比日本厉害！以色列全部国土，沙漠占百分之六十。我跟以色列大使说，日本人在恩格贝弄了一块儿，查查以色列有多大！照以色列的面积咱们在内蒙谈一个……

记　者　在内蒙古弄一个以色列……

丁一夫　以色列大使说啦，你们拿一个方案，买块沙漠！以色列年平均降水量二十五毫米，内蒙沙漠年平均降水量是二百五十毫米，条件不算太恶劣。照以色列人治沙漠那手艺，小菜儿一碟！看这架势，以色列跟日本有可能开练！日本出一个圣人，以色列憋着出仨……哎！这段可别播！别呆会儿两家打起来，说咱们挑事……

记　者　您好像跟以色列挺熟？

丁一夫　以色列第一任总统就是治沙的！跟得了魔症似的，就是要治沙……（看看表，夹起公文袋）对不起，我必须得走了！

〔丁一夫在记者的簇拥下匆匆走出房门。

〔台唇一角，一个光区的灯亮了。

〔丁一夫家中。

〔丁一夫的女儿端着瓶酸奶正在饶有兴味地看电视。

张　萌　你还不快去做作业！

女　儿　你没看见？是爸爸！

张　萌　我还不知道是他！是他怎么了？成天耍嘴皮子，电视台良莠不分，误人子弟！

〔舞台中部，一名记者挤上前拦住了丁一夫："丁老师，是说您一直住在一栋快塌了的简易楼里吗？您夫人没跟您又吵又骂的吧？"

丁一夫　（站住了）任何一个成功者的背后一定有一位乐于牺牲的女性。结婚这么些年了，我们从没吵过一句嘴。为了支持我的事业，我夫人说了，必要的话，她可以提前退休，专门侍候我……

〔记者们纷纷露出羡慕之色。

〔台唇一角，丁一夫的家中。

张　萌　（怒不可遏）满嘴瞎话！谁想侍候你？无耻！（"啪"的关了电视机）

〔工作室门前，丁一夫掏出钥匙，打开了自行车的车锁。

记　者　（惊讶地）丁老师！您，您骑车去？中央党校，好几十里地呢！像您这样的大名人……

丁一夫　朴素在任何时代都是值得称道的。古人讲，俭以养廉！人民教师，既然为人师表，当然要率先垂范……

记　者　（十分感动地）丁老师，您简直太让我们感动了！以色列大使都把您当成大爷，换别人早腐化了。您倒好，一会儿奔驰，一会儿

——话剧《万家灯火》

　　　　自行车。您太朴素了！

　　　　〔记者们嘴里一片赞叹之声。远去了。

丁一夫　（摸摸空空的上衣口袋，自言自语道）朴素？不朴素行吗？打的？跟我媳妇要钱？非他妈熟了不可！就这还老憋着跟我离婚呢……

　　　　〔此时，何老大的《霸王别姬》飘了过来。

　　　　〔丁一夫骑上自行车从台右下去了。

　　　　〔在台右光区熄灭的同时，台左光区的灯亮。一块写有中央党校的牌子随之垂了下来。

　　　　〔丁一夫推着自行车走进了中央党校。

一位中年男子　（迎了上去）这位同志，您找谁？

丁一夫　王书记，您好！您不认识我。我是大学社会学系的一个老师。我们系跟国家计生委基金会在搞一个合作项目。主要是解决人口问题，大约需要占您二十分钟时间……

王书记　（十分客气）计划生育？

丁一夫　简单说我们认为人口控制的口号提"一对夫妇俩孩子"比提"一对夫妇一个孩子"更有利于人口控制。您听我说啊！（坐下了）中国城市计划生育七〇年的起点是五点八一——平均每户生育子女五点八一个。周恩来总理定了个基调，叫"一个不少，俩正好，仨多了"。总理有话，执行吧！结果怎么样？由七〇年的五点八一到八〇年十年降到了二点二四。这不挺好吗？到八〇年总理早去世了，嗨！他们把基调改了！告诉"一个正好，俩多了"！结果怎么样？从八〇年到九〇年，十年，结果是比八〇年的二点二四大大高出去了！为什么？典型的欲速则不达啊！

王书记　（非常有兴趣的听着，边给丁一夫倒着茶水，边问）还是不太明白……

丁一夫　这就相当于高指标啊！比如我跟学生说，你们几个，都得给我考一百分！谁考不了一百，一辈子可不许搞对象！学生呢，一种是不睡觉了，蛮干了！得，这拨儿神经衰弱了；第二种就是撒谎、作弊了；第三种，放任不管了！反正也不能达标，就这一百多斤了！

王书记　规定生一个，也会逼出三种可能？

丁一夫　一样啊！（手背拍打着手心）一样啊！只许生一个，绝对的高指标！您知道现在这瞎话说到什么程度了？三胎瞒报率已经达到八成了！现在中国人口是多少？十二点二亿！加上港台人口，十三亿！现在就已经是十三亿了，您甭说二〇〇〇年了……

王书记　这位老师，这位……

丁一夫　我姓丁。

王书记　这位丁老师，看来您是真着急……

丁一夫　当然着急了！天下兴亡，匹夫有责！

王书记　（笑着）丁老师，您看这样好不好，我写个条子，您到我的老家去，先选一个村去做试验！（说着拿出两瓶酒）丁老师，董酒！朋友送的！感谢你对国家前途的操劳……

丁一夫　（力辞）王书记！无功不受禄！（激动之余，弄出了几句二百五的话）再者说，酒是穿肠毒药，色是刮骨钢刀，这东西，建议您也少沾！谢谢您对我们的支持，不再打扰了！（站起身，骑上车从台左下去了）

〔与此同时，舞台中部光区的灯亮了。台口随之垂下一幅红布横幅：××大学教职员工赴西北讲师团动员誓师大会。

〔丁一夫如沐春风一般，揪了一下西装的前摆，走上讲台。

丁一夫　（面对众人的掌声，双手轻轻往下一压）谢谢！同志们！多年以前我就指出过，中国实现现代化的梦想，在初起阶段是面向东南拥抱蔚蓝色的大海，而成功的标志是中国西部的开发！十世纪以前，中华民族开发了中国版图的右上角——黄河流域；十世纪，也就是唐晚期、五代十国以后则开发了中国版图的右下部——长江流域。而西部这一大块，包括陕、甘、青、贵、藏……等等等等，国土面积几乎占中国的一半，可是，人口有多少？地广人稀

——话剧《万家灯火》

呀同志们！拢共不到五千万！占全国人口的二十分之一！那么，同志们，西部开发意味着什么？那就是在基本不增加人口负担的情况下，再造一个中国！

〔人们开始鼓掌。

丁一夫　（不待掌声响起，用更有力的语句使自己的演说继续下去）问题是，西部没有开发！为什么？同志们！为什么？是因为中国西部自然环境的恶劣！请看！（再次潇洒地转回身，教鞭指向那个鸡形版图）北部是沙漠寒原，西部是戈壁高山……走出去是那么艰难，（丁一夫的语吻非常有力的一转）但！西部的险恶及数千年来中国人征服西部的悲壮历程，却在我们这个星球上创造了人类最大的一个博物馆！这就是河西走廊所有文化遗存！（谈到亢奋处，像诗人般激动了起来）古丝绸之路，汉武帝时代的河西四郡：敦煌、武威、酒泉、张掖；大漠孤烟、长河落日……

〔偌大的教室里，鸦雀无声。

丁一夫　（口若悬河侃侃而谈）丝路是戈壁滩上的一条河流。一条火山黄云、严寒酷热铺就的河流，一条金甲红旗、铁马冰河铺就的河流……（突然感慨地叹了口气）西部开发，艰难啊！（语锋又一转）但！西北讲师团，将启迪民智、构建开发理论、提供实践样品……

〔丁一夫滔滔不绝，完全燃烧进了自己的人生理想之中。

〔恰在此时，教室的门被推开了！一名女老师出现在教室门口。

女老师　（神色慌张的）丁老师！刚才您爱人来了！

丁一夫　啊？她人呢？

女老师　走啦！她说，丁一夫去月球上我都不管！可是孩子得由他带着！

〔此时丁一夫的女儿走进屋门口，"哇"的一声哭了起来。

〔丁一夫的脸。无奈、惆怅、孤独，与几分钟前相比，判若两人。

〔舞台深处何老大的《霸王别姬》出现了一个高腔。

〔剧场里所有的灯都灭了。一束追光照着丁一夫的脸。

丁一夫 （脸色由惆怅孤独渐渐地变成了倔强与愤怒）妈的！一到这会儿三爷就跟偷着到河里洗澡让人逮着的孩子似的，老觉着家里有一顿掸把子在等着。（眼珠子突然一瞪）这回，三爷也发回脾气！大不了不就这一百多斤吗？（一跺脚，脖子梗梗的像个镰刀头子似的）小子！三爷豁出去了！走！奔西北！

〔随着幕外一声长长的火车汽笛。

〔灯暗。

第八场

〔前场次日。上午。

〔居民区简易楼前的大街上。

〔简易楼的拆迁终于成为了现实，今天开始签合同、挑房号。简易楼的山墙上张贴着一幅居委会草拟的布告。布告的大标题赫然醒目——某月底之前全部签合同；某月底之前全部搬家！

〔布告一侧贴着一幅巨大的小区分布图；一张标有每栋楼的楼层分布及每个单元房号的图纸。一些房号上已贴上了小旗并写上了房号主人的名字。

〔那株孤零零的杨树下码着一溜儿桌子。从桌上戳着的纸牌儿"签合同处"、"交预付款处"、"办贷款处"、"挑房号处"可以看出，今天实行的是"一条龙"服务。每张小桌后边坐着一名相关单位的工作人员。交款处旁边站着两名临时雇来的保安及一名派出所警察。

〔"一条龙"旁边戳着几幅半人多高的宣传材料。诸如"我区将在五年内基本完成危改任务"、"什么是'危改带房改'"、"细说购房款"等等。

〔几名居民蹲在舞台右侧正在全神贯注的议论着什么。

居民甲 （发愁地）听说了吗？回迁得钱！不少钱哪！

———话剧《万家灯火》 >>>>>

居民乙　操他妈的，把我卖了得了……

〔此时，老田出现在舞台一侧。

老　田　（上来就开玩笑）你们几个挤那儿干吗呢？拿虱子哪？

居民甲　老田，是说……

老　田　（伸手截住了对方的话）您呀，什么都先别说了，我给您个底，两句话！（手往天幕一指）这片儿，大伙儿住房这么难，但没人投资！怎么办？政府投！这是一句。第二句，搬迁拿钱，政府给大伙儿预备了三条道儿：想回迁的，帮大伙儿贷款；想外迁的，产权，政府白送！又不愿回迁又不打算外迁专愿过交房租的瘾的，政府帮您找房子，您照样拿房租……

居民甲　（不满的）贷款谁不会啊？不就是借钱吗？借了不还得还吗？

老　田　多新鲜哪！凭什么不还哪！十年还不上，二十年！二十年不成三十年！什么时候一个子儿不欠人家啦，什么时候房子彻底姓了您那姓儿！这横是成了吧？几位！这点事儿说白喽吧，就是帮您拿自个儿的钱给自个儿盖房子！不过您拿的是小头儿！公家拿大头儿！难，是难！北京城，（手一指天幕）这样儿的，一百多片！还用我再给您算涮锅子、春饼、买手枪那笔账吗？

〔话还没说完就见舞台左侧——"一条龙"那边打起来了！

〔一个四十多岁的男人耷拉着脸走到小桌边，二话没说哗啦把桌上的东西全胡噜到地上去了。坐在桌后的工作人员们惊叫着："老田！老田！"另一名工作人员则向台左喊叫着："四妹！可了不得喽！老姑奶奶！"

〔老田转身走了过来。与此同时，四妹从台左也走了过来。

四　妹　你是干什么的？

男　人　我是干什么的？你们在这儿干什么呢？

老　田　干什么呢？我这儿旧房改造办手续呢！

男　人　办手续？谁让你们这么办的？有证明吗？

四　妹　你要谁的证明？要什么证明？你有证明吗？

225

男　　人　我有！（啪的拍在桌上一个小本）知道这上边这仨字儿念什么吗？

老　　田　（拿两个手指头捏起那个小本）律师证！爷们儿，听我告诉你，我今天要是打官司求到你头上了，你这个小本还真管点事。我要是不打官司你这个破本儿就屁事儿不管！

四　　妹　你是哪儿的？

〔几名居民嚷嚷着："他是杨痢子他们家的姑爷！"

四　　妹　拿个律师证跑这儿来吓唬人！告诉你！我拿出个证儿来吓死你！

男　　人　你拿！你拿！

四　　妹　（啪！拍在桌上一个小本）这是什么？公安局的监督证！我是公安局的社会治安监督员！管你不管？跑这儿来捣乱？有权利拘你你信不信？

男　　人　（始终僵着鼻子）你？你？

四　　妹　你不是律师证吗？我再拿一个！（啪！又拍在桌上一个小本）这是人大代表证！我这个证能监督两院一府！你归检察院管吧？明天我就吊销你的执照你信不信？

〔男人的小脸霎时变得煞白，抄起律师证跑了。

〔舞台上出现了短暂的宁静。

老　　田　（再次想起刚才那个问题）肉轱辘回来了吗？

何老二　还没呢？

〔众人齐声问着："肉轱辘怎么啦？"

老　　田　怎么啦？住院啦！

〔众人大惊。

老　　田　甭这么一惊一乍的！上回在这儿，（手一指何老二）你们几个，何老二、贾明、肉轱辘、石毛子，几个人真事儿似的，告诉，出去奔！都奔成李嘉诚，回金鱼池投资！听那口气，都比田政府能耐大！您要真能混到那一步，老田戴上国徽、戴上白手套儿，给你们打立正！问题是（手背拍打着手心）您没那两下子！没那两下子！肉轱辘，把出租车卖了，六万的车卖了三万！咔嚓！押鸟

———话剧《万家灯火》

儿身上了！鸟市是什么？泡沫！泡沫！五千块钱一对儿的鸟，一宿的工夫变五毛啦！肉轱辘，那么大的气性，弹弦子啦！

〔众人"啊"的一声。

〔此时，肉轱辘由人搀扶着走上舞台。

老　田　（匆忙迎了过去）要紧不？不要紧吧？（对众人）赶紧扶他坐下！
肉轱辘　操他妈的！敢情这泡沫，厉害呀！（望望众人）赵哥呢？
老　田　（向人群里喊道）小赵！小赵！
何老二　小赵接贾明去了！

〔此时，舞台左侧一个光区的灯亮了，接着从上边垂下来一块国际列车的搪瓷标牌。上书：莫斯科——北京。几年不见，贾明已变成一个十足的现代主义画家，一脑袋长长的披肩发盖住了脖子；上身是件铁皮似的牛崽上装；下身是条大号牛崽裤衩。为了突出现代意识，裤衩下摆像耍了圈的破棉袄似的全部毛着边，膝盖处点缀着几处手枪打出的弹洞。他脚下是一双旧翻毛皮鞋。两根鞋带儿由于常年不系，已踩成了两根小泥条儿。

〔贾明昂着头，手里捏着个大号烟斗，像要审判整个世界似的往四下里撒眸着。突然，他的眼睛一亮！发现了匆匆奔上站台的赵家宝！

贾　明　赵哥！赵哥！
赵家宝　（一下子愣住了。半天才张开嘴）哟！您谁呀？好嘛！我心说，这不马拉多纳吗？

〔贾明把烟斗衔到嘴里，伸出了右手。

〔此时，几年前领贾明出国的石毛子正领着两三名高高大大的汉子，吃力地抬着两组板皮子包装好的巨大邮件——内装油画框，走了过来。

〔昔日在贾明面前人五人六的石毛子，边抬着画框边趔趔趄趄地走到贾明面前。

石毛子　（喘着粗气像只小绵羊似的）贾老师，您看，搁哪儿？

贾　　明　先搁下！倒把手儿！千万别给我磕喽！

赵家宝　（惊讶的）贾老师？好嘛！真成了精了！毛子，（下巴颏朝贾明一指）几年不见，混成人灯子啦？

石毛子　赵哥！（凑上去捂住半拉嘴）牛逼大啦！全欧洲！平趟！算卦的说啦，顶多再有半年，准红起来！回来办画展来啦……

赵家宝　那么说，有钱啦？

石毛子　眼下还没有，算卦的不是说了吗？眼瞅着就要红了！哥们儿狠了狠心，押一宝！不在铁道上倒来倒去了！给贾老师当跟包啦！明儿……

赵家宝　先甭说那么远！眼下不还没钱呢吗？满世界窟窿就敢上中国来办画展？这么些人的车钱、伙食、挑费……毛子，您这不是跑瞎道儿吗？

石毛子　（捂住半拉嘴）有出钱的主儿！有出钱的主儿！贾老师，长能耐啦！傍上一个钱柜！一个老娘们儿！打八几年就往东欧倒东西！布达佩斯、华沙、索菲亚……光饭馆就十好几个，瞧见了吗？过来啦！

〔赵家宝扭过头去。

〔一位衣着十分得体的妇人款款走了过来。

〔女人长得并不难看，在一帮人的簇拥下正在走过光区，走下舞台。

石毛子　有手腕儿！几天就把贾明给拾掇利索了……有钱！哪儿都好，就一样，小时候得过几天小儿麻痹症……

〔此时，我们发现，女人走路略显跛脚儿。

赵家宝　瞅那两步走儿，俩腿好像不一边长……

贾　　明　（拿下嘴角的烟斗，十分深刻地弄出一句）不！从本质上讲，应该是道路不平。（越发深刻地）其实，生活就是这样……

赵家宝　（差点气乐喽）深刻！真他妈深刻！

〔突然，谁也没料到，贾明扔掉了烟斗，一下子抱住赵家宝的脖

———话剧《万家灯火》

子哭了起来。

贾　明　哥哥！您知道我这些年是怎么过来的呀……没事把我发欧洲去，有好几回我兜里就剩几毛钱了……艺术家，孤独啊……

〔另一个光区里的老田走了过去。

老　田　贾作家，混成李嘉诚了吧？

贾　明　（转身又一下子抱住老田的脖子）老田哪！挣钱，可是不容易啊！哥们儿把自个儿给卖啦！

〔灯暗。

第九场

〔前场半月之后。深夜至次日清晨。

〔何家小院——火车车厢内——某咖啡厅。

〔场景同第四场。天幕上那个破简易楼往右挪动了一块，闪出来的那块地方让给了何家小院。

〔幕启。

〔何府上下正在为何老二筹办再婚的婚礼。

〔舞台中间戳着个很大的镜框，镜框里是何老二再婚的结婚照片，照片一侧挂着个大红双喜字。

〔何老二成亲的前一天夜晚，理应是全家忙得不可开交之时，先是社会学家何老三奔了西北，接着新郎官去向不明！而何老大则早早地吃了两片安眠药，躺下了！于是，四个小姑子中最智勇双全的四妹，责无旁贷地唱起了主角，她像协理宁国府的王熙凤似的操办着一切……唯一不够潇洒的就属何老太太了……

何老太太　（坐在八仙桌边，咬着槽牙，眼睛不断眨巴着，嘴里嘟嘟囔囔地骂着）何老二上哪儿了？上哪儿了？啊？明儿谁娶媳妇？他他妈混蛋娶媳妇！（一眼发现了桌上为何老二拨出的饭菜）这是给他拨出的饭？（站起身，对着饭菜，用力跺了一下子右脚）饿死你！不着四六儿的东西！（突然，老太太的手在几个女儿头上大大的画了个圈）你们几个听清楚喽！只要何老二，你们那个混蛋哥哥一进门，你们就一块儿上去扇他！抽他！（咬牙切齿地）往他脸上啐唾沫！拧他！拧着他脸上的一块肉不撒手！

〔几位女儿忍住笑。

四　妹　（比谁都聪明懂事，顺着老太太的话茬儿，帮老太太出着气）对！（同样咬牙切齿地）给他压杠子！灌辣椒水！往手指甲缝里头挈竹签子！

何老太太　（完全被愤怒燃烧着）这都几点了？啊？快八点了！顶到这时候他还没剃头没洗澡呢！你们瞅瞅！（从椅子背上抓起个破秋裤）这是他的秋裤！大窟窿小眼子的，快成渔网了！明儿入洞房，您就穿这秋裤呀？打上礼拜我就催着他去买！不要脸的东西！明儿不等入洞房就得跟老三娶媳妇那年一样，房子塌喽！你瞅着的！

四　妹　他呀！一准儿奔了关厢！去寻摸旧家具了！

何老太太　散德性的东西！（突然两手用力撕开了手里的破秋裤，三下两下没撕动，于是把秋裤的一头踩在脚底下，双手用力揪着另一头，边撕扯边咬牙切齿地）我叫你散！散德性的东西！我叫你散！散！

四　妹　（正在收拾鱼，忍住笑，佯作愤怒举着剪子走了过来）您起来！别岔了气儿！（从老太太脚下拽出破秋裤，手里的剪子伴随着嘴里的发泄）我叫你散！我叫你散！

何老太太　（坐在椅子上喘着粗气，眼睛一撒眸，突然又发现）何老大呢？

四　妹　躺下了。

何老太太　什么？躺下啦？这才几点哪！

四　妹　大哥怕明天累着，吃了两片安定，躺下了……

何老太太　他他妈倒想开啦！（愈发怒不可遏）他横草不拿竖草不捡，一天到晚倒背着手在那瞎出主意，他还累着了……（愤怒至极）我跟你们兔崽子拼啦！（哗啦推开了"仄韵楼主"的房门，一声断

———话剧《万家灯火》 >>>>>

喝）何老大！（出现在了老大的屋门口）你们这俩东西！你们可真是亲哥儿俩呀！明儿什么日子？你们倒都成了甩手掌柜的了！真应了街坊四邻的话了，大松心呀！何老三，那个白活蛋，一月一月的不露面；何老二，顶到现在下落不明！你一个当哥哥的，早早儿的你倒躺下啦！真憋着把我气死怎么着？

何老大　妈，您怎么啦？明儿老二成亲，我早早的躺下，不对吗？您忘了上回啦？历史的经验值得注意！上回老二结婚，不光老二，连我都累晕了过去！好嘛，亲家那头儿，姐儿七个，光鞠躬就把我鞠晕了！一想到上回办喜事儿，我这眼睛就冒金星。不歇足喽，明儿顶得下来吗？明儿老二的大轴儿，头旗儿二旗儿得我一人盯！觉少喽？早早儿的就得散了架。您呀（举起手里的安定片）听我的，您也来两片儿，早早儿的歇着您的。（手一指闹钟）明儿咱们六点起床，我去端浆，买烧饼；我给您呀，来一碗炒肝儿，二两包子……

何老太太　（突然发现了何老大脑袋上的帽衬）你又出什么幺蛾子？睡觉怎么还戴着帽子？

何老大　我这头发晚半晌儿刚做好。再好的发蜡，晚上睡觉一辗辘，也一点样儿都没有了。有这帽衬儿护着呢，它省得……

何老太太　老二结婚，谁看你呀？你呀，老大，我说你什么好？！我得跟你着一辈子的急拉倒……你爸爸要是活着，何至于让我着这么大的急……（开始伤心掉眼泪）

何老大　（一片孝心，开始劝解）您可不能这么想！哪个当老家儿的都免不了跟儿女劳神，（像说别人家的事儿似的）十个手指头伸出来还有长有短呢！有孝顺的争气的，也有糊涂蛋、"折笋"！碰上"折笋"了，您怎么办？您还跟他们生真气？哪家儿不得摊上一个两个的糊涂蛋呀？生一个，是岳飞，又生一个，是李白，那样的事儿呀，少！一家子里头，不出秦桧，不出西太后，就得认便宜……

231

〔何老太太突然觉得眼睛有点发花，一下子跌坐在了太师椅上。

〔众儿女们呼啦围了过去。

何老太太　（闭着眼）别都围在这儿！我没事儿！何老三呢？你们那混蛋三哥哪儿去了？老二结婚他就真敢连面儿都不露吗？

四　妹　他呀，准又上西北了……

何老太太　不着四六儿的东西！上西北！往西北跑！一天到晚不着家！早晚让你媳妇给你蹬喽！

四　妹　妈！您别瞎说！

何老太太　我瞎说？（手往台右一指）他媳妇靠人儿！

〔舞台右侧光区的灯亮了。

〔一间咖啡屋里，张萌与一名男人背对观众并肩坐在一起。

〔与此同时，随着一阵火车疾驰的效果，舞台左侧的灯亮了。台口随之垂下来一块车厢标牌：银川——北京（特快）。

〔火车汽笛声中，一束追光里出现了丁一夫那张疲惫的脸。

丁一夫　（自嘲地）就在自己的老婆与别的男人眉目传情的时候，社会学家丁一夫，终因劳累过度，手里举着葡萄糖瓶子从大西北回来了……

〔光区浸洇开来。

〔一节硬卧车厢里，丁一夫手里托着葡萄糖瓶子正在接受采访。

记　者　丁老师，您这样输着液接受我们采访，让我们想起了老年间的大禹。大禹治水三过家门而不入。您要不是让痢疾放躺下，断不会匆匆忙忙赶回北京。我首先代表广大听众祝您早日康复。

丁一夫　谢谢！

记　者　您和您的学生这次西北之行好像主要去的是六盘山地区，这跟您的内蒙治沙计划有关系吗？好像是另一摊儿？扶贫？

丁一夫　准确地说我去的是宁夏和西北最贫穷的一些地区，主要目的是为内蒙治沙的庞大计划筹措劳动力。

记　者　西北劳动力便宜？

————话剧《万家灯火》　＞＞＞＞＞

丁一夫　（略显疲惫，但问到痒处，依旧侃侃而谈）内蒙治沙是个系统工程，需要几大因素：一、内蒙提供沙漠；二、以色列的技术和部分起动资金。大量的资金靠我们计划上市的一种股票——沙股。我们不要国家一分钱或仅用极少的钱；三、劳动力。这是我这次考察最主要目的。简单说，西北廉价劳动力的开发要与西北扶贫结合起来。大西北，贫穷呀！（非常动感情地）你知道在西海固地区，衡量一户人家贫富的标志是什么吗？是家里有几窖水！说谁谁家里有几窖水，那，了不得了！大款！至于那些地区的贫穷和劳动力的价格，我给你列几组数字，你就清楚了……

〔丁一夫示意身边的学生打开了两张一人来高的大照片，一张照片上，一个采煤工肩上扛着满满的一筐煤，站在一台磅秤上；另一张照片上，同一名采煤工手里拎着倒完煤的空筐，站在另一台磅秤上。

丁一夫　在西北的一些小煤窑里，挖一百公斤煤，小伙子们，手里拄一根拐棍，从几十米深的井下，背到井上，多少钱？两块钱！（伸出两只手指，用力重复着）两块钱！上来之后，连人带筐上一回秤，过完秤，把煤倒在马路边的煤堆上，人空着身儿再过一回秤，约约您这煤有多少。这种小煤窑，三天两头出事！（抓起一纸复印的国务院文件）西北某中型城市，共二百六十万人，特贫人口是六十万。国务院下了一个文件，关闭"十五小"，"十五小"里头就包括那些老出事的"小煤窑"，中央英明呀！可是！（加重语气强调着）可是！您听清楚喽！这座小城指着小煤窑吃饭的人口就有近四十万！您把小煤窑关了！那四十万人吃谁去？不还得种那一亩三分地儿吗？上山、砍树、开荒！那地方，都是六十度的山坡地！地在半空腰挂着！产量非常之低，来点洪水，撒泡尿似的那么点洪水，照样全冲走！您现在把"十五小"关了，这四十万人怎么吃饭？哎！我给您出一主意，您呀，干脆，您到内蒙帮我治沙漠来吧！

记　者　这主意好！又扶贫，又保护了生态环境，还为治沙找到了劳动力！

丁一夫　所以呀！（知己难逢）您到我这沙漠里，种一天树，二百棵，我给您四十块钱！顶你背两天煤的啦！不就齐了吗！我打算让以色列跟扶贫办说说，你不是扶贫吗？你扶这种地方呀！把劳动力弄走！这边环境还不至于遭到破坏！还有比这更好的事吗？挖煤人的体力，那，绝对的棒！背煤的人就爱吃肥肉！在那地方，给你上肥肉，上牛汤子，那是招待贵宾啦！不吃点肥的，背煤的人受的了吗？脂肪！您想想，它能分解成糖！背煤是世界上最苦的活儿啦！要不为什么那会儿老说逛窑子逛窑子的，窑子窑子不就是干这个的吗？就是煤窑子！

记　者　（恍然大悟）噢，闹了半天窑子这词儿是打这儿来的?！您真有学问……

丁一夫　所以呀！小伙子挣点钱，逛窑子，这完全可以理解。人家说不定明天就死，干吗不乐一把？除了喝酒，满足食欲，就差一性欲了。食欲性欲满足完了，人家明天就死，值！这你还批判人家干吗？哎！这段儿你可别录！好嘛，明儿扫黄再扫我一下子！……背煤的小伙子身体极棒！十八九岁，生命力最旺盛的时期，又不敢结婚，怎么办？只有靠这种色情野蛮的手段。背煤的、淘金的，都是一开支，一下山，找个窑子，一个礼拜，小脸造得焦黄……这段没录吧？别录。我还有一计划，在北边内蒙搞一个治沙的股份，叫"沙股"。三千万亩，将来绿化后，变成绿洲，股票升值。南边，贵州那片我准备搞一份绿股，绿股就是环境保护……（突然发现自己的一名追随者手里托着个饭碗）你们那儿吃什么呢？方便面?！我怎么闻着一股卤煮火烧味呀?！搁蒜啦？给我也泡一碗！（接过一碗方便面踢里秃鲁地吃了起来）

记　者　（无限感慨地）丁老师，您真是太平易近人啦！咱们今儿的采访就到这儿吧？

———话剧《万家灯火》 >>>>>

丁一夫　（大眼珠子瞪得挺大，下嘴唇上耷拉着一根面条儿）合着您把吃面这段儿也录下来啦？！

〔突然，幕外传来了一阵儿火车煞车的声音。车上的人随之晃动了一下。

丁一夫　哟！到站了！

〔赵家宝神色匆匆走上舞台。

赵家宝　丁哥！跟您说点事儿，您可挺住喽……夫人，嫂夫人，在都乐餐厅，跟一男的……

〔丁一夫先是一惊，但工夫不大，脑门子就拧成了个大疙瘩，脸上燃烧起一种"决一死战"的冲动。他脖子像镰刀头子似的梗梗着，一小绺头发耷拉在前额上，匆匆往台侧走去。

赵家宝　（慌忙追了上去）丁哥！您可搂着点儿！您千万别武松似的，举着把单刀……

丁一夫　哼！（咬牙切齿地）小娟妇！你瞅着的，到那儿我就把桌子掼喽！（转念一想）掼桌子动静太大了！干脆！我揪桌布！对！揪桌布！……可是，揪完桌布又怎么着呢？（实在想不出下一步还能怎么样）去他妈的吧！先揪完桌布再说！（歪楞着膀子，像个断了线的风筝似的向舞台另一侧扑去）

〔台右那个光区的灯又亮了。

丁一夫　（三步两步奔到张萌面前，歇斯底里地）你，你们，你们真可以呀！（完全像事先构思好了的那样，手指头指点着两个人影）你们这两个，不齿于人类的狗屎堆！（双手揪起餐桌台布的一角）我叫你们吃！叫你们吃！（哗啦把桌布揪了起来。但由于用力过猛，自己也揪着台布跌倒在地）

〔舞台两侧的灯同时暗了下去。

〔恰在此时，随着一阵隐隐约约的迎亲的鼓乐，何家小院光区的灯又亮了。

〔片刻之后，何老二孤身一人推着自行车走上舞台。车后的货架子上驮着一件拆成零件的旧家具。小院死静异常，那种迎亲的鼓乐仿佛是专为提醒何老二而在他心头奏响的。

何老二　（困惑地眨了眨眼睛）谁跟谁呀这是？（一眼看到了那对红喜字，突然明白了）哟！（抬起手抽了自己个嘴巴）

　　　〔四妹耷拉着脸出现在何老二面前。

何老二　四妹……

四　妹　（压低嗓门）死哪儿去了你？今儿什么日子你知不知道？谁娶媳妇？你！你等着吧！非熟了你不可！（嘴冲母亲的房门一指）一辈子我没见老太太发过这么大的脾气！（夸张地）气得连你的秋裤都铰了！就差把房子点啦！我可告诉你，你要是把妈气出个好歹来，我可跟你骂门儿不过！

何老二　（吓得几乎快哭了）四妹！四妹！就别说这个啦！你得拿个主意呀！

四　妹　哼！一到这时候你就半点儿主意拿不出来！顺者为孝懂不懂？（从兜里掏出两张票子）她这会儿正在火头上，千万别跟她照面儿，你呀，赶紧，先去洗个澡，推推头，完喽，去买条秋裤，这几样事儿办完，接亲的车差不离也就到了，这会儿，趁她没起床，赶紧，走！走你的！

　　　〔何老二频频点着头，接过钱，抹了抹脑门子上的汗，重新端起车像贼似的往街门走去，眼看就要脱险的时候，何老太太的屋门"哐"的一声推开了！

何老太太　何老二！

　　　〔随着一声断喝，何老太太出现在屋门口。老太太双目圆睁，手里攥着一把扫炕笤帚，看来是刚起床，正在叠炕。

何老二　（情不自禁地叫了声）妈！（腿开始发软）

何老太太　你个不要脸的东西！你还知道回来呀！你都多大的人了……

四　妹　（大喊一声）二哥！还不快跑！

　　　〔何老二如梦初醒，连人带车向街门扑去。

——话剧《万家灯火》

何老太太　你四十好几的人了，让我跟你这么劳神！你这是憋着把我气死呀！（手里的笤帚嗖的飞了出去）

〔何老二"冒着母亲的炮火"，右胳膊一搪飞来的笤帚，像惊了枪的兔子似的骨碌出院门，落荒而去。

〔恰在此时，何老大手里端着个小钢种锅，非常不合时宜地从"仄韵楼"里走了出来。他的腿刚迈出屋门一步，恰遇到母亲在追剿二弟，不知如何是好地愣在了那里。

何老太太　（拨转马头，眼珠子瞪向何老大）大早上起来，你端个锅干什么？

何老大　我，我去给您端炒肝……

何老太太　（气得已然转了腔调）端炒肝你还不快着走！非得等晚了去收那份锅底儿怎么着！

〔何老大慌慌张张向街门奔去，惊吓之中钢种锅盖咣当掉在了地上。

何老太太　（气得有几分变态了，咬牙切齿地）对！不带锅盖！让你妈喝凉炒肝！喝死她个老不死的！省得让她一天到晚跟着丢人现眼！

〔已然乱了方寸的何老大又匆匆回身捡起锅盖，接着三步两步蹿出街门。

四　妹　（望着两个丧魂落魄的哥哥，实在憋不住了，大笑了起来）妈！您说您这脾气！您真够可以的！这么有学问的俩哥哥，让您挤对得跟避猫鼠似的了，您还……

何老太太　笑！笑！刚才你在院里跟老二嘀嘀咕咕，当我没听见哪？你是两面的汉奸……（突然发现了"仄韵楼"台阶上何老大吓丢的帽子）妈的，吓得连帽子都落下了……

〔小院里恢复了宁静。

〔此时，舞台深处那种迎亲的鼓乐逐渐清晰起来。

〔派出所老田走上舞台，他手里拿着个红纸包。

老　田　大妈！老二结婚，（递过小纸包）一点儿小意思……

何老太太　这哪成啊？哪有这么办事的……

老　田　咱们娘儿俩，您就别打咕啦！大妈，老二不是喜欢攒旧家具吗？我今儿可给他带来点儿真东西……（掏出两张纸）政府许可私人办博物馆啦！

四　妹　办博物馆不得有地方吗？人都没地方住……

〔恰在此时，丁一夫走进小院。在昨日捉奸的武斗中他负了轻伤，脸上一片青肿，下巴上粘着一块橡皮膏。

何老太太　（看清了是三儿子，脸立刻耷拉了下来，嘴里随即开始上话）这是谁啊？你走错门儿了吧？

丁一夫　（十分吞气地）妈。

何老太太　谁是你妈？你有妈吗？今儿什么日子你想起你妈来啦？半年半年的见不着你！是，你们哥儿仨里，我最看不上的是你，可我为什么看不上你？天底下，你是最不着四六儿的东西！

丁一夫　（十分无力地反驳着）我跟您说，我在大学里可是副教授……您不能老这么张嘴就骂……

何老太太　甭说你是个教授，你就是当了校长，瞅着你不顺眼，我也照样骂！

丁一夫　好，您骂吧！在您这儿，我算是一点儿威信都弄不出来了……

〔老田匆忙上前劝解着。

何老太太　丁教授，今儿您怎么一个人儿回来了？您那媳妇呢？让人拐跑了吧？你不是叫丁大侃吗？你今儿怎么不言声了？啊？

丁一夫　（突然咧着大嘴哭了起来）我媳妇，她，她跟人跑啦……

何老太太　啊？那，我孙女呢？

丁一夫　她给带走了！

何老太太　啊？（眼睛直冒金星）把我孙女给带走了？

〔说话间舞台深处突然传来了吱吱嘎嘎的响动。与此同时，何老大何老二弟兄俩同时出现在舞台一侧，何老大手里端着个小钢种锅；何老二手里拿着条新秋裤。

———话剧《万家灯火》 〉〉〉〉〉

何老大　（竖起耳朵）这是什么动静？

〔就听"轰"的一声巨大的闷响，舞台深处溅起了一股烟尘。

四　妹　妈！可了不得啦！南房塌啦！

何老太太　啊？那可是老二的新房啊……

老　田　大妈！您别着急！不行咱们就先在简易楼里拆兑个地方……

〔此时，迎亲的鼓乐终于像冲出闸门的洪水似的，第一次放声大作。

〔何家所有的儿女一齐涌上了舞台。

何老大　（急得汗湿的头发贴在了脑门子上）何家小院一直叫"仄韵楼"，娶一回媳妇塌一间房，塌一间房就得挤进简易楼一户！用不了多少日子，简易楼也得挤塌喽！这回，我把"仄韵楼"这字号挪给金鱼池！

〔何老大气急败坏地抓过根毛笔，面对一张白纸开始悬腕疾书。

〔与此同时，一条巨大的字幅从天幕顶端，从简易楼的楼顶通天扯地地垂落了下来，上边三个巨大的龙飞凤舞的草体字"仄韵楼"。

何老太太　老田，您可都看见啦！方便的时候您替我往上递句话儿，谁要是把金鱼池这片拆喽，老百姓给他上万民伞！（伸出两个手指头）两房儿媳妇，我这可是两房儿媳妇啊！我这儿子们，我嘴上说他们不着四六儿，您是明白人，他们办的那些事儿，收藏、治沙子，可都不算不着四六儿啊。（手往四下里一指）房子但凡宽绰点儿，我那俩媳妇，她们断不会扭头就走啊。老田，你可得帮大妈做主啊……

〔老太太一口气没上来，一下子跌坐在了椅子上，昏了过去。

〔老田与众儿女一齐扑了上去："大妈！大妈！""妈！妈！"

〔迎亲的鼓乐扑天盖地而来。

〔灯暗。

第十场

〔前场三天之后，下午。
〔何家小院。
〔天幕上仍是那栋破败的简易楼。
〔何老太太一病不起，何府上下在一片肃静之中忙碌着。
〔电视台一个拍摄京师民俗的摄制组不失时机地赶到了何家。一帮身穿牛仔马甲的工作人员进进出出地忙乎着。
〔幕启。

赵家宝 （手里拿着个话筒，轻噘了一下嗓子，正在做片头解说）天有不测风云，人有旦夕祸福。雄才大略的何老太太，像历史上所有的巾帼英雄一样，终因操劳过度而一病不起。何府上下已感到某种不祥。遵照老太太的嘱咐，孝顺的子女们为老太太换上了早就预备好的装裹。披挂整齐的老太太，就等咽下最后一口气而返驾瑶池了……

〔何老太太躺在一块床板上。
〔何家所有子女除老三不在之外，全部低眉敛首站在一侧。
〔屋内死静异常，只有摄像机工作的哒哒的响声。
〔此时，田政府突然推开屋门匆匆奔了上来。他手里拎着个黑工作包，神情焦灼痛苦。看得出来，何老太太病危，他十分难过。

老　田　（声音略显沙哑）四妹，老太太怎么样了？（向床边奔来）
四　妹　怎么样？……够呛……
老　田　啊？（声音开始发抖）够呛？（一眼发现了身后的摄像机，立马就撺儿了）你们都是干吗的？老太太病得这么厉害，你们这儿哄什么秧子……（像轰苍蝇似的）走！都出去！
赵家宝　（奔了过来，压低嗓门儿）别价呀！老田！人家是电视台的！拍北京民俗的……

老　　田　（咽了口唾沫）那，都远着点儿！（奔到床边，轻声叫着）大妈！大妈哎……我是老田，田政府……

四　　妹　（小声介绍着情况）三天了，水米没沾牙，昨天早上换的衣裳。老这么合着眼，就跟睡着了似的……不是今儿就是明儿个的事了，留下话了，一切照老规矩办……

赵家宝　（转回头，示意摄像，小声的）听见没有？一切照老规矩办！一个镜头不许落下！

〔面色平静的老太太脸上的表情突然出现了变化！她的眉头微微皱了两皱。

老　　田　（小声的）四妹！大妈有动静！

〔这会儿，就见何老太太紧闭的双唇突然张开了！

何老太太　（十分清晰地吐出几句台词）我跟你们说！这鞋可不行啊！挤脚！（说完这句话，嘴又闭上了）

老　　田　（大惊失色）挤脚？诸位，我没听差吧！老太太说话啦！

〔众子女们纷纷拥了上去："妈！妈！"

〔老太太却再不发一言。

四　　妹　（眼珠子一转）喊什么！别喊了！不是说得清清楚楚的吗？嫌鞋挤脚！（指挥着两个哥哥）快！麻利儿去买鞋！要大一号的！

何老二　（慌乱之中）奔哪儿啊？千层底的鞋得找老店！去同昇和，还是去步瀛斋呀？

何老大　（不知所措的）同昇和在王府井，步瀛斋在大栅栏……

何老太太　（像说梦话似的突然又口齿清楚地蹦出几个字）步瀛斋！（语吻中似乎充满不耐烦）鞋不合适，我可不走！

四　　妹　快！步瀛斋！

〔何老大、何老二推起自行车匆忙从舞台右侧奔下去了。

〔此时，谁也没有料到，何老二的前妻——那位一脸横丝子肉的女人从舞台左侧出现在小院里。

四　　妹　你？你怎么来了？（匆匆挡了上去）

二媳妇　我来看看老太太……老太太这么些年了，不容易……

四　妹　（当年的怨气重新被点燃）你呀，愿看老太太一眼，站远点儿。对不住你了！老太太这阵儿，熟透了的瓜儿了，冷不丁的一伤心或是冷不丁的一高兴，立马就得咽了这口气儿……

〔何老太太面色慈祥地闭着眼睛，仍在捯气儿。屋里再次安静了下来。

〔此时，何家老三——丁一夫出现了！他仍像过去一样，胳肢窝里夹着公文包与图纸，神色匆忙。

〔何家所有兄妹同时转回头。所有的人，以老姑奶奶为首同时压低嗓门埋怨着："你上哪儿去了？""家里出了这么大的事连个人影都见不着！""妈要是缓过这口气来，非熟了你不可！"

丁一夫　（像最后出现在会场的主持人似的）前边情况我都清楚了！按说一进门我就该先大哭一场！老太太一咽气，街坊四邻见了谁我都应该先磕个孝子头！我不懂吗？我懂！我懂！可是，那管用吗？蛋用没有！（伸出一只手，掰着手指头）生、老、病、死，人之常情！人类最高的智慧是什么？是理智和冷静！

赵家宝　（情不自禁地赞叹着）到底是社会学家啊！

丁一夫　（夹着公文包与图纸，站在离老太太不远的地方，像来抚恤家属的单位负责人似的）都安排好了吗？

四　妹　留下话了，一切照老规矩办。

丁一夫　一切照老规矩办？（俩眼珠子一下子瞪得挺大）那大伙儿就什么都别干了！咱们是满人，按规矩，人一咽气儿，马上，正屋支起太平床；五七焚帛，六十天烧船轿；家里上上下下一人一身孝袍子，那都得是纯棉的！照老规矩办？那得把咱妈送回老家去！得土葬！一个棺材少说得两方木头吧？一个坟头讲究点的少说得半亩地！人类面临的三大危机之中最大的是能源危机，而土地又是所有能源之中最重要的能源……

四　妹　（再也克制不住心中的愤怒）何老三！依着你呢？

————话剧《万家灯火》 〉〉〉〉

丁一夫　跟你们说，别以为我不孝顺。为活着的人和即将出生的人是人类的最高道德。为什么大伙住这么窄憋？人多，愚昧！依着我，我要在恩格贝沙漠创办一座陵园，（边说边比划）安葬一名死者，咱们种一棵树；安葬一名死者，咱们种一棵树，既绿化了沙漠又节省了土地资源……

四　妹　恩格贝在哪儿？

丁一夫　从北京坐火车到包头，从包头坐大客车两个半小时七十八公里……

四　妹　（几乎已出离愤怒了）你打算把妈弄蒙古去？

丁一夫　（用力纠正着）内蒙！内蒙！

四　妹　你去问妈去！

丁一夫　问妈？妈都这样了……（但还是向床前凑了过去）

　　　　〔众人也随之凑了过去。

　　　　〔何老太太始终平静地躺着。谁也没料到的是，老太太突然微微抬起身，闭着眼，朝着丁一夫说话的方向"呸！"的一声啐了一口！接着，什么话也没说，又躺下了，就像刚才什么事情都没发生一样。

　　　　〔丁一夫抹了一把脸上的唾沫："嗨！"

　　　　〔此时，何老大、何老二兄弟二人满头大汗奔上舞台。何老二手里像捧着圣旨似的捧着一双骆驼鞍毛窝。

四　妹　（匆匆迎了上去）是步瀛斋的吗？（接过棉鞋）我可告诉你们，妈这人可有灵验。错了地方她可不走！

何老大　四妹，跑遍四九城，还就是步瀛斋！我们怕妈不信，专门开了一张发票……

　　　　〔四妹在另三位姐姐的帮助下，非常麻利地将鞋替老太太换好。

四　妹　（叹了一口气）这回好了……（轻声对母亲祷告着）妈！这回鞋跟脚了，您踏踏实实地走吧……

何老大　（从口袋里掏出一张纸片）鞋，是我跟老二打步瀛斋给您买来的。

243

别的鞋铺，不光您，连我们也信不过。老字号到底是老字号，这是发票……（把那张小纸片放在了老太太身边）

〔一家子开始哭哭啼啼："妈，真舍不得让您走……""您走了谁还疼我们呀……"

〔摄像机在哒哒地转动着。

〔就在此时，足智多谋的四妹突然感觉到了什么新问题。

四　妹　都先别哭！（十分老练的）妈这人一辈子办事向来是干净脆当！今儿这么拖泥带水的，这里头有事儿！（不待哥哥姐姐们反应过来，已信心十足的）几位哥哥姐姐，事儿已然到了这个份上了，我可就做主了！把妈盛药的那个抽屉递给我！

〔一位姐姐迅速递过来一个抽屉，里边零零碎碎放着各种大小空药盒及老太太历次用剩下的一些药片。

〔四妹将家中所有能找到的药掺在一个饭碗里，冲上了开水。

〔老田及诸位兄弟姐妹："四妹，这么办，行吗？！"

四　妹　（毫不犹豫地将母亲的头拢在臂弯里，像大人哄孩子似的）妈，听话！您把这点药喝下去，喝下去咱们就好了！盼着您硬硬朗朗的，打了春还指着您领着我们姐妹逛厂甸呢……（说到动情处，眼泪下来了）

老　田　（眼里的泪水流了下来，嘴里小声嘟囔着）是！大妈，喝了吧！喝了咱们就好了……

〔何老太太的嘴奇迹般地张开了！四妹碗里的药十分顺畅地灌了下去。兄弟姐妹几个人七手八脚重新扶老太太躺平。

老　田　（眼盯着老太太，像个孝顺的儿子似的，嘴里情不自禁地）大妈，您哪能这样啊！眼瞅着就要拆迁了，您弄这么一出，大伙儿得多难受啊！咱不是说得好好的吗？拆完迁，住上新房，到那阵儿我也退休了，我陪着您，咱们娘儿俩，早晨起来，先到天坛拿个弯儿……这点事儿，盼了这么些年了，好容易有信儿了，您弄这么一出……大妈，您不是说，您还打算给我送万民伞吗……（哭

———话剧《万家灯火》 〉〉〉〉〉

了）

〔老田的话勾得子女们潸然泪下,她们轻声叫着:"妈!妈!"

〔就在此时,奇迹出现了!何老太太"咯喽"打了个响嗝!

〔子女们纷纷围上去叫着:"妈!妈!"接着,老太太睁开了眼睛。

何老太太 （眼睛往四下里一撒眸,张开了嘴）干什么你们这是?都这么围着我?憋着饿死我还是怎么着?!还不快扶我坐起来!

老　田　哟!大妈要吃东西!

四　妹　妈!您想吃点什么?

何老太太　想吃什么?大八件、小八件!你给我预备了吗?先把铁桶里那块桃酥拿给我,我先垫垫!

〔何老二匆匆把一个大号饼干桶递了过去。

〔何老太太穿着装裹,怀里抱着个饼干桶,从桶里摸出一块桃酥,坐在门板上狼吞虎咽地吃了起来。

何老太太　（边吃边发着牢骚）哼!这时候这桃酥,这也叫桃酥!那核桃仁在哪儿呢?在哪儿呢?厨子不偷,五谷不收!都让大师傅做点心时候捏着吃了!老年间那桃酥,咬一口,一整块儿点心碎在手里!现在,跟盖火片儿似的……（众人哄的笑了,老太太又拿起一块桃酥,耷拉着脸）不光桃酥,烧饼也不是那会儿那烧饼了!芝麻酱烧饼里头得搁小茴香!现在?哼!烧饼、褡裢火烧都烙得跟鞋底子似的……

老　田　大妈,您慢着!（递过手里的保温杯）您先喝口水!

何老太太　谁呀你是?哟!老田!

老　田　您可吓死大伙了!（眼望望天幕上的简易楼）这么些年了,大人、孩子们一直住得这么窄憋,好容易……

何老太太　（像个成熟的思想家似的）老田,咱们这么着吧!你要真把这破楼给我拆喽,我就再活几年!

老　田　大妈!咱们说话可得算数!四妹!你在这儿盯着,拆迁的人今儿晌午就到!我去去就回来……（下）

何老太太 （突然发现了周围摄制组的人）这帮穿号坎的都是干吗的？

四　　妹　这是小赵领来的摄制组，专拍北京民俗的……

赵家宝 （笑着凑了过来）大妈，您是老北京啦，您对咱们北京人这套吃、穿、住、行，平常居家过日子的家常里短儿，老年间留下的规矩、嗜好……您觉得怎么样？（举过话筒）

何老太太 （非常有把握却又非常不着四六儿的）依我看哪，儿子孝不如媳妇孝！当老家儿的，首要的是一碗水端平，是谁的成绩就是谁的成绩！

〔大伙儿哄的笑了。

〔站在边上一直怀揣心腹事的何老二，瞅准机会，凑上前去。

何老二 （战战兢兢的）妈……您没什么事儿了吧？

何老太太　有事儿怎么着？没事儿怎么着？！

何老二　是这么回事，我托朋友在硬木家具厂找了个熟人，多少年了我一直想到他们的货库里去瞅瞅，这回，甭提费了多大事了，死人说活啦！人家答应让我到里边去看半天……头两天您不是不得劲儿吗，今儿我看您缓过来了，您要能高高手呢，就放我出去半天儿。拖过今儿，那边管库的一换人，我那前边的心血就都瞎啦……

何老太太 （异常开明的）你走吧！甭说得那么可怜！再说这些日子你表现得也不善。可有一样，晚半晌你可准时回来，万一我这是回光返照呢，你可不兴钻到库里就把你妈忘喽！

何老二 （激动得嘴直哆嗦）妈！您说哪儿去了！我哪能那么混蛋呀！您真是太英明了！……妈，那我可去啦？（抹着脑门子上的汗，匆匆下去了）

〔舞台右侧的灯亮了。

〔台上垂下一块木牌子，上书龙顺成硬木家具厂南库。

〔何老二像个远行归来的游子似的，贪婪地在库房中挪动着、观赏着。

———话剧《万家灯火》 〉〉〉〉〉

〔夕照的霞光从库房高处的玻璃窗中泼洒进来,为家具及何老二瘦小的身躯涂洒上一层金黄。

〔幕外,音乐叮叮咚咚那样美妙,像敲打着一个梦。

〔库房是一个艺术宝库,何老二徜徉其中,完全沉浸在亢奋与激动之中。

何老二　(自言自语道)紫檀、黄花梨……宫廷御制、民间的"小家碧玉"……明清两代的精美家具,无所不包啊……

〔何老二的眼睛闪烁着奇异的光泽。两粒很大的泪珠溢出眼角滚向两腮。

〔幕外叮叮咚咚的音乐越发奇妙动人。

何老二　(感慨地)生活多好啊……古人所谓"过我目者,为我所有",那是一种很高的境界。我是个凡人,没有那样恬淡洒脱的胸襟……可是,在这些艺术品中流连,我也能够感受到中国古人天人合一、物我同一的意味……

〔舞台左侧的何家正房里。

〔何老太太突然目光迥异地在子女们中间梭巡着。

四　妹　(心里一沉)妈!您要干吗?

何老太太　(眼盯着何老大)老二呢?

四　妹　不是跟您请假了吗?到库房去看家具……

众儿女　(心里一沉)妈!您怎么了?

〔四妹突然发现母亲的目光闪烁着异样的光彩,死死盯着墙上的一个相框。相框里边镶挂着一张何家早年间的全家福照片。

四　妹　(用胳膊肘碰了碰大哥,眼盯着母亲)您要干吗?

何老太太　把那张相片递给我……

〔何老大匆忙把相片递给了母亲。

〔何老太太的手在相片上抚摸着。所有儿女们的心一下子都揪紧了。

何老太太　(看着照片,淡然一笑)老话说,"娇头生,敬老生",你们哥儿七个，（眼盯着老大）你是头生，你最大……

何老大　（鼻子开始发酸）是，妈，您最疼我……

何老太太　（眼睛又转向四妹）哥儿七个里头，大排行你最小，算老生……

四　妹　是，您最惯着我，惯得我有时候没大没小，惹您生气……

何老太太　（眼睛又盯向"全家福"）要是按男孩儿排，你三哥就算老生，老儿子……可是我这一辈子，呲打得最多的，就是这个老儿子……（脸上笑得更加灿烂，但眼角却溢出了泪珠）

何老大　妈，您别那么想啊！您不都是为了培养他吗……

何老太太　别看我净数落你们的不是，褒贬是买主儿！天底下，要说最疼你们的，还是这个妈……

〔众儿女心里无比激动，但却都在强力克制感情："那当然了！谁疼也没妈疼啊！"

何老太太　不能光记着你妈的不好……

四　妹　（一下子攥住了母亲的手）您说什么哪！您哪儿有什么不好啊？我们瞅着您比宋庆龄都顺眼……（眼角溢出了泪珠）

何老太太　（突然往四下里一撒眸）你们这是干什么？（笑了）甭心眼儿攥得小酒盅似的！我死不了！我这一辈子，受了那么些罪，好容易日子好过点了，老天爷不是那么不说理的主儿……（目光再次转向"全家福"，下巴颏冲照片一指，脸上微微一笑）这是你们的爸爸……大号叫何宗祁……年轻的时候，人物！漂亮！

〔儿女们心里咯噔一下子。

何老太太　（脸看着照片）你爸爸那人好干净，多会儿一进门都是先抄起把掸子，站在院子当间儿，鞋、裤腿儿，且摔打呢……你们何家，祖上是丰润人。我十六岁嫁到何家，转年冬天添的老大……打那儿往后，一拉溜儿添了九个孩子，落下了你们哥儿七个……我三十九岁上没了你爸爸，我守了四十年的寡啊！

〔众儿女再也克制不住，齐声叫道："妈——"

何老太太　（仍在述说）最难受的时候，是你爸爸死那阵儿，临死前，他撂下了话，让把他送回老家去……那么容易？人都是势利眼，你爸爸一没了，人们一看何家败落了，就没人伸手了。我一个寡妇，带着七个孩子……可是（眼睛转向照片）甭管多难，我还是把你送回去了……明儿，我要是到了你那一步，我可不能像你那么难为孩子们。（眼里再次闪烁出异样的光彩）宗祁！我可对得住你们何家了！七个孩子，我都替你拉棒起来了！我一个人儿！仨儿子、四个姑娘，都让我给培养成人了……（突然抬起头，手指着相片，脸对着何老大，一脸无比灿烂的笑）老大，这是你爸爸！（脸对着相片）老东西！我知道你那点心事。你想接我走！

〔所有儿女愣了一下，同时叫道："妈——"

〔音乐出现了，是京胡！舞台深处，何老大的京胡奏出了一个高腔！奏出了一曲民族特色极浓的、令人荡气回肠的乐曲。

〔舞台右侧家具库中的何老二听到京胡声，突然站住了！

何老二　（惊呼一声）妈——

〔此时，就见天幕上的简易楼开始变形、倒塌。

何老太太　（脸仍对着相片）我告诉你，没住上新房我哪儿也不去！（接着，像未卜先知的神仙似的说道）老田来了！

〔一切都像老太太预料的那样，老田匆匆奔了上来。

老　田　大妈！您看！（手往天幕一指）

〔天幕上的简易楼发出一声轰然巨响，倒塌了。

老　田　大妈，没跟您瞎话吧？咱们头顶国徽，代表政府……

〔何老太太扭头望望天幕，笑了。

〔何老大的京胡又响起来了。自本剧开始以来，何老大的乐曲第一次放下了《霸王别姬》，而是换成了《万年欢》。

〔灯暗。

尾　声

〔二〇〇二年夏末秋初——前场几年之后。上午。

〔北京南城。

〔昨夜一夜的濛濛细雨，雨后的晴空瓦蓝瓦蓝的。自本剧开始以来，那座破败的简易楼第一次从天幕上消失了。小区危改已告一段落，漂亮的楼房正拔地而起。

〔节令已到夏末秋初，秋凉已初露端倪，潮乎乎的小风刮得人心里那么舒坦。

〔幕启。

〔舞台上空荡荡的。

〔已然退休的老田，孤零零的一人只身走上舞台。

〔季鸟儿与伏天儿的鸣唱使得空寂的舞台显得越发安静。

老　田　（站在了舞台中央，开始自言自语）我今儿这一绷子可是不近。我愿一个人儿这么走走……我是打东单、王府井那边走过来的。王府井，步行街！认不出来了！

〔此时，王府井步行街出现在了天幕上。

老　田　打那儿奔西，西单，小二年没逛西单了。一到那个十字路口我就转了向……甭说我，谁到那儿也得转了向……

〔此时，花团锦簇的西单广场出现在了天幕上。

老　田　打西单往南，一出宣武门，我找抄手胡同，愣没找着！转悠半天，嚯，费这劲，没找着！迎面儿来了个小伙子，上去一打听，小伙子一张嘴，好！一股广东味儿！我一个老北京！弄我一大红脸……

老　田　这儿，脚底下这就是金鱼池中街了。这趟街这么宽绰、豁亮！小区起来了，我也该退休了……（心里突然涌上一丝惆怅，但很快又轻声地笑了，抬起头）打这儿往南，正对着天坛……往北（脸

———话剧《万家灯火》 〉〉〉〉〉

往后扭了一下）几步道儿就是两广路。磁器口到珠市口这段儿叫大都市街。（玩味着）大都市街？真能琢磨……（无声地笑了）

〔此时，在一种梦幻般的叮叮咚咚的音乐声中，气派惊人的大都市街出现在了天幕上。

老　田　站在大都市街，正西，是珠市口那个教堂，东堂！

〔天幕上，保存完好的珠市口教堂出现了。

老　田　往东，东头儿，把着蒜市口东口，正在翻盖一个小院。十六号院！那是曹雪芹住过的宅子……打那儿往南，过红桥，就又回到晓市大街了。市里说了，让十一中挪地方，恢复药王庙……

老　田　（在梦幻般的音乐声中，转动着身子。边举目四望，边无限感慨地）老街坊们住上了新房，照说是喜事，可这心里头啊，还是有一股说不清的滋味儿。（用手比划着）打这么高，就在这片小胡同里爬……

〔此时，五十年代北京南城小胡同里各种各样的历史回音呼的从舞台深处飘了过来，涌上老田心头。

〔最先飘过来的是卖西瓜和卖樱桃桑椹的吆喝声："吃咧，弄块儿尝咧，甘蔗的味儿咧——"

老　田　这是卖果子的小贩小李秃，他吆喝得那么甜美，那么清亮……

〔接着，不知谁家的收音机里，传来了连阔如播讲的《岳飞传》："今天说到，东窗下秦桧夫妻设计，风波亭岳飞父子归神……"

老　田　这是连阔如，说的是岳飞——岳鹏举……

〔更远一点儿的地方，是一串小诗般甜美的儿歌："小小子儿，坐门墩儿，哭着嚷着要媳妇……"

老　田　这几句儿歌，年头儿可就更早了……

〔更远一点儿的地方，马增芬的京韵大鼓《绕口令》、关学增的北京琴书《杨八姐游春》……种种乡音乡情汇成一股热浪扑面而来……

老　田　这是马增芬……这是关学增……（心里呼的翻起个热浪，眼睛一

下子潮湿了）

〔突然，一切声音都消失了。

老　　田　（自嘲地笑了）真是上了岁数了，一个人儿站这儿嘟嘟囔囔……

〔舞台开始旋转，老田站在舞台中央，演员们开始谢幕。

〔在叮叮咚咚的音乐声中，天幕上是不断变换的今日北京的街景：西单、王府井、大都市街，保存完好的金台书院、王府井教堂……

〔第一个走来的是何老二的前妻——二媳妇。

老　　田　哟！大妹妹，少见哪！您这是……

二媳妇　儿子要出国，我来看看……（下去了）

〔接着走来的是赵家宝的父亲。

老　　田　老爷子！什么事儿啊这么忙？

赵传玺　南城啊，弄了个民俗学会。相中了我这两声吆喝，让我去录音……（捂住腮帮子喊了一嗓子）茄子来——黄瓜——架扁豆——辣芹椒哎——

老　　田　好！您可真脆当！

〔赵传玺下去了。

〔第三拨走来的是何老太太。老太太身边，给老太太护驾的仍然是四妹。

老　　田　（迎了上去）大妈！四妹！

何老太太　老田！（凑了过来）是说他们让你退休了吗？

老　　田　是啊！到岁数了……

何老太太　退休钱多还是离休钱多？

四　　妹　当然离休钱多了！

何老太太　那呀！让他们给你改成离休！（手往天幕上一指）你有成绩！

四　　妹　您别裹乱了！您说改离休就改离休？

何老太太　改不改还不是上边一句话！我去跟他们说去……

四　　妹　老田，市里要抓旱点工程，区里说了，必须得把老田请出来！让

　　　　　您牵头儿，我给您打下手！

老　田　嚯！合着一天都不让我歇？（老田淡淡一笑）

　　　　〔何老太太与四妹下去了。
　　　　〔丁一夫走上舞台。他依旧神色匆匆，十分忙碌。夫人张萌不远不近地跟在他的身后。

老　田　社会学家！老三！（打趣地）三掌柜！

丁一夫　哟！老田！

老　田　三兄弟，（嘴往张萌那边一努）是说要跟咱们复婚吗？

丁一夫　原来就没离！分居！分居！（捂住半拉嘴，对着老田的耳根台子）托好几回人啦，跟我这儿递小话儿！噢，您想怎么着就怎么着？小子！这回非让她打着白旗儿过来不可！我一个社会学家治不了你？且绷着呢！非绷到她实在扛不住喽，咱们再一伸胳膊搭把手儿，把她捞上来……

老　田　三兄弟，可不能那样！

丁一夫　您甭管！您甭管！早晚，我放她一码！跟您说，全是冲孩子！孩子在大学里学的是心理学，我不能让孩子心里老疙疙瘩瘩的……（匆匆走了）

　　　　〔张萌也下去了。
　　　　〔舞台仍在旋转。
　　　　〔此时，贾明夫妇上来了。那个患有小儿麻痹的夫人似乎仍与老田有点儿脸生，与老田打了个招呼，便匆匆走了。

老　田　怎么着？贾作家，您那个人间文学院还办不办？再办，算我一号……（笑了）

贾　明　老田，我想明白了，我干吗非得要当作家呀？写写画画，自个儿一乐，不挺好吗？

　　　　〔老田笑了。

贾　明　（下巴颏一指正在走下舞台的妻子）别看有点儿颠脚，心可不坏！何老二不是想办古家具博物馆吗？说啦，她出一股子！不挺好

吗？（下去了）

〔此时，何老大、何老二兄弟上来了。两人边走边把脑袋挤在一起，欣赏着手里一块破砖头似的古砚。

何老大　（好歹抠了抠"砖头"上的污垢，眼睛刷地亮了起来，手开始哆嗦）老二！知道这是谁的砚吗？文彭！

何老二　（眼珠子瞪大了）文三桥?！

何老大　对呀！明代大书法家！文征明家的老大！瞧见没有？这儿有两方印刻！上头这是"寿承"，下边是"渔阳子"！老二！一点儿错儿没有啊！

老　田　大爷！二爷！

何老大
何老二　（同时抬起了脑袋）哟！老田！

老　田　您二位这块砖头，这是打哪儿淘换来的？

何老二　砖头？古砚！刚打潘家园回来。

老　田　逛潘家园得起大早儿！这工夫了……

何老二　老田，收藏，一是得有俩闲钱儿；二是得有眼力；三，主要的是靠机缘！瞧见了吗？文三桥的砚！跟您说老田，这二年我好像要转运……

〔哥儿俩走了。

〔石毛子与肉轱辘推着个平板三轮过来了。

肉轱辘　（十分热情地凑了过来）老田，我们哥儿俩谢谢您了！谢谢您了！

老　田　谢我什么？

石毛子　您说话可真管用！我们厂子给我弄了个最低生活保障，一月三百多块钱；给肉轱辘弄了个病退！

肉轱辘　其实我什么病也没有！

石毛子　我们哥儿俩在磁器口号下个小门脸儿！一月三百多的铁杆庄稼，再在外边扑腾点儿，齐啦！

肉轱辘　老田，您是好人！何老太太说啦，她挑头儿，给您上万民伞！

老　田　我办点儿好事不是应该的吗？咱们头顶国徽，代表政府……

〔舞台上再次剩下了老田一个人。整个世界突然安静了下来。

〔短暂的宁静之后，刚才出现过的那些历史的回声再次出现了！与上次不同的是，这次节奏变快了。在那串儿歌过后，突然，何老大那把京胡出现了！京胡演奏的是《万年欢》。

〔很快，何老大的京胡不再是单一的独奏，而是变成了一曲由一支庞大的中西乐队伴奏的庄严辉煌的协奏。

〔老田笑了。但很快，老田的眼里再次涌满泪水……

〔中西合璧的乐曲有如黄钟大吕，扑天盖地而来……

〔幕落。

〔剧终。

精品剧目·话剧

黄土谣

编剧 孟 冰

时间

当代。

地点

晋西北黄河边凤凰岭村宋老秋家。

人物

宋老秋　六十二岁，男，凤凰岭村党支部书记。
宋建军　四十岁，男，某部副团长，宋老秋的长子。
宋建国　三十七岁，男，南方一建筑公司经理，宋老秋的二儿子。
宋建民　三十五岁，男，酷爱唱"二人台"的农民，宋老秋的三儿子。
宋老贵　五十五岁，男，凤凰岭村党支部委员，宋老秋的叔伯弟弟。
唐桂花　三十八岁，女，下岗工人，宋建军的妻子。
姣　姣　二十六岁，女，四川打工妹，宋建国的未婚妻。
小三红　三十岁，女，本地"二人台"名角，宋建民的妻子。
宋　唐　十五岁，女，初三学生，宋建军的女儿。
宋大脚　五十岁，女，宋老秋的远房妹妹。
老憋气　五十五岁，男，凤凰岭村党支部委员。
樊三喜　四十岁，男，凤凰岭村党支部委员。

————话剧《黄土谣》〉〉〉〉〉

第一幕

〔黄河,我们的母亲河,从青藏高原奔腾而下,经青海、四川、甘肃、宁夏、内蒙、陕西、山西、河南、山东九省,辟开崇山峻岭,冲过层层谷嶂,流入东海。舞台上展现的是黄河的一道拐弯,这一弯便把内蒙、山西、陕西三省连接到一块儿了,所谓"鸡鸣三省"就是指这地方。凤凰岭村就在这道弯弯的黄土高坡上。坡上高低错落排列着老百姓住的窑洞。从坡上看去,黄河的九曲十八弯就像一条玉带缠绕在山间。

〔舞台场景是宋老秋的家和院子。家就是三间古老的窑洞。

〔初冬的一天上午。

〔这一幕主要展现院子和宋老秋的窑洞。窑洞的门窗几乎占据了整整一面墙,刻花的窗格显示着民间艺术的细致和生动。一铺大炕沿窗下向洞内延伸,占了洞内一半的面积,所以,来这里的人多半是上炕盘坐。窑洞外是宋家的一个整洁、干净的院落,有桌凳和农具。旁边的两个窑洞住着三儿子宋建民两口子。当宋建军一家、宋建国、姣姣回来后多活动于旁边的两个窑洞。

〔宋老秋,一个地道的黄土地上的汉子,几十年的风雨在他那张粗糙的脸上刻下无数道深深的皱纹,如同黄土高原上那一道道深深的沟壑。此时,他一病不起,半靠在炕头上,闭着眼睛,在明亮的窗影下,像一块黑黝的岩石。宋老秋的叔伯兄弟宋老贵、宋老秋的远房妹子宋大脚、宋老秋的三儿子宋建民和媳妇小三红在他身边守护着。

〔远处，村里的大喇叭回荡着一个村干部的声音："……凤凰岭村全体党员，还有支委樊三喜、老憨气，你们都听着，老支书病危了，说不定对我们有话要交代，都别走远处，随叫随到，就像部队上一样样，咱们现在进入一级战备啦。对啦，三喜……听见哇？说你呢，娶上个小媳妇子，就迈不动步步，整日价怀抱抱……没个出息！告诉你啊，到时候你可要快啊！只要一招呼，就是正吃酸饭呢，放下碗就来啊，要是正上茅房啦，提上裤子就来啊！……"

〔片刻，宋老贵将宋建民拉到屋外院子里，小三红跟出。

宋老贵　建民，再给你哥挂个电话，问问他们甚时候到？

宋建民　刚挂过啦，都在路上哩，弯弯腰的工夫就到家。

宋老贵　建民，咱们村里出的事情，告诉你哥啦？

宋建民　（摇摇头）信号不好，一两句话又说不清楚……

宋老贵　（想着什么）……小三红，再看一遍，你大后事用的装裹是不是都备齐啦？

小三红　（点点头）备齐了……

〔宋建民向远处张望着。

宋老贵　（片刻）……建民，你大跟你说的话你都记下咧？

〔宋建民点点头。

宋老贵　（叹了口气）……我是说，万一你大哥二哥赶不上，你大对你说的话就是临终遗言啦。

小三红　（将宋建民拉到一边）……你大说甚啦，你咋没说给我哩？

宋建民　没说甚。

小三红　你瞒着我？

宋建民　这有甚好瞒的，大说：咱家这个窑洞有一百二十多年啦，我死了以后，你们要想接着住，就住，要想搬出去盖砖房子，就搬，这个家就留给你大哥、二哥……我说，大，你就别操心啦，我大哥在部队上当官，我二哥在深圳挣钱，人家的日子已经是小康水平，还会回来住你这个破窑洞？大说，窑洞咋啦？毛主席还住过窑洞呢！就这些……

宋大脚　（由屋内出）建民，你大醒过来了，叫你哩。

〔宋建民、小三红急忙进屋。

宋建民　大，你醒过来了？我是建民，你是不是有话要说……

宋老秋　（努力睁大眼睛，看着宋建民和小三红）……好长时间没有听小三红唱了。

宋建民　大，你是不是现在想听？《王祥卧鱼》？《打酸枣》？

宋老秋　还是《走西口》吧。

宋建民　媳妇子，快快地。

小三红　（轻声唱起《走西口》）哥哥要走西口，小妹妹实在难留……

〔宋家二儿子宋建国和姣姣提着皮箱走来。宋建国穿着西装，有个小老板的派头，姣姣的黄头发和入时的打扮总有一种不协调的感觉。

姣　姣　（说四川成都方言）……这是啥子地方嘛，脏乱差！

宋建国　（看着院子）……姣姣，这就是我家。

〔宋建民和宋老贵急从窑洞出。

宋建民　二哥！

宋建国　叔，建民！……来，介绍一下，这是姣姣，这是我叔，这是我弟弟建民。

宋建民　二嫂！

姣　姣　（笑）……哪一个是你二嫂？我才不和他结婚嘞，小气的很，我和他是合同制，正在讨论股份制的事情。

宋老贵　回到家里就是家长制，建国，先看你大去。

〔宋建国、宋建民、姣姣进屋，场上留下宋老贵和小三红。

宋老贵　小三红，你哥带回来这个女子是中国人还是外国人？

小三红　是中国人。

宋老贵　中国人咋是个黄头发？

小三红　那是染的。

宋老贵　你哥怕你大说他还不成家，临时找上这么个东西来哄你大的。

〔姣姣由屋内出。

姣　姣　没得，我和建国住在一起已经三年喽……

宋老贵　那叫非法同居。

〔宋建国哭着从屋里出来，用手捂住脸。

姣　姣　建国，你哭啥子？先去给我打点水，我要洗一下。

小三红　我来吧，……到我屋里洗吧。

〔小三红带姣姣进旁边的窑洞。

宋建国　（片刻）……建民，咱大的病到底是怎么回事儿吗？

宋老贵　咳，说起来，就是咱村地砖厂那件事情闹的……

宋建国　地砖厂是怎么回事？

宋建民　让人家给骗啦。

宋建国　告他呀？

宋老贵　问题是合同上挑不出人家毛病，告不成……

宋建国　老贵叔，你细说说……

宋老贵　建国，还是等你大哥回来再说，让他拿个大主意吧……

〔姣姣拿着毛巾和洗面奶出，小三红端着脸盆跟出。

姣　姣　建国，你们家太远喽！下飞机以后，坐汽车走高速路还要六个小时……

宋老贵　你烧高香吧，要是没有高速公路你得走三天。我们这地方甚都好，就是交通不方便，比较偏僻。要不早就跟海边边上的农村一个样样了。可是我们这个地方是三个省交界的地方，你脚下站的地方是山西，过了黄河北边是内蒙，西边是陕西，鸡鸣三省是甚意思你知道吗？就是公鸡一打鸣，三个省都能听到……

小三红　（打好水，对姣姣）……洗吧。

姣　姣　谢谢喽。

小三红　你说话真好听，像唱歌一样。

———话剧《黄土谣》 〉〉〉〉〉

姣　姣　（想起什么）姐姐，听说你就是唱戏的？在这一带很有名气？
小三红　（一笑）……我们这叫"二人台"。
姣　姣　那你唱一段让我听听嘛，我没听过啥子"二人台"，你就唱一段嘛……
小三红　（轻声唱）哥哥要走西口，小妹妹热泪流……
　　　　〔宋建军、唐桂花和女儿宋唐匆匆走来。宋建军一身军装，中校军衔。唐桂花端庄贤惠，宋唐却是一身现代青年的装束，头上还戴着耳机。
宋建军　叔、建国、建民。
宋建国　哥，嫂子。
小三红　大哥！大嫂！
宋建民　大哥大嫂！
宋老贵　建军，你可回来了，你大就等你啦！
　　　　〔宋建军一家急忙进屋，众人随进。
宋老贵　小三红，你赶快去找樊三喜和老憋气，叫他们快快地上来，就说要开会。
小三红　开会？
宋老贵　你老贵叔料事如神哩！
　　　　〔小三红跑下。
宋建军　（走到炕前）……大，我是建军，我们全家都回来了。
宋老秋　（伸出手，这是他第一次动作）……建军，（摸着建军的脸，一直摸索到肩章）……两个星星了？上次回来是一个星星，这次多了一个，下次回来再多一个……
宋建军　宋唐，快过来，叫爷爷！
宋　唐　爷爷！
宋老秋　（摸着孙女的头）……孙女，上次回来爷爷教你唱的《走西口》还会唱不？
宋　唐　会。（用 RAP 唱）哥哥要走西口，小妹妹我实在难留……

〔众人笑了起来。

宋建军　宋唐，这是姑奶奶，这是老贵爷爷。

宋　唐　姑奶奶，老贵爷爷。

宋老秋　建军，建国，建民，……你们听好了，有件事情我要给你们三个兄弟交代一下，……当年你爷爷跟着八路军走了，过了没多久你奶奶就病死了。我是吃百家饭长大的。东家一个窝窝，西家一口糊糊……日本鬼子来了要抓我……

宋建军　大，你都说过好多遍了。后来凤凰岭村的乡亲们挨家挨户把您老藏在地窖里。

〔小三红引着樊三喜、老憨气从坡下走来。

宋老秋　没有凤凰岭村的乡亲们，就没有我宋老秋的今天，也就没有你们这一坨坨呀……

宋建国　大，我们都记下了……

宋老秋　可今天你大欠下债了，欠下凤凰岭村乡亲们的债了……老贵，快，开会，叫上支委开会，开我宋老秋参加的最后一次支委会！

宋老贵　（对宋建军）……看你老贵叔料事如神吧？老秋，三喜和老憨气都在外边候着哩，咱说开就开啊！

〔宋老贵招呼着樊三喜、老憨气进屋，他们和宋家三兄弟见面。

樊三喜　老秋叔，乡亲们都惦记着你哩，今天一大早，不少党员和婆姨们都过来看你了，你睡着哩。

宋老贵　（对众人）我们要开党的会议啦，非党同志就请回避吧。

〔女人们退去。

〔宋建国、宋建民也起身向外走去。

宋老贵　建国，你站下。

宋建国　我又不是党员。

〔宋老秋用手指着宋建国，让他坐下。

宋老贵　你大的意思是，让你们兄弟三个列席我们的支委会。三喜、老憨气，咱开会啦！

————话剧《黄土谣》 〉〉〉〉〉

宋大脚　（照顾着宋老秋）……我也是党外同志，我在这儿不碍事吧？

樊三喜　你也算列席。

宋老贵　（掏出小本看着）……中国共产党凤凰岭村党支部第六百九十八次支委会现在开始，除支委宋二牛请病假外，其他人到齐。

〔宋老秋数着人数。

宋大脚　（大声地）……宋二牛病啦！

老憋气　不是病！是……

宋老贵　（急忙制止地）……就是病嘛！

老憋气　咱们开的可是党的会啊，说话可要实事求是！

宋老贵　（小声地）……好，你实事求是，你要是说了，老秋一口气背过去，你负责！

老憋气　（嘟囔地）……你这辈子永远有理由不坚持原则！

宋老贵　你这辈子就是老生气，老憋气！告诉你，憋着吧，啊？现在咱们开会啦。按照上次支委会讨论的意见，我们初步制定了一个还款计划，（对宋建军）……你大说他是支书，是决策人，又是考察组组长，他说他要负主要责任，他还四万，我们支委每人两万，考察人员每人加一万，小组长以上的村干部每人八千，普通党员每人五千，群众每户一千……是这个样样吧？

〔沉默。

宋老贵　咱们今天就讨论通过一下，有甚意见就说吧。

樊三喜　选我当支委的时候，我就说我不当，我没有那个水平。让我去考察的时候，我就说我不去，我看不明白，你们非让我去，说我年轻，让我跑跑腿。说老实话，我真是光跑腿了，买火车票啦，搬行李啦，联系住店啦，等人家介绍产品的时候，我睡着了嘛，结果现在落了个支委两万，考察人员又加一万，我这个三喜成了三万啦！

宋老贵　说这干球甚哩！你还是不还？

樊三喜　我敢说不还？

老憋气　你不敢说我敢说！我不是不还，是拿甚还？咱这个沟沟的经济情况你们也知道，历史上就是"水旱码头"，去年又是大旱，大多数人家过年的时候靠卖上一口猪娃娃，换上几百块钱，"南来的茶布水烟糖，北来的肉油皮毛食盐粮"……

宋老贵　你说球甚呢？

老憋气　我说现在的日子比过去是好受了，但还是没钱啊，反正摊到我头上是两万块钱，我还不起，要是非逼着我还……

宋老贵　老憋气，你可是有三十年党龄的老党员！

老憋气　老党员咋啦？宋二牛还不是老党员？还不是一扬脖子……

宋老贵　（急忙接过话头）……一扬脖子打了个喷嚏就冻着了，跟着就病了！

老憋气　对，病了！病了！

宋老秋　（突然地）……老憋气，你说，宋二牛咋啦？

〔老憋气不语。

宋老秋　（用力地）……说！

宋建军　大！

宋老秋　让他说！

老憋气　（小声地）……二牛老哥哥喝了农药啦，好在发现得早，已经抢救过来了，没事情啦。

宋老秋　（问宋老贵）……有这事情？

宋老贵　他这个人你还不知道？一分钱的"崩崩"都咬碎了花……

宋老秋　二牛……（轰然倒下）

宋大脚　（呼唤）……哥，老秋哥，你醒醒，你睁开眼睛看看我……

〔众人呼叫，其他房间的女人们闻声赶来。

宋老贵　建军，这说明你大开始往那条道儿上走啦，按老人们的说法，这时候只有一个办法，哭，赶快哭，大声哭，也许能把他哭回来。你们听好了，大脚、建军媳妇、小三红，你们对着老秋哭，建军，你冲着西边，那是西天的方向，建国，你冲着东边，那是红太阳升起的方向，建民，你冲着北边，那是北斗星的方向，四川女子，你冲着南边，谁让你是南边来的，老憋气，你上井台，三喜，你上磨盘啊……都听我统一指挥啊，……各就各位，预备……开始！

〔宋大脚、宋家三兄弟和众人们立即开哭。

宋大脚　（有腔有调地哭喊着）……我的哥哥哟，你可不能就这样走呀！你家里的事情还没有交代呀，你不能扔下我们不管哟！……

宋老贵　停！（众人收声）回来没有？

小三红　没有。

宋老贵　继续哭。

宋家三兄弟（哭）大呀！你可不能走呀！

宋大脚　（继续）……我苦命的哥哥呀，你还没享福呢，你可不能走呀！妹子不让你走呀，妹子往回拉呀，我的哥哥哟，你快回来吧！……

〔在人们的哭声里，宋老秋真的从冥冥之中苏醒过来，长长地吐出一口气……

唐桂花　（惊喜地）……有动静！

宋大脚　（立即收住哭声）……回来啦？

宋　唐　（好奇地）……真能哭回来？

宋老贵　你们听好了，回是回来了，但是能待多久可就不好说了，往长了说，三年五载，十天半月，往短了说，三天五天，十分八分，他之所以能回来，还是有话要说，咱们还是先让他把要说的话说了……

宋大脚　（俯下身子）……哥，有什么话你现在就说吧！……

〔宋大脚指挥着几个人上前将宋老秋扶起坐直。

宋老秋　（出了口气）……我刚才翻过一道梁梁，走过一个洼洼，拐过一个弯弯，走进一个岔岔，一抬头就看见毛主席啦，毛主席问我，你身后事情都安排好啦？我说，想见您老人家，走的急，没来得及安排哩。毛主席说，老秋啊，我让老百姓翻了身，你给老百姓

　　　　　留下一屁股债，你让那些老百姓咋活呀？我可听见他们在背后骂你哩！他老人家摆了摆手说，你先回去吧，我说，毛主席呀，我没脸回去啦，毛主席说，那你就有脸来见我？毛主席再一摆手，一阵风一阵雨，我就回来了……

宋老贵　你看看，要早知道你见到毛主席了，我们就晚一点哭，让毛主席多接见你一会儿……

宋老秋　毛主席他老人家生我的气哩，我宋老秋，一辈子让老百姓拥护，人家拥护的是共产党，我死了让人家戳脊梁骨，人家骂的还是共产党。……（激动地）我，我不能眼看着老百姓因为我宋老秋骂共产党！……我闭不上眼睛，我……咽不下这口气呀！

宋老贵　老秋啊，你刚缓过来，可不敢激动啊……

宋老秋　（摇摇头）……老贵，你们说实话，老百姓是不是在背后骂我啦？

樊三喜　没有。

老憋气　（小声地）咋没有？骂就是骂了嘛。

宋老秋　（笑了）……我都听到了。

老憋气　（愣）……你这家里能听见？

宋老秋　能听见，你们就是在心里骂，我也能听见！我宋老秋闭着眼睛能把咱凤凰岭上上下下七十二道沟沟走过来，能把全村四百零八个窑洞洞数过来，……咱们村的路是我带人修的！咱们村的电是我带人一路上栽下九百九十根电线杆杆拉过来的……

樊三喜　咱村的蔬菜大棚，咱村的种子改良，都是你带着我们弄起来的……

老憋气　咱村的大戏台，咱村的文化中心，都是你老秋带着我们建起来的……

宋老秋　（睁开眼睛）……人有十年壮，神鬼不敢浪！我要是能再活十年……建军，你都听见啦，你大欠下债啦，我要是死了，这笔债该咋还呀？

宋建军　大，我还没闹清楚这笔债是咋欠下的？

宋老秋　老贵呀，咱村的事情还没给孩子们说呀？

宋老贵　哎呀，他们一回来就一脑袋扎在你的炕头上了，再说，我这边也是日理万机……

宋老秋　快说，快给他们说说……

宋老贵　不急，让他们先喘口气儿。

宋老秋　（大声地）……快说吧！说了我就闭上眼啦！

宋老贵　（忙答应着）哎！说，说！三喜、老憋气，咱们先休会吧。

樊三喜　好，休会！

老憋气　甚时候再开会，随叫随到。

〔樊三喜、老憋气离去，宋老贵示意，宋建军、宋建国、宋建民等随他走出屋。

宋建军　老贵叔，到底是咋回事吗？

宋老贵　（叹了口气）……你大非让我说，我这个人你们还不知道？唱个爬山调调，说个戏文还行，刘海戏金蟾，洞宾戏牡丹，张生戏莺莺，吕布戏貂蝉……

宋建民　（提醒地）叔……

宋老贵　言归正传，……话说去年的这个时候，你大带着我们几个支部委员开会，要带领全村人脱贫致富，这时候，乡里介绍过来一个南方人，拿了一套出地砖的设备材料，就是县委招待所地上的那种地砖。我们听他说的可好了，投资小呀，收益高呀……你大还是不放心，又给全体党员开了会，还成立了考察组，你大是组长，到南方厂子里看了，样品也拿回来了……（从院墙旁边拿出几块地砖）这就是样品。……你大回来就按上手印印啦。全村人集资，多的上几千，少的有几十，老婆婆的银簪簪，大姑娘的花袄袄都拿出来了。一共是五万二千。信用社给咱们贷款十三万，一共是十八万二千……建民，弄口水喝吧？

宋建军　（递上自己的水杯）……叔，喝这个。

宋老贵　（看杯子）……这个水杯杯我在电视上见过，都是省委书记用的。

（接过水杯喝了一大口）……这几天可把你叔累坏了，头昏昏，心慌慌，腿软软，眼睛里总冒金星星。

宋老秋　（突然睁圆眼睛，听着外边的声音）……你们听，老百姓骂娘哩，老百姓骂我宋老秋哩！

宋大脚　哥，没有人骂娘，也没有人骂你老秋……

宋老秋　我听见啦，他们骂哩，老秋啊，你一辈子做下不少好事情，这回咋就犯糊涂呢？老秋啊，你给我家派下几千块钱的债，让我们以后的日子可咋过呀？老百姓骂我宋老秋了。

宋老贵　我说到甚地方啦？

宋建军　老贵叔，你说到一共是十八万二……

宋老贵　对，十八万二千把厂子办起来了，第一批砖出来以后，经过有关部门鉴定，属于淘汰产品，你大一听是十万火急找律师看那个合同，人家说这合同上有游戏，把我们给游戏啦……建军，建国，建民，这厂子刚建起来就倒闭了。那可是十八万二。我说的这些事情，你们都听清楚啦？

〔三兄弟点头。

宋老贵　你大的意思……你们也都明白啦？

〔三兄弟点点头。

宋老贵　你们赶快商量商量，然后给你大回个话，要不他说啦，闭不上眼，咽不下气，再说，真让他去见毛主席，让他咋汇报哩？闹不好毛主席一生气，宋老秋，我看你就不配当一个共产党员，这样吧，下辈子你就别跟我啦，找老蒋去吧，他就在我隔壁……

宋建军　老贵叔，你别说啦……

宋老贵　建军呀，你是长子，老话说，你是骑马坐轿、穿靴戴帽的，你可要拿个大主意！（进屋去了）

〔宋家三兄弟围在磨盘旁。

〔宋家三兄弟一起推磨，其情其景仿佛又回到了当年。

〔远处传来一个有滋有味的吆喝声："打……醋哟！打……醋哟。"

〔片刻沉默。

宋建军　没事，正好咱自家兄弟开个小会。咋啦？都是自家兄弟，有甚说甚。

宋建国　说起来，咱大这口气一直不咽，就是等咱的回话。哥，你先说吧？

宋建军　让你们先说是发扬民主，要是我说话了，就是集中。

宋建国　哥，你这话说的不像部队上团级干部的水平，你的意思是……

宋建军　（打断）……先告诉你们一件事情，组织上已经决定让我转业啦。

〔宋建国、宋建民愣住。

宋建民　（片刻）……哥，在部队上干得好好的，为甚要转业哩？

宋建国　人家电视上说了，部队上要精减。

宋建民　上万万人，咋就精减到我哥头上啦？

宋建国　电视上说了，部队上要加强现代化，要发展甚火箭呀、导弹呀，像哥他们拿着枪在地上跑的部队是主要精减对象……

宋建军　（火气地）……你甚都知道！

〔片刻的沉默。

宋建军　不光我，我们整个部队都给精减了。

宋建民　大哥，那你的工作有着落没有？

宋建军　有战友帮忙，部队上的领导也挺关心，还给写了信，进省城工作是没甚问题了，市政部门还给个副处长的位子呢……对了，这个事千万不要告诉咱大，咱大还说让我下次回来多一个星星呢……（有些感伤）……我对不起咱大，让他老人家失望啦……不说这些了。

宋建国　我先说吧，咱大的意思是想让咱们兄弟几个替他还钱，对吧？这钱多少的事情先不说，咱大这一辈子求过谁啊？咱娘过世得早，大拉扯咱们几个长大实实的不容易啊。今天老父亲在临终前求他几个儿子一件事，我们如果不答应，是不是对不起他老人家？所以，这四万块钱，我们是一定要还的。

宋建军　（点头）……欠债还钱，父债子还，自古以来，天经地义。

宋建国　咱们宋家三兄弟就是要给全村的人们看看，宋老秋没有白养活三个大儿子，甚叫孝顺？甚叫中华民族的传统美德？请看宋家三兄弟，虽说比不上人家宋氏三姊妹，也是黄河边边上的一段美文佳话。

宋建军　我看你这些年，不光能挣钱，也挺能吹啊！

宋建国　你算说对啦，能吹就能挣，不吹人家银行能给你贷款？不吹人家能把上百万、上千万的工程交给你？……咱们哥仨个，就我是做生意的，说实实的，我比你俩钱多，四万块钱对我来说算个甚，我一个人全出了，也没问题。但是，你们两个一个是长子，一个是老疙瘩，你们在心里能不能过得去，要不要给咱大也尽上一份孝心，你们自己说……

宋建军　建民你说说。

宋建民　大哥二哥说的我都同意，我不是不想还，我确实拿不出多少钱，满打满算也就有五六千块……

宋建国　这样吧，我出两万，你俩一人一万，建民不够的我给补上。

宋建民　二哥，谢谢啦。

宋建国　大哥，我看这事情不用你再民主集中啦，赶快给咱大回个话吧？

宋建军　不行建国，不能让你出两万……

宋建国　哥，甚也别说啦，咱就赶快给咱大回话吧！

宋建军　（站起）那咱就先给咱大回话？

宋建国　回！

宋建民　回！

〔宋建军伸出手，两兄弟将手伸出搭在他的手上，而后三兄弟进屋。

宋建军　（对宋老贵）叔，我们兄弟三个商量好了给我大回话。

宋老贵　你大正等着了。你看这个水杯杯？

宋建军　你老人家拿着。

——话剧《黄土谣》

宋建军　（对宋老秋）……大，我们兄弟三个商量好了，你欠下的四万块钱，我们给还上！

〔宋老秋没有反应。

宋建国　大，你就放心吧。这四万块钱我出两万，我哥和我弟一人出一万……

宋建民　大，我不够的二哥给我补上。

宋大脚　（俯身听）……哥，你都听见了没？这事你就放心了，三个小子替你还上了。你说甚哩？哥，你再说一遍？

〔宋老秋的嘴轻轻动了一下。

〔众人关注。

宋大脚　《走西口》？你还是想听《走西口》？

〔宋老秋点点头。

宋大脚　小三红，快，快，给你大好好唱啊……

小三红　（唱）哥哥要走西口，小妹妹我实在难留……

〔第一幕完。

第二幕　第一场

〔第二天清晨。

〔宋老秋家，景同前场。

〔乡村的清晨有着特有的宁静和清新，淡淡的雾霭沿着山坡的起伏向大地铺盖着柔软的轻纱，偶尔传来的鸡啼，既响亮又有韵味。

〔宋唐出现在远处的高坡上，她在背英语单词。

宋　唐　（英语）早晨，太阳，黄河，中华民族……

〔远处传来卖豆腐的吆喝声："端——豆腐来！"

〔小三红拿着一个小盆从屋里出。

小三红　（向远处喊着）……卖豆腐的，等一下。

〔小三红欲跑下,被从坡下走来的宋建民堵住。

宋建民　三舅那边又来电话啦,说是演出的日程都安排好了,下午晚上连着演,一场挨着一场,还说,这回他借了一辆面包车,再不让咱俩坐马车啦……

小三红　那你咋说?

宋建民　我能咋说?还是你给三舅回个电话吧?

小三红　(想了一下)……行。

宋建民　(又回过身来)……等等,你想咋说?

小三红　实话实说,就说我们甚也准备好了,就等着你大咽气啦!

宋建民　他要是问等到甚时候嘛?

小三红　那我咋能知道?……锅里有酸捞饭,吃去吧。

宋建民　还有别的没?

小三红　你还想吃甚?天上九头鸟,地上龙虎豹?

宋建民　不是我,我是怕我哥他们吃不惯酸饭。

小三红　城里人讲究个营养,你就告诉他们,咱这的酸饭软化血管、降血压,还美容,他们准抢着吃。

宋建民　对着哩,吃完咱的酸捞饭,肯定就变了一个模模样。(小声唱)海棠花脸脸红圪嘟嘟嘴,长长的大辫子月弯弯眉。

小三红　(小声地对唱)一畦畦红豆角角硬,我爱哥哥好脾性。

宋建民　(小声唱)想妹妹想的迷了窍,抽旱烟含住个烟锅挠,哎哟,烧了一嘴水燎泡。

〔姣姣从屋内出。

姣　姣　建民,你二哥嘞?

宋建民　喝多了,躺着呢。

〔宋建民示意小三红打电话去,小三红下。

姣　姣　你给我叫他一下!

〔宋建国打着哈欠从屋内出。

宋建民　你自己叫吧。(进吃饭的屋)

———话剧《黄土谣》〉〉〉〉〉

〔姣姣将宋建国拉到一边，宋唐从高坡上走回。

姣　　姣　（小声地）……我刚才接到电力公司陈总电话了，问你为啥子不接电话，还问你啥子时间回去，说就等着你签合同了。

宋建国　（立即翻看手机）……喝多了，没听见。

姣　　姣　那你快回电话吧。

〔宋建国急忙打电话又停住。

姣　　姣　打呀？

宋建国　咋说呀？谁知道我大甚时候才能咽气呀？

姣　　姣　有没有啥子办法，让他快一点咽气？

宋　　唐　（笑）二叔，我听你们俩这话，越说越像杀人犯……

宋建国　（发现宋唐，解释地）不是，我的意思是……

宋　　唐　二叔，不用解释，我知道你们是着急。

姣　　姣　建国，这位陈总可是财神爷，他的工程你要签下来，可是上百万，我跟你这么多年，就是等着有一天你能有一个大工程，一下子能挣好多钱。从此以后，我再也用不着去给男人打洗脚水，我从成都就给男人打洗脚水，给男人搓脚，一直搓到广州，又搓到深圳，搓了好多年，好不容易把你给搓到手了……

宋　　唐　（笑着）……二叔，原来你们是洗脚的时候认识的？

宋建国　是啊，那个时候，她的手法可好了，一边给我搓脚，一边跟我眉来眼去的……

姣　　姣　（对宋唐）哎，那个时候，你二叔那个时候就是个小包工头头，现在他有钱了，有好多钱，有一百万呢，告诉你爷爷，还有你爸爸，让他出钱……

宋建国　（厉声制止）……姣姣！

宋　　唐　（英语）钱、钱、钱。

姣　　姣　我跟你说，快点儿给陈总打电话，晓得嚜？

宋建国　晓得！

〔姣姣离去。

宋　　唐　二叔，你真有一百万呀？
宋建国　咋啦？
宋　　唐　你们刚才不是说想让爷爷早点咽气吗？你立刻告诉他你有一百万，我保证爷爷一听说以后，两小时之内准咽气……
宋建国　闭嘴！（缓和地）……能这么说你爷爷吗？
宋　　唐　完啦，二叔，你留给我的最后一点光辉形象即将破灭，我一直以为你是一个真诚的人，现在看来，你也很虚伪！
宋建国　我虚伪？你这个小兔崽子，没大没小不说，你还一套一套的。
宋　　唐　二叔，我可没跟你开玩笑，你现在有把柄在我手里。
宋建国　我干甚啦？
宋　　唐　你有一百万！你到底想不想让家里人知道，可全看我这张嘴了……
宋建国　嘿？你这个小……
宋　　唐　小什么？小什么？
宋建国　小兔乖乖，小兔乖乖。这样，看在咱叔侄俩的情分上，你先替我保密，回头二叔送你点儿什么，Mp3？……
宋　　唐　（笑）……二叔真是做生意的，直觉反应就是交易。不过，Mp3就免了吧，你记住欠我一个情就行啦！
宋建国　我欠你一个人情……

　　　　　〔宋建国、宋唐进屋。
　　　　　〔片刻，宋建军和宋老贵从坡下走来。
宋老贵　建军，虽说你是走马观花，也算把全村转了一遍，我最后再说一句，你大之所以还挺着这口气，是有想法哩……
　　　　　〔唐桂花从屋内出。
唐桂花　老贵叔，吃饭吧。
　　　　　〔宋老贵进屋。
唐桂花　（小声地）……建军，乡长来说甚啦？
宋建军　乡长说，情况他都知道，他也跟咱大说过，信用社也答应了，除去村里的集资款，那笔贷款是可以向上面打报告想办法处理的，乡长说咱大不干……

唐桂花　为什么？

宋建军　大说那是国家的钱，不能因为他让国家吃亏。再说，信用社就是答应把那笔贷款给免了，可按规定，咱村五年之内就不能再贷款了，大说要想致富，还得有人领头干，还得用贷款，不能因为他影响了全村人今后的发展。桂花，有个事情我想跟你商量一下，建国这两年在外面挣点钱不容易，咱不能让他出两万。

唐桂花　（点头，片刻）……是啊。四万块钱是不少，可谁让你是老大呢，别说让咱们出一万，就是多出一点也是应该的。

〔宋建军看着她。

唐桂花　看甚哩？

宋建军　我看你今天真好看……

唐桂花　只要给钱，比天仙还好看。去，吃饭去吧。

宋建军　不吃啦，我去看看大。

〔宋建军、唐桂花分别进屋，宋建国从屋内出。

宋建国　（打着手机）……陈总，对，我是建国，明天晚上我肯定到啦，现在就可以定下来，我请你吃宵夜啦，……陈总，不是客气，这个合同对我来讲太重要啦，你一定要等我回来，其他的事情都好办啦，……你是问我父亲吗？……对，对，正在等啦，（小声地）他不咽气，我是不好走的啦，我估计，（更小声地）我估计很快就搞定的啦……好，好，就这样啦，拜拜。

〔宋建军从宋老秋的屋子里走出。

宋建国　哥，咱大咋样了？

宋建军　一会儿就睁开眼睛看看，也不知道是看甚呢？

宋建国　咱们给他回的话，他没听清楚？

宋建军　咋不清楚？我说了一遍，老贵叔又说了一遍，后来，姑又跟他说了一遍……

宋建国　那他还等甚嘛？

　　　　〔宋建军看着他……

　　　　〔宋建国欲走……

宋建军　建国。

　　　　〔宋建国站住……

宋建军　我问你，这些年在外边闯荡，挣了多少钱？

宋建国　（敏感地）……干甚？

宋建军　随便问问嘛。

宋建国　要说多，不算多，没有金山银山，要说少也不算少，够吃够喝。

宋建军　这话等于没说！

　　　　〔宋建军进中间屋，姣姣从屋内出。

姣　姣　电话费可是漫游啊！

宋建国　知道。

姣　姣　（向宋老秋的屋子张望）……建国，你爸爸还要等好久？

宋建国　（急，说四川话）……我不晓得！

姣　姣　你去跟他讲，叫他要么向前面走一步，要么向后面退一步，老在那个分界线上待着，搞的我们没的办法！要等到啥子时候嘛？

宋建国　这，这可咋说嘛？

姣　姣　（笑）……你不去说，那我可去说喽？

宋建国　你？

姣　姣　我保证让他要么向前走一步，要么向后退一步。

宋建国　（看着她，想了一会儿，下决心地）……走！

　　　　〔二人进宋老秋的屋子。

　　　　〔宋大脚正照顾着宋老秋。

宋建国　姑，这些天，可把你累坏了……

宋大脚　（叹了口气）……哎，我算看明白了，养儿子算是一点用没有！

宋建国　姑，我和姣姣有几句话想和我大说说，你说，他能听见呗？

宋大脚　（对宋老秋）……哥，建国和他女子有话和你说，你听见了呗？

〔宋老秋睁开眼睛……

宋大脚　能听见，你们快说吧……

宋建国　大，我是建国，我想说……大，姣姣，你说吧……

姣　姣　建国，我叫啥子嘛？

宋建国　叫大。

姣　姣　叫大？

宋建国　我们这地方管爹叫大，大就是爹。

姣　姣　（对宋老秋）大……爹！

宋建国　叫大就不用叫爹。

姣　姣　大，我是建国的女朋友，我晓得，你心里头一直想着还债的事情，虽然他们三个兄弟都答应你了，你还是不放心，我告诉你一件事情，你听了，就可以放心了，（大声地）……你儿子建国这些年在外头打工，他有钱，有好多钱，有一百万！是百万富翁！

宋建国　（急）……姣姣，谁让你说这个啦？

宋老秋　（突然欠起身子，眼睛发亮，一把揪住宋建国）……你有多少钱？你有多少钱？

宋建国　（被吓了一跳）……大？

宋老秋　建国，你给我说清楚，你有多少钱？

宋大脚　（愣了半天）……哥呀，你咋一下子就起来啦？

宋老秋　建国，你说呀！

宋建国　大，我……

宋老秋　（越来越精神）……建国，你女子说你有一百万，你说，你真有那么多钱？

宋建国　（叹气）……大，没有，我没有那么多钱，真的没有！

宋老秋　没有？刚才她说你有嘛……

宋建国　大，我……我是骗她呢，我要不说有一百万，她不跟我！

姣　姣　（气极）……你，你真的是骗我？

宋老秋　建国，那你到底有多少钱？

宋建国　我就是个小包工头，你说我能有几个钱？

宋老秋　（又躺倒）骗吧，你们就骗吧，有钱没钱都在你们嘴上……

姣　姣　（突然哭喊起来，使劲地打着宋建国）……好你个没良心的东西，你没有一百万！你骗我！你骗我！

〔姣姣的哭喊声惊动了其他屋里的人们，他们跑出来，集中到宋老秋的屋子。

宋建国　小祖宗，你就别喊啦！

姣　姣　宋建国，你让你大哥大嫂，让你弟弟弟妹评一下理，你口口声声说你有一百万，说只要我答应和你结婚，你就先给我五十万，就这样，我才跟了你。三年啊，一年三百六十五天，三年啊，要不是跟着你，这么多天，就算我一天搓八个脚，就能认识八个人，……不对，八个人是十六个脚！三年哪，我能搓多少脚啊！我能认识多少人哪！别说你一百万，就是一千万老板的脚我也搓上啦！

宋老秋　（突然大声地）……出去！都给我出去！

〔静场片刻。

〔院落里只剩下宋建军。

〔片刻，宋建民走来。

宋建民　大哥，有个事情想和你商量一下。

宋建军　（敏感地）……你也着急啦？

宋建民　（低下头）……大哥，我们能联系上几场演出，实实不容易，再说，我心里头也惦记着还债的事情……

宋建军　建民，这么多年，我和你二哥一直在外边，咱大和家里的事情主要是靠你啦，（动情地）你辛苦啦……

宋建民　（动情地）哥……

〔宋唐从屋里出来站在一边听着他们的对话。

宋建军　建民，你帮我想想，咱们已经给咱大回了话，可他为甚就没个态度呢？他这口气究竟堵在甚地方啦？

〔宋建民欲言又止，进屋。

宋　唐　　爸，我知道爷爷这口气堵在哪儿。

宋建军　　你知道个甚？

宋　唐　　其实，你们心里也知道，他就是对你们说的只还四万不满意。

宋建军　　那你说，他想让我们还多少？

宋　唐　　全部，十八万二！

〔建民回屋。

宋　唐　　爸，我真想听你说一句特爷们的话，一拍胸脯，告诉爷爷，你放心走吧，所有的债我们还啦！爸，从小，你在我心里就是英雄，是偶像！我看着你在操场上喊着口号，小白手套一戴，黑皮鞋锃亮，那口号喊的：（学着）"向右看——齐！向前——看！稍息，立正！……"那么多战士，在你的口号下，刷刷……动作那叫一个齐！我到学校的时候，同学们一见我就说，宋唐，你爸真牛！真酷！……爸，你真的是一个特别棒的军人！……可这些日子，我总觉得你有点面，说话也没声了，像小老头似的……爸，今天我才知道，你要转业了，我能理解你心里那种不是滋味的感觉……

宋建军　　（拍拍她的肩膀）原来爸爸看见你这个打扮还担心你学坏，没想到我闺女心里有这么多话……

宋　唐　　我的 Dad 啊，那是因为你以前有点官僚主义和军阀作风，宋建军同志，希望你以后改正。（走了）

〔宋建军走进宋老秋的屋子。

宋建军　　姑，你去歇歇吧。

宋大脚　　（点点头）……你大刚才说了几句话，听不清楚，可能是说胡话吧。（走去）

〔宋建军坐在宋老秋身边，默默地看着他。

宋建军　　（片刻，轻声地）……大，大！

〔宋老秋沉睡着。

宋建军　　大，我知道你能听见。大，这次回来，我想起好多小时候的事情，我记得你说过，要不是我娘死得早，你要像杨家将一样，连着生他七个儿子，长大都让他们当兵去。我当兵走的时候，你就说了四个字：立功入党！……后来我在信上告诉你，我入党了，你回信说，从今往后，你我之间不光是父子关系，还是两个共产党员之间的关系……大，我现在和你说话，既是儿子和父亲，也是两个共产党员在谈心，你心里是咋想的，你应该告诉我呀……大，你是想让我们把全村十八万二的债都还上？对吧？大，你不说，你是想让我们自己说，对吧？……大，说实话，我不是没想到，我是不敢往那想啊，……大，我对不住你，我没有跟你说实话，我是想只要尽了孝心，让乡亲们说不出甚来就算过去了。可现在我明白了，这件事过不去，不是乡亲们过不去，是你心里过不去，是我心里过不去，是咱共产党员心里过不去……

〔宋老秋仍沉睡着。

〔宋建军在倾听着……

〔唐桂花悄悄地走来，默默地注视着他……

第二场

〔午后。

〔景同前。

〔姣姣拿着自己的东西从屋内走出，宋建国追出。

宋建国　　（抢下姣姣的小包）……再等一天，就一天！我对天发誓！

姣　姣　　你再等几天，和我没的关系，从此以后，你我各奔东西，就算我姣姣瞎了眼，认错了人！

宋建国　　姣姣，我宋建国对你的那么多好处，你就都忘了？

姣　姣　　那你老老实实告诉我，你有多少钱？

宋建国　　嘘……（小声地）小姑奶奶，你小声点儿，你不知道，现在在这个小院里说钱，是一件最要命的事情！

姣　姣　你们家里头的事情，我不管，也没有资格管，但是，你要还想跟我好，就必须跟我说实话。

宋建国　我跟你说的都是实话，我真的没有一百万。

娇　娇　那你老老实实告诉我，你到底有多少钱。

〔宋建国无语……

姣　姣　八十万？

〔宋建国摇头……

姣　姣　六十万？

〔宋建国摇头……

姣　姣　五十万？

宋建国　（无奈，小声地）……这几年买了辆二手车，花了六万，租房子每年四万，买保险一年下来两万多，炒股票被套住了两万，现在折子上满打满算还有十万块钱，我怕家里用钱，带来六万……

姣　姣　（想着）……六万？三六一十八，你带的将将好？

宋建国　姣姣，还债的事情我只答应出两万，剩下的都是你的，行不行？

姣　姣　说话算数？

宋建国　只要你帮我把陈总这个合同签下来，我保证再给你这个数（伸出五个手指头）……

姣　姣　那你要我咋个帮你吗？

宋建国　（笑）……其实你心里明白，那个陈总对你有意思，他那眼神你没注意？

姣　姣　注意啥子？

宋建国　他那双眼睛里就像有两个小巴掌，伸出来就要解你的裤腰带！

姣　姣　看你说的，那我以后可不敢见他哟。

宋建国　别，一会儿你就得给他打电话，咱这不是回去吗，你就勾着他，总让他像小猫看着河里的鱼似的，馋的流口水，就是吃不上！

姣　姣　那万一有一天，那猫……把鱼抓到了咋办吗？

宋建国　（想着）……抓着了？不会呀！你是说那猫……它下去了？要不就是那鱼……它自己蹦上来了？

姣　姣　哎呀，我是说，你要我勾着他，万一有一天，我实在脱不开身了，咋个办吗？

〔宋建国为难地想着如何回答……

姣　姣　你讲嘛。

宋建国　（下决心地）……只要他敢动你一个手指头，你就先给他一个大耳贴子，他那些臭钱咱不要啦！

姣　姣　（笑了）……真的？

宋建国　真的！

〔姣姣笑了，被宋建国拉进屋去了。

〔片刻，宋建军和樊三喜、老憋气从坡下走来。

老憋气　（边走边说）……建军，我在支委会上说不还，是想让你大松个口，让信用社把那笔贷款给免了算啦，可你大就是不松口……说实话，要是真定下来还，我老憋气日子过得再紧，也得带头。当年你大说要搞塑料大棚，一开始老百姓也是不愿意掏钱，还不是我和几个党员带头先搞起来……

樊三喜　搞种子改良也是这个样样，还不是我们党员先带头换了"丰收五号"，老百姓才跟着换，建军，这次分摊债务……

宋建军　说呀？

樊三喜　（犹豫地）……咋说呀？

老憋气　（急）我最受不了你的就是这！一句话，说一半半咽一半半……

樊三喜　我说我说，……建军，我是说，改革开放这些年，各家各户的日子比过去好多了，手里总算有几个零花钱了，可集资的时候能掏出来的都掏出来了，要是再把这笔债应下，各家各户真是没有指望啦……

老憋气　建军，就拿刚才给你打招呼那个二把子，一家九口人，老的老小的小啊，你说都是这号人别的本事没有，就是能生娃。你让他还

　　　　　三千？建军，你刚刚回来，忙着了，我们就先回了。
宋建军　好，多谢你们介绍的这些情况，二叔慢走。
　　　　〔老憨气和樊三喜走了。
　　　　〔宋建军独自在院里走着，唐桂花从屋内出。
唐桂花　（片刻）……你也不歇歇？
宋建军　（笑了一下）……桂花，咱家存折上到底有多少钱？
唐桂花　我不是说过嘛，够你还债的啦。
宋建军　我是问你一共有多少钱？
唐桂花　咱们家柴米油盐的事，你甚时候关心过？现在问这个干甚？
宋建军　（看着她）……我突然想起来，有一次我调职以后补发工资，那个月我拿回来好多钱，我记得，那天你特别高兴，把咱家所有的钱都翻出来，坐在那儿一张一张地数那些票子，别人说甚你都不搭茬儿，可认真了，对了，就是那天你还说，你最高兴的事就是一遍一遍地数钱……
唐桂花　那都是多少年省吃俭用，一分钱一分钱存下的……
宋建军　桂花，要是一句话的工夫，这些钱就没了，咋办？
唐桂花　（愣住）……没啦？咋？他俩变卦啦？这四万块钱让你一个人出？
宋建军　要真是这样呢？
唐桂花　为甚？我找他俩说理去……
宋建军　桂花！……你先别急，我只想告诉你一句话，我是老大，不管让咱出多少钱，都是应该的，只要我宋建军答应了，就算你也答应啦，你看行不？
唐桂花　你这是给我下套呢？
宋建军　好啦，去把建民叫过来。
唐桂花　听着，宋建军，我可不许你打肿脸充胖子……
　　　　〔唐桂花走进宋老秋的屋子，片刻，宋建民从宋老秋屋子里走出，和宋建军一起进宋建国住的屋子。
宋建军　建民，大咋样？

宋建民　（摇头）……我看快不行了。

〔远处传来一个有腔有调的声音："……锯锅——锯盆！"

宋建军　（片刻，又闪现出他优秀军事干部的气质）……我就长话短说，自从给咱大回话以后，咱大一直没点头，我想来想去，咱大有一句话一直没说出来，他是想让我们自己说哩……直说吧，咱大是想让我们兄弟三个把全村十八万二的债全都给还上！

〔宋建国、宋建民愣住。

宋建国　（片刻）……大哥，我问你，这笔钱是咱大一个人欠下的？

宋建军　不。

宋建国　地砖厂没办好，责任是咱大一个人的？

宋建军　不。

宋建国　那为甚非要让咱大一个人还哩？

宋建民　大哥，村里没有人说让咱大一个人还。

宋建军　这样，我来说一下咱大心里是咋想的，你们听一下对不对？一、咱大是支书，也是办地砖厂的主要决策人，决策失误，他要负主要责任；二、为了集资，乡亲们已经把家底都掏空啦，结果反倒落下一屁股债，老百姓怨声载道，咱大不想让老百姓骂共产党；三、虽说信用社可以把这笔贷款给免了，但咱大一辈子活得干净，从来都是一人做事一人当，这是咱大的个性！……说到底，这口气他为甚咽不下？他是想让我们替他还上这笔钱，是不想失信于民，这是根本！

〔沉默。

宋建国　哥呀，我问你，你有多少钱？

宋建军　钱，肯定是不多，但是，东拼西凑，砸锅卖铁，也要把这笔钱还上！

宋建国　行，你能耐，你有种，反正你是长子，咱们三个兄弟，要说责任，你负主要责任，我说过，我只拿两万，多一分钱也没有！

宋建民　二哥……

宋建国　你就少说话吧,要不,你差的那点儿钱,我就不管啦!

宋建民　大哥……

宋建军　有话就说。

宋建民　戏文上说,秦琼卖马,杨志卖刀,好马快刀有何用?一文钱难倒英雄汉……

宋建国　真是上坡的驴屁多,你要说甚快说!

宋建民　老话说:人有脸树有皮,宁输十亩地,不输一口气!我从小跟着大,我知道大的心思,大哥说得对哩……咱大就是想让咱们把这些钱都还上!只要大哥说还,我跟着,让我还多少,我和小三红绝无二话!

宋建国　嚄?又出了一个大英雄?好,你们哥俩当英雄吧,我就当狗熊啦!

宋建民　二哥,我既然拍了胸口,就绝不向你要一分钱,十八万,三六一十八,咱哥仨一人六万!

宋建国　六万?……兄弟,不就六万块钱吗?钱对我来说是个甚?是个球!我问你们,六万块钱,你俩谁掏得出来?……我!我能掏出来!(拿出包将六万块钱放在炕桌上)……你们看看,不多不少正好是六万!这就是钱!这就是钞票,也叫人民币!……我原打算这次回来,给咱大风风光光、排排场场地办好丧事,我算着要花上万八千,然后再给你们两个一人一万……可现在我改主意啦,别看钱就在这儿放着,我说过就出两万,加上咱大办后事的一万,我放下三万,剩下的钱我原封不动地带走,省的给了你们也让你们给还了债!

宋建军　(大声地)……还债咋啦?这笔债分摊给乡亲们,你让他们咋还,你让他们拿甚还?

〔唐桂花、小三红、姣姣拿着暖壶和茶杯进屋。

唐桂花　(小声地对宋建军)……你喊甚勒?就听你嗓门大,都是亲兄弟,有话好好说。

小三红　（对宋建民）……大哥二哥好容易回来一趟，你少说两句当不成哑巴。

姣　姣　（把宋建国拉到一边）……我刚才给陈总打过电话，他让你今天必须回去，要不，他说这个合同只跟我谈……

宋建国　甚意思？

姣　姣　这你还不明白？就是你说的那个猫儿和鱼儿……

〔宋建国点点头……

〔宋建军示意她们出去，唐桂花、小三红、姣姣退出。

〔片刻的沉默。

宋建国　（来回走着，拿出手机）……建民，你给我帮个忙。

宋建民　甚事情？

宋建国　（拨手机电话号）……一会儿，这个电话要通了，不管是谁，你就用咱们家的话开骂，照死了骂，骂最难听的，别停……

宋建民　二哥……

宋建国　（急忙把手机递到宋建民跟前，小声地）……开骂！

〔宋建民接过手机，犹豫着……

〔宋建国转过身去……

宋建民　（想好了，下决心地）……喂？我是要讲话，我现在就讲啊！我日你舅母……

宋建国　（突然转过身来，一把抢下宋建民手里的手机，一下子像变了一个人似的）……喂，哎呀，是陈总呀，我是宋建国，我这边的事情刚处理完，下午就上飞机，对，今天晚上我肯定到，明天咱就签！……好，OK！

〔当宋建国打完电话后，发现宋建军、宋建民正吃惊地看着他。

宋建国　（片刻）……别这么看着我！这有什么奇怪的？这就是现实！我能怎么办？我整天和这些人在一起，我得罪不起！可我从心里恨他们，我见过他们是咋花钱的，见过他们是咋贪污、咋受贿的，请客吃饭，山珍海味，一顿饭花上十几万，去澳门赌博，一晚上

|||||| 话剧《黄土谣》 》》》》》

     输掉几百万，那都是国家的钱啊！……都是老百姓的血汗钱，说句现在的话，那都是咱纳税人的钱哪！

宋建军 你说完啦？

宋建国 没有！我是有几个钱，可我的钱是干净的！刚去深圳的时候，我就是个泥瓦匠，后来看人家架子工挣钱多，就拼上命地去当架子工，几十米高的架子，一爬就是一天，从上面往下看人比蚂蚁还小哩，再困再累也不敢打盹，万一掉下来就是一团肉泥泥！我的钱是拼上命挣下的，咱是老百姓，没本事，只能拼命，不像人家"命里有五升，不用起五更"，所以，挣下这点钱我舍不得花，舍不得吃喝嫖赌，顶多也就是养个"小蜜"，还是个洗脚的，也是劳动人民！……大哥呀，听上弟弟一句话，别傻啦，把钱自己留着吧，嫂子下岗了，你也转业啦，医疗啦、保险啦、孩子上高中啦，还要上重点啦，要用钱的地方多啦，再说，你就是把钱还上啦，那银行又给贷出去啦，你知道贷给谁？你知道干甚用？……谁想到在中国，在黄河的边边上，还有一个村子的老支书临终前还惦记着要还上欠老百姓的钱哪，哥呀，我是苦口婆心啦，你要是再不听，我也没办法，只能送你一个字：傻！

宋建军 （把茶杯摔在地上）……你说甚都行，就是不许说这个字！

宋建国 （愣住）……为甚？

宋建军 （痛苦地）……我这一辈子就没离开这个字！当兵的时候，人家叫我"傻大兵"；立功挂上奖章的时候，有人说"傻干出来的"；入党的时候，有人说"傻到家了"；带着部队训练严格一点，认真一点，有人说"傻实在"；上级领导来，别人说好话，说假话，我说真话，有人说"连傻子都懂的事儿，他都不明白，真是比傻子还傻！"……今天，你也这么说！

宋建国 建民，你都听见了吧？这更说明我说对了，（转对宋建军）……不是我一个人说你傻，你就是傻！和咱大一样，傻！

宋建军 （厉声地）……你给我闭嘴！

宋建国　我不是你的兵，你少跟我这样说话！
宋建军　我是老大，老大就这样说话！
宋建国　今天我就不听你这个老大的，你能把我咋样？

〔宋建军狠狠地抽了宋建国一个耳光！

〔沉默。

〔远处传来有腔有调的叫卖声："修锁子……配钥匙！"

宋建军　收起你的钱，走吧！
宋建民　大哥……
宋建军　（大声地）……让他走！家里的事情不用他管，也不要他一分钱！
宋建民　哥……
宋建军　我再说一遍，走！……别逼着我说出那个字来！
宋建国　（收好钱，片刻）……好，我走，（摸了一下脸）……老话说，不挨打长不大，今天挨了哥一巴掌，我就长大了……（收好钱，拿起包慢慢走了出去。对着空空的院子，宋建国突然扯起嗓子喊出几句二人台的唱词……）

〔旁边屋里的人被惊动，从门口探出头来向外张望着……

〔宋建军听着外边的动静，片刻……像哭又像是笑，突然也哼起二人台的调调……

〔所有的人都在听着，莫名其妙地相互对视着……

〔宋大脚急匆匆从宋老秋屋里出。

宋大脚　（喊着）……快来呀，你大快不行啦！建军，你们干甚哩，快过来呀！

〔宋家三兄弟及媳妇们、宋老贵分别跑进宋老秋的屋子，他们边跑边呼喊着，宋家院子一片纷乱……

〔当人们都跑进宋老秋的屋子后，场上出现了一个静场。

〔宋建军的声音传来："大，你就放心走吧，你儿子宋建军答应啦，十八万，我一个人还！"

〔宋建军的声音传遍了凤凰岭村，在千年万年的黄土高坡上回响……

〔第二幕完。

第三幕

〔次日清晨。
〔景同前场。不同的是，院子一角搭起一个放棺木的布棚，一道白帘挡在棺木前面，白帘前是供桌，上面摆有宋老秋的灵位和点燃的香火。
〔远处村里的大喇叭里一个声音正在广播着："……咱们老支书临死前有交代，丧事从俭，不开追悼会，不举行告别仪式，咱们中央的大干部去世以后都是这样，老支书说啦，凤凰岭的父老乡亲要是真的念他的好，往后路过他坟的时候，过去给他添把土，跟他说上几句话……他说他惦记着各家各户的日子过得咋样……"
〔宋老秋的屋子里，整个窑洞被重新打扫过，焕然一新。宋大脚和唐桂花从屋内出。

宋大脚　（打水洗手）……要是按咱村的风俗，那说法可就多啦。人走了以后，先要儿孙守灵三天，有钱的人家还要请吹喇叭的、念经的，还有专门来哭的。这院子里要挂上白幡，少说也得摆上十桌，每桌不能少了七碟八碗。出殡的时候，五十步扔纸钱，一百步摔火盆……规矩可多呢……

唐桂花　（打断）……姑，我想求你个事，你劝劝建军，让他把那句话收回去吧！

宋大脚　（愣）……收回去？说出去的话就是泼出去的水。

唐桂花　我看他是心血来潮……

宋大脚　（叹了口气）……桂花，要我说，就是建军这句话才让你大闭上了眼，也给他挣下面子啦。

〔姣姣从屋内出。

姣　姣　　大嫂，你说咋个办？

唐桂花　　甚事情咋个办？

姣　姣　　就是建国和大哥的事情。

唐桂花　　你问我？我这心里还乱着了。

姣　姣　　我看这个家里所有人都乱套了。我这个心里，也像长了个秋千，甩过来，又甩过去的。

唐桂花　　姣姣，你别甩过来甩过去了。来，你坐下，你跟大嫂说说，你咋想的？

姣　姣　　我？大嫂，虽然我和建国在一起，还不符合婚姻法，但是这几天大哥大嫂对待我就像家里头的亲人一样，我真的感到好亲切。关于还债的事情我真的没有想到，大哥会说出那句话来，真的好男人，酷得很。

唐桂花　　你们真的就让大哥一个人还啊？

姣　姣　　这是他们兄弟之间的事情，我不好管。但是我要是管的话……

唐桂花　　姣姣你想咋管？

姣　姣　　我现在不说……

〔唐桂花进屋，姣姣随后也回屋。

〔小三红从屋内出，正碰上宋唐从白帘内出，小三红吓了一跳。

小三红　　（喘着气）……吓死我了！

宋　唐　　（笑）……这有什么好害怕的？

小三红　　我……我以为你爷爷出来了。

宋　唐　　（指白帘内）……我爷爷在棺材里呢，小婶（感慨地）……人哪，不论你这一辈子多么辉煌，你干了多么惊天动地的事，你有一屋子钱，你写了一屋子书，最后都得到那个棺材里……

小三红　　你别说啦，……咱们走吧。

宋　唐　　（凝视着宋老秋的灵位）……不，我再待会儿，这是一个可以和灵魂对话的地方。

小三红　　那我走了。

〔小三红进做饭的屋。片刻，宋建军走来，他站在一边看着女儿。
〔片刻的沉默。

宋建军　（走到宋唐身边）……你在这儿干吗呢？

宋　唐　嘘……我在和爷爷对话。

宋建军　和爷爷对话？

宋　唐　人死了是有灵魂的，我爷爷的灵魂肯定还在这，你信不信？

宋建军　你听谁说的？

宋　唐　爸，你别不信，你坐在这儿感受一下，我保证你能听到爷爷和你说话，闭上眼睛……

〔宋建军坐下。
〔片刻的沉默。

宋　唐　听见了吗？

宋建军　没有。

宋　唐　爸，这只能说明你惧怕和灵魂对话，只有敢于承认自己有错误的人，只有敢于承认自己有私心的人，才敢于和灵魂对话。

宋建军　你胡说什么？

宋　唐　真的，书上说的，只有敢于承认自己有错误的人，只有敢于承认自己有私心的人，才敢于跟灵魂对话，才敢于在灵魂面前忏悔……

宋建军　以后不许你乱看书……

宋　唐　我知道你是无神论者，可是灵魂是存在的，书上说的，灵魂是有重量的，好像是零点六克……

宋建军　去，越说越邪乎。

宋　唐　爸，你就试一试嘛，真正感受一下，肯定能听到爷爷跟你说话……（走了）

〔宋建军坐下，闭上眼睛，似乎真的感受着什么……
〔沉寂。
〔樊三喜、老憨气、宋老贵走来，宋大脚由屋内出。

宋大脚　（将宋老贵拉到一边，指屋里）他贵叔啊，建军媳妇生气啦，正收拾东西要回娘家哩。

宋老贵　哦，老憋气、三喜过来了……

〔宋建军招呼老憋气、樊三喜坐下。

老憋气　（看着宋老秋的灵位）……老秋啊，老憋气给你赔个不是，我骂过你，我对不住啦。看在我们一起逃过荒、要过饭的情分上就不要怪罪我了。

樊三喜　老秋叔……我还记得你说过，要带领全村的老百姓致富，现在你走了，我们该咋致富呀……

老憋气　你走啦，咱村下一步咋干呀？还敢不敢办厂，还敢不敢贷款呀？

宋大脚　哥呀，我听村上的婆姨们也议论着呢，以后选谁当支书呀？就他们几个？没水平没文化，说话不服人哩……

宋老贵　你有水平你有文化？远的不说，去年中央来人，省里林业厅扶贫，给几十户人家送了小尾寒羊，都是进口种，毛好着呢，一家两只，一公一母，都是对对的，大脚，你家也有吧？等今年人家再来看，没剩下几只，都让老百姓给杀着吃啦，大脚，你家也吃了吧……

樊三喜　建军，你在部队上见多识广，你给我们出出主意吧？

宋老贵　对，让建军出出主意，人家是县团级……

宋建军　叔们，刚才，我一个人坐在这地方，好像听见了我大的声音，我觉得，他心里一定有很多遗憾，最大的遗憾就是没有文化，没有科学知识，没有法律常识。老贵叔，我大和你们欠下的这笔债，我答应还了，可你们没有带领老百姓致富的这笔账还要记在你们头上！要想致富，首先要学文化，学科学，学法律。这两天我想了很多，国家要开发西部，我听说要在我们这里建一个大型的发电厂，肯定有很多的附属工程，这样能很好的解决我们村青年的就业问题；二、就是你们说的这个小尾寒羊，这要和每家每户签定协议书保证书，要和经济效益挂上钩；三、我们要成立运输队，把产的红沙枣都运出去，不能都烂在家里啊……

老憋气　建军，你说的好是好啊……可光我们几个人是不行啦，别光让人家城里的工人下岗，我看我们也该下岗啦……

樊三喜　要不就让上边派人来，派那些有知识的、有文化的、懂法律的人来……

宋老贵　就咱这个穷沟沟，谁愿意来？远的不说，就说建军你吧，你不是要转业吗？你愿意回来吗？你要是回来，我们都选你当支书，你带着我们干……

樊三喜　对嘛，建军，你回来吧，接上你大的班，我们上半辈辈听你大的，下半辈辈听你的，你们爷俩管了我们一辈辈……

老憋气　你们瞎扯甚哩！……建军要回来，桂花咋办？娃娃咋办？

宋老贵　老憋气你说的这个有一定道理，建军是当兵的打个包包就回来了，可是桂花咋办，娃娃咋办？可是话又说回来，城里的娃娃是娃娃，我们农村的娃娃就不是娃娃？

老憋气　照你这么说，非逼着建军回来？

宋老贵　他不回来，你来当支书？

老憋气　我当不了，我没有那个文化，没有那个水平。

宋老贵　那让三喜当。

樊三喜　我不当，我不懂法律。

宋老贵　那就让大脚当！

〔他们的话引起宋建军深深地思考。这时，唐桂花从屋内出，小三红追出。

小三红　大嫂，你真要走呀？

〔宋建军愣住。

宋大脚　（对宋建军）……站着干甚哩，还不快拦下！

宋建军　桂花，你要去哪儿呀？

〔唐桂花不理他，继续走……

小三红　大嫂要回娘家！

宋建军　（大声地）……站住！
　　　　〔唐桂花站住，回头看了宋建军一眼，又继续走，宋建军上前拉住她。
唐桂花　别碰我！
宋建军　你……
唐桂花　我问你，你能不能把你那句话收回去？
　　　　〔宋建民从坡下走来。
宋老贵　建民，你干甚去啦？
宋建民　我大哥让我上信用社啦，说算一算贷款的利息……
唐桂花　（惊）……还有利息？建民，你给我说说，有多少利息？
　　　　〔宋建民发现气氛不对，犹豫着……
宋建军　说！
宋建民　（拿出本）……算起来可麻烦，要是一次都还了，还少一点儿，要是一年一年的还，可就多啦，我先算了个五年的，连本带利是二十四万多，要是十年，就得三十万五千……
唐桂花　五年二十四万！十年三十万！……宋建军，你听见了吗？
　　　　〔宋建国、姣姣拿着包从屋内出。
宋老贵　建国，你这是……
宋建国　叔，我走呀！
宋老贵　又一个急着走的？
宋建国　是我哥让我走的！……再说，这个家我还能待下去吗？这个家还有我说话的份儿？
宋大脚　建国，你先回去……
　　　　〔宋建国站着未动……
　　　　〔静场片刻。
宋建军　好哇……咱大刚走，咱这个家就要散啦，是吧？桂花，你听着，你要回娘家，我不拦你，虽说老人们不在啦，还有孩子他舅哩，你也该回去看看……（斩钉截铁）不管你回不回，我宋建军说过的话是不会收回来的！……建国，咱大还没出殡呢，你要走，我也不拦你，可有句话我也要说清楚，从今往后，你就别回来了，你就再也别进这个家门儿了，咱大没你这个儿子，我也没你这个兄弟，你走吧！离开这个家，离开这道沟沟，离开这条生你养你的黄河！（说不下去了）

〔静场。

〔众人退去。

唐桂花　（片刻）……建军，我要回娘家不是想和你治气，你想想，要是光靠你当个副处长的工资来还这笔债，你什么时候才能还得上？

宋建军　……桂花，我问你，当初你为什么嫁给我？

唐桂花　（想了一下）……你人好！

宋建军　还为什么？

唐桂花　为了离开农村。

宋建军　那你说，当初我当兵是为了什么？

唐桂花　（犹豫了一下）是……为了保卫祖国？

宋建军　（摇摇头）……不，和你一样，也是为了离开农村。这一离开就是二十年，二十年哪！……当我们今天回来的时候，我们看到了什么？这就是我的家，这就是我的故乡，尽管比二十年前有了很大的变化，但是依然这样贫穷！……我们是走了，我们是过得好一些了，可一直生活在这儿的人呢？我大、我叔、我姑、我弟，还有那么多的父老乡亲，他们过的是什么日子……桂花，这两天我心里很难受，不光是因为大走了，是因为我从心里觉得……我对不起家乡，我没有为它做点什么！……可是我……还有你，都是吃黄河水长大的，我们都是吃糜子、黄米、谷子、高粱、山药、大豆长大的，我们都是吃酸饭长大的！我们就这样走啦？这个家什么样子就真的和我们没关系啦？我们就不闻不问、不管不顾啦？

〔沉默。

宋建军　桂花，我们欠的债远不是十八万哪！

唐桂花　（盯着他）……别说了，你，你是想回来？

〔宋建军看着她……

〔唐桂花静静地哭了……

宋建军　（一把将她抱在怀里）……桂花，我都想好了，回来以后我们把砖窑厂承包下来，靠人工的话一个月就是十万块砖。我把咱修理所的张工程师请来，他是个小神仙，帮助咱搞一下技术改造，变成机械化生产，我算了一下，这样一个月就可以生产二十万块砖。一个月咱就能赚六七千，用不了几年我们就能把这笔债还上。

唐桂花　（哭）……宋建军，你不是人。

宋建军　（把她抱得更紧）……桂花，我知道，我对不住你，我对不住孩子，可是，我……没有办法，一想到要离开这儿，我就迈不动步步。

宋　唐　（不知从哪冒出来）……爸，妈，你们不用着急，还有我呢，我爸还不完的债我接着还。实在不行，等过两年我长大了，给你们傍一个大款，这点钱愁什么呀！（说完，她唱着歌走了）

〔宋建国手机铃声响，宋建国欲走，姣姣出现。

姣　姣　建国！你这样走，是人是鬼都不晓得！

宋建国　你……

姣　姣　建国，我晓得，你心里很乱，一头想着家里的事情，一头想着那个合同的事情，搞不清楚到底要哪一头？手里拿着几万块钱，又想给家里，又想给我，放又放不下，走又走不得……建国，这次来你家，虽然只有三天，可我好像经历了好多事情，你爸爸，你大哥，都是我以前没有见到过的人，他们说的话，他们做的事情，真的好感动人！建国，其实我知道，要不是为了我，你会把所有的钱都放在家里头，建国，去吧，现在就去找你大哥，把这些钱统统交给他，告诉他，这是6万，剩下的回去就寄过来，你的钱不够，用我的，我还有8万，凑起正好18万……

宋建国　（惊异地看着她）……姣姣？

姣　姣　大哥，大嫂，建国有话要对你们讲，建国，讲！

宋建国　哥，嫂，我（看姣姣）……

姣　姣　看我做啥子？……真是马尾巴提豆腐！（看众人）……这样吧，全家人都在这里，我就不客气了……叔叔、姑姑、大哥大嫂、三弟、弟妹还有侄儿……现在我正式宣布，我是建国的未婚妻，这次回来是和建国一起拜见公公的，公公故去，大哥大嫂当家，老嫂比母，姣姣现在就正式拜见哥嫂……

〔唐桂花高兴地笑了……

姣　姣　叔叔、姑姑、大哥、大嫂，我就算正式注册商标喽，我跟建国好了三年，他一直跟我说他有一百万，其实我知道他在骗我，他怕我和那些女孩子一样，只喜欢钱，可我就是想让他跟我说实话，我想找一个能真心对我好的男人！……这次回来，他终于说真话了……这些年，建国虽然没有回家，可他心里一直想着这个家，想着哥哥和弟弟，他经常给我讲你们，讲家乡，讲七月十五的灯会，讲你们小时候腊月二十三吃麻糖，要把灶王爷的嘴粘起来，……对了，他还讲建民从小就跟着戏班子跑了，好多天不回家，哥哥和他去找建民，晚上睡觉怕他再跑，就用绳子把他和你们两个兄弟拴在一起……建国对你们，对父亲，对这个家庭很有感情，建国，你讲嘛，你自己讲嘛，没有回来的时候，你对我讲了那么多，回到家里头，你为啥子不讲了嘛？

〔宋建国已泪流满面，哭了起来……

〔宋建军走过去感动地抱住他，三个兄弟抱在一起……

宋大脚　（提醒地）……他叔，时辰差不多了。

宋老贵　（看表）……可不，时辰到了，来呀，大家各就各位，送老秋上路喽！

〔有人为宋家三兄弟端来三碗酒……

宋建军 （接过酒）……大，你三个儿子三个媳妇，还有你的孙女都在哩，我叔我姑也在哩。你老人家就放心地走吧，你儿子说话是算数的！

〔宋家三兄弟将酒洒到地上，而后将酒碗摔碎……

宋老贵 （喊着）……老秋啊，一路走好！

〔远处村里的喇叭又传来广播声："……各家各户注意啦，为了送老支书上路，我们广播站也借这个机会给老支书送上一段他最爱听的二人台《走西口》……"

〔片刻，广播里传来"二人台"《走西口》的唱段……

〔剧终。

精品剧目·话剧

凌河影人

编剧　隋治操　刘家声　张汉良

人物

吴先生　一个心里比明眼人还明白的老瞎子，外号"河西红"，六十多岁。

灯　儿　爱皮影爱得发狂的姑娘，二十岁左右，吴先生的女儿。

大桩子　一个辽西壮汉，渡口的艄公，二十多岁。

邱影匠　辽西有名的影匠，名号"震东川"，六十岁。

丑　儿　一个机灵的小干巴，邱影匠的儿子，二十岁左右。

疯婆子　一个疯老婆子，原名"翠儿"，只有听影儿的时候不疯，四十多岁。

梆　子　震东川的帮手。

庄金贵　大桩子的爹，伪保长，五十岁。

二林子　吹鼓手，三十来岁。

跑梁子　吹鼓手，五十来岁。

群　众　甲乙丙丁等。

松　田　日本指挥官，三十岁。（不出场）

山　本　日本指挥官，五十岁。（不出场）

日本兵　甲乙丙丁等。（不出场）

——话剧《凌河影人》 〉〉〉〉〉

序　幕

〔字幕：人过留影，雁过留声——民谚。

〔字幕：锦承铁路依傍大凌河，横贯辽西。在一百二十一公里处的嘎岔大桥下，大凌河水陡然回流，大桥第七号桥墩里，至今浇铸着一具日本侵略军尸体，姓名不详。同时埋藏着一个惨烈的故事……

〔字幕：民国六年（一九一七年）。

〔幕后：主题歌起——

　　　一腔唱尽沧桑事，
　　　双手舞出生死情。
　　　莫道曲罢终散去，
　　　人影相随何处行……

〔灯渐亮。人声嘈杂叫好，皮影音乐骤停。幕后有人高叫——邱家班子震东川歇影！下半夜是河西红的全本《杨家将血战金沙滩》！

〔幕后：众人鼓掌、叫好！

〔震东川的帮手梆子从幕后走出。

梆　子　邱师傅——（殷勤地给震东川掸灰）邱师傅，累了吧？

震东川　噢，梆子，不累。

梆　子　邱师傅您说，孙大人能把"热河影匠王"的金匾给谁呀？

震东川　难说啊！

梆　子　我看河西红挺霸道——他昨儿个唱得溜，耍得好，弦子拉得暴！

说句行话，那叫"贴皮儿"！更邪乎的是今晚他要唱他自个儿编的《杨家将血战金沙滩》！

震东川　哼，我的《马寡妇开店》可是更撩人！……再说，我的金漆影人子能脱衣裳能亲嘴儿！他能吗？

梆　子　可是，河西红的影人子也是有来路的啊！

震东川　（漠然地）有来路的？谁给他刻的？

梆　子　万家汤锅的翠儿！

震东川　（惊讶）万家汤锅的翠儿？

梆　子　邱师傅，那翠儿可是一把神刀，她刻的影人子可是……活的一样啊……

震东川　什么？翠儿给河西红刻的影人子？

梆　子　邱师傅，那翠儿姑娘可是打小跟你订的娃娃亲啊，可我听说……

震东川　（一惊）你听说什么？

梆　子　……她……她跟河西红……

震东川　（怀疑地）她跟河西红怎么了？

梆　子　（一狠心）师傅，我实话实说了吧，翠儿跟河西红就住在东城根。他们已经有了私孩子了！

震东川　（怒气冲天，揪住梆子的衣领）你胡说！

梆　子　我——我——我一个唱下手的能跟你撒谎嘛！

震东川　翠儿跟河西红……不能吧？

梆　子　邱师傅，邱师傅……我没胡说……接生的老娘婆是我六姨！

震东川　啊？（倒抽一口气）河西红啊河西红！……翠儿是我打小儿订的娃娃亲……这夺妻之恨……我我我……

梆　子　我也恨他。他说我的人品……生乎拉地把我踹出了他的影班子……哼哼……（得意地拿出一个铁盒）邱师傅，你看这是什么？

震东川　（闻闻）啊？火药？

梆　子　对，火药！只要把它放在河西红的灯碗里……

震东川　让他的影棚子火烧连营？
梆　子　对，让他的影棚子火烧连营！我还要让他和翠儿生私孩子的丑事传遍朝阳城！
震东川　（迟疑）这……
梆　子　邱师傅，且不说这夺妻之恨，就是大凌河川也不能有两个影匠王！更不能让翠儿这把神刀和河西红的神嗓联了手！
〔震东川无语。
梆　子　邱师傅，有道是量小非君子，无毒不丈夫。
〔河西红率众徒弟从震东川身后上，震东川的徒弟急忙向震东川示意。
梆　子　邱师傅！邱师傅！
震东川　（回头看见河西红，冷笑着抱拳施礼）河西红！
河西红　震东川，免礼！
震东川　（恨恨地）有道是礼多人不怪！
河西红　（冷冷地）哈哈……
震东川　（冷冷地）哈哈……你河西红的影儿红透了大凌河的西半川，迷倒了多少大姑娘小媳妇！我震东川能同您唱对台影，这可真是我的福分！
河西红　哪里哪里，你震东川的影儿在大凌河东川是无人不知无人不晓，今儿个你的影儿不也是孙大人的三姨太亲点的吗？你又有梆子这么个好帮手，看来，这"热河影匠王"的金匾是非您莫属了！
震东川　哈哈……客气，客气！您自个儿编的《杨家将血战金沙滩》可是难得一唱啊！
河西红　您的金漆影人子也不是等闲之物啊。
震东川　（冷冷地）行啊，你比我都明白，是翠儿告诉你的吧！
河西红　（一愣）翠儿？……是又怎么样？
震东川　河西红，我告诉你，老天有眼……你这辈子再红也别想红到我大凌河的东川来！

河西红　（心一横）那好，我也告诉你，你震东川也休想震我大凌河的西川！
震东川　那咱们就走着瞧！
河西红　走着瞧！
震东川　你抢了我的，我一定要拿回来！看看这"热河影匠王"的金匾姓啥？
河西红　有能耐你就来拿，我看它姓啥也不能姓邱！
震东川　好！今天晚上咱就见分晓——（对徒弟）走！
河西红　您可走好喽！梆子，敲准你的梆子点！（唱）众儿郎啊——
众徒弟　有！
　　　　〔翠儿抱着褯褓中的灯儿上。
翠　儿　有！
河西红　（忙接过翠儿怀里的灯儿）灯儿，灯儿，我的灯儿……（对翠儿）翠儿，你怎么来了？
翠　儿　我来看影儿嘛！
河西红　在家看孩子呗，让人家看见了多不好！
翠　儿　我溜边看，（对河西红的徒弟）我就愿意看你师傅自己编的影儿，看着干净，有爷们气！
徒弟甲　你是来看我师傅的吧？
翠　儿　去！
徒弟乙　我师傅就是你的影儿！
翠　儿　缺德！（看了一眼河西红，撒娇地）
河西红　翠儿，刚才震东川……
翠　儿　我知道。
河西红　我看你还是回去吧。
翠　儿　影儿上说得好，花出去的金银穿烂的布，娶到炕上才是自己的媳妇，我上他家炕了吗？
徒弟乙　是呀，上他家炕了吗？

徒弟甲　没没没。

〔众人笑。

翠　儿　众儿郎。

众　人　有！

翠　儿　走着——

河西红　（唱）人上雕鞍箭上弦——

〔众人下。

〔幕后：皮影音乐骤起。有人高叫："《杨家将血战金沙滩》开影儿！"

〔幕后："好！好！"

〔震东川的帮手梆子上，偷偷地窥视幕后。

〔幕后的唱影声突然中止，有人大叫："不好啦，影棚子着火啦——快救火呀……"

〔天幕上火光冲天，舞台上一片混乱。

〔河西红惨叫着从幕后爬上。

河西红　啊啊——（昏死过去）

〔幕后有人大叫："噢，快看哪——大姑娘生私孩子喽——这就是生私孩子的翠儿……"

〔众人抬翠儿上。震东川的帮手梆子把灯儿抱上，悄悄地放在河西红的身边。

〔翠儿慢慢地醒过来，爬向昏死着的河西红。

翠　儿　灯儿他爹！灯儿他爹！啊！天哪！

〔翠儿突然发现河西红的双眼已经被烧得血肉模糊，不禁惊叫一声……翠儿疯了！

翠　儿　嘻嘻……嘻嘻……

〔翠儿向幕后跑去。幕后有人大喊："有人跳大凌河了，快救人哪！"

〔河西红慢慢地醒过来。

河西红　翠儿，翠儿，灯儿她妈！（嘶哑）我这是怎么了？我这是怎么了？我咋啥也看不着了……

〔突然，一声婴儿响亮的啼哭压倒了一切。

河西红　（循着孩子的哭声摸索着抱起孩子）翠儿！翠儿，灯儿，灯儿，我的孩子，我的灯儿啊！

〔灯渐暗。主题歌起——

　　一腔唱尽沧桑事，

　　双手舞出生死情。

　　莫道曲罢终散去，

　　人影相随何处行……

第一幕

〔字幕：二十年后，一九三七年（伪满康德四年）。
〔初秋的黄昏。
〔幕后传来鬼子的吼叫声："快快地！快快地卸水泥！修桥地干活！慢了地死拉死拉地有！"
〔灯亮。在鬼子的吼叫声中，邱影匠和丑儿背影箱子跟跟跄跄从边幕上。鬼子的刺刀挑着膏药旗在边幕晃动着。

邱影匠　（向边幕里的鬼子）太君，我们爷俩是良民，你让我们交的"满洲国"大桥捐我们早就交了……我们连明年康德五年的"探头捐"都交了啊！

丑　儿　我们一家子还指着唱影吃饭呢！

〔鬼子边幕后：（日语）"巴嘎！什么地唱影！统统地修桥地干活！"

邱影匠　什么？修桥？

丑　儿　修桥？

〔二人惊恐而无奈地坐在石头上。

邱影匠　丑儿哇，丑儿哇，咱们爷俩在关里跑码头唱影儿这么多年，刚到家还没消停，你就接下了这趟活计，看看，崴到这儿了吧！

丑　儿　（冲边幕，狠狠地）小日本鬼子，我我日你奶奶！

邱影匠　（惊恐地）小祖宗，你让鬼子听着……

丑　儿　听着能咋地？

邱影匠　唉，这是日本人横行霸道的满洲国，哪是唱影的时候？可……可你不听，这不是上砖窑里唱影——自个儿往火坑里跳吗！

丑　儿　爹，人家庄保长请咱，是娶媳妇唱"喜影"，专点咱的影儿，咱能不来亮亮咱的绝活吗？

邱影匠　唉，（说影儿词）有道是艺高人胆大，可眼见得无敌将军滚落黄沙……我真不该到这来唱影，二十年前，这是"他"唱影的地盘啊！

丑　儿　爹，"他"是谁呀？谁的地盘？

邱影匠　"他"就是河西……（欲言又止）小孩子，别打听……

　　　　〔舞台另一侧。灯儿女扮男装戴草帽，搀着吴先生上。跑梁子和二林子腰别着唢呐，抬着箱子在后跟着。

　　　　〔鬼子兵幕后："巴嘎，快快地！"

吴先生　灯儿，日本人这是要干啥？

灯　儿　爹，不知道呢。

吴先生　唉，灯儿，照老规矩讲，女儿出嫁，爹没有送你的理啊！可前头有鬼子，爹不放心哪。灯儿，快把辫子往帽子里掖掖。

灯　儿　（伤心地）爹。女儿从小没娘，是你好不容易把我拉扯大了，可我这一走……以后你可咋过啊！

吴先生　（从身后拿出弦子）灯儿，别担心爹，爹不还会拉弦吗？有你，爹不唱影不拉弦，你走了，爹就和鼓乐班子搭伙去，饿不着——（对二林子和跑梁子）二林子、跑梁子，你们说对不？

二林子
跑梁子　对对！

灯　儿　爹！
吴先生　（抚摸着箱子）灯儿……爹知道你喜欢影儿，可从古到今没有良家女子唱影的，你到了婆家，要是闷了，想爹了，你就看看影卷，解解心宽。
灯　儿　（感动）爹，这影卷可是你的命啊！
吴先生　可再好的影卷爹也看不见了……往后爹不知道游走到哪呢，你拿着吧，你好歹有个家了。
〔丑儿远远地喊灯儿他们。
丑　儿　哎，你们快走吧，鬼子正抓劳工哪！
吴先生　（一惊）不好，立马过河！
灯　儿　大桩子呢？
众　人　（喊）大桩子！
〔大桩子上。
大桩子　哎，灯儿你叫我？
灯　儿　大桩子，船呢？
大桩子　船？糟了，我来接你的时候，就把船系这儿了。
二林子　大桩子，你别光想着娶媳妇，这船呢？
众　人　船呢？
灯　儿　爹，要不咱们绕着走吧！
众　人　（惊慌地）走！
〔一支带日本膏药旗的长枪突然从边幕伸出。
〔鬼子边幕后："巴嘎，站住，不许走，统统修桥的干活。桥的不修死了死了的有。"
大桩子　（急忙跑过去，给鬼子鞠躬）太君，我爹是下杖子村公所庄保长。
〔鬼子边幕后："那你？"
大桩子　那天还给你们米西西瓜了哪。
〔鬼子边幕后："巴嘎，通通修桥的干活。"
丑　儿　完了，这回咱们让鬼子一勺烩了。

———话剧《凌河影人》 〉〉〉〉〉

〔众人退回原地。正无奈之际，庄金贵上，对吴先生。

庄金贵　哎呀，亲家！（发现邱影匠，忙给邱影匠作揖）邱师傅。

大桩子　爹。

庄金贵　亲家，我实在是浑哪！这两天皇军到处抓人修桥，还要修人圈……都疯眼了！这不是，我一眼没照到，这船就叫皇军给收走了……这可怎么好……

〔鬼子在幕后又是一阵噪叫："箱子里什么东西地有？皇军地检查检查！"

庄金贵　（对鬼子）是，是，太君……这是影箱子，是唱影用的……（指邱影匠）那位是邱家班有名的影匠邱师傅。

邱影匠　是，太君……

庄金贵　这个，是影箱子，是唱影用的……

〔鬼子幕后："巴嘎，统统检查检查！"

大桩子　哎！

灯　儿　别动。

庄金贵　（对吴先生）亲家，皇君说要检查，就叫他们看看吧……

灯　儿　这才叫恶鬼拦路呢！（赌气地）叫他们看，可劲可劲看！（拿着嫁妆箱子走向边幕）看吧！

〔庄金贵恭敬地把影卷本子和火镰呈给边幕后的鬼子。

〔鬼子边幕后："……这个地什么东西？"

庄金贵　太君。

〔鬼子边幕后："书？"

庄金贵　太君太君，这是影卷本子，也是唱影用的……

〔鬼子边幕后（将影卷扔了出来）："你们地统统地修桥地干活。"

邱影匠　（也捡起一本影卷，一看，大惊失色）杨家将血战金——沙——滩？

大桩子　哎哟，这可操蛋了，不让我娶媳妇拿谁入洞房哪！

〔邱影匠惊恐地躲开吴先生。

311

邱影匠　（突然醒悟）庄保长，我的好庄大哥，这影儿我们不唱了！

丑　儿　爹——

邱影匠　（对庄保长）你快跟鬼子说说情，放我们回家吧。

庄金贵　（对影匠等）太君说了，关里吃紧，急着要在大凌河上修桥，谁也不让走！唉……兴许看我亲家是个失目人，我去说说情能让他回去……难说！

吴先生　（略一沉思，激动地）我不走！

邱影匠　（心惊胆寒）您——您不走？

众　人　是啊，你为啥不走哇？

吴先生　（冷冷地）邱先生。

邱影匠　（害怕）我，我，不……

庄金贵　（疑惑不解）你们认识？

吴先生　（突然仰天冷笑）才见着面，我能走吗！（吴先生盯着邱影匠方向，紧紧地握着弦子，突然崩地一声轰响，弦子断了）

〔邱影匠一个激灵，倒退着坐在地上。腰里的铜锣当啷一响！

邱影匠　庄保长，庄大哥……你可救救我们爷俩，我们可是你请来的呀！

庄金贵　（不解地）我……你们……唉，你当我愿意把儿媳妇娶半道儿，在这儿出苦力？皇军逼得紧，我有啥法儿啊！咱们是骑毛驴看影卷，翻到哪出算哪出吧！

众　人　那我们几个？

庄金贵　你们几个跟我走，看看我给你们安置的地方，走啊。

〔庄保长率众人下，只留下吴先生和邱影匠二人。

灯　儿　我看看去啊。

〔邱影匠正在发愣，吴先生摸索着走过来。邱影匠害怕地躲闪……

吴先生　震东川！

邱影匠　哎，不不。

吴先生　邱先生。

———话剧《凌河影人》 >>>>>

邱影匠　（一愣）……吴……先生……
吴先生　您活得还滋润？
邱影匠　……不不……吴先生。
吴先生　来，跟瞎子说话要拉着手，敢把手伸过来吗？
邱影匠　（胆战心惊地把手伸给吴先生，被吴先生握得一愣）……吴先生你这身子骨……挺硬朗……
吴先生　哈哈……你放心，别看我倒了嗓、瞎了眼，二十年了，可我一时半会还死不了。你不也还好好的活着嘛！
邱影匠　吴先生，您的话我咋听不懂呢？
吴先生　你懂！
邱影匠　（害怕）你，你想……
吴先生　你知道我想啥！……二十个三百六十五天，我又当爹又当娘！二十个花花绿绿的春夏秋冬，在我眼前是一片漆黑！二十年了，我天天晚上听着大凌河的哗哗水声，寻思着，是不是我的翠儿划着船回来了……
　　　　〔头顶上的乌鸦惊叫几声飞走了。
邱影匠　（不禁打个寒战）吴，吴先生……
吴先生　盼今天，我二十年昼思夜想，盼今天，我二十年咬碎钢牙！
邱影匠　吴先生！
　　　　〔幕后日本人喊："巴嘎，什么地干活？"
　　　　〔吴先生理也不理邱影匠，独自踽踽而去。邱影匠茫然四顾，左右为难，许久，看见了旁边的一块大木头，于是一跺脚，压低嗓子向幕后喊丑儿。
邱影匠　丑儿，丑儿！
丑　儿　（幕后答应着上）哎！爹，干啥？
邱影匠　干啥？走！
丑　儿　走？上哪去？
邱影匠　越远越好，丑儿啊，丑儿，这是虎狼之窝是非之地啊！

丑　　儿　爹，这么宽的大凌河，没船没桥咋过呀？

邱影匠　这天阴得厉害，天一黑准下雨，就着雨大天黑，咱爷俩就找个树桩子偷偷地游过去！

丑　　儿　爹，那咱影箱子？

邱影匠　不要了！

〔天色渐暗。涛声起伏。大雨滂沱。

〔邱影匠领丑儿偷着摸上。

丑　　儿　哎。

〔二人偷偷摸到大树桩子跟前。

丑　　儿　爹，这有个树根子！

〔朦胧间那堆草一动，原来是一个人披着蓑衣坐在树桩子上。随即"呲啦啦"火光一闪，那人打着了火镰——原来是吴先生！那火光在暗夜里格外耀眼！

〔邱影匠大吃一惊！"啊"的一声尖叫，铜锣失手落地，喧嘟嘟滚出好远，清脆的金属声分外刺耳，引得鬼子和狼狗一阵吼叫，探照灯在河面上扫来扫去……

〔邱影匠惊慌失措。

〔雷声大作。

〔灯渐暗。

第二幕

〔前幕第二天。

〔呼哧呼哧的火车声由远及近，随即传来了火车的撒气声。

〔幕启，灯儿仍然是一身男子打扮，吃力地扛着一根枕木上场。

〔丑儿急忙上前接过枕木，拍拍灯儿肩。

〔大桩子和吴先生等人上。

丑　　儿　（边擦汗边对灯儿说）别看你这位小大哥长得挺秀气，你可没啥劲儿——几趟枕木就把你压尿叽了！

灯　　儿　人不可貌相，海水不可斗量！

丑　　儿　（敬慕地）就是就是，你昨天跟鬼子说话可没下软蛋，是爷们！

灯　　儿　爷们？我还想打这帮东洋鬼子呢！

丑　　儿　中，是条汉子！（亲切地又向灯儿胸前捶了一拳）

大桩子　（见灯儿羞涩，急忙放下枕木，上前拦住丑儿）你干啥你！

丑　　儿　我俩爱啥啥，你挡啥横？

大桩子　她是我媳妇，不兴你拍拍打打地！

丑　　儿　（一愣，仔细地打量灯儿）他？他咋是你媳妇？

大桩子　咋地——不是我媳妇还是你媳妇？（一摘灯儿帽子又急戴上）到处是鬼子，不太平！

丑　　儿　（恍然大悟）啊啊啊啊，大哥，道喜了，道喜了……小大哥，不，小大姐，对不起了……

大桩子　对不起？（掐住丑儿的脖子）你个小丑样儿，我得还回来！

丑　　儿　中，（比划自己胸）那让小大姐照这也打我一拳吧。

大桩子　不中，（倒骑着丑儿）我得给你来一个"老头看瓜"！

〔跑梁子、二林子等扛枕木上。

二林子　哎哎，行了行了，快寻思寻思咱们咋回家吧，还有心思闹着玩？

跑梁子　就是嘛！小心让他们看着！

丑　　儿　别别别……让你媳妇看见多不好。

大桩子　不中！（解他裤腰带，对灯儿）灯儿你走，别在这看！

灯　　儿　（走过来拉开）得啦得啦。不知不怪嘛！哎，你唱段影儿，就算是赔不是了！中不？

大桩子　不中！谁听那破影儿啊！

灯　　儿　我听！

大桩子　（看看灯儿，软了下来）中，中。

灯　　儿　（对丑儿）你唱吧！

大桩子　你唱！

灯　儿　你唱吧，啊？

众　人　唱啊，唱吧！

〔丑儿两手提着裤子，头一扬——石破天惊般地唱起来。

丑　儿　（唱）休说俺薛仁贵出身低微，

　　　　　　　这万里征东俺誓死不回。

　　　　　　　只要能破了贼寇连环阵，

　　　　　　　俺宁愿做个英雄鬼，

　　　　　　　千古把名垂……

〔刹那间，猥猥琐琐的丑儿变得豪气冲天，英姿勃发！

〔灯儿痴痴地看着丑儿，一时间情乱神迷。

灯　儿　哎呀！你这影儿唱得可真好！

大桩子　（鄙夷地）就你还薛仁贵呢？薛仁贵能破你任！（发现灯儿入神了，急忙拉灯儿）咋地？灯儿，你一听影儿就傻了？

灯　儿　（回过神来）啥？我愿意！

吴先生　（大喝一声）灯儿，怎么说话呢？还不吃饭去！

灯　儿　爹。

〔灯儿赌气地走到布棚子里。众人也放下枕木，走进布棚子。

〔邱影匠拎着吃饭家什上，吴先生将杆直指邱影匠。

邱影匠　吴先生，有道是大路通天各走半边。你的马杆伸得长了点了吧？

吴先生　长？邱先生，昨黑下你唱了一出《华容道》。

邱影匠　不，是《关二爷走麦城》。

吴先生　当年你唱了《火烧连营》，今儿个还不兴我唱一出《水淹七军》。

邱影匠　吴先生，咱都是喝大凌河水长大的，肚囊应该宽敞点儿。

吴先生　肚量宽窄那得看啥事。好戏还在后头！

邱影匠　咋的？杀人不过头点地，你还要唱《满门抄斩》哪？

吴先生　哼，影卷上你翻去吧，什么戏码你比我清楚！

邱影匠　你！

〔疯婆子身上挂着影人子上。

疯婆子　呀，我的孩子。
　　　　（唱）我不怕丢脸不怕羞，
　　　　　　　叫声哥哥你带我走……
　　　　〔吴先生浑身猛地一颤。刚刚上场的邱影匠也吓了一跳。
　　　　〔灯儿、二林子、跑梁子和丑儿闻声从布棚里出来看。
　　　　〔吴先生似乎在努力睁开瞎眼想看看这个疯婆子。
二林子　呀，这不是刚才藏在运木头船上的那个疯婆子吗？
跑梁子　可不是咋地。
丑　儿　哎呀，这个老疯婆子咋也上这儿来了？灯儿姐，我们在关里唱影的时候就见过她，你别看她疯，听上影儿就一点也不疯了呢……
灯　儿　她也真够可怜的啦，大婶，你会唱影？
疯婆子　会，会。
　　　　（接唱）你带我绕过村口的黄狗，
　　　　　　　　你带我走出十八年忧愁，
　　　　　　　　你带我去赶长长的夜路，
　　　　　　　　你带我去看东边的日头……
灯　儿　（对大桩子）你蹲在那干啥？给她拿个橡子面饽饽！
大桩子　哎。（取橡子面窝头给疯婆子）
疯婆子　（狼吞虎咽）好吃，好吃。（对大桩子，唱）
　　　　　　　　小哥哥我知道你疼爱我……
　　　　　　　　今夜晚我给你热被窝……啊？
大桩子　行啊！你呀，就是岁数太大了，要不今晚……
灯　儿　大桩子，你牲口！
大桩子　她……不是个疯子嘛……
灯　儿　疯子也是人！人能这么耍人吗？
　　　　〔疯婆子"哇"地一声失声痛哭。
　　　　〔突然丑儿钻进布棚子，就着灯影耍起影儿来。
丑　儿　娘子！

(唱）叫娘子，听我说，我是樵夫，你是娇娥……

〔那疯婆子慢慢地安静下来。也不吃窝头了，死盯着影儿看。

疯婆子　（唱）人上雕鞍箭上弦……

〔吴先生一个踉跄。

吴先生　你是谁，你是谁？

疯婆子　我是谁，我是谁？（突然大笑着跑下，一只鞋甩到了地上）

〔邱影匠望着远去的疯子哆嗦起来。

丑　儿　（捡起鞋）哎，你的鞋——大婶！（跑下）

〔静场。布棚里突然映出松田的身影。

松　田　（拿起了丑儿扔下的影人子）哪你，剪纸的干活？（狂笑着撕烂了影人子）

邱影匠　（气得跳脚，但小声地）我操你妈松田！那是我家祖传的金漆影人子啊！

〔众人敢怒不敢言。

〔突然，灯儿昂然走进布棚子。

灯　儿　住手！这影人子是影匠的命根子，你不能撕！

〔松田一愣。灯儿拿起影箱子转身欲走。松田一下子打掉了灯儿的草帽，一头长发露了出来——

松　田　所嘎！你地花姑娘？大大地好！皇军地喜欢……

〔松田扑向灯儿。

灯　儿　牲口！小鬼子牲口……大桩子……快来救救我……

〔灯儿被扑倒，松田撕扯着灯儿的衣服……

〔大桩子急忙跑近，却又吓得停住了……

大桩子　太……太君，你饶了她吧……太君，（突然跪地）求求你饶了她吧……

松　田　（一脚踢开大桩子）巴嘎！滚！滚！不滚死拉死拉地！

灯　儿　（喊）大桩子，快来啊，我是你媳妇呀！

〔大桩子慢慢退出去，突然一蹦高，可谁知却"哇"地一声蹲地哭了……

吴先生　灯儿，灯儿！（拼命的要扑进去，却被众人拦住）

〔众人如木雕泥塑一般看着棚里的厮打和灯儿的叫骂。

〔静场。

〔突然，一个瘦小的黑影出现在布棚里，操起尖镐，一下砸在松田的头上，一股污血喷溅在白布棚上。

众　人　（惊呼）啊……

〔黑影慢慢地走出布棚，塑像一样地站立着——是丑儿！

〔众人都吓呆了。静场。

吴先生　灯儿，咋地了？咋地了？

灯　儿　（小声地）爹，丑儿把鬼子……打死了……

邱影匠　（喃喃地）哎呀我的妈呀……完了，完了……这下咱们大伙可都完了！（大声地）天老爷呀，丑儿，丑儿啊，你可让咱大伙都没命了！

〔吴先生慢慢站起来。

吴先生　（沉吟片刻）别慌！把鬼子的尸首用洋灰灌桥墩子里去！

丑　儿　对，让千人踩万人骑他！让他连影儿也找不着！

〔众人扯下溅血的棚布，包起松田，抬下。

〔灯渐暗。

第三幕

〔第二天。

〔凌乱的大桥工地。

〔幕后凄厉的哨子一阵阵响起。传来鬼子跑步的嘈杂声和狼狗的狂吠，以及受拷打群众的惨叫声。

〔突然，背景声音变成了电报的嘀嗒声，越来越大。

〔老鬼子山本和鬼子兵幕后的剪影。

山　本　松田地不要找了，修桥地干活！

鬼子兵　那松田队长突然失踪……

山　本　巴嘎！七月七号，皇军已经在北平全面开战！粮食弹药地急需，还有阜新、北票的煤炭，这座桥是皇军大东亚圣战的命脉……

鬼子兵　那松田队长……

山　本　巴嘎！（压低声音）修桥地重要！大桥地修好……统统地，无人区地干活！

鬼子兵　……无人区？（突然明白了）哈以！

〔灯渐亮，鬼子的剪影渐渐隐去。

〔吴先生默然坐在一块大石头上。众人扛水泥木料等惶恐过场。

丑　儿　（感叹地）这大桥洞子要是蒙上张大纸，就着日头可真是一个好影窗子！

跑梁子　（惊恐地）啥时候了，你还想唱影？

二林子　（招呼大桩子）哎，大桩子，昨天你咋尿裤兜子了？

大桩子　（惊恐地）你是我活爹中不？你可别说了！

二林子　（小声地）说一声怕啥？

大桩子　（气急败坏地压低了声音）怕啥？鬼子抓了不少人吊打施刑地问口供——鬼子找松田都找红眼了！

丑　儿　红眼了能咋地！

邱影匠　我的小祖宗，小声点！

跑梁子　丑儿，小心着点吧，鬼子可毒着呢！前两天，在清风岭修电道，丢了一个鬼子，他们找不着人，就杀了二车户沟老老少少男男女女七十多口子！

丑　儿　鬼子有能耐他就杀，我就不信他能把中国人都杀光了！

邱影匠　（害怕）我的活祖宗，你可给我小点声！……丑儿，丑儿呀，你可惹大祸了！

丑　儿　爹……我我我一人做事一人当！扒皮抽筋我认！

大桩子　你一人当？（恶狠狠地）小丑儿，要是露了馅，我他妈的命也保

———话剧《凌河影人》 >>>>>

不住了！大伙的命都保不住了！

〔庄金贵急急忙忙跑上。

庄金贵　完了，完了！太君发话了，谁要是说出松田太君的下落，就给他二十亩水浇地！

跑梁子　我的天，二十亩水浇地？

二林子　我的妈呀，这谁要是图稀那二十亩水浇地，上下嘴唇那么一合，咱们老老少少可就没命了！

吴先生　（突然地）水浇地可是好东西！多少人一辈子也买不起二十亩水浇地啊！

〔众人惊恐地望着吴先生。

邱影匠　（害怕）这，吴先生，您看这……

吴先生　大伙都记着，想保住命只有一个法儿。

众　人　啥法儿？

吴先生　谁要是上鬼子那露一个字，众口一词，大伙都说是他干的！证死他！

众　人　证死他！

邱影匠　（感激地）好，好！这法儿好！

众　人　好，好这法儿好！

吴先生　（仍是冷冷地）法儿是好法儿，可得好人去做！

邱影匠　（拉着丑儿转向吴先生，跪下）吴先生，我和丑儿给您磕头了。

吴先生　（冷冷地，一语双关地）你先别忙，邱先生，你知道，这世上没有不透风的墙！

邱影匠　啊？（不由自主地后退）吴先生，您，您要……

〔全场噤声，人们默默地注视着吴先生。

〔天空中传来阵阵雁鸣。

吴先生　（仰天长叹）雁过留声，人过留影！……影儿是命，命其实也就是个影儿！人哪能没影儿呢？白天看不着影儿，那是影儿在脚底下；晚上看不着影儿，那是影儿在心里！要想没了影儿，除非先

321

没了人！

〔邱影匠吓得魂不守舍。

〔鬼子在幕后厉声地喊庄金贵。

鬼　　子　庄保长，你地快快过来，山本大太君叫你！

庄金贵　完了完了，这可崴了……

〔庄金贵下。

邱影匠　完了，完了，这是露馅了……

〔邱影匠战战兢兢地下。众人惊恐万分。

〔静场。

〔丑儿明白过来。毅然地走向后场。众人急忙阻拦。

众　　人　丑儿，你想干啥？

丑　　儿　我找山本说去，没你们大伙的事。

二林子　（拦住丑儿）你去？那不是送死吗？……丑儿，只有一个法儿——跑吧！

丑　　儿　不！我不！我不能扔下我爹。

吴先生　（若有所思）唉，是福不是祸，是祸躲不过啊……

众　　人　（纷纷推劝丑儿）丑儿，你就快跑吧……

〔丑儿正在迟疑，突然幕后传来激烈的枪声和喊声……

庄金贵　跑？往哪跑？后沟的二、二、二驴子想跑，让、让鬼子打死了！

众　　人　啊？那鬼子叫你们是？

庄金贵　太君让我捎个话。

众　　人　（惊恐不安）妈呀，啥事儿？

庄金贵　（得意地对大伙）是好事儿！

众　　人　……好事儿？

庄金贵　山本老太君说了，唱影！

众　　人　（不解）唱影？

吴先生　（满腹疑虑）鬼子平白无故丢了个当官的就真不找了？还让咱唱影儿？

庄金贵　就是！这个新来的山本老太君可不像松田，仁义！他可喜欢咱们的影儿了，他说日本和满洲是亲善的，他还说了，让咱们快点干，咋地大凌河封冻前也得完工，到时候大桥一通，叫修桥的乡亲们都来，山本老太君请咱连唱三天大影儿！

跑梁子　唱三天？……还是山本老太君仁义！

庄金贵　就是！山本太君说了，大日本和咱满洲国是同根同宗，亲着哪，我跟他说了，灯儿是我儿媳妇，不用藏着掖着装小伙子了！他还说咱们的皮影是啥……大大地艺术！邱师傅，到时候你可得好好地给我露露脸！

邱影匠　（惊魂未定）啊啊，那是应当地……

吴先生　是该露露脸了。这桥要修好了，关内的鬼子打仗就阳棒了，还不得让你好好唱唱影儿！

邱影匠　这桥……是鬼子打仗用的？

吴先生　打咱中国人用的！

丑　儿　那咱还还还给鬼子……修桥？

吴先生　那就看咱们有心没心了！

〔众人默默地看着吴先生。

〔庄金贵急忙岔开话题。

庄金贵　哎，不说这个，不说这个！（得意地）山本老太君还给我吃了半盒罐头，菠萝蜜的，那可真叫甜！

二林子　啥叫罐头啊？

庄金贵　（愈加得意）洋铁盒子的，（比划）这么大！里边连汤带水，拿刀捅开就能吃……（炫耀地掏出半包香烟）看，这是山本大太君赏的洋烟，大伙尝尝！

〔二林子接过来，嗅嗅。

二林子　这洋烟是他妈的香！就是不赶咱那蛤蟆杆子有劲！

〔众人接香烟，丑儿不接，还一把打掉二林子的烟。

丑　儿　（对二林子）啥烟你都抽？

庄金贵　你个王八犊子小丑儿……

〔幕后响起鬼子兵的嗥叫："什么地干活？"

〔灯儿在幕后回答："送饭的！"

〔灯儿挎篮子上。

灯　儿　大伙歇歇吧，吃饭了！开水在那边的锅里！

〔众人立即围上灯儿，从篮子里抢菜团子和橡子面窝头。灯儿拉了丑儿一把，从自己怀里掏出个布包递给他。

灯　儿　给你！

丑　儿　啥？

灯　儿　自己看！

丑　儿　（打开一看，惊喜万分）呀——苞米饼子！

灯　儿　（使眼色）你给我爹送一个去！

丑　儿　哎——（递给吴先生）大爷，给您！

吴先生　啥？

丑　儿　苞米饼子。

吴先生　（接过饼子，嗅嗅）大桩子，给你！

大桩子　（赌气地看着灯儿和丑儿）……爹，你吃吧……我不要！

吴先生　拿着！拿着啊。

大桩子　（突然生气地冲向灯儿）你！

灯　儿　咋地？你想管我？哼，早点儿，我是你啥人？

大桩子　你是我明媒正娶的媳妇！

灯　儿　早点，影儿上说的好，花出去的金银穿烂的布，娶到炕上才是自个儿媳妇。我上你家的炕了吗？

吴先生　灯儿！你还让我操心！

灯　儿　爹。

〔灯儿看看吴先生，悄悄拉拉丑儿，二人远远地走到一块大石头前，坐下吃饭。

〔大桩子呆呆地站了一会，赌气想走，想想，又醋意地溜到灯儿和丑儿吃饭的大石头后面。

灯　儿　唉，这桥修的窝囊！

丑　儿　就是！就欠来把天火，把这架桥的木头垛烧喽！

灯　儿　（叹口气）没神没鬼的，哪来的天火啊……

丑　儿　（偷偷地看着灯儿）……灯儿姐，你你你可真好看……

灯　儿　你说啥？

丑　儿　我我是说你真好……不是你，鬼子就把金漆影人子都烧了！

灯　儿　你个小丑儿……你才好呢！

丑　儿　（想撸灯儿的脑袋，一想不对，不好意思地收回了手）嘿嘿，我好啥……

灯　儿　……哎，丑儿，你这么小个人，咋有那么大的杀人胆呢？

丑　儿　我也不知当时哪来的那股劲……灯儿姐，我就觉得那不是杀人，是杀牲口！

〔灯儿定定地看着丑儿。

灯　儿　哎，丑儿，我和你说句话，你，你可不兴笑话我！

丑　儿　你说吧！

灯　儿　那天，你看见了我的身子……

丑　儿　（急）灯儿姐，我可不是故意的……

灯　儿　可你是第一个看见我身子的男人……我……我嫁给你，你敢娶我不？

丑　儿　（大喜过望）我……你……灯儿姐，真的？……（又摇了摇头）我长得丑，怕配不上你……

灯　儿　你不丑，长得挺好看的！

丑　儿　（狂喜）姐——

灯　儿　哎……你要我不？

丑　儿　姐，我要你……（从怀里掏出一个手绢，递给灯儿）给！

灯　儿　（惊喜）手绢？（深情地看看丑儿）……我老早就想，我要嫁人，就嫁一个顶天立地的男子汉！就像影儿里的薛仁贵那样——天不怕、地不怕，护着我，疼着我……给我报仇！

丑　　儿　（激动）……报仇？

灯　　儿　对，报仇！丑儿，我要叫你再杀个人你还敢不？

〔石头后的大桩子恼羞成怒，想跳出来又不敢。

丑　　儿　（嬉笑）真的假的？

灯　　儿　（咬牙切齿）真的！你敢不敢得了？

丑　　儿　敢！可你你你得告诉我杀啥人，还得看他该杀不该杀！

灯　　儿　他坏透腔了！他毁了我一家！

丑　　儿　（认真）谁？

灯　　儿　我们吴家的两代血仇——震东川！

丑　　儿　震东川，早就听说震东川的影儿是一绝，他咋和你们家有仇？

灯　　儿　（悲愤地）说起来，那是二十年前的事了，我妈是万家汤锅的老闺女……震东川弄瞎了我爹的眼睛，逼我妈跳了河……

丑　　儿　灯儿姐，你别哭，慢慢说。

〔灯儿和丑儿下。

〔躲在石头后的大桩子愣愣地呢喃。

大桩子　……震东川弄瞎了吴先生的眼睛？

〔突然间响起一阵火车急促的汽笛，夹杂着鬼子的跑步和吹哨声。

〔众人忙干活。邱影匠扛着枕木被鬼子一脚踢到吴先生面前。

〔邱影匠爬起来一看是吴先生，十分害怕。

吴先生　命中注定八合米，走遍天下不满升啊！

邱影匠　吴先生，影儿上有句老词——火盆烧去烂麻鞋，冤家宜解不宜结……您高抬贵手……

吴先生　我如今是五尺高的一个瞎子，手还能抬多高？影儿上不是也有句词嘛——只盼着大风吹去满天云，可依然是电如蛟龙雨如盆哪！

邱影匠　（心一横）河西红！我是震东川，有道是父债子还一替一报。当年，我害了你，可是你先抢了我的翠儿！丑儿惹下了塌天大祸，可是他是为了救你闺女灯儿！

———话剧《凌河影人》

〔吴先生不理不睬……

邱影匠　我知道，二十年也嚼不碎一个恨字……自打那天起，我远走他乡，上关里跑码头唱影儿，再也没打震东川的旗号，连我儿子也不知道我是震东川啊！

吴先生　可二十年了，我河西红不能再摸影卷、再唱一口影儿了啊！

邱影匠　要怪，就都怪咱们那时候年轻，唱影的心气太盛。

吴先生　（冷漠地）不是影儿的事，影匠不常说吗？不怕耍影儿要叉，就怕没亮儿抓瞎，（指心口窝）耍影儿得黑下耍，可这里不能没亮！

邱影匠　唉，谁让我作孽了……

吴先生　天作孽，犹可恕；人作孽，不可活！

邱影匠　（喃喃地）不可活，不可活……我也不想活了！

〔邱影匠缓缓地抱起枕木走下。

〔大桩子蹲在暗影里，听着二人的对话，似乎有些明白。

大桩子　（自语，突然蹦起来）河西红……邱影匠……邱影匠就是震东川？

〔庄金贵上。远远看见灯儿和丑儿亲昵地坐在一起。

庄金贵　大桩子，你妈拉个巴子是个傻狍子！你非得让我把话说明了咋地？你得看紧点你媳妇！

大桩子　（看看幕后）我这不是看着他们俩呢嘛！

庄金贵　（气急败坏）你看啥呢？你是看影儿呢吧！

大桩子　（得意地）爹，没事，小丑儿他蹦跶不了，他小命在咱手心呢，是他杀了松田，只要……

庄金贵　灯儿是你媳妇。你别胡说！再说，大伙一齐证你，谁也好不了！

大桩子　我就是不说，他俩也成不了好事，吴先生和邱影匠就是他俩过不去的坎！

庄金贵　坎？

大桩子　爹，你知道不？邱影匠就是震东川！

庄金贵　（不解）啥震东川？

大桩子　震东川就是二十年前弄瞎吴先生双眼的邱影匠——吴先生的血海

仇人！

庄金贵　吴先生的血海仇人？

大桩子　他还把吴先生的媳妇逼得跳了河！

庄金贵　……那丑儿还救灯儿？

大桩子　丑儿和灯儿都还不知道这一层！

庄金贵　不知道？……

〔庄金贵和大桩子耳语了一阵，独自下。

〔灯儿和丑儿上。

丑　儿　灯儿姐，那你你你妈后来呢？

灯　儿　我也不知道……我妈投河叫人救了，没死了，后来就没信了……我和我爹都找过，怎么找也没找着……（哭）

丑　儿　灯儿姐，别哭……

灯　儿　丑儿，我是觉得你亲哪，我跟你说说心里痛快……

丑　儿　（咬牙切齿）灯儿姐……你你记着！我要是找着震东川，我一定杀了他，给你妈报仇，给你报仇！

灯　儿　（激动万分）小丑儿……你娶了我吧！

丑　儿　灯儿——我娶你！

灯　儿　丑儿……

丑　儿　姐……

〔灯儿抱住丑儿。

〔大桩子窥见二人亲热，气冲冲走过来。

大桩子　（羞恼地给丑儿一耳光）小丑儿！你他妈的还要脸不要脸？

丑　儿　（捂着脸）我我我咋地了？

大桩子　你咋地了？我整死你！你还有脸问我？

灯　儿　（把丑儿挡在身后，对大桩子）没丑儿的事，是我稀罕他！

大桩子　你！

灯　儿　（深情地）我长这么大，就我爹亲我疼我护着我，可大伙都看着了，那天晚上要不是丑儿，我就……现在我把话挑明了，从那天晚上起，丑儿就是我……我……（决然地）我就是丑儿的人了！

丑　　儿　灯儿姐……

大桩子　（无奈）灯儿……（对邱影匠）邱师傅，你都看着了……我啥也不说了！

吴先生　（突然插话）灯儿！咱的命贱，你离人家远点！

灯　　儿　（吃惊地）爹，你……

丑　　儿　吴师傅，你你这是……

吴先生　（决然地）我这是为灯儿好！

邱影匠　（突然发火）丑儿，你不要脸还不要命了？

丑　　儿　爹，你不知道！

邱影匠　我不知道？我啥不知道？

丑　　儿　爹，灯儿姐的命太苦了！

邱影匠　她苦，（有些心虚）……苦……

丑　　儿　爹，灯儿他爹原来就是大凌河川有名的影匠河西红！

众　　人　河西红？

丑　　儿　二十年前，他……

邱影匠　（大声地制止）丑儿，你别瞎咧咧！

吴先生　对，我就是河西红！二十年前有人在我的灯碗里下了磷火药，火烧了影棚，急火攻心，我倒了嗓，又血蒙了双眼！

庄金贵　（一直躲在一边，此刻上前明知故问）谁那么损啊？谁下的药啊？

丑　　儿　是震东川！

众　　人　震东川？

庄金贵　（故意地）那谁是震东川啊？

丑　　儿　我也不知道！不过，只要那个震东川还有口气，我就能找着他，给灯儿姐报仇！

灯　　儿　小丑儿……（泣不成声）

邱影匠　（心惊胆战地）丑儿……人家吴先生和灯儿的事……有大桩子管着，用你？

丑　　儿　爹，影儿上不是常说，大路不平众人踩，千斤的梁砣我我我一人抬！

邱影匠　（心慌）那，那，那你想咋着？

庄金贵　（别有用心地）是啊，你想咋着呢？

丑　　儿　爹，灯儿姐，你你你们听着，上有天，下有地，我丑儿这辈子要是找不着震东川就算拉倒，要是找着了震东川，我我我就一刀一刀碎剐了这个牲口！

邱影匠　（大惊失色）你？

〔灯渐暗。

第四幕

〔三个月后。

〔幕布出现山本在接上司电话的剪影。

山　　本　哈依！哈依！大桥半个月后地一定铺轨！警备队地统统准备好了！……哈依！大桥的通车和无人区的一起干活！

〔山本放下电话。另一个景区出现庄金贵的剪影。

山　　本　哈哈……庄金贵。

庄金贵　（鞠躬）有！

山　　本　庄保长！

庄金贵　哈依！

山　　本　……大桥很快地能完工？

庄金贵　能，能！准保很快地完工！……太君，再过个十天半月，等洋灰硬帮了，把支着桥面子的木头楞一拆，您就腈等着跑火车吧……

山　　本　大大地好！你们是满洲国大大的良民……这个……为了庆祝大桥完工，皇军要看你们演皮影……告诉所有的劳工，都来看皮影……

庄金贵　是是。

———话剧《凌河影人》 >>>>>

〔灯渐亮，鬼子和庄金贵的影子渐渐隐去。
〔幕后传来工地打石头声、火车声。
〔吴先生抚摸着弦子枯坐在大树下。庄金贵上。

庄金贵　吴先生……亲家，有些话我不得不说了……灯儿姑娘就听你的，你得说说她……不管咋地，灯儿姑娘是我庄家明媒正娶的媳妇，可她和小丑儿勾勾搭搭……到时候她要是和小丑儿出点什么事儿，那你我的老脸可就算丢尽了啊！

〔吴先生沉默不语。

庄金贵　（着急）亲家，你得有个话啊！
吴先生　（沉重地摇摇头）……你当我愿意？儿大不由爷啊！
庄金贵　（急）那你……（心一横）亲家，我知道大桩子有点老实，我也知道是小丑儿救了灯儿姑娘，可影儿上说，老实是传家的法宝，豪横是惹祸的根苗。小丑儿打死了松田太君，差点要了咱大伙的命！要不是山本太君心眼好，咱们过不了这鬼门关！
吴先生　过关没过关，瞎子看不见，眼前一片黑，谁知道是在鬼门关这边，还是在关那边呢？……
庄金贵　（阴险地）亲家，你可别忘了你的眼睛是怎么瞎的！
吴先生　（不为所动）是命啊！
庄金贵　二十年前的血仇就这么……
吴先生　依你呢？
庄金贵　亲家，只要你点一下头，二十亩水浇地就是你的了！二十年前的血仇也就算报了！
吴先生　你是让我借刀杀人？
庄金贵　亲家，是报仇！你比明眼人还明白！
吴先生　不错，邱影匠是我河西红的仇人，当年我也立下血誓——此仇不报，誓不为人！可我河西红虽说是个瞎子，但我报仇要报到明处，借刀杀人的事儿我干，可不能借鬼子的刀！……小丑儿救的是我闺女，可也是你儿媳妇！这个仇你让我咋报？

庄金贵　亲家……吴先生，话我可是就说到这了，二十亩一攥就流油的水浇地，二十年前不共戴天的血仇……还有，咱们可还欠着皇军的一条人命呢，你慢慢琢磨吧！不过，可有一宗你说对了，灯儿姑娘是我明媒正娶的儿媳妇，我就不能让别人勾搭走了她！

吴先生　（意味深长地）庄保长，我怎么看不见你的影儿呢？

庄金贵　那因为你是个瞎子！

吴先生　可瞎子能在心里看见人的影儿——是长、是短、是正、是歪……亲家，当老爷儿照到你头顶上的时候，就看不见你的影儿了——因为影儿就在你的脚底下！

庄金贵　我不懂！（下）

〔灯儿上："丑儿。"

〔丑儿内："哎，灯姐。"

〔丑儿扛着劈柴上。

丑　儿　灯儿姐，这桥要是老也修不完多好啊！

灯　儿　你这是啥话？小日本鬼子的罪你没受够？

丑　儿　（看看远处的吴先生）不是，你看你爹对我，像黑眼疯似的！等桥修好了，你爹还不得让大桩子把你领走了！

灯　儿　是呢，我也觉得我爹有点不对劲，照理说，我爹是个血性人，他原先是相中了大桩子的老实厚道……可从那天晚上起，他半拉眼珠子也看不上大桩子啊！

丑　儿　那他为啥生别着不让你和我好呢？

灯　儿　我也觉着有点怪事儿！

丑　儿　哎，灯儿姐，你说啊，这怪事可多了，这桥就要修好了，鬼子倒把咱看得越来越紧，连撒泡尿都不让远走，这满工地也就是一个老疯婆子吧，想上哪儿鬼子也不挡！

灯　儿　大桩子他爹说，前几天在五家店又打死了好几个鬼子！

丑　儿　（看看左右没人）那才叫中国人哪！可咱们还给他们修桥，一比，咱们是王八犊子！

〔大桩子急急跟上。

大桩子　你个小干巴丑儿，你要再和我媳妇打连连，我整死你！

灯　儿　我愿意。

丑　儿　我也愿意！

大桩子　（气急败坏）你，你们……（想想）灯儿，你过来，我有话说！

灯　儿　有话快点说！丑儿，把劈柴放灶坑那儿去。

〔丑儿扛劈柴下。

大桩子　（拉过灯儿）灯儿，你到底想咋地？

灯　儿　没想咋地。

大桩子　这大桥就修完了，到时候你是跟我回家还是跟……小丑儿走？

灯　儿　（生气欲走）你要是就问这个我走了！

大桩子　（一不做，二不休）得，灯儿，你想跟谁就跟谁吧，不过，我有句话可告诉你，邱影匠就是二十年前害你爹的震东川！

灯　儿　（一惊）啥？（旋即笑了）你就扒瞎吧，你真没个爷们气！

大桩子　我扒瞎？不信你过去问问你爹！

灯　儿　问我爹？（将信将疑）

大桩子　（得意地）去呀，你过去问问去啊！

灯　儿　问就问。（沉重地走向远处的吴先生）

灯　儿　爹，爹，丑儿他爹就是……震东川？

〔吴先生一动不动。

灯　儿　爹，你说话呀！

吴先生　（长叹一声，点点头）唉——灯儿，你的命咋这么苦啊！

灯　儿　（如雷击一般，许久，才喃喃地）老天爷呀，老天爷……你咋不睁眼睛啊……

大桩子　（拉过灯儿）灯儿，这下你信了吧？……我早就看那小丑儿他不地道！

灯　儿　（气愤已极）你，你，你给我滚远远地，（喊）我告诉你，大桩子，我看着你恶心！

大桩子　（恼羞成怒）灯儿，我就要你说句痛快话，你还是不是我媳妇？

灯　儿　（愤然）是你媳妇？松田鬼子欺负我的时候，你是我爷们吗？

大桩子　好，我也把话挑明了，你要是我媳妇，我就啥话不说，还要好生谢谢丑儿救你；你要不是我媳妇，我，我……我就找山本太君去领那二十亩水浇地的赏！

灯　儿　（震惊）你，你，你……

大桩子　（得意地）灯儿，就在你了！你要说个不字，我现在就去！（故意欲走）

灯　儿　别别……（愣怔好久，突然软了下来，拉住大桩子）……大桩子，我求求你……

大桩子　不中，求也没用！

灯　儿　大桩子！

大桩子　你要想丑儿活命，你就痛快点！你要是不答应我就去！

灯　儿　（痛苦万分，突然跪下抱住大桩子的大腿，痛哭失声）我，我，我是……你媳妇……

大桩子　（得意地）哎，灯儿，这就对了……

〔幕后突然传来翠儿的声："船——"继而响起了警报声和枪声！

〔幕后鬼子："站住，不许靠近架桥的木垛！"

〔幕后的邱影匠："太君，别开枪别开枪啊，她是疯子……"

〔吴先生霍地站起。众人拥向边幕。

〔邱影匠抱疯婆子从边幕上。跑梁子和二林子跟上。

邱影匠　二林子，快帮帮忙！哎呀，平常这个疯婆子上哪儿鬼子也不挡，可刚才她往支着桥面子的木头楞那一靠，就差点让鬼子给打死！

跑梁子　（发现邱影匠的衣襟有几个破洞）哎呀，邱师傅，这衣服是咋整的？

邱影匠　（一惊）哎呀我的妈呀，这前大襟让枪子给造了几个窟窿！

跑梁子　多悬哪！

疯婆子　（声音微弱地）……哎呀呀……

——话剧《凌河影人》

（唱）小哥哥他在灯前展读影卷，
　　　我上前为小哥哥把衣裳添。
〔吴先生摸索着欲过来。

邱影匠　灯儿，快给她拧拧湿衣裳。

灯　儿　哎，（扶住疯婆子）这是啥呀？

丑　儿　这是一把刀！

邱影匠　这是一把刻影人子的刀啊！

疯婆子　给我……我留着它挖震东川的眼睛……

邱影匠　（大惊）你，你，你要挖震东川的眼睛？

丑　儿　大婶。（把刀拿走）
〔邱影匠吓得一步步退后。吴先生也闻声摸索着走向疯婆子。

吴先生　你你……你是谁？

疯婆子　可恨哪——可叹——众儿郎啊……
〔吴先生大惊。

吴先生　（下意识地）有！（摸索）你，你，你是……是翠儿……

疯婆子　……嘻嘻，我是翠儿？你是谁呀？

吴先生　我，我是，我是……
（唱）众儿郎啊，人上雕鞍箭上弦……

疯婆子　（平静下来，起身回忆）走着，（两人一起唱）你是……

吴先生　（声音颤抖着）我是……我是河西红啊！

疯婆子　你是河西红？

吴先生　是我，是我。

疯婆子　你上哪了？你咋不要我了？你叫我找得好苦啊……

吴先生　我苦命的孩儿她娘啊……（痛哭）

疯婆子　孩儿？……灯儿，我的灯儿呢？
〔灯儿一直在看着这一切，此刻再也控制不住自己，扑向了翠儿。

灯　儿　妈……妈！

疯婆子　灯儿，我的灯儿啊……

吴先生　（搂住娘俩）咱们一家咋在这么一个地方见面了啊……翠儿，这些年，你是咋过来的呀？

疯婆子　我就是找你呀！我顺着大凌河找啊找啊，哪儿有唱影儿的我就上哪儿去找。

吴先生　我的翠儿啊……

疯婆子　河西红……今天我总算看见你了……你还能看见我不？

吴先生　（痛苦地）我……看不见……再也看不见了……（猛然拍着心口窝）可我这儿能看见哪！

疯婆子　能看见就好，能看见就好，那你看见我啥样呀？

吴先生　我看见你和我二十几年前第一次看见你一样，你穿着碎花红袄，扎着一根大辫子，从大凌河边的柳树趟子里走出来，真美呀！

疯婆子　你忘了？那天，我头上还戴了一朵花呢……

吴先生　（向往地）那花真好看，红得好像血染的一样……那天的风儿真是又轻又暖啊……

疯婆子　河西红，真难为你，都这么些年了，你还记得……

吴先生　我……（凄惨地苦笑）邱先生？这你都看着了，比影儿上唱的还喜兴是不是？这可是你一手编的好影儿啊！

邱影匠　吴先生，我……

吴先生　（下定决心要揭穿邱影匠）翠儿，过来谢谢邱先生，没有他，咱哪有今天！

邱影匠　（求饶地）吴先生……

疯婆子　你……你……你是好人哪。

〔邱影匠抱头蹲下。

吴先生　翠儿，他就是……

灯　儿　（对吴先生）爹，是他救了妈。妈，那天晚上要不是他儿子小丑儿救我，我就被鬼子……

吴先生　（泄气）唉，这真是秋水成冰，春雪化水，寒暑轮回，冷暖谁知呀！

〔突然，幕后又响起了枪声，翠儿一下子又疯了。

疯婆子 （推开众人，学影人动作）嘻嘻，俺去也……

〔推开众人，翠儿被打死了。

吴先生 翠儿！

灯　儿 妈呀！

〔影人造型，收光。

〔静场。

〔灯渐暗。

第五幕

吴先生 狗贼、狗强盗，你们杀了我的翠儿……你们杀了我的翠儿，此仇不共戴天，我与你们仇深似海！大凌河呀，大凌河，你都看见啦，小鬼子，我们没惹你们，你们凭什么抓我们，杀我们杀了我瞎子心里那唯一的一点光儿，那点亮儿，那点活气儿……我河西红、吴瞎子对着苍天起誓，对着厚土起誓，对着滔滔的大凌河水起誓，对着我死去的父母起誓，我以我命报冤仇，誓做鬼魂不回头！

〔庄金贵上，走到吴先生跟前。

庄金贵 亲家，你给我一句痛快话，灯儿还是不是我的儿媳妇？

吴先生 是又如何？不是又怎样？

庄金贵 是，我就不能让她掉进火坑；不是，咱就大路朝天各走半边！

吴先生 （有所警觉）依你呢？

庄金贵 让大桩子立马就带灯儿走，一刻也别耽搁！

吴先生 一刻也别耽搁？（故意地）那……鬼子说让咱们大伙都走了？

庄金贵 （脱口而出）都走？皇军都……得，得，你就说句痛快话吧！

吴先生 （一愣，站起。随即平静下来）这，你去问灯儿吧！

庄金贵 （气急败坏）好，好，好！你就等着今儿晚上唱影儿吧！

〔庄金贵气哼哼下。

〔灯儿上，丑儿追上。

丑　儿　姐——姐……（喊）你听着，我要娶你！

灯　儿　（痛苦地摇摇头）娶我？我，我是庄家的……媳妇……

丑　儿　不，你一定要嫁给我！

灯　儿　（哭）丑儿，你别逼我……就算是我……

丑　儿　（坚决地）姐，咱走，找到震东川给你家报了仇，咱就远走高飞，走得远远的！

〔吴先生从远处接话。

吴先生　咱……走不了了。

〔众人上。

众　人　走不了了？

吴先生　老鬼子好歹毒啊！

丑　儿　老鬼子……歹毒？

众　人　鬼子……歹毒？

吴先生　（悲愤欲绝地）庄保长露出话了，翠儿的死，也告诉咱了，鬼子不能放过咱！

丑　儿　（大惊）不能放过咱？你是说鬼子……

吴先生　今儿个大桥完工这影儿，咱们唱的是倒头丧影儿啊！

丑　儿　鬼子让咱今个唱影庆祝大桥完工，原来是圈弄咱们哪！

邱影匠　（愤怒已极）日他奶奶，小鬼子！今儿个这影儿，我他妈的不唱了！

吴先生　唱是死，不唱也是死！

邱影匠　小鬼子是要把我们连窝端哪！

丑　儿　那可咋整？

大桩子　（惊恐地掐住丑儿脖子）你个王八犊子，都是他妈的你惹的祸！

丑　儿　（一怔）好汉做事好汉当！我找山本说去，要杀杀我一个，没大伙的事！

吴先生　没用！鬼子的歹毒可不是就只为丢了一个松田！

众　人　那……那咱们快想法跑吧！

〔静场。

〔突然，丑儿拉起灯儿。

丑　儿　走！姐，咱们大伙一起跑！

灯　儿　对，跑不了咱们就死在一块儿！

大桩子　（怒向丑儿）敢？你想带我媳妇跑？

丑　儿　你媳妇？

大桩子　（得意地指着灯儿）你问问她，是谁媳妇？

灯　儿　（凄然地）我……是……

大桩子　灯儿，你快说是谁的媳妇？

灯　儿　（心一横）反正是个死了，（喊）我是丑儿的媳妇！

丑　儿　（激动地）姐！

大桩子　（绝望地）你……（突然上前抓住丑儿衣领）别一天姐、姐的，你说替灯儿报仇这话还算不算？

丑　儿　算，大丈夫一言既出，驷马难追！

大桩子　那我就告诉你，你爹就是二十年前害了吴先生的震东川！

丑　儿　啥？

大桩子　你别装气迷，你爹就是害了吴先生的震东川！

丑　儿　（冲向大桩子）你放屁！

大桩子　（傲慢地）我放屁？不信，你问你爹去！

丑　儿　（对邱影匠）爹，大桩子他……

〔邱影匠木然。

丑　儿　爹，你倒是说话呀！

邱影匠　是……（平静地）我就是二十年前的震东川。

丑　儿　（气愤地举起刀）你！你！（绝望地）爹，你让我咋做人哪！

〔丑儿疯了一样地掏出了疯婆子留下的那把刻影人子刀，冲向了邱影匠，又冲向了大桩子，最后猛地把刀刺向自己大腿！

灯　儿　（哭叫着扑上去）小丑儿！

〔大桩子吓得连连退后。

丑　儿　爹，你让我，我，我怎么做人啊？

邱影匠　（苦笑）哈哈，做人？做人真难啊……都是影儿惹的祸！我邱影匠这辈子就不应该唱影儿！

吴先生　不关影儿的事！

邱影匠　不关影儿的事儿？（沉重地摇摇头）河西红，二十年前，我因为唱影儿害了你们一家，今儿个的祸又是我儿子小丑儿惹下的……我立马就带着丑儿到山本那儿去投案。

吴先生　别，那没用。

邱影匠　天道轮回，我的影儿不正，是老天报应我啊！

吴先生　天道就是人道……影儿啊影儿啊，真是人走到哪，影儿就追到哪儿啊！

邱影匠　河西红，我震东川也是一条响当当的汉子，二十年的恩怨总得有个了断，我跟丑儿这就去见山本。

吴先生　慢！二十年的恩恩怨怨，二十年的磨难，就像这滔滔的大凌河水，你能分清哪滴是霜，哪滴是雨？再说这是咱俩之间的事儿，你凭什么上山本那儿去投案？你真以为把你们爷俩交出去，鬼子就能放过咱们大伙？咱这是在阎罗殿里唱的生死影儿，再不能各唱各的调儿了啊！

邱影匠　（感动）……河西红……我……

吴先生　河西红？……现在已经没有河西红和震东川了，眼下就剩下咱大凌河的影匠和要拿咱影匠的血染他膏药旗的鬼子了！……你想想吧，那头，是鬼子让咱唱影儿，摆鸿门宴，要咱的命；这头，是咱唱影儿的人和劳工们要活，你要哪头？

邱影匠　我要活，可咱们还能活吗？

吴先生　（坚定地）就是死，咱也闹他个鱼死网破！影儿上唱的好："三尺龙泉斩恶贼，宁死做个英雄鬼！"

邱影匠　（愧疚）今天我才知道，二十年前那场影儿是我输了——我邱影匠今生今世再也不唱影儿了！

吴先生　别啊，邱先生，咱们唱了一辈子的影儿，临了临了，咋地也得唱一台大影儿送送咱自个儿啊！

邱影匠　你是说，今儿个这影儿还唱？

吴先生　（斩钉截铁地）唱！

邱影匠　唱什么？怎么唱？

吴先生　（意味深长地）这可不是平常的影儿，咱们得好好商量商量！

〔吴先生把竹竿递给邱影匠，邱影匠感动地领起吴先生欲下。

邱影匠　（迟疑了一下，颤抖着声音）吴先生……我，我我能……叫你一声哥吗？

吴先生　（愣住了，随即回答）……兄弟！

邱影匠　（激动不已）哎！

〔邱影匠放下竹竿，跪地给吴先生磕了个头！吴先生感觉有异。

吴先生　……兄弟，你咋地啦？

邱影匠　（掩饰）我，我，我的腿带子开了。

吴先生　（明白过来，急忙也给邱影匠跪下）……兄弟，我的腿带子也开了……

邱影匠　哥，咱们走。

吴先生　走！

〔吴先生和邱影匠下场。

灯　儿　丑儿——（抱住丑儿）

〔庄金贵急上，拦住了也要下场的丑儿。

庄金贵　丑儿，别走，我和你说个事！

丑　儿　啥事？

庄金贵　日本人怕是真的饶不过咱们了！

丑　儿　我不怕，大不了是个死！

庄金贵　（阴险地）那……你想不想让灯儿活命？

丑　儿　（一愣）她咋地了？

庄金贵　我知道你喜欢灯儿，灯儿也喜欢你……

丑　儿　（警觉）你想咋地？

庄金贵　得！我实话实说了吧，山本太君已经答应我和大桩子带灯儿走了！

丑　儿　你和山本说松田的事了？

庄金贵　我……我没有！

丑　儿　你说了！

庄金贵　得，就算我说了能咋地？反正大伙也都跑不了了，就是不死，也得进人圈！

丑　儿　（大怒，抓住庄金贵）我杀了你！

庄金贵　你要杀了我，灯儿也就跑不了了！

丑　儿　你……是条狗！

庄金贵　都这时候了，狗就狗吧，活狗总比死人强！

丑　儿　你这个老狗！（泄气）……你说吧，你想干啥？

庄金贵　你劝劝灯儿，就说你和吴先生带他一起跑，她信你的。

丑　儿　我不干！

庄金贵　那你就眼看着灯儿和大伙一起叫日本人突突了？

丑　儿　你……

庄金贵　丑儿，你是个明白人……你去和灯儿说，就说你和吴先生在船上等她！

丑　儿　（一跺脚）好！

庄金贵　（得意）哎！

〔丑儿转身欲走，想想，又停下了。

丑　儿　庄保长，你过来，我和你说点事儿。

〔庄金贵不解地走过来。丑儿猛地打了他一个大耳光！

〔丑儿下。远处的吴先生一直静静地听着二人的争吵。

庄金贵　打得好！（捂着脸，向幕后的大桩子）大桩子，你他妈的还躲啥？

都怪你，快走！

〔庄金贵急下。吴先生也躲下。

〔丑儿拉灯儿上。

丑　儿　姐，你爹在船上等着你呢，你快去！

灯　儿　我不去！我要和你一起走！

丑　儿　（凄楚地）姐，你先去，我还有点事儿，我一会儿就来！啊？

灯　儿　丑儿。

丑　儿　（咽下苦泪，强作笑脸）我去接我爹，我一会儿就来。

灯　儿　丑儿，你可快点，我等你啊！

丑　儿　（酸楚地）哎哎……

〔灯儿走向河堤，丑儿绝望地看着灯儿的背影。

〔跑梁子、二林子上。邱影匠和吴先生也闻声走出。

〔跑梁子从怀里拿出一个小铁盒。

跑梁子　丑儿，你来。前晌儿，鬼子让我们在河那沿卸船，往火车上装货，好家伙，里面全他妈的是罐头！我和二林子就偷了几盒回来。

二林子　撬开一尝，我的妈呀，这罐头啥味儿啊！

丑　儿　（接过铁盒来闻闻又递给邱影匠）爹，这是？

邱影匠　（仔细嗅嗅，猛地要扔）……火药？

众　人　火药？

邱影匠　快扔了它！

吴先生　（大喊）别扔！二林子，装火药的车停在哪儿了？

二林子　就在大桥旁边呢。

吴先生　丑儿，你把它给我好好藏起来……

丑　儿　（接过）哎！

吴先生　（仰天感叹）老天爷啊——我看见你了！

〔灯渐暗。

第六幕

〔当天夜里。雪花乱舞。

〔临河的大桥旁,支撑着桥面的木头楞子高高垒起。

〔幕启。众人背影箱子上。

邱影匠　（向幕后）太君,还得多给我们点洋油,我们好点灯唱影啊!

〔山本幕后:"你们地,小心失火!……好好地唱,洋油地一会儿大大地有!"

邱影匠　丑儿啊丑儿,没成想咱们爷们今天唱这么一出影儿啊!

丑　儿　爹,咱们爷们也算中了,自古以来,影匠能自己给自己唱倒头影儿的有几个?

吴先生　说的好!人生自古谁无死?大将难免阵前亡。咱唱一辈子影儿了,能唱着影儿死,也就不屈枉了!……死可是死,咱得死得值过!

跑梁子　临死能听上河西红和震东川的影儿,值!

邱影匠　到了阴间……

吴先生　阴间可是个没影儿的地方,邱老弟,咱俩的账……

邱影匠　（一愣）您还想咋着?

吴先生　咱们接着算!

邱影匠　算就算,只要有翠儿我还跟你抢!

吴先生　抢就抢,只要你有那个本事!

〔吴先生和邱影匠哈哈大笑。

邱影匠　可惜呀,今天咱是自个儿给自个儿唱影儿啊。

吴先生　不,你看下面的劳工,像大凌河水一样,坐的满满儿的,就等着听咱们的影儿呢!

吴先生　我拉弦,热河影匠王,就看你的了!

丑　儿　爹,你就开戏吧!

————话剧《凌河影人》 >>>>>

邱影匠　　好，请大师兄韩大爪子！请影卷！

〔邱影匠摆正影箱子。众人对影箱子跪下。

邱影匠　　大师兄，我们老少爷们，给您叩头了！

众　人　　给您磕头。（众人磕头）

邱影匠　　走！

吴先生　　走！

邱影匠　　老哥！

吴先生　　哎！

邱影匠　　（对吴先生）哥，今儿个我也唱一出《杨家将血战金沙滩》！

众　人　　对，血战金沙滩！

邱影匠　　咱们哥俩再干一回二十年前火烧影棚子的事儿！

吴先生　　这回可真是……

吴先生
邱影匠　　火烧连营！

〔众人笑。

邱影匠　　开影儿！

〔鼓乐激壮。吴先生等激昂地耍影儿。

〔丑儿高亢的唱腔穿云裂帛。

丑　儿　　（唱）忽闻北国起狼烟，

　　　　　　　　贼寇铁骑犯边关，

　　　　　　　　俺杨家忠烈满门赴国难，

　　　　　　　　岂容那恶贼寇践踏好河山！

众　人　　好！

丑　儿　　（接唱）一腔热血染九天，

　　　　　　　　不斩楼兰誓不还……

〔风声大作。突然，幕后鬼子一声大喊："风地太大，火地灭掉！皮影地不要唱了！"

〔舞台立刻一片漆黑。

〔忽然，灯儿划船上。

灯　儿　（接唱）一腔热血染九天，

〔灯儿用火镰一打，刹那间照亮了自己！

灯　儿　（接唱）不斩楼兰誓不还——

吴先生　（大惊）灯儿！

丑　儿　姐！

灯　儿　爹——丑儿！

〔灯儿一晃，吴先生扶住了她。

吴先生　（闻闻，突然摸一摸灯儿的棉衣）啊！洋油？灯儿，你把棉袄棉裤浇上了洋油？

灯　儿　爹，我就是一盏灯，我要照亮大凌河！

吴先生　灯儿！（悲壮地）为了咱大凌河，你就尽情地唱吧！

灯　儿　唱？

丑　儿　唱？

灯　儿　好，我唱。

〔灯儿走进影棚子。影棚子立时灯火通明。

〔音乐激昂。

灯　儿　（唱）这连天的旌旗如蝗的箭，

　　　　　　　血染的征袍透甲寒……

　　　　　　　恶贼寇他设下了鸿门宴，

　　　　　　　将俺君臣围困在金沙滩……

〔灯儿慷慨悲壮地唱着，吴先生的弦子也越来越激越。

〔大雪飞落。

〔突然，大桩子和庄金贵出现在侧影幕后。

〔一阵枪响，庄金贵和大桩子在鬼子的枪声中倒地而死。

灯　儿　烧啊！

众　人　烧啊——烧啊——烧啊！

〔灯儿撕开扣子，脱下自己的棉衣！点燃后扑向架桥的木垛。

──话剧《凌河影人》 〉〉〉〉〉

〔众人也都点燃棉衣棉裤扑向大桥!
〔大雪纷飞。突然机枪声骤响。
〔火光如血,越来越浓。大桥轰然倒塌!
〔唱影的音乐戛然而止。众人如雕塑般定形。
〔主题歌声渐起——
　　　一腔唱尽沧桑事,
　　　双手舞出生死情。
　　　莫道曲罢终散去,
　　　千古凌河起涛声!
〔幕急落。
〔剧终。

精品剧目·话剧

生死场

(根据萧红同名小说改编)

编剧　田沁鑫

时间

一九三一年"九一八"事变前后。

地点

黑龙江哈尔滨附近一个偏僻村庄。

人物

赵　　三　黑龙江某偏僻农村村民，四十几岁，王婆丈夫，金枝父亲。

王　　婆　黑龙江某偏僻农村村民，四十几岁，赵三之妻，金枝母亲。

金　　枝　赵三与王婆之女。十八九岁。

二里半　黑龙江某偏僻农村村民，四十几岁，罗圈儿腿。

麻　　婆　黑龙江某偏僻农村村民，四十几岁，二里半之妻，成业之母。样子蠢气。

成　　业　二里半与麻婆之子，二十出头的壮小伙子。

菱芝嫂　村民，三十岁左右。

五姑姑　村民，五十岁左右。

月　　英　村民，二十岁左右。

二　　爷　地主，五十岁左右。

翻译官　三十岁左右。

警所官员　四十岁左右。

四个男村民、日本兵、某妇人、宪兵

〔舞台后区，纷纷扬扬的雪花飘散，风声隐隐呼啸。

〔四个农民装束的男人聚拢在火盆边取暖。

〔他们姿势迥异，神情麻木。

男村民一　真冷，这天儿。

男村民二　好风，刀子似的。

男村民三　井封了，水缸裂了。

男村民四　雪把房子也封了，门推不动。

〔男村民三的脚被火烫灼，"哎哟"叫着。

〔众男漠然地望了他一眼，继续烤火。

〔一束清冷的月光照亮一位跪卧地上的俊俏妇人。

〔妇人紧了紧衣裳，可怜巴巴地望着烤火的男人。

妇　人　哥……

〔男村民一望了她一眼，没搭理。

妇　人　（无助地）肚子越来越大，盆变成大盆了，里边的东西跳着脚踹，要出来，哥，咋办？

男村民一　（乐了）出来，管我叫爹。

妇　人　出不来呢？

男村民一　猪、牛咋出来的？

妇　人　……也有憋死的……

男村民一　（绷了脸）使劲儿，憋死也得出来。

〔男人们逐渐离开火盆。

〔男村民一搬动火盆置中间，示意妇人烤火。

〔妇人这才敢凑近火盆，渐渐地，她的肚腹疼痛起来。

妇　人　……哥！这东西要出来……

男村民一 （喜悦地）使劲儿！

〔妇人哭了起来，男村民一走向妇人："使劲儿！"

〔男村民一拖拽妇人双腿，众男也兴奋地帮忙，大家将妇人推来搡去，妇人挣扎在他们的手臂间。

〔男人们愉悦地将妇人的双脚套上绳索，把她扛起。

〔男人们显出快活的样子。

男村民一 生老病死，没啥大不了的。生了就让他自个儿长去，长大就长大，长不大就算了。

男村民三 老了也没啥，眼花就甭看，耳聋就不听，牙掉了整吞，走不动瘫着。这有啥法儿？谁老谁活该！

男村民二 病，人吃五谷烂杂，谁不生病呢？

男村民四 死也不是啥事。爹死儿子哭，儿子死妈哭，哥哥死一家子哭，嫂子死娘家人哭。

男村民一 今儿哭明儿好，挖坑儿埋人。

男村民三 埋了往后，活着的照旧过日子。

妇　人 活着为啥？

众　男 吃饭穿衣。

妇　人 人死了呢？

众　男 （乐了）死了？就完了呗！

〔一声婴儿的啼哭响亮起来。

〔舞台某处显现出古朴的"生死场"字样。

〔灯光渐隐。

一

〔"九一八"前夕，僻静的小村显得格外寂静、落寞。村民们在生老病死间默默忙碌。

〔舞台上出现一张土炕，炕上跪卧着一位重病的年轻妇人——月英。她面颊塌陷，眼窝深凹，乱发蓬头。

月　　英　山上的雪被风吹着，向我的房子埋下来，月亮退到山边了。这屋子黑呀……来人哪！给我点儿水！（没人应她）一年了，我不能躺下睡觉，我得了瘫病。男人家骂我："娶了老婆不能用，娶了祖宗供着吧。"我是鬼了，快死吧。（干哭了两声，愣愣地发起傻）

〔黑暗处，传来一阵簸豆子的声响及两个婆子的议论声。

菱芝嫂　哎，听说月英病得不轻。那天麻婆子去看她，说她眼珠子发绿，牙齿也变成了绿色。

五姑姑　痨病吧？

菱芝嫂　瘫病。

五姑姑　遭罪。

菱芝嫂　瘦得就剩了脑袋，叫唤起来就像个闹春的猫，什么"我是鬼了，快死吧"，又揪头发又扭胯骨的一人儿瞎忙活，忙活完了就死睡，睡醒了就又忙活。

五姑姑　人快完了。

菱芝嫂　也不见她家挂灯，挂了灯人就一准儿完了。

五姑姑　月英从前可是咱村儿最俊的丫头。

菱芝嫂　哎，是个俊丫头，眼睛黑亮，眯缝起来是个笑样……

五姑姑　长得不像穷人家丫头。

月　　英　……快死吧……

菱芝嫂　那男的为娶她，花了老多钱。

五姑姑　倒霉，娶了个不能用的。

菱芝嫂　不能用倒便宜了，可这病吃得多，一点儿不省粮食，吃完就拉，全炕都是。那男的倒赔不说，还得帮她收拾。

五姑姑　遭老罪了。

菱芝嫂　也挂不上个孩儿，她要不死，那男的香火都断了。

〔月英大口喘着粗气，她开始揪扯头发，一口气憋闷住，身体横晃起来。最终，月英丑样地死去。

〔一个男人为她升起一盏南瓜灯。

〔又传来婆子的议论声。

菱芝嫂　哎，挂灯了。嘿……那灯咋是个笑样？
五姑姑　嘿嘿……还真是个笑样。

〔照射月英的光渐收。

〔南瓜灯上雕个人脸，笑嘻嘻地迎风摆动。

〔一阵女人呕吐的声音传来。

〔灯光照亮金枝。

〔金枝蹲在土墙边吐着。她抹净嘴，愁容满面地按压肚腹。

〔成业张望着走上，寻到金枝，用手环住她。

〔金枝吓了一跳，推开成业。成业扑向金枝，金枝将他推倒。成业抱住金枝的腿，金枝打着他；成业将头探进金枝的小袄里，金枝笑了起来。成业解着金枝的袄扣，金枝打着成业的脸，挣脱他。

〔成业抓住金枝的腿，将她摔倒，他把金枝拽入怀里。

成　业　金枝……金枝……（吻着金枝）

〔金枝喘息着浮起半个身子，打着成业。

金　枝　死，死！咋不死……害死我了，娘知道了，娘一定知道了。
成　业　叫我参来你家提亲。
金　枝　知道我肚子里有了。
成　业　……倒霉，才干两回，你这肚子咋这不禁使。
金　枝　活不成了，咋办？
成　业　咋办？生米做熟了饭——你娘只能让你嫁我。
金　枝　娘就打死我！不要脸，娘是不会愿意的。（打起了成业）

〔成业被惹恼，推搡开金枝。

成　业　活该愿意不愿意，反正是干了，能咋的？

〔金枝哭着，又依赖起成业，她爬向成业，用手环住他高大、壮

　　　　实的身躯。

金　枝　成业，好成业，娶了我吧。哥，娶了我吧，哥。（吻着成业）
　　　　〔成业抓住金枝。
成　业　就娶你！我能娶别人?！（拍了拍金枝的肚子）
成　业　这算啥！娶你就生儿子，生一院子。
金　枝　（抹了眼泪）能行？
成　业　咋不行？这肚子干啥的？能闲着？
　　　　〔成业躁动着，抱起金枝低头就走。
成　业　给我生，生一堆小孩子，管我叫爹，热闹闹多乐呵！
　　　　〔成业扛起金枝，金枝望到南瓜灯。
金　枝　月英死了……
成　业　（瞥了灯一眼）死就死了呗。
　　　　〔成业找到一僻静处，放下金枝，解着她的袄扣。
成　业　生，生一堆小孩子……管我叫爹……
　　　　〔金枝任成业摇晃着她，眼睛却直盯着南瓜灯。
金　枝　成业，哥，娶我，娶我……
　　　　〔二人晃动着随光隐去。
　　　　〔南瓜灯"喜笑颜开"地渐渐熄灭。
　　　　〔黑暗中，传来烧柴的声响。
　　　　〔舞台上出现火光，火光中两个男人打斗。一个人手握镰刀，另一个人空着两手。
　　　　〔空手人显然占了上风，握刀人全力招架。终于，握刀人割断空手人的喉管。
　　　　〔血点子迸溅出来，握刀人大口喘息。
　　　　〔四个男人与王婆奋力扑火。
　　　　〔握刀人踉跄着离开尸体，被灯光照亮——农民赵三，五十开外年纪，赤着上身，胸前沾血，手握镰刀，伫立。
　　　　〔火势渐弱下去，众人住了手，围拢尸体议论着："死了，死了。"

〔赵三身体打着颤，向前移动步子。

〔王婆大叫着："她爹！你高高的，高高的，她爹！"

〔灯光照亮手拎瓦盆儿的王婆，她冲向赵三，丢下瓦盆，用她的大手攀住赵三。

王　婆　她爹，你高高的，高高的！她爹。

〔赵三动嘴说不出话。

王　婆　她爹，整死了，她爹！

〔赵三依旧发不出声，瘫卧在地。

〔王婆拍打了赵三的脸，后又拿起水盆泼向赵三，发现没水，返身下去舀水。

〔几个男人将尸体抬起，向赵三叨叨。

男村民一　……死了。

众　男　三哥……

男村民三　死了……

〔赵三哆嗦着发出声响。

赵　三　死了……二……二爷，二爷，二爷！（瞪着双眼，像是看到了啥……）

〔灯光照亮地主二爷，二爷悠悠转身。

〔二爷，与赵三年纪相仿，衣着华贵，面貌慈祥，语音温和。

二　爷　赵三，不要跟我对着干，对着干地租也得加。这地租加定了。

赵　三　除了河里那点儿鱼，没啥吃食了，您再加租……

二　爷　非加不可。官税、乡税逼得紧，你们不交，我拿啥交去。

赵　三　吃了上顿没下顿，二爷，活不成了……

二　爷　赵三，不听话，可小心你的柴房，放把火，叫你一冬天没柴烧。

〔赵三慢慢直起身子，与二爷拉开距离，自己发着狠。

赵　三　那我……就，整死你！

〔二爷乐了，声音不大，乐得眼泪直流，掏出大手帕抹着眼睛。

〔王婆冲向发愣的赵三，将嘴里的水喷向他的脸。

———话剧《生死场》 >>>>>

〔二爷随光消失。

〔赵三被水喷醒,思绪回到现实中来。赵三看到了眼前自己的婆子。

〔众男放下尸体,疲乏地蹲在地上。

〔王婆为赵三披着黑袄,自己却拉扯着一件红袄。

赵　三　……婆子。

王　婆　(欢快地)哎!

赵　三　……咋穿件红?

王　婆　整死了二爷,给你添点儿喜。

赵　三　婆子!

王　婆　哎?

赵　三　……我可整死了咱东家!

王　婆　嘿嘿,死了,整死了。

〔众男也随着乐起来。

男村民一　三哥,二爷死了。

赵　三　死了……

〔王婆将赵三拉向一边,摸出头上的针,为赵三补起衣袖。

男村民三　……不加地租了,三哥。

赵　三　不加了……

男村民一　咱们去拉二爷家的牛。

男村民二　还有粮食,吃顿好的。

男村民四　开仓放粮,咱顿顿吃好的。

男村民三　二爷的大洋钱,给他分了。

男村民二　谁分?

男村民三　当然三哥。

赵　三　大伙分。

男村民一　能行?三哥整的二爷,该三哥分。

赵　三　叫大伙来整,是为大伙分洋钱。

357

男村民一　听三哥的。（转向赵三，讨好地）三哥整的二爷，该三哥做二爷。
赵　三　屁话！大伙做二爷。
　　　　〔王婆咬断线头，赵三伸了伸胳膊。
赵　三　分完钱，咱就各奔东西。
　　　　〔众男互相望望。
男村民一　三哥，我跟着您。
男村民三　我，三哥。
男村民四　三哥三嫂，还有我。
男村民二　……我。
　　　　〔众男拥到了赵三跟前。
赵　三　（有了些许得意）那，得走得远远的。
众　男　嗯哪。
赵　三　（思忖着）找个村儿，置几间大房，置点儿地、牲口啥的。有婆子的带着，没有的，轿子抬一个。
　　　　〔众男喜悦地望着赵三。
　　　　〔王婆也抿嘴笑着。
　　　　〔赵三站起身。
赵　三　来，咱给二爷磕个头。
　　　　〔众男纷纷跪地。
王　婆　（不乐意地）她爹，人死了，磨叨啥呀。
赵　三　骚婆子，懂个屁。去，给二爷挂个灯。
　　　　〔王婆憋闷着，收拾瓦盆儿下。
赵　三　二爷，这么多年的东家，大伙给您添了不少烦。可是，活不成了，饿得慌。也是没法子，我赵三就给您治办死了，为了再往下活一段。今天，弟兄几个在我家送您一程。您听听我们的曲，想想我们的苦，黄泉路上，再骂我们吧。
　　　　〔赵三招呼大伙，众男嬉笑着。

〔王婆撇着嘴,升起了一盏南瓜灯。

赵　三　生老病死,没啥大不了!

男村民一　(唱)生啊!就是老天爷和好了面,一屉顶一屉,发面馒头(就是)来到世上蒸一蒸啊。

男村民二　(唱)老啊!死面的饼,老牛的筋,除了阎王爷,谁也嚼不动啊。

男村民三　(唱)病啊!就是破身板儿,可别死心眼儿,扛不住就给人撂挑子卷铺盖卷儿啊。

男村民四　(唱)死吧!就是你翻白了眼儿,蹬直了腿儿,到了阴间啥也别扯,整明白了?

众　男　嗯哪。

赵　三　(唱)知道了?

众　男　(唱)嗯哪!

〔众男抬起尸体。

〔传来一阵鼓掌的声音,众男愣住。

〔地主二爷,出现在他们面前。

二　爷　唱得不错啊。这是……发送谁呀?

众　男　(震惊)……二爷?

〔赵三突然腿底乏力,他无法相信眼前的一切。他拧着脑袋努力辨认着二爷。

〔赵三迈动"灌铅"的双腿,走向二爷。

〔王婆更是震惊,她冲向前,拧着二爷的脸。

〔二爷一巴掌打向王婆。

二　爷　疯了?!我是二爷。

〔王婆瘫卧在地。

〔赵三这才明白,这个二爷是鲜活的。他拍了自己的脑门,转身向死尸冲去。

〔王婆也跳起来冲向死尸。

〔众男将已死的人搬向赵三夫妇，夫妇俩看出了究竟，死人不是二爷。

〔二人绝望地抬起了头。

〔一阵东北小调吹奏起来，像是嘲讽他们的行为。

〔赵三，那样绝望、懊恼地被迫接受了这一事实。

赵　三　这死人咋穿件长衫？他咋能穿长衫？！

〔灯光恢复时，众男已跪向二爷，只有王婆、赵三呆立。

〔二爷悠闲地盘腿坐在地上。

二　爷　赵三，没等我派人烧柴房，它就自个儿着了，真是对你不听话的报应。是不是啊？

众　男　……是，二爷。

二　爷　死人身上咋有血？是动了刀子吧？

众　男　……是，二爷。

二　爷　这人是谁呀？去，看看。

〔众男快速围拢尸体，又摸索了尸体，摸出几枚铜板。

男村民三　小偷？二爷，是小偷。

二　爷　（乐着）穿长衫的小偷？赵三，你为村子除了祸害。不过……杀人偿命，知道吗？

众　男　……知道，二爷。

王　婆　（指着众人，愤怒起来）王八蛋，全是王八蛋，王八蛋！

二　爷　赵三，你应该知道。

赵　三　（喃喃地）知道，知道，二爷，我知道。小偷，（找出了理由）可那人是个小偷！我杀的是小偷，二爷，我为村子除了害，不是您说的？

〔赵三站立处，悬下两条锁链，将赵三吊挂起来。

〔王婆"她爹"地叫着够攀赵三。

赵　三　（用力嚷着）二爷！您是我的东家，我一个人儿的东家，您放高手饶我这回，饶我这回。二爷！饶命。饶命，二爷！

〔王婆简直无法相信这个讨饶的男人竟是赵三，她大吼一声："赵三！"随即晕倒。

二　爷　这婆子咋穿件红？

众　男　……红……

〔二爷乐了，声音不大，乐得眼泪直流，用大手帕抹眼睛。

〔南瓜灯上的笑脸，笑得很开心。

〔灯光渐隐。

二

〔一阵犬吠声。

〔成业拉拽金枝慌张行走。

金　枝　我家柴房着火了，我得回去……

成　业　回去找死啊！

金　枝　爹娘咋过冬啊？

成　业　俩大活人，能自个儿冻死？！

金　枝　去哪儿？不寻思寻思？

成　业　寻思啥！

〔二里半一瘸一拐地追上。

〔成业、金枝愣住。

成　业　爹。

二里半　谁是你爹？！

金　枝　大叔……

二里半　谁是你大叔？！

成　业　那你是啥？

二里半　甭管是啥，家去。

成　业　不知你是啥，凭啥家去。

〔二里半恼火，拉拽成业，被成业用头顶倒。

〔金枝叫着"大叔"去扶二里半，二里半甩倒金枝，再次冲向成业。父子俩扭在一起僵持着，二里半举拳打着成业。成业撞倒二里半，二里半没了声响。

〔成业、金枝着了慌，忙着捶后背、抹前胸地弄醒二里半。

成　业　爹！

金　枝　大叔！

〔二里半"哼哼"起来。

〔成业舒了口气，拉金枝向二里半跪倒。

成　业　爹，打错了，你就忍了吧。亲事也让你给提黄了，咋提的您也自个儿想想。在这儿我俩没法儿做人了，到了别村儿我俩再抬头做人。平日叫老瞎给您做伴，它比我亲。我俩养了儿子回来孝敬你跟我娘，走了。

〔成业磕了头，拉金枝跑下。

〔二里半"哼哼"着，居然哼出了小调。

二里半　没良心的，跑远远的！

〔传来一阵羊叫声，二里半寻着羊。

二里半　老瞎，跟来了，没事，没事，没啥事。成业跑了，他还打我，我亲生儿子，他不是人做的。老瞎，你是我儿子，不闯祸，还陪我唠嗑。你不生儿子，一个人儿逍遥。有句老话我跟你说："多儿多女多冤家，无儿无女活菩萨，"是这理儿吧？他说我把他的亲事提黄了，他咋就不说，他让他爹我丢了多么大的人！（陷入回忆）

〔成业与麻婆出现。

成　业　（瓮声瓮气地）爹，今儿就给我提亲去。金枝肚子大了……

〔二里半不吱声。

成　业　我娶定金枝了。听见了，爹？

麻　婆　（大着胆子询问）儿子，真……大了？

成　业　大了。我稀罕那小肚子，见着就来劲儿。爹，你叫我急呀！

麻　婆　得，"做熟饭了"。拐子，走，咱提亲去。
　　　　〔二里半依旧不吱声。
麻　婆　我说你这嘴咋比那屁还难放呢？
　　　　〔山羊叫着远去。
　　　　〔二里半站起寻着羊，向羊说开了话。
二里半　老瞎，吃饱了就回来，别乱跑。
　　　　〔成业急火火地望着二里半，二里半还在嘱咐羊。
二里半　老瞎，不兴踩人家的地。踩坏了，人家不骂你，他骂我！
　　　　〔成业抄起身后的镰刀。
二里半　（回头）干啥？
成　业　我宰了它，瘪犊子羊！
二里半　（用头比向镰刀）你先把我宰了。
麻　婆　让你提亲，可横啥脖子。呸！
　　　　〔二里半"啪"地打了自己的脸。
二里半　咋还长着脸？咋还有脸！你参不想招谁惹谁，就怕招谁惹谁！咱家还咋往下活？还咋往下活？肚子大了，图乐啊！她爹能饶你？她爹是啥人？整天哄哄着整二爷的人！咋就把他闺女肚子整大了！不要脸，就不要个脸。败坏我吧，（一巴掌打向成业）就败坏我吧！
麻　婆　干啥你这是？（向成业）儿子，打疼了？
成　业　（捂住脸）打我就有种了，你年轻时就不要脸，先有我后成亲，你咋活的？
　　　　〔二里半打向成业。
成　业　除了打我，你还会啥？
二里半　（举拳过来）宰了你！
　　　　〔成业架住二里半。
成　业　还是我宰了你吧。
　　　　〔二里半与成业僵持住。

麻　婆　拐子，成业弄大了赵三的闺女，就是成业比赵三胆子大。是不是这理儿？嘿……

〔二里半转向麻婆。

二里半　骚婆子，年轻时就骚得我没留个神，咋还不嫌碜！

麻　婆　谁骚，没你我咋骚啊？

成　业　事儿我是干了，爹！今儿就给我提亲去。她爹要是不同意，就明告诉他，我俩已经"做熟饭"了，让她爹自己看着办吧！

二里半　败坏我吧，都败坏我吧！

〔成业一把抄起二里半。

二里半　整啥你？

成　业　整啥？提亲去。娘，帮把手！

〔麻婆嬉笑着帮衬成业。

〔二里半踢蹬着。

二里半　败坏我吧，你们都败坏我吧！

〔一家人闹腾着来到赵三家门口，成业一撒手，二里半滚进赵三家门。

〔麻婆拽成业走下。

二里半　哎哟！

〔赵三闻声走出。

赵　三　……二里半，咋不敲个门就爬进来了？

二里半　（尴尬着）……地滑……

赵　三　（乐了）找我有事啊？

〔二里半"嘿嘿"地点着头。

赵　三　啥事快说！

〔二里半为难起来。

赵　三　（等了等）没啥事，你家走吧。走啊！

〔金枝袖手走上。

〔二里半像是看到了金枝。

金　枝　大叔。

〔金枝袖手走出家门，撞见麻婆。

麻　婆　金枝。

金　枝　婶儿……

麻　婆　（小声）成业等你呢。

〔金枝羞怯地跑下。

〔麻婆乐着走进赵三家。

麻　婆　（大着嗓门儿）他三哥！

〔赵三没搭理她，她便紧挨着二里半坐下。

麻　婆　他爹，说呀。

二里半　干啥你！

麻　婆　别忘了，"做熟饭"了。

二里半　（低吼）滚！老爷们儿说话，你插啥嘴？

麻　婆　我提个醒。

二里半　滚！

〔麻婆不乐意地站起来。

麻　婆　走了，三哥。（下）

二里半　（尴尬着）爷们儿说话，娘们儿插嘴，砢碜。

〔赵三不言声。

〔二里半寻着话题。

二里半　你家还挺暖……噢，火旺………

赵　三　你来我家就为说这啊？

二里半　不，我……我想说，大伙一直……服气三哥，三哥搭理谁，谁心里就稀罕。我……一直服气三哥，一直……想三哥你搭理……

赵　三　噢……（心中有了些许快意）大冷天来，是为说这啊。

二里半　还有……全村最好的庄稼把式。嗯……还有，三哥……胆子大。

赵　三　二里半，你今儿咋的了？

二里半　没咋的，我就想……三哥你搭理。

赵　三　噢,你刚才说啥?啥……胆子大?

二里半　胆子大!

赵　三　我?

二里半　哎!

赵　三　我,咋了?

二里半　胆子大。就是……(用手比划着形容)武二郎,胆子大!

赵　三　打死老虎那个?

二里半　嗯哪。

赵　三　噢,他胆子大……

二里半　那是,老虎多大个儿?吃人。人比老虎个儿小多了,人把吃他的老虎打死,那人胆子够多大?

赵　三　这跟我有啥瓜葛?

二里半　有,三哥。你是……武二郎,比老虎胆子大!

赵　三　我比老虎胆子大?

二里半　大!

赵　三　老虎有这么高吧?(用手比划着)胆子有这么大?(比划成一个圈)

二里半　有了。

赵　三　人才这么大,胆子……也就这么大?(比划小一圈)

二里半　老虎胆子不长,可人胆子能长。老虎不说话,它傻;人不一样,能想事,会说话。人想胆子多大,就能多大。

赵　三　(乐了)不能够。

　　　　〔成业拉金枝向屋里听着。

二里半　(急切地)三哥,你看我,我腿儿不直,和婆子先有种后成亲,全村不待见。我有时候就想,我要腿儿直又清白,那我胆子有多大?特大!我眼里就没啥事了。想着,心里就忽悠起来,胆子就大了。越忽悠,胆子越大,越忽悠,胆子越大。大得冲破了房顶,比房顶还高,忽悠忽悠的……

〔成业急得学起了羊叫。

赵　三　忽悠完了呢？

〔二里半听到成业的叫声。

二里半　完了。

赵　三　完了？

二里半　啊不，大，大了。

〔成业继续叫。

〔王婆走上。

王　婆　拐子来了，那死羊咋的了？

〔金枝想阻拦成业，被成业按住不能动弹。

赵　三　二里半，大完了呢？

二里半　就，成……武二郎了。

赵　三　武二郎……

二里半　……武二郎。

〔成业继续叫。

赵　三　武二郎，可杀了不少人……

二里半　敢情！能打老虎，杀人算啥。

〔成业还在叫。

赵　三　你那死羊今儿咋了？

二里半　甭管它，三哥，我想说，其实今天来，我是想提……

赵　三　胆子大？

二里半　胆子大……

王　婆　我家赵三胆子大。

二里半　……大。

〔成业忍无可忍，大吼："爹！"拽着金枝冲进屋里。

成　业　胆子大的在这儿哪！三大爷，三大娘，我爹是来提亲的，他不提，我提！我知道你家看不上我家，可我跟金枝已经"做熟了饭"，你们只能让她嫁我，不然你们的老脸没地搁。胆子大的爷跟娘，就把金枝嫁我吧。

〔金枝昏了过去，大人们都愣住。

成　业　金枝，金枝！

〔赵三缓过神来，一拳打向成业。

〔二里半缓过神来，也一拳打向成业。

成　业　你们都打我吧，我娶定金枝了。答不答应？
赵　三　不答应！
成　业　不答应，我就带金枝走！答不答应？
赵　三　不答应！

〔成业抱起金枝。

成　业　走了。（抱金枝跑下）
王　婆　金枝，金枝！（随着跑下）

〔赵三郁闷着，猛回头向二里半。

赵　三　二里半，胆子大，胆子大呀！
二里半　不大，不大……（哆嗦着）胆子不大，不大。成业！

〔二里半"逃离"赵三，回到现实中，他恼火而羞臊着。

〔赵三随光消失。

二里半　（打了自己的脸）丢人哪，丢人！说尽了好话攀不上枝。成业你就跑吧，没良心的。

〔传来麻婆的喊声："拐子，拐子。"

〔麻婆气喘吁吁地冲到二里半面前。

麻　婆　可了不得了，赵三让人逮走了！
二里半　……赵三？
麻　婆　对，绑他那会儿，他那老腿儿还猛踢蹬呢，嘿……
二里半　你说啥？
麻　婆　咱提亲不成，赵三家柴房就着了，赵三就杀了人，赵三就逮走了。
二里半　啥玩意儿，说半天，是不是二爷？

麻　婆　是小偷。是二爷让人逮的他。

二里半　……小偷？

麻　婆　那小偷还穿件长衫，嘿……

二里半　婆子，不会是为咱吧？

麻　婆　咱咋了？

二里半　咱去提亲，赵三就来了气，就气迷心杀了人。赵三不糊涂，除了恨二爷，别人他咋能随便整？想想！

〔麻婆愣住。

二里半　别回家了。

麻　婆　咋的？

二里半　王婆子来拼命，找个庙躲躲，等那婆子气消了再回来。

〔二里半拉扯麻婆走。

麻　婆　咱家成业呢？

二里半　跑了。

〔麻婆站住，"哼哼"地哭起来。

麻　婆　咋的了？这是……

二里半　你干啥？跑就跑了，不跑丢人呢！

麻　婆　咋的了？这都咋的了？

〔二人慌张中，被一束手电光照亮。

〔一名日军翻译官及两名日本兵出现。

翻译官　老乡，老乡。

〔舞台上人们停顿住。

〔字幕出现：日本兵来了，先遣小分队进了村。

〔字幕光隐。

二里半　啥事儿啊？

翻译官　日满亲善，我们亲善来了。

二里半　……亲啥？

翻译官　满洲国，知道吗？

二里半　……大皇帝？

翻译官　对，满洲国皇帝陛下派我们来亲善，保护你们。

二里半　……那啥……有啥事啊？

翻译官　老乡，来了几个人，先到你们村儿看看。走了一天路，没吃东西，到你家讨个吃食，再喝点儿水。

二里半　（好像明白了啥）成，成！（向日本人行鞠躬礼）

〔麻婆抹着泪也点头随着。

翻译官　（介绍身后的日本兵）日本大皇君。

〔二里半向日本兵鞠躬。

二里半　高兴，高兴……

〔日本兵也向二里半敬礼。

〔二里半及麻婆惶恐着，二里半看看年轻的翻译官，询问——

二里半　贵姓？

翻译官　翻译官。

二里半　（听到了官字，他就不想明白其他了）来吧，家去吧。

〔二里半领着一行人往自己家屋走。

二里半　（向麻婆）咱家有啥吃食？

麻　婆　粥。

二里半　成，给他们喝。

麻　婆　不躲王婆子？

二里半　屁话，有兵保护咱了，王婆子不吓跑？

〔麻婆乐了。

〔山羊叫着，二里半向羊说话。

二里半　老瞎，天不绝人。

〔二里半领日军进了自己家的屋。

麻　婆　东家加租，农家没吃食，老棒子粥，忍了吧。

翻译官　成。（向日军说日语）

麻　婆　舌头咋了？

——话剧《生死场》 〉〉〉〉〉

翻译官　日本人。

二里半　哪村儿的？

翻译官　（乐了）不是你们村。

二里半　（尴尬着）婆子，盛去。

　　　　〔麻婆也傻笑着下。

二里半　长官，坐。

　　　　〔翻译官向日军说日语，日军盘腿坐在地上，翻译官也坐在地上。

二里半　炕上坐，炕上坐……

翻译官　纪律。

二里半　（迷惑着）……待多久啊？

翻译官　不长。

二里半　噢，多住两天儿，多住两天儿。

　　　　〔麻婆拿瓦盆儿及三个大碗上，给日军盛粥。

　　　　〔日军们连喝了三碗，翻译官打起嗝，麻婆及二里半笑了起来。

　　　　〔一名日军凑近瓦盆儿看，又抬头看麻婆。

　　　　〔山羊叫起来。

麻　婆　看我干啥？没吃饱？没了，不信自个儿看看。

　　　　〔日军看翻译，翻译无法翻。

麻　婆　（收拾碗）要是成业在，我可舍不得给你们喝。

二里半　长官，不骗人，不信，自个儿看看去。

　　　　〔日军随麻婆下。

　　　　〔翻译官还在打嗝，二里半给了他后背一鞋底，翻译官止住打嗝，二里半笑了。

二里半　治打嗝，看好点儿没？

翻译官　（张着嘴）……好了。

　　　　〔二里半憨笑着。

　　　　〔山羊又叫起来，二里半忙向它说话。

二里半　老瞎，你也饿了？去，自个儿找点儿食儿去。（转向翻译官）我

371

的羊，比我儿子亲，我那儿子跑了，刚跑。要知道你们来我家，村里人看了，准不敢欺负，提亲就容易了——噢，给我儿子提亲。别走了，在我这儿住两天儿……

〔翻译官打起了瞌睡。

二里半　（同情地）累坏了。（自言自语起来）哎，成业，亲善的兵住进了咱家，缘分哪！你就没这个命。赵三更没这个命，逮走了？活该！提亲那会儿，你是咋瞧不起我的？凭啥瞧不起我！我说尽了好话攀你的枝……要知道来亲善的兵给我坐阵，我还攀你的枝干啥？不攀，绝不攀。（望着睡觉的翻译官）你们来了，早来两天呀，啥事就全变了，早来两天儿，这胆子还不就真大了，还怕他赵三？（转念想）来了，来了好哇，多住两天儿。（又寻思）可晚了，该早来两天儿，早来两天儿……

〔麻婆衣衫不整地走上，两名日军随上。

〔麻婆趴在炕上喘息。

麻　婆　……他爹……

〔二里半回头望她，麻婆突然大吼起来。

麻　婆　他们，俩人儿……操我一个！

〔翻译官被惊醒。

〔麻婆冲向一个日军，猛打起他。

〔二里半愣住。

〔日军向另一名日军求救，这名日军慌乱着一刺刀扎向麻婆，麻婆大睁着双眼转头看向二里半，倒头死去。

〔二里半完全愣住。

〔日军向麻婆行礼，后向二里半行礼，说着日语。

翻译官　谢谢你的粮食，你的婆子。（又打起了嗝）他们还说，是……你婆子，招呼他们进去的。

〔二里半依旧愣着。

〔翻译官打着嗝与日军走下。

────话剧《生死场》 〉〉〉〉〉

〔二里半所有的愤怒涨满心中,愣磕着走向麻婆,俯身看她。

〔二里半愤怒着,愤怒着,愤怒地抬手打了自己这已死的婆娘一个响亮的耳光。

〔灯光渐隐。

〔一盏南瓜灯悠悠地行走过舞台。

三

〔地方警所。

〔灯光照亮被关押的赵三。

〔曲声渐隐。

〔赵三卧地坐着,神情颓废而目光怨怒,口中叨叨有声。

赵　三　王八蛋,王八蛋,全是王八蛋!王八蛋!要整二爷时,你们都咋说的,都咋说的!

〔赵三怨恨杀人前的聚会。

〔灯光照亮四个村民。

男村民二　杀人偿命,不蹲大狱啊?

男村民三　二爷烧柴房,连他一块烧了。警所来人查,模模糊糊地,能看清啥?

男村民一　不等警所来人,杀完二爷,就走远远的。

众　男　对,走远远的。

赵　三　王八蛋,王八蛋!

男村民一　我帮您整二爷。

男村民三　还有我。

男村民四　我。

男村民二　……我。

男村民一　柴房只要有动静,左近地邻都看得见,我们准来。三哥,您是我们大家伙的三哥,您胆子大。

众　男　胆子大。

男村民一　给我们带福分。

众　男　福分。

男村民一　弟兄们给您拜一个。

男村民三　为了三哥当二爷。

男村民一　二爷，胆子大的哥，弟兄们给您拜了。

赵　三　王八蛋，全是王八蛋。

　　　　〔众人随光消失。

赵　三　坑我吧，你们都坑我吧。晦气，晦气……

　　　　〔一阵敲击洋钱的响动声。

　　　　〔一名警所官员随二爷走上。

官　员　再加个钱吧，二爷……

二　爷　就这个价。收，就放人。不收，我就走了。

官　员　二爷，六块？

二　爷　五块。

官　员　您还在乎这一块钱。

二　爷　五块。

官　员　好歹一条人命啊……

二　爷　五块。

　　　　〔一阵静默。

官　员　（咳了咳）他是……您手下的长工？

二　爷　好长工，干活利落。

官　员　您待他不错呀。

二　爷　他杀的是小偷，为村子除了害。地户们看着我呢，赎了他，春天的活好干了。

官　员　您心眼儿好，再加个钱吧。

二　爷　这人就值这个价儿。

官　员　……好，过两天儿您领人吧。

〔二爷站着没动。

官　员　您要见见赵三？

二　爷　方便吗？

官　员　方便，二爷请。

赵　三　（喃喃地）坑我吧，都坑我吧……

官　员　赵三儿，你东家看你来了。二爷，您请便，有事您吩咐。（下）

二　爷　赵三。

赵　三　……长官。

二　爷　还好吧？赵三。

赵　三　长官打人，咋能好？

二　爷　赵三，是我。

赵　三　……是，长官。

二　爷　不认得了，我是二爷。

赵　三　……二爷？

二　爷　哎，我来看看你。

赵　三　……二爷！

二　爷　赵三，我给了警所钱，过两天儿你就可以回家了。

赵　三　……回家？（像是明白了什么）

赵　三　二爷，您是二爷！您近点儿，我看看您……

〔二爷走近赵三，赵三端详二爷，后动手打开了自己。

赵　三　我还想这辈子见不着天儿了，二爷……对不住您！

二　爷　你杀了小偷，为村子除了害，是对得住我的。

赵　三　我，哎，对不住您……（磕头）

二　爷　绑你那会儿，我性子急。消了气想想，"地东地户"哪有看着过去的？

赵　三　二爷……（磕头）

二　爷　好了。我，这就走了。

赵　三　二——爷！（磕头）

〔二爷走了几步，又停住。

二　爷　不过，今年地租得加，远居近邻不都加了价嘛，"地东地户"年头多了，不过……少加点儿。

赵　三　加，加！咋还兴商量呢？春天的活儿保管您不用操心。

〔二爷笑起来，向赵三作了个揖，悠悠走去。

赵　三　（充满感激地）恩德啊！（深深磕头，渐渐地，他欢快起来）王婆子，她娘！二爷拿了钱，二爷拿了钱哪！赎了，赎了。二爷是咱的恩人！

〔赵三家，王婆跪卧地上，望着一盏油灯发呆。

王　婆　我没见过这样的男人，起初是块铁，后来咋是堆泥了呢？

赵　三　二爷赎了咱。

王　婆　咋是泥了……

赵　三　赎了咱，就回家了……也不知金枝回来没？二里半家成业还真敢往金枝头上扣屎盆子！

王　婆　成业不是泥，可咋就坏了金枝？金枝……你要生了孩子，娘替你扛那些"舌头"，娘啥事不敢挺脯子。可你怕了，跑了……你爹也撅眼子朝天服了软儿……

赵　三　命没了，就啥都没了。可这命又回来了，回来了，就得过日子，这日子里有她娘、金枝，还有……二爷。你说二爷这人，明明是我对不起他，可他咋就有这肚量呢？要是那天杀的真是二爷，不就杀了个不错的?！人哪，干事不能凭火气，火气要不得。回去要买东西谢谢二爷。

王　婆　二爷咋就没整死呢？咋他倒成了铁？

赵　三　人不能没良心……

王　婆　跑了，没脸了。绑了，没命了。柴房、粮食、钱没了，这日子咋过？

赵　三　人不能没良心……

王　婆　不能过，就不过了。（被悲哀笼罩着，嚎啕地哭起来）

赵　三　二里半，晦气东西，回去得给我服软，还有那帮王八蛋们，都得给我服软。（欢快地哼起了小调）

〔王婆从怀里掏出一个纸包，胡乱地往嘴里倒着药粉，她服了毒。

〔王婆喘息着，奇异地大睁了双眼。

〔赵三的小调还在哼着。

〔灯光渐收。

〔"娘，娘！"灯光照亮喊娘的金枝。

〔成业用手环住她。

成　业　咋了？金枝。

金　枝　我，看见娘哭了，娘说："生了孩子，娘帮你带。回家吧。"

成　业　做梦了。

金　枝　我看见了。（嘤嘤哭起来）

成　业　（有些憋气）咋这个出息？

金　枝　火不知咋灭的，爹娘咋样了？你爹娘咋样了？咱俩一走，我两家就成仇人了。

〔成业不做声。

金　枝　没钱，也没带衣裳，睡在人家菜窖里，这是逃荒啊。肚子越来越大……

成　业　娘们儿家就会叨唠！找到活儿，还能睡菜窖啊？有了钱，买衣裳、吃饭，能饿着？

金　枝　不要娘了？

成　业　先不要了。

金　枝　娘要哭疯了呢？

成　业　咋会？

金　枝　娘跟爹以前，有过男人，有过儿子，那儿子参加胡子被人打死了。娘有时一个人掉眼泪，娘说："就我一个亲人了。"成业，咱回去吧。

成　业　回去丢人哪！你肚子里有了东西，远居近邻都清楚，那些骚婆子嘴里能有好？咕叨长、咕叨短的能闲着？我从小就被人戳点，不想再听戳点！

〔一阵簸豆子的声响。

〔金枝想起从前几个婆子的议论及母亲对她的态度。

〔灯光照亮手拿活计的菱芝嫂、簸豆子的五姑姑，王婆则在拾掇鱼。

菱芝嫂　金枝肚子里有硬块，有痨病的人肚子里就有硬块……

五姑姑　瞎疑惑啥？金枝，你拉肚子吗？（像是得到了回答）看，是着寒了。

菱芝嫂　金枝，去河沿刨鱼，差不多就回来，河沿不是好人去的地方。受寒事小，坏了名声，可丢不起人。

五姑姑　姑娘家可得当心，二里半的婆子就在河沿坏的事。

菱芝嫂　这事全村儿都知道，那傻婆子肚子越闹越大才害了怕！婆家也嫁不出去，没法做了二里半的老婆，她娘为这事差点儿没羞死。

〔王婆住手听着。

五姑姑　成业就是河沿怀上的，挺大的小子让人戳戳点点。

〔金枝与成业对望着。

菱芝嫂　可不，上辈没留神，小辈跟着遭殃。成业要是看上哪家姑娘，那姑娘家也不会同意，准嫌丢人。

五姑姑　不留神肯定会遭殃，遭了殃就说不清了……

〔王婆忍无可忍，用鱼锉打了鱼肚子。

〔两个婆子顿时收住了嘴。

王　婆　（指桑骂槐）金枝！发傻装愣哪？加件衣服，想得痨病变死鬼啊！（用眼瞪着金枝）

金　枝　娘……

王　婆　去，披件袄。

金　枝　娘！（抓紧了身边的小袄）娘……（哭起来）

成　业　你咋就知道哭！就知道叫娘？

〔王婆随光消失。

金　枝　（抹了眼泪）成业，我知道你心里委屈。可娘是个扛事的人，只要娘不戳点，别人就不敢戳点。

成　业　你爹呢？

金　枝　我爹……

成　业　我提亲，你爹那眼皮子朝上的样。咋的，我是王八犊子啊？我爹说破了嘴皮子攀望你爹，还有我娘，转尽了心眼子也说不整句人话。可他俩还不是铁了心攀你家的枝儿？啥亲家？我看是冤家。你爹就是看不上我家。你，也是个倒运的命，才干两回肚子就大了。你说你咋就不知留个神呢！骚婆子，找了你，我这辈子不得安生。骚婆子，都是你败坏的我！咋就不禁使？咋就大了？咋就能败坏了我？

〔金枝望着这个怨怨的男人，心冰冷起来，想着眼泪的无用。于是，她夹起小袄向外走。

成　业　不兴回去！

〔成业拉拽金枝。

金　枝　（挣脱着）肚子大了，爹娘也不要了，你是啥人？啥人？不是人，不是个人！放手，放手！

〔金枝被成业摔倒。

金　枝　我回去定了，放手，我回去定了！

〔成业发急，咬了金枝一口，金枝叫起来。

成　业　（又恼恨起自己）金枝，我不好，我嘴欠！别走，金枝！

〔成业用金枝的手打自己，金枝木讷着。

〔窖顶传来议论声："闹哄哄一晚上了，一男一女，老总。"

〔问："那男的啥样？"答："挺壮实的小子。"

〔两个宪兵提着马灯出现，成业、金枝已无处躲藏。

兵　甲　绑了。

〔兵乙来绑成业。

成　业　（挣扎着）老总，我没犯啥事，凭啥绑我？
兵　乙　劲儿还挺大。
　　　　〔兵甲帮兵乙共同绑成业。
兵　甲　我们是自发军，请你加军，管吃喝、管粮饷。
　　　　〔兵乙拿出兵契，扳着成业的手按了手印。
成　业　老总，这是我婆子。她肚里怀了我的种，我加军，她可咋活？老总！
兵　乙　不是野种，就回娘家。
成　业　不能回，她不能回娘家。金枝，说句话，说话呀！
兵　甲　瞧你把这娘们儿稀罕的，你小子没啥出息。看到了吧，这张纸是军法，触犯军法给你小子治罪。走！
　　　　〔二人架、拽成业下。
成　业　（喊叫）骚婆子，见死不救！你咋不吱声？你等着，等我回来弄死你！弄死你……
　　　　〔曲儿呜咽地奏响。
　　　　〔金枝向前走几步，张了张嘴，她转过身来，木讷地发起呆。
　　　　〔光隐。

四

　　　　〔送葬的乐曲响着。
　　　　〔菱芝嫂与五姑姑升起一盏南瓜灯。
　　　　〔一个男人铺放草席，其余几个架着王婆，将她放在草席上。
　　　　〔二里半随着众人，喃喃着。
二里半　没了，都没了……
菱芝嫂　二里半，躲我远点儿，晦气。
五姑姑　王婆子为赵三死，我明白，他那婆子……整不懂。
菱芝嫂　俩兵弄死的。

———话剧《生死场》 >>>>>

五姑姑　死都不得好死。

菱芝嫂　我看是那婆子自己招的。

　　　　〔二里半愤怒地向菱芝嫂走来。

菱芝嫂　干啥？你要干啥？

　　　　〔男村民一过来一拳打向二里半。

男村民一　说屈你了？俩人弄死的，不是她招的咋的？

二里半　日本人！

男村民一　日本人也是人，能随便就弄死你婆子？呸！

五姑姑　算了，算了，人都死了。你去庙里烧烧香去去晦气。

菱芝嫂　晦气，一家子晦气。

五姑姑　算了，算了。

二里半　（卧在一旁）晦气，晦气！三哥，你婆子死得烈性，我婆子死得臊性。里外里不如你啊！我不清白，成业不清白，就连婆子死也不清白。造啥孽了？三哥，你在大狱里好吗？你清白，到死都清白。胆子大，到死都胆子大啊。

　　　　〔灯光照亮正在跪地向二爷磕头的赵三。

赵　三　谢谢您大恩大德！

二　爷　回家吧，赵三。

赵　三　您是大恩人，没您我能回家？

二　爷　回去吧。

赵　三　不急，二爷。我……真是不知道谢啥报答。我，有件皮袄，没穿几回，折合点钱，我家还有头牛，过两天上市去卖，也算我念着您点儿心意……

二　爷　不用了。

赵　三　……二爷！

二　爷　……牛牵过来就是了，在我这儿喂壮实了，春天干活儿你好用。别的……就算了，我也没花几个钱。

赵　三　您……别跟我客气……

二　爷　回去吧。

赵　三　哎！（起身，却像是老了几岁，慢直着腰）

二　爷　赵三，回去团聚团聚，这儿有瓶酒，你自己拿吧。（下，留下一瓶酒）

赵　三　（心情郁闷起来）没您我咋去团聚？您还给我酒喝，您真是……（说不清心里的滋味，嗓子居然哽咽起来）牛、皮袄也还不了您的情。我这辈子就怕欠情！欠了情就不安生了。您赎我拿了多少钱呢？老多了！我可咋还？（小心地拿起了酒，打开瓶盖喝了一口，他找了个角落，喝起闷酒）

〔发送王婆的人蹲在地上，唱起了送葬的曲儿。

男村民一　（唱）生啊！就是老天爷和好了面，一屉顶一屉，发面馒头（就是）来到世上蒸一蒸啊。

男村民二　（唱）老啊！死面的饼，老牛的筋，除了阎王爷，谁也嚼不动啊。

〔菱芝嫂抽抽搭搭地哭起来，后索性卧地大哭。五姑姑被传染了般，也哭起来！

男村民三　（唱）病啊！就是破身板，可别死心眼儿，扛不住就给人撂挑子卷铺盖卷儿啊。

五姑姑　死人了……

菱芝嫂　她王姐的鱼做得是全村最好吃的……

五姑姑　她王姐你咋就撒手不要我们了……

男村民四　（唱）死吧！就是你翻白了眼儿，蹬直了腿儿，到了阴间啥也别扯，啊……

五姑姑　赵三进了狱，王姐就没了盼头……

菱芝嫂　金枝这丫头不争气呀，见着男人骨头就发软，就不要了脸；王姐那要强的性子，不得不走死路啊！金枝你就跑吧，你可葬送了你娘一条命啊！

五姑姑　赵三杀了人，金枝又丢了人，前胸后背都没了，那王姐还能活呀！

菱芝嫂　命啊……

五姑姑　没有男人的日子，我可过过，我那死鬼就死得早，撇下我一个睡凉炕睡到了今儿，王姐，我就跟你去吧。

菱芝嫂　亲生的丫头跟人跑了。就没要个小子，我也是没好命，要了俩丫头，往后还不是这个下场啊。丫头们早晚得跟人跑，我的命啊！

〔男人们早已不耐烦起来。

男村民一　别哭了！死人死了，活人得计算着咋过！

男村民二　菜价低了，钱都毛毛慌了，粮食也不值钱了。

男村民三　布贵，盐也贵，我看快连盐也吃不起了。

男村民四　地租还要加，还要不要人活？

男村民三　没法儿活，也活不好，二里半家成业还敢私奸金枝，有钱可以，没钱也敢奸？没见过。

男村民一　二里半这瘸骡子腿儿，欠打！

〔男村民一过去踢打二里半，众男也帮衬着踢踢打打。

五姑姑　王姐死得好啊，一了百了啊……

菱芝嫂　一了百了……

〔二里半倒在地上不吱声，众男觉得也没太大折腾，住了手。

〔婆子们渐渐哭够了。

五姑姑　睡凉炕啊……

菱芝嫂　我的命啊……

〔赵三摇摇晃晃地走出来。

赵　三　不安生……这辈子不安生……牛，二爷。（瘫卧在地）

〔二里半发现赵三，张了张嘴，爬起来，用手捅了周围的人。

〔众人发现赵三，呆傻着，似乎没反应过来。倒是赵三自在。

赵　三　嘿……都在这儿……接我呢？

〔众人渐渐反应了过来，站起身叫着："三哥！"

赵　三　呸！谁……是你们三哥？

男村民一　三哥，你，你这是咋出来的？

赵　三　不……告诉你。

〔众人望着赵三，觉得不太对劲儿。

男村民三　（快嘴）别是逃出来的吧？

〔众人更觉赵三不对劲儿。

男村民一　（大着胆子）三哥，你是咋……出来的？

赵　三　不告诉你们，王八蛋，都……是王八蛋！

〔众人面面相觑。

五姑姑　他三哥，你可不兴，那个，那个……逃。

菱芝嫂　（急切地）三哥，你要是逃出来的，可得回去，让二爷看见，罪加一等！

赵　三　二爷？好人！二爷……

男村民一　三哥喝多了。

〔众人像看怪物一样地看着赵三，与他拉开距离。

赵　三　二爷说了……春天……好好干活，都好好干活。

五姑姑　三哥不是疯了吧？

菱芝嫂　可了不得……

男村民三　（向众人）得给他弄回去，让二爷知道，罪加一等。

〔二里半听了众人的话，觉得万分对不住赵三，从人后走出。

赵　三　二里半……

〔赵三摇晃着贴近二里半，吹了二里半脸几口酒气。

赵　三　我闺女，你儿子，我硌碜你！我跟你……没完，嘿……（转向众人）二里半就干重活，累死他。（转向二里半）干活……累死你！给我跪下，服个软，跪下！

〔二里半向后躲着，赵三追索。

〔二里半被躺着的王婆绊倒。

〔赵三发现王婆。

赵　三　嘿……你在这儿哪，婆子……

〔众人望着赵三与王婆，同情着。

———— 话剧《生死场》 〉〉〉〉〉

五姑姑　死的死，疯的疯……

赵　三　嘿……你喝酒了？不在家睡。我……二爷拿钱赎了咱，咱家的牛就让二爷牵去，不心疼，二爷拿了钱哪！醒醒，咋了？死猪样。
　　　　（拍打王婆的脸）
　　　　〔男村民一阻止住哭着的婆娘。

男村民一　嘘，听，三哥说是二爷拿钱赎的他。

男村民二　不能够，二爷加租，二爷会拿这钱？

男村民一　三哥，您说啥？二爷拿钱赎的？

赵　三　（不理他）牛给二爷不心疼，二爷的情，咱这辈子还不清，这辈子不安生啊！（趴在王婆身上哭起来）

男村民一　（转向众人）二爷拿的钱，是二爷拿钱赎的三哥。

男村民二　二爷加租了，他会拿这钱？

男村民三　二爷咋会拿？

男村民四　整不懂？

男村民二　不懂……

男村民一　三哥说的要是真话，那二爷得拿多少钱呢？

男村民三　嗯，少不了，咋说也得这个数。（伸出一个手指）

男村民一　咋也得三块大洋。

男村民四　二爷他肯花这钱？

男村民一　一条人命啊，咋也得这价。
　　　　〔众人盘算起来。

男村民三　一块大洋钱能牵家两头牛……

男村民一　三块大洋钱得牵家六头牛……

菱芝嫂　十吊钱能换十二个小鸡仔，一块钱得换多少小鸡仔？那还不得有一院子……

五姑姑　一个小鸡仔能换三块豆腐，十个小鸡仔能换三十块豆腐，那得吃多少天哪？

男村民一　二爷真有钱……

男村民二　这村儿都是二爷的。

男村民四　咱们都是二爷的。

男村民三　咱们不算，就说村里的地、牲口不都是二爷的。

男村民二　二爷真有钱！

男村民四　二爷还救了人。

〔二里半望着赵三。

二里半　二爷他为啥赎赵三？

菱芝嫂　（欣喜地）三块大洋钱那是多少钱哪？能买多少东西啊！

五姑姑　他三哥的命值大钱了，王姐要是活着不得撂蹦儿乐啊，她王姐命苦啊！

〔众人这才纷纷转向赵三。

赵　三　（拍打王婆脸）醒醒，死猪样，别睡。

菱芝嫂　（急切地）他三哥，那哪是睡觉？人死了！

〔赵三愣住，看着王婆又看着周围的人，他不认识了眼前的一切。他把王婆放下，腿底打着晃儿走到众人对面，他要看清这是什么地方、什么人，却又看到躺倒的王婆。

赵　三　……躺着，躺着……

菱芝嫂　死了。糊涂了？人死了，服了毒！

赵　三　服了毒？为啥服毒……（向前几步，站住。他身子晃悠起来）婆子，你就坑我！

〔赵三跌撞着向地上的王婆冲去，被众人架拽住，他歪头吐了起来。

男村民一　三哥喝多了。

五姑姑　没疯，还省事儿。

〔赵三吐过之后，向前爬着将众人甩在身后，他直瞪着双眼，似乎要看穿什么。

〔赵三回想起杀二爷前夕。

〔灯光照亮王婆。

王　婆　她爹……

赵　三　嗯?

〔王婆正在擦拭一支老洋炮枪。

赵　三　啥?哪鼓捣来的?

王　婆　（自顾自地）老洋炮。整点儿火药放在这小口里,找根棍儿鼓捣鼓捣,鼓捣满了搂这小钩子。(站起来把枪递给他) 枪整人利落。

赵　三　我问这玩意儿哪来的?

〔王婆挨赵三坐下,用袖子擦枪。

王　婆　秋末,二爷他们嚷着逮胡子,那胡子就藏在咱家地里。他拿枪对着我,我看他瘦得就剩俩眼珠子,就给了他个馒头,他教我鼓捣这玩意儿咋出响。后来,二爷他们嚷着逮他,他就跑了。

赵　三　枪给你了?

王　婆　他说要是活着回来,就来取。

赵　三　你就收了?

王　婆　嗯哪。

赵　三　你胆子大啊!

王　婆　我想你打个猎啥的兴许有用。

赵　三　胡子的枪你敢要,你让二爷看见。

王　婆　二爷看不见。

赵　三　他咋看不见?

王　婆　看不见。

赵　三　这么大个家伙他咋看不见?

王　婆　他都不知道咱有枪,他咋看得见?

赵　三　他要是看见了呢?

王　婆　整死他。

〔赵三被自己婆娘说出来的话震慑住。

王　婆　他爹,枪整人利落。

〔王婆将枪递给赵三,赵三低头鼓捣枪,乐起来。他突然用枪把子打了王婆一下。

王　婆　咋的？

〔赵三又打了她一下，王婆跑着。

赵　三　骚婆子，用你给我指点。（打王婆）镰刀整人就不利落了？照样利落，听到了！

〔王婆用眼瞪他。赵三突然亲了王婆一口。

〔王婆用头顶倒赵三。赵三拽着她的衣领兜了半圈，后将她抱起、放下地，折腾了一会儿，最后，撕开她的衣领，转脚踏住她的腰，将王婆提拽起。

赵　三　婆子！（喘息着）

王　婆　她爹！（喘息着）

赵　三　我赵三是不是块材料？

王　婆　是材料，她爹！

赵　三　我赵三干的事是不是大事？

王　婆　大事，她爹。

赵　三　多大？

王　婆　天那么大。

赵　三　是多大？

王　婆　天大的事！

赵　三　我赵三是不是赵三？

王　婆　不，是树高高的，是河长长的……啊不，是江，大大的江！

赵　三　松花江。

王　婆　松花江！

〔江水声"哗哗"响起。

〔赵三拿起镰刀向王婆做着割脖子的示范。

赵　三　我赵三整死了二爷！

〔王婆欢快地笑了。

〔"小调"声响起。

〔赵三兴奋着，王婆跟着他的脚步。

———话剧《生死场》 〉〉〉〉〉

赵　三　二爷他是个大地主。
王　婆　他就知道欺负咱穷人。
赵　三　二爷他要加地租。
王　婆　不让咱穷人过日子。
　　　　〔二人聚合一起。
赵　三　不让他加租。
王　婆　不让他加租。
赵　三　不能加！
王　婆　不能加！
　　　　〔音乐停止。
王　婆　她爹……
　　　　〔王婆"咳"地一声背起了赵三。
赵　三　婆子！
王　婆　她爹！
赵　三　我不是孬种！
王　婆　不是，她爹。
赵　三　我高高的。
王　婆　高高的，她爹。
赵　三　高高的，高高的……
　　　　〔王婆支撑不住，赵三跌落在地，二人喘息着。
　　　　〔王婆笑了，笑得很爽朗，随光消失。
　　　　〔回到现实中。
赵　三　（喘息着瞪起双眼）婆子！服毒……为啥服毒？她给我枪要我整二爷，我整了小偷，她叫我高高的，我抓进了大狱，她就服了毒？她早先男人死了，她也没事……是为金枝跑了？她早先儿子死了，她也没事……那是为啥？婆子哎，你可为啥？（嗓子哽咽了几下，拧着脑袋琢磨出道道）那天，要是真杀了二爷，也就不怕了。可偏偏不是，二爷能给我好果子吃？！绑我那会儿我讨了饶……我，我那不是讨饶，我是想说清楚原委。她大吼一声："赵三！"那两眼灯笼似地瞪着我，性子烈啊……（害了怕，收住口，不想这事是自己的责任）不能够，不能够！是因为我杀错了人，白搭了一条命，她活着就没了盼头？对，对。还有金枝，金枝在全村丢了人，她在全村丢了人。对！（推卸了责任，也就把问题解释明白了，他吼起来）婆子哎！

〔灯光复又亮起，众人蹲在地上。

〔不知什么时候，金枝已站在王婆跟前。

〔二里半叫了声："金枝。"

五姑姑 他三哥，金枝回来了！

〔赵三抬头望向金枝，金枝也木讷地望向赵三。

菱芝嫂 金枝，你可葬送了你娘一条命啊！

〔赵三起身向金枝急走几步，后停住。他望了金枝好一会儿。

赵　三 坑我吧，你们都坑我吧！

〔二里半难过地蹲下身来，只剩赵三、金枝呆立。

〔突然，从王婆那发出了"哼哼"的声音，身子也随着动了动。

〔金枝喊了声："娘！"跑过去跪在王婆面前。赵三也跑过去观望，渐渐地，他害怕起来，他猛地推开金枝喊着。

赵　三 大伙都别动！

〔赵三找到了一根长棍，他快速骑到王婆身上，用力压开了王婆的肚子。

〔众人赶忙跑过去拉拽赵三。

赵　三 她瞪着俩眼珠子，你们没瞧见吗？她要跳尸！

〔众人恐惧地撒手，赵三复又压开了王婆。

赵　三 （边压边说）她要是站起来，抱着谁就不撒手；不撒手抱着谁，谁就跟她一块死！来，帮我一起压！

金　枝 娘，参要害死你！

赵　三 拽着她，别让她过来。

〔男村民一、男村民二帮衬赵三，男村民三、男村民四拉拽金枝。

赵　　三　她菱芝妹子，把酒拿来！

〔菱芝嫂颤抖着把酒递给赵三，赵三喝净了酒，又压开了王婆。

〔众人"咳、咳"地用着劲儿。

金　　枝　娘，娘！（叫得凄厉）

〔王婆突然立起半个身子，向赵三吐着。众人惊愕。

男村民一　吐黑血了，三哥！

〔王婆一扭头复又躺倒。

〔赵三住了手，喘息着。

赵　　三　完了，这回完了……

〔男村民三、男村民四松开金枝，金枝跪卧地上呆呆地喊着："娘……"

赵　　三　……收拾……埋了吧。

〔众人将王婆卷进草席，扛起就走。

赵　　三　（边走边说）她娘，二爷的酒你也没喝上。你就不再等我两天儿？金枝回来了，还不知道干没干丢人的事？好赖是全须全尾儿回来了，咱一家好好的，你就命短……

〔众人突然停住。

男村民一　哎，有动静……

〔众人感觉着，后撂下席退向两旁。

〔席子打开，王婆扭动身子侧头吐着。

〔金枝瞪眼冲到母亲面前喊着："娘！"

〔赵三及众人惊愕地望着王婆。

〔王婆蠕动着抬起上身。

王　　婆　金枝……

金　　枝　娘……

王　　婆　你跟来了，这是地府吗？

金　　枝　娘，不是，是咱村儿。娘！我活着……

王　婆　活着……

金　枝　娘！你是活了吗？你别吓我！

〔王婆摸索着席子，又看看金枝，后抬头望向周围人，望着站在突出位置的赵三。

王　婆　赵三，你死了？

赵　三　（向王婆走着）她娘，你别吓我，你这是活了？

王　婆　你死了？（呆望赵三）

赵　三　……二爷拿钱赎了咱！（解释着）我不是进了大狱？

〔王婆点点头。

赵　三　是二爷拿钱赎了咱，二爷还给酒让咱团聚。你服了毒，这要埋你哪！

〔菱芝嫂、五姑姑亲切地呼唤："王姐。"

五姑姑　要埋你，你就自己坐起来了，你这是没死！

王　婆　……没死，活了？（转向金枝）金枝！

金　枝　娘！

〔王婆"哼"了一声，捂脸哭了。

金　枝　娘！（磕头）我对不住您！我，肚里怀了成业的东西，没脸了，跑了。那天晚上我看见娘了，就回来了。娘！（转向二里半）大叔，成业被抓了军，自发军。

〔二里半向后躲着，赵三完全愣住，王婆却异常慈爱地望着金枝。

〔赵三甩开众人，抄起木棍。

赵　三　我打死你这骚丫头！

〔赵三举棍打向金枝，被众人架住。

〔金枝并不躲闪。

赵　三　你还要活呀，我打死你！

王　婆　赵三！

〔王婆跪起来，两个女人对面跪着。

〔"大三弦"震颤起来。

王　婆　……不是你……娘的丫头，金枝不是你！你俩的孩子，娘给带。

金　枝　娘！（向母亲磕头，又转向众人磕头，金枝跪向众人）村儿里的老少爷们儿、婶子大娘！我金枝和成业相好，我肚里怀了成业的东西，可我想娘就回来了。老少爷们儿、婶子大娘，您几位放高手别戳点我别戳点我肚里的东西！我磕头了！

王　婆　金枝！

金　枝　娘！

赵　三　坑我吧，坑了我吧！（扭转着身子，横斜在众人当中）

〔音乐凄楚起来。

众　人　三哥，人活着就好……

〔这群人静止住，只是口中喃喃有声。

众　人　活着就好……

〔两个女人依旧地跪着。

〔渐渐地，后方天上出现火红的日头，日头火辣辣照着这群人。

众　人　活着就好……

〔灯光渐收。

〔南瓜灯飘摇摇地落下。

〔音乐渐停。

五

〔蟋蟀声响起。

〔二爷家院内。

〔灯光照亮摇扇的二爷，二爷悠闲地跷着一条腿，为二里半读信。

〔二里半蹲在一旁，侧耳听着。

二　爷　……我加的军叫自发军，长官待我很好。可长官多是些洋学生，上马得用人抬，纪律也紧。纪律就是规矩。一次，我只多睡了一会儿，就被长官打了十个枪把子…

二里半　这是啥长官？

二　爷　（没睬他，继续念信）最近，日本人来了，长官叫他们鬼子。长官们整夜说话，说打鬼子。这信是我托人写的，为了让你们放心。等我挣了大钱就回来，顺便把这信给金枝说说，回来就娶她，叫她别记恨我。跟村里人都说说，金枝是我的人，不兴戳点她。成业。（合上信）

二里半　（发觉没了动静）完了？

二　爷　把信拿走。

二里半　（接信）谢谢二爷。

二　爷　（顺嘴问着）金枝快生了吧？

二里半　嗯哪。

二　爷　你们哪，做事不动个脑子。大姑娘家怀了私孩子，要是在南边，大人孩子都没命；在北边，在我这儿，你们还能逍遥自在……日本要打来了，恐怕就没我仁义了。

〔二里半愣愣地发傻。

二　爷　二里半，想什么呢？

二里半　是，二爷。我在想，赵三跟我这仇解不开了。二爷，我可咋办？

二　爷　……滚！（站起来）

〔二里半愣住。

二　爷　不识抬举。去，从后门滚出去，别踏脏了我的门槛。

二里半　你咋了？

〔二爷摇扇，溜达起来。

〔二里半朝与二爷相反的方向走着，他委屈着。

二里半　你叫我滚，赵三也硌碜我，全村都不待敬我。（低头看信）加了军，加军有啥好？能让金枝肚子回去？还是能让你爹不丢人！

（倚靠在墙角蹲下）

〔几句日语喧哗声。

〔两个农民跑上，站在二爷身边。

——话剧《生死场》 〉〉〉〉〉

〔翻译官同两名日本兵走上。

翻译官　老乡，老乡……

二　爷　谁是老乡？我是这村东家。

〔舞台上人们停顿住。

〔字幕出现：日本小分队第二次进村。

〔字幕光渐收。

翻译官　东家，我们是日满亲善的兵，第二次来你们村儿。走了一天路，想到你这儿讨点吃食，顺便……（向周围望望）你这儿房子还挺富余，在这儿住两天。

二　爷　带钱了吗？

翻译官　人不多，吃不了你多少。

二　爷　白吃？

翻译官　对。

二　爷　住也是白住了？

翻译官　对。

二　爷　（对手下）轰出去。

翻译官　对亲善的兵怠慢，可别怪我们不客气。

〔翻译官对日军说日语，日军举枪。

二　爷　想动武？日本子！三乡五里打听打听，谁敢在这儿白吃白住，出去。（二爷见日本兵没有放下枪的意思，向手下）把刀举起来。

〔手下举起镰刀，双方对峙着。

二　爷　举高高的！

〔手下的镰刀举高，日军的枪也举高。

二　爷　把枪给我捡过来，上！

〔手下举刀向前，日军放枪，手下倒地。

〔翻译官甚为得意，二爷却愣住。

〔二里半站了起来，捂住耳朵。

二里半　又不过节你可放啥炮？有钱人真逍遥啊！

〔二爷冲向翻译官，揪住他的衣领，翻译官挣扎着向二爷开枪。

〔二爷死去。

二里半　又一个，有钱人逍遥啊，真逍遥……

〔翻译官与两名日本兵将尸体陆续搬下。

〔山羊"咩咩"叫了起来。

二里半　老瞇，你吃了？吃饱了？哎，饱饱的！别饿着，饿了你就会瘦，瘦了就不着人待见。就是在那羊堆里，那壮实的羊不是也得欺负你呀！吃，吃壮壮的跟他们干，用犄角顶他们！老瞇，你清白，给我争口气，啊？

〔山羊不做声，二里半等着山羊的反应。

二里半　咋啦？你怕了？

〔山羊"哼哼"的像在乐。

二里半　哎，我知道你不怕，不怕老瞇。腿不直咋的！和婆子先好后成亲咋的！成业和金枝先"做熟了饭"又咋的，能咋的！嘿……

〔二里半乐了会儿，揉搓开了手中的信，渐渐地为难起来。

二里半　可这信咋跟金枝说？二爷说，在南边，没成亲怀了私孩子，大人孩子都没命！幸亏在二爷这，幸亏还有二爷在……这话我刚才咋没说？二爷一定想听这句话！（寻思着）二爷叫我滚，是恼我没说这句话，不识抬举，真就不识个抬举！婆子，你死了消停，可你咋留下成业这么个冤孽东西让我消受。早知是个孽障，生时就给他掐死。天暖了，全村都忙着生。生吧，都生孽障！小孽障变成大孽障，大孽障变成老孽障，生吧，生得全村儿大人们都不识抬举，都跟我一样的不识抬举。生，生吧，不识抬举，就不识抬举……（自嘲地走下）

〔山羊叫着远去。

〔灯光照亮王婆、金枝。

〔金枝脚部被两条绳子挂起。

〔王婆立在金枝两腿之间，吸着一管长烟。

金　枝　娘……门口那猪生了吗？

王　婆　还没哪。

金　枝　猪疼吗？

王　婆　……不疼。

金　枝　我咋疼哪？

王　婆　……你能和猪一样啊？

金　枝　一样……猪比人好，猪不疼……

王　婆　咱家的牛死了，是咋死的？娘讲给你听，讲完了，你就不疼了……二爷不要了咱家的牛，说那牛老得就快死了，让我牵去屠场卖几个钱……老阳儿高高晒着，树林里一地的光点子，蝴蝶张着膀子乱飞，牛渴了，躺在水沟边，我想，这是它最后一次喝水了，没催它。快日午了，可也赶不走，树枝被我……

〔金枝攥住绳子跪转。

〔王婆与金枝像在受着刑罚。

金　枝　暖和的季节，全村都忙着生。大猪带着小猪闹哄哄地跑，可那大猪的肚子还大着，真大……快要碰着地了，奶子有好多，都圆鼓鼓地撑着……

王　婆　老牛老了，没用了。为了一张皮，人变得厉害了。

金　枝　猪跑到房后的草堆上生小猪，那胖猪四肢抖着，全身抖着……

王　婆　屠场到了，老牛站在板墙下，借着钉好的死皮蹭痒，这会儿它是牛，一会儿就是张皮了。

金　枝　草堆上热辣辣地，猪滚到地上用蹄子踢踏土灰，它趴在那儿踢着，踢着……

王　婆　出了屠场，拿了三吊钱，想着充一亩地，再买点儿酒，可后面有人喊，牛跑了！我一回头，老牛跟在后面，牛不知道，牛想回家。没法儿我只能向回走，牛跟进了屠场。我给牛搔着头顶，它卧在了地上，渐渐地睡着了……我掉头出来，跑到道边，听见一阵关门声。到了村口，二爷手下把三吊钱都拿去了。

〔二人静止住。

〔二里半和赵三分别走上，各自在诉说。

二里半　不识抬举，真就不识抬举！里外里的丢人哪！

赵　三　丢不完的人，丢不完的人！

二里半　我这辈子还能干啥？还能干啥？

赵　三　我这可咋能好？我可咋能好？金枝就大着肚子到了今儿，我亲生的丫头，我能弄死她呀！

二里半　金枝就大着肚子到了今儿，成业，你就叫你爹一个人在这替你丢人吧。

赵　三　我能弄死谁呀！二爷？我？王婆子……想死咋就这难呢？

二里半　丢人丢到了家，咋还直不老挺地活着！咋不得个暴病死了呢？死了，谁戳点都听不见了，睡长觉了，连梦都不做……

赵　三　为啥死啊？为二爷，先是恩人后是仇人？为王婆子，先是待见我后是硌碜我？为金枝，先是好闺女后是丢人现眼……为我？为我这窝心脚踹在心坎上，为我想逞能，结果丢了人！为我里里外外做人，不是个人，我咋做人都不能是个人！

〔两个男人憋闷着。

〔王婆燃亮一根火柴，金枝攥住王婆的手。

金　枝　娘，别灭那火！

〔火熄灭，金枝疼痛起来。

金　枝　娘，这小孩咋不出来？（她滚动着）咋不出来呀！

赵　三　嚎丧啥？骚丫头，咋不憋死你？丢不完的人！

金　枝　娘，我要死了，咋不出来呀？

二里半　金枝，成业捎信来说他加了军，挣了钱回来娶你。他，他还抗了日，他有出息……

赵　三　二里半，滚！

〔两个男人相互追寻着。

赵　三　二里半，你出来！

金　枝　娘，娘！

〔王婆木讷着，她突然转身寻出块破布塞到金枝口中，随手拾起把镰刀吼着。

王　婆　金枝！给我忍着，死了也得生！再叫，我就剁罢了你！

〔两个男人憋闷住。

〔王婆手握镰刀，怒目圆睁。

〔乐声响起。

〔金枝手攥绳子，双脚分岔。

〔灯光转红。

〔王婆笑了，随光隐去。

〔金枝挣扎着，大睁双眼，嘴里依旧叼着破布。

〔灯光复又照亮王婆，她手中抱着个孩子。

二里半　……咋不哭，生的是啥？

〔王婆深吸一口烟，吹向婴儿。

〔婴儿啼哭起来。

王　婆　金枝，你生了个丫头。

赵　三　（实在憋屈了）二里半，滚！

〔赵三夺过婴儿，郁闷着，后将婴儿掷出，婴儿啼了两啼，没了声响。

二里半　（乐了）赵三，我不欠你了，咱俩两清了！

〔舞台静止住。"生老病死"的歌声响起。

〔灯光渐熄。

〔军车喇叭声、鸡鸣犬吠及日本话夹杂出现。

〔一面日本旗卷裹着从天幕顶部直直铺散下来。

〔旗中"黑日头"分外耀眼，成业出现在旗下。

六

成　业　死人了！大敌当前，国难当头！我回来了。
　　　　〔灯光照亮菱芝嫂、五姑姑及她们的俩闺女。
成　业　我不当军了，干那个军丧气，就知道喊撤退。那天晚上，我们吃饭，饭碗炸碎了，两个兄弟出去找炸弹的来路，丧气！被鬼子打死了。我不干了，我要参加胡子。回来招集老少爷们儿起来救国！
菱芝嫂　回来就说这啊，没良心的，你娘死了，你咋不哭哭呢？
成　业　哭有啥用？死都死了。那是露脸的死，比当日本狗的奴才活着强！
五姑姑　金枝可为你受了不少苦，你回来咋也不说个打算？
成　业　啥打算呢，打完日本子就娶她。
女　儿　成业哥，你俩的孩子死了……
成　业　咋死的？
五姑姑　自个儿死的……自个儿死的。
女　儿　那往后咋办？
成　业　……没事！等打完日本子就娶她，那时候再生，她得给我生一院子。
菱芝嫂　你咋总日本、日本的？
成　业　小日本子都来了，你咋不知道急呢？等着杀你们啊！
　　　　〔几个男人走上。
成　业　爷们儿！有胆子的爷们儿跟我干，咱们救国，抗日，抗日了！
　　　　〔众人觉得他有趣，插了话。
男村民三　成业，抗啥日？
成　业　抗日就是打鬼子，不打就亡国！
男村民一　亡国，亡啥国？

成　业　中国。

男村民二　咱这是满洲国。

成　业　这就是中国。是中国的一个地方，中国地儿大了，南边北边，都是中国。

男村民三　咱村儿叫中国？

成　业　村儿就是国，国就是村儿。

男村民三　就是说……亡国就是日本子进了咱村，救国就是把日本子赶出咱村儿。

成　业　对，你有长进。

男村民四　那别的村儿呢？

成　业　别的村也赶。

男村民一　赶不走呢？

成　业　就杀。

男村民二　杀得了，就咱们？

成　业　就咱们，爹，爹！

〔二里半袖着手，慢吞吞地走出。

成　业　爹，我借你样东西。

二里半　都没了，还借啥？

成　业　借你的羊。

二里半　……羊？让他打日本子？

成　业　不，用它祭天，保佑咱村打胜仗。

二里半　老天爷吃鸡，不吃羊。

成　业　日本子把鸡吃的差不多了。再说，鸡能有羊庄重？

二里半　……羊老了，老天爷吃了塞牙，生气咋办？

成　业　那就留着喂日本子！

二里半　日本子也嫌它老！

成　业　那就让它老死！爹！娘都让日本子杀了。

二里半　日本子杀了，杀了……都是你个小王八的，找了婆子你就跑啊！

　　　　　你要在，你娘能让日本子杀了？我到今儿就老瞧是个伴儿了，你还要杀它，你亏良心！
成　业　你！你，你这样就是亡国奴！
二里半　亡国奴就亡国奴，你不去杀日本子，凭啥杀我的羊？它老实你就欺负它，啊？它老实你就欺负它！
　　　　〔二里半扑向成业，众人拉劝着他，同情地随二里半下。
菱芝嫂　爹娘都不要，还抗啥日！
五姑姑　成业，先哄你爹，过两天再抗日。
　　　　〔众人鸟兽散，成业满腔怒火无处宣泄。
成　业　娘让日本子杀了，还过两天儿，今儿就杀到头上！（郁闷着）
　　　　〔赵三惊惧着走上。
赵　三　二爷让人杀了，日本子杀的！日本子胆子大啊！搁了几天，人都臭了，二爷……
成　业　三大爷。
　　　　〔赵三愣住。
成　业　您老身体好。我不当军了，回来抗日，刚才跟几个爷们儿说了，没人搭理我，火上房了都没人救。我一个人救！您跟金枝说，抗完日就成亲。您不答应，我俩再跑。
　　　　〔赵三转身就走，成业紧跟。
赵　三　你干啥？
成　业　见金枝。
赵　三　她不在。
　　　　〔赵三又走，成业还跟。
赵　三　你抗日去，抗日去！二爷让日本子杀了，去抗日去。
成　业　我待会儿再去。（还跟着）
赵　三　金枝不在，你还干啥！
成　业　宣传你。
　　　　〔灯光照亮喝酒的王婆。

——话剧《生死场》 >>>>>

成　业　咱这是中国，亡国就是日本子进了村，救国就是赶走日本子，不然你死的时候，坟头上就是日本旗子，不是咱中国旗子……

赵　三　滚！（进了自家的屋）

〔王婆呆滞着眼神，独自喝着闷酒。

成　业　不打日本，你坟头上就是日本旗子，不是中国旗子……

赵　三　我不要旗子！滚！

成　业　不让我宣传，那我就等金枝，就在你家门外头等！（找了个角落，蹲下歇着乏）

〔赵三心里烦闷，他抢了王婆的酒碗，一口气灌下，把碗掷向后方。

王　婆　你就这么摔死了那孩子……麻婆子啥也没瞧见，就死了。她啥也没瞧见……

〔赵三心里不好受，不在意王婆的态度，只是想说话。

赵　三　……成业回来了，他招呼大伙抗日，没人搭理他，还不如那阵我整二爷的时候。这小子还有种，金枝原本嫁他也不亏……

〔王婆并不搭理他。

赵　三　二爷死了。那年，我整二爷，是二爷不让过日子，日本子整二爷……不认识啊！麻婆子，不认识啊！日本国是啥国？日本人是啥人？

王　婆　日本人是要在咱国住。

赵　三　住？那还不客客气气的，咋不认识就杀人呢？没招没惹的，凭啥？

王　婆　各有一好，他们八成好这个。

〔赵三觉得这话听来新鲜。

〔日本人叫喊的声音。

〔金枝慌张地跑上，一名日本兵尾随，日本兵扑到金枝身上，金枝挣扎着。

金　枝　来人哪！

〔成业冲过去推倒日本兵。

〔金枝滚落一旁。

〔赵三闻声跑来，扭打日本兵，被日本兵用刺刀划破胳膊，他痛苦着。

〔成业用镰刀狠剁日本兵，割断他的喉管。

〔王婆跑来，看到已死的日本兵呆住。

成　业　金枝！

金　枝　……成业！

王　婆　孩子，快跑。

成　业　跑啥？

赵　三　你杀人了，日本子要你命！

成　业　杀的就是日本，咋能跑？

王　婆　没人待见你，你一人闹腾啥响？留得青山在，不怕没柴烧，快逃啊！

成　业　金枝……

赵　三　小王八的，你这找死啊！

〔赵三拉拽成业跑着。

成　业　金枝……

金　枝　逃，成业，快！

〔男人们跑走，女人们愣了会儿神。

王　婆　金枝，把人埋了，快。

〔两个女人将日本兵抬下。

〔鸡鸣犬吠的声音、军车喇叭的声音、人声，响成一片。

〔舞台上日本旗倾斜起来，压迫着人们，大家都蹲在地上。

〔翻译官神气活现地训着话。

翻译官　谁！谁杀死了日本人？谁，谁是胡子？胡子杀了日本兵！我们是捉胡子，没见我们宣传"王道"吗？"王道"就是叫人诚实。满洲国要把害人的胡子扫清！知道胡子不说枪毙！

———话剧《生死场》 〉〉〉〉〉

〔"咩，咩"山羊叫。
〔二里半动了动，犹豫着，他起了起身。
翻译官　（发现）老头，你！不要怕，你知道胡子？大胆说。
〔二里半指了指羊的方向，又担心日本人捉羊，伸着的手缩回。
翻译官　不要怕，你知道胡子？
二里半　不……不知道……
翻译官　老头，过来，不要怕。
〔二里半战战兢兢地走到翻译官面前。
〔翻译官揪住二里半衣领。
翻译官　说！
二里半　你不认识我了？……你在我家待过……
翻译官　我待过的地方多了……
〔日本兵冲过来左右开弓打开了二里半，又敲着他的后脖梗，把他踹倒，扔进已挖好的坑里。
〔翻译官回头望向众人。
〔沉默。
〔翻译官在人群中来回走着。
〔菱芝嫂的女儿正呆直着身子，愣愣地瞅着那埋人的坑，翻译官发现，就停在她面前。
翻译官　你，知道胡子？
〔女儿只是干干地张大嘴，一旁的母亲拼命替她摇头。
〔翻译官突然夹起女儿。她咬一口翻译官的脖颈，挣扎着滚落在地上。一声枪响，她被打死。
〔菱芝嫂疯了一样冲过去，刺刀扎死了她。
〔五姑姑的女儿不由自主地尖叫起来，于是她也没了命。
〔五姑姑软一下身子，昏死过去。
〔日军们把这些尸体简单地拽进了坑。
〔众人沉默。

〔赵三突然咳嗽起来,他惊惧着。

翻译官　你,老头儿,站起来,你知道?

〔赵三蹲着没动。

〔翻译官踹了赵三,赵三滚落出来。

翻译官　不知道?

赵　三　不……

翻译官　过来。

〔赵三不动,日本兵跑过来一枪托打倒赵三,踹了他几脚。

〔赵三伏在日军脚下,日军将刺刀架在赵三脖颈处。

〔赵三捂着伤臂,不敢抬头。

翻译官　说,知道不知道?

〔赵三无语。

〔翻译官将枪捅进赵三口中。

翻译官　不知道,你不知道,啊?

〔赵三的喉咙发着声响。

〔金枝猛然站起。

翻译官　啊,你知道?姑娘。

金　枝　别打他,他是我爹。

王　婆　金枝!

翻译官　姑娘。

〔翻译官踢打着赵三,将他顶到墙角。

〔翻译官不睬王婆。

翻译官　姑娘,过来。

〔金枝向前。

〔翻译官抱过金枝,把她放在赵三怀里。

〔翻译官示意日本兵将刺刀抵住金枝。

〔赵三的胳臂颤抖着。

翻译官　(转向众人)说!是谁杀死了日本人?

———话剧《生死场》 》》》》

〔王婆叫着"金枝"冲上去，被日本兵一枪托打昏在地。
〔沉默中的人们渐渐抬起头。
〔赵三的喘息声越来越重，渐而低吼起来："杀——人——了！"
〔鼓声响起。
〔男村民一慢慢站起来，男村民二、男村民三……众人纷纷站起。
〔"大三弦"一声声振颤起来。
〔日本人用枪对准众人。
〔成业突然出现，猛地劫持了翻译。他嘴里叫着"金枝"。金枝扑向他时，枪响了……金枝倒在血泊里。苏醒的王婆大叫着女儿的名字，冲向尸体……

王　婆　（悲痛欲绝）死法儿不一样啊！

成　业　老少爷们儿！打——鬼——子啊……！
〔成业扑向日本军，日军放着枪，众不畏强暴，纷纷涌动，与日军厮杀起来。
〔赵三从厮杀的众人中爬出。

赵　三　闺女……死了！我……我也老了。年轻的爷们儿，你们救国啊！我想看你们把日本旗撕碎，等我埋进坟里，你们可要把中国旗子插在坟顶。我是中国人！我要中国旗子，生是人，死是鬼。不……当……亡国奴。
〔村人每人手中提着个南瓜灯。

王　婆　有血气的人不当亡国奴，金枝……

成　业　弟兄们！今天是什么日子！知道吗？今天，我们去敢死！决定了，就是把我们的脑袋挂满整个村子所有的树梢都情愿。是不是啊？

众　人　是！千刀万剐也愿意！
〔乐曲声悲壮起来。

成　业　盟誓！
〔成业高举匣子枪，众人跪倒。

众　　人　若是心不诚，天杀我，枪杀我。枪子是有灵有圣有眼睛的呀！

〔二里半、五姑姑也从坑里走出，二人传递着灯。

〔众人手提南瓜灯，雕塑般伫立着。

赵　　三　生老病死，没有啥大不了！今天，咱们去救国！为了什么？

众　　人　死人了！

赵　　三　咋死的？

二里半　鬼子进了村，吃你，用你，打死你……他还不许你不愿意。

赵　　三　那还了得？

众　　人　了不得！

赵　　三　今天咱亲自去送死，为了什么？

众　　人　活着！

〔悲壮的乐曲昂扬起来。

〔赵三笑了，众人笑了。

〔日本旗倒在舞台上。

〔天幕上裂出一线蓝天和无垠的麦浪，在众人身后跳跃。

〔二里半一瘸一拐地跟在众人后。

二里半　（抹着眼泪）老瞌！我去敢死，你……好好活着！

〔音乐凄绝，响彻全场。

〔剧终。